PENDRAGON

6
Les Rivières de Zadaa

D. J. MACHALE

BOBBY
PENDRAGON

6

Les Rivières de Zadaa

Traduit de l'américain par Thomas Bauduret

Jeunesse

ÉDITIONS DU
ROCHER ▷

Titre original : *Pendragon 6. The Rivers of Zadaa.*

La présente édition est publiée en accord avec l'auteur, représenté par Baror International Inc., Armonk, New York, USA.

Tous droits de reproduction, de traduction et d'adaptation réservés pour tous pays.

ISBN 2 268 05799 2

Pour Frankie, Marcus, Andie Boy, Noodle, Mov et Franny Jae.
Mes plus vieux amis et une source constante d'inspiration.

AVANT-PROPOS

Bonjour à tous les habitants de Halla.

Il est temps de rejoindre une fois de plus Bobby Pendragon et les Voyageurs, qui continuent de courir après Saint Dane pour l'empêcher de détruire les territoires. Depuis la publication du dernier volume, les livres de cette série ont effectué un périple digne de celui de Bobby. Au jour où j'écris ces mots, *Pendragon* a été publié en sept langues différentes. J'ai reçu des lettres de lecteurs issus de pays et de villes aussi lointains que l'Afrique du Sud, l'Australie, la Nouvelle-Zélande, Sri Lanka, Taiwan, Israël, Tokyo, plusieurs pays européens et, bien sûr, chacun des États-Unis. Pour moi, c'est assez enthousiasmant, mais il est aussi intéressant de savoir que, quelles que soient la distance et les différences culturelles, les citoyens du monde entier partagent le même goût pour l'aventure, et c'est un honneur de leur fournir un peu d'évasion.

J'aime toujours autant remercier les gens qui ont permis la diffusion de ces romans dans le monde entier. Une fois de plus, mon éditrice Julia Richardson m'a été d'un grand secours lorsqu'il s'est agi de définir la nouvelle aventure de Bobby. Toute ma reconnaissance va à Rick Richter, Ellen Krieger et tous les braves gens de mon éditeur originel, Simon & Schuster, qui ont toujours soutenu la série. Une fois de plus, Heidi Hellmich a fait des merveilles en relisant le manuscrit pour en faire quelque chose d'à peu près lisible. Debra Sfestios et Victor Lee ont concocté une autre couverture impressionnante. Loor est vraiment superbe, non? Et quelques braves gens sont toujours prêts à m'assister dans les aspects techniques et juridiques de l'affaire. Richard Curtis, Peter Nelson et son équipe et Danny Baror sont mes acolytes à moi, et je les en remercie.

Bien sûr, Évangeline, mon épouse, m'a une fois de plus aidé à concevoir cette dernière histoire. Je dois même remercier ma fille Keaton, qui m'a permis de rester pendant des heures dans mon flume personnel (alias mon bureau) en évitant de frapper trop souvent à la porte pour savoir où était Papa. (Je doute qu'elle ait compris que Papa était sur Zadaa en train d'affronter Saint Dane. Elle n'a pas deux ans.)

Et bien sûr, pour finir, je me dois de vous remercier, vous mes lecteurs. De vous tous, j'ai reçu des lettres formidables et de chaleureux encouragements. J'apprécie particulièrement de rencontrer mes lecteurs aux foires du livre où je suis invité. J'aime écrire ces romans, mais il est encore plus agréable de voir ceux qui aiment les lire. Merci de votre intérêt, et merci de me faire part de votre avis.

Bon, on en a fini avec cet avant-propos qui commence à devenir ennuyeux ? Oui. Fini les préambules. Il est temps d'entrer dans le vif du sujet. La dernière fois que nous avons abandonné Bobby, un flume s'était écroulé. Spader et Gunny étaient coincés sur Eelong ; Kasha la Voyageuse avait été tuée ; et Saint Dane était parti pour Zadaa, le territoire d'où venait Loor. La situation peut-elle encore empirer ? Bobby va-t-il se retrouver face à plus forte partie ? Saint Dane a-t-il vraiment concocté un nouveau plan maléfique pour faire tomber un autre territoire ?

À votre avis ?

Hobie-ho, c'est parti !

D. J. MacHale

Journal n° 20

ZADAA

Tout a commencé par un combat.

Ce n'était pas beau à voir. Quoique, c'est rarement le cas. Mais celui-ci semblait encore plus moche, parce que c'est un simple détail trivial qui l'a provoqué. Du moins, c'est ce que je me suis dit à ce moment-là. L'enjeu de la bagarre n'était autre que quelques litres d'eau. Eh oui ! de la bonne vieille flotte. On a du mal à s'imaginer qu'un groupe de guerriers professionnels puissent se battre à mort pour si peu, mais sur Zadaa, tout est différent. L'eau y a plus de valeur que la nourriture, plus que la vie elle-même. J'ai vu des gens risquer leur peau pour quelques gouttes de liquide.

Je sais, ce n'est pas normal. C'est même complètement dingue.

Mark, Courtney, ça fait un bail que je n'ai pas rédigé de nouveau journal, et je m'en excuse. Mais lorsque je vous aurai dit tout ce qui s'est passé depuis mon dernier envoi, vous me comprendrez. Depuis mon arrivée sur Zadaa, je n'ai guère eu le temps de réfléchir et encore moins d'écrire. Si je peux le faire maintenant, c'est parce que je vais m'embarquer dans une aventure en gestation depuis longtemps. J'ai fait de mon mieux pour ne pas en arriver là, mais je n'ai pas le choix. À partir de demain, tout sera différent. J'ai l'impression de conclure le premier chapitre de mon existence de Voyageur pour en entamer un autre, beaucoup plus dangereux. Je sais, ça semble impossible, mais c'est la vérité. Mais avant d'aborder ce sujet, je dois vous raconter ce qui est arrivé après mon débarquement sur Zadaa. Il faut que vous sachiez tout ce qui s'est passé afin de comprendre la voie que j'ai choisie. Peut-être qu'en rédigeant tout ça, je le réaliserai mieux moi-même.

Ça ne vous étonnera certainement pas d'apprendre que Saint Dane est arrivé avant moi. J'ai déjà croisé sa route. Pour mon malheur. Mais je vous en parlerai plus tard. J'ai aussi pu me faire une bonne idée de ce qu'est le moment de vérité de Zadaa. Le plan de Saint Dane est forcément lié au problème qu'ils ont actuellement : celui de l'approvisionnement en eau. En résumé, notre quête visant à empêcher Saint Dane de détruire Halla nous amène ici, sur Zadaa. C'est notre prochain défi. Et c'est parti.

Mais d'abord, je dois vous raconter le combat qui s'est déroulé peu après mon arrivée. Il a son importance, parce que d'une certaine façon, c'est un bon exemple de ce que j'y ai trouvé. Et aussi parce qu'une des personnes impliquées n'était autre que mon amie Loor, la Voyageuse de Zadaa.

— Ne te montre pas, Pendragon, m'a conseillé Loor alors qu'on arpentait les rues poussiéreuses de Zadaa. Reste dans l'ombre. Ne regarde personne dans les yeux. La ville est dangereuse pour les Rokadors.

— Mais je ne suis pas un Rokador ! ai-je râlé.

— Ne discute pas. Fais comme je te dis.

Je n'ai pas discuté, en effet. Je savais ce qu'elle voulait dire. Dans cette partie de Zadaa vivent deux tribus. Les Batus résident à Xhaxhu, une ville à ciel ouvert. C'est une race d'hommes à la peau noire à force de vivre depuis des générations sous le soleil brûlant du désert. Loor est une Batu. Les Rokadors sont l'autre tribu. Ils vivent sous terre, dans un labyrinthe de souterrains qui s'étendent dans le sous-sol de Zaada. Ce ne sont pas des taupes : ils sont civilisés. Mais comme on peut s'en douter, vivre sous terre n'améliore pas leur bronzage. Du coup, avec ma peau claire et mes cheveux châtains, je passais pour un Rokador. Et comme les deux races ne s'entendaient plus guère, j'avais tout intérêt à me déguiser en homme invisible. Pour cela, Loor m'avait fait passer de lourds vêtements noirs couvrant ma tête et mes bras. Un parfait camouflage, sauf que je crevais de chaud. À Xhaxhu, la température moyenne avoisine les 30 °C. Par temps doux. Donc, je suis comme un porc. Un porc dans un sauna revêtu d'un manteau de ski.

– Personne ne peut te remplacer ? ai-je demandé. Je veux dire, on a plus important à penser.

Loor a continué de marcher en regardant droit devant elle. Je l'avais déjà vue prendre cette expression. Un air buté. Je sais que vous pouvez la visualiser. Elle est difficile à oublier. J'avais pris quelques centimètres depuis notre première rencontre sur Denduron, mais elle faisait toujours une demi-tête de plus que moi. Ses cheveux noirs qui descendaient presque jusqu'à sa taille s'arrêtaient désormais à ses épaules. J'imagine qu'une fois qu'on commençait son entraînement, il convenait de les couper. Comme vous le savez, Loor est une guerrière. Ici, sur Zadaa, on appelle la classe des combattants les « Ghees ». La première fois que je l'ai rencontrée, elle était encore apprentie. Depuis, elle avait fini son entraînement pour devenir une guerrière à part entière. Je présume qu'elle était la première de la classe. Elle est assez douée pour ça. Elle a même l'allure de l'emploi. Cette fille est taillée à coups de serpe. Elle ne doit pas avoir un poil de graisse. C'est facile à dire, parce que son armure de cuir légère dévoile une bonne quantité de peau. Sur Zadaa, il fait trop chaud pour porter des méga-armures de métal à la façon des chevaliers de la Table Ronde. Ils finiraient cuits à l'étouffée avant d'avoir pu combattre. Ils portent des protections, mais pas trop contraignantes. Contrairement à moi, qui devait me coltiner un véritable froc de moine.

Tandis qu'elle marchait, le jeu des muscles de ses bras et ses jambes la faisaient paraître encore plus puissante. J'imagine que pour un guerrier professionnel, il est logique d'avoir un corps d'athlète. Ça fait partie du métier, en quelque sorte.

– Je n'ai pas le choix, a-t-elle fini par dire. Je dois combattre aujourd'hui. Je suis la prochaine dans la rotation.

– La rotation ? ai-je rétorqué. Quoi, tu joues au volley ? Demande à passer ton tour. Trouve quelqu'un pour te remplacer. S'il t'arrive quelque chose…

– Si je n'y vais pas, a interrompu Loor, les commandants ghees me qualifieront de lâche et me banniront dans une colonie de travail dans le désert. Ou peut-être me feront-ils exécuter, si j'ai de la chance.

– Oh, ai-je répondu d'un ton radouci. Tu n'as pas vraiment le choix alors.

Elle a fini par se tourner vers moi.

– Ne t'en fais pas, Pendragon. Notre destinée est d'arrêter Saint Dane. Et rien ni personne ne m'en empêchera.

Je la croyais, mais ça ne m'empêchait pas de m'inquiéter.

– Loor ! a crié une voix derrière nous.

Une jeune fille courait pour nous rattraper. Elle s'appelait Saangi. Je ne savais pas exactement quel était son titre, mais en Seconde Terre, on aurait dit qu'elle était l'écuyère de Loor. Vous savez, un de ces serviteurs qu'on attribue aux chevaliers pour faire ce qu'ils leur demandent. Les Ghees de Zadaa opéraient à peu près de la même façon que nos anciens chevaliers – enfin, sans les armures boîte de conserve.

– Tu as oublié ça ! a fait Saangi, hors d'haleine.

Elle a tendu à Loor un petit récipient de cuir de la taille d'une gourde. En fait, c'était exactement ça : une gourde remplie d'eau.

– Non, a répondu Loor d'un ton sévère, je ne peux m'en servir.

– Mais si le combat est rude, protesta Saangi, tu auras soif…

– Rapporte-le chez moi, a dit fermement Loor. Et que personne ne te voie.

Lorsqu'elle prenait ce ton, personne n'osait la contredire. En tout cas, moi, je ne m'y serais jamais risqué. Saangi devait être arrivée à la même conclusion. Elle a pris un air déçu. Elle devait avoir dans les quatorze ans, à peine plus jeune que moi. Elle arborait la peau sombre des Batus, mais contrairement à Loor, elle avait des cheveux coupés à ras, comme un garçon. Elle portait des vêtements simples ressemblant à ceux de Loor, mais faits de tissu au lieu de cuir. Un jour, elle enfilerait à son tour l'armure des Ghees, mais pour l'instant, sa tâche était de s'occuper de Loor.

Oh, encore une chose : Saangi avait un autre boulot. C'était l'Acolyte de Loor. Elle savait tout des Voyageurs et de notre mission. Je la trouvais un peu jeune pour endosser une telle responsabilité, mais à vrai dire, je n'avais moi-même que quatorze ans quand je suis devenu Voyageur. Et pourtant, Saangi évoquait plus une gamine surexcitée qu'une future combattante capable de nous aider à vaincre un démon destructeur de mondes. Mais ce n'est que mon avis.

— Ne t'en fais pas, Saangi, a repris Loor d'un ton radouci. Je suis contente de voir que tu t'inquiètes pour moi. Mais ça ne serait pas correct d'étancher ma soif pendant un combat qui a justement pour enjeu notre eau.

— Je comprends, a acquiescé la jeune fille. Mais ne commencez pas sans moi!

— Elle est si jeune! a dit Loor en la regardant s'éloigner. Comme je préférerais qu'elle ignore le danger que nous courons tous.

— Hé, toi et moi, on n'est pas non plus des antiquités! Moi aussi, je préférerais ne rien savoir de toute cette histoire.

Loor m'a jeté un bref regard et s'est remise à marcher. Je me suis dépêché de la rattraper.

— Quelle est la raison de ce combat exactement? ai-je demandé.

— C'est plutôt un tournoi. Tu as vu à quel point cette ville dépend de son approvisionnement en eau. La situation est devenue si grave qu'elle nous a dressés les uns contre les autres.

— Les Batus contre les Rokadors?

— C'est pire que ça, a-t-elle repris. Depuis que les rivières souterraines sont à sec, les Batus s'affrontent entre eux dans leur quête pour trouver de l'eau. Les familles veillent farouchement sur leurs maigres réserves. Il n'est pas rare qu'après une averse, des voisins se battent entre eux pour une misérable flaque.

Un simple coup d'œil m'a confirmé tout ce que disait Loor. La première fois que j'ai vu Xhaxhu, c'était une ville fertile, une oasis en plein désert. Des ruisseaux d'eau pure cascadaient de partout. Il y avait des palmiers luxuriants, des jardins suspendus et même des fontaines projetant des ruisselets sur les statues. Or maintenant, la ville était desséchée. Dans les voies d'eaux, il n'y avait plus que de la poussière. Les jardins étaient flétris. Les palmiers se mouraient. Le sable balayait les rues et s'infiltrait partout. J'ai pensé aux anciennes cités d'Égypte. Elles devaient ressembler à ça lorsque le désert en avait repris possession. À moins que quelque chose ne change, cette cité risquait de finir ensablée, elle aussi, en attendant qu'une autre civilisation ne la redécouvre.

— Du coup, a repris Loor, les guerriers ghees sont divisés. Une moitié est restée loyale à sa mission : protéger Xhaxhu et la famille royale de Zinj.

— Et l'autre moitié ?

— Elle a le même but, mais ses méthodes diffèrent. La famille royale a fait savoir qu'elle tenait à gérer cette catastrophe par des moyens paisibles. Mais un nombre croissant de Ghees pensent que notre seule chance de survivre est de faire la guerre aux Rokadors pour s'emparer de leurs réserves d'eau. Chaque jour, ce groupe de rebelles devient plus nombreux. Si la sécheresse continue, je crains que ça ne débouche sur une guerre.

— Voilà exactement le genre de situation qui plaît à Saint Dane, ai-je remarqué.

— Bien d'accord. Il a découvert le point le plus vulnérable de notre territoire. La question est : comment va-t-il s'y prendre pour envenimer la situation ?

— C'est toujours la grande question, ai-je répondu. Parle-moi de ce combat.

— On a découvert un puits, a expliqué Loor. Personne ne sait au juste combien d'eau il contient. Il ne peut faire que quelques pieds de profondeur ou déboucher sur une source. Il s'agit de savoir qui va le contrôler. Les Ghees rebelles veulent s'en emparer afin de se renforcer en vue de leur assaut sur les Rokadors. Ceux qui sont restés loyaux à la famille royale préféreraient que son contenu soit distribué à l'ensemble du peuple de Xhaxhu.

— Donc, c'est un combat entre Ghees ?

— Oui, a répondu tristement Loor.

— Et toi, de quel bord es-tu ? ai-je demandé.

— Je voudrais croire que je suis du côté de Zadaa. Mais dans ce cas, je soutiens la famille royale. Je ne veux pas d'une guerre… pour bien des raisons.

— Je te comprends.

On a continué notre chemin en silence. Loor devait gagner son unité et j'avais tout intérêt à garder un profil bas pour éviter qu'un Ghee assoiffé me remarque et ait envie de se faire un Rokador. Elle m'a mené à un petit parc de ville qui n'était guère plus qu'un bout de terre sablonneuse entouré de tous côtés par de grands bâtiments. Ils me faisaient penser aux photos que j'avais vues représentant des anciens temples mayas d'Amérique centrale. Ces immeubles s'élevaient comme des pyramides en gradins et au toit plat. Certains étaient plus grands que les autres, parfois jusqu'à dix étages. À chaque niveau s'élevaient des statues, probablement de Batus célèbres du passé. La plupart semblaient être des guerriers farouches tenant des lances ou des flèches. Pas très engageant.

Au beau milieu du stade, il y avait une fontaine ouvragée. À sec, bien sûr. En son sommet trônait une statue plus grande que nature représentant un guerrier ghee affrontant une énorme bête ressemblant à un grand félin – à deux têtes. Le fauve se tenait sur ses pattes de derrière, dominant le Batu de sa masse, toutes griffes dehors, prêt à le mettre en pièces.

– Ce monstre me dit quelque chose, ai-je dit. Mais c'est impossible, bien sûr.

– Non, car tu en as déjà vu un, a répondu Loor. C'est une bête zhou. Cette machine sur Veelox a extrait son image de ma mémoire et...

– Le virus Réalité détournée ! me suis-je exclamé. Je me rappelle [1] ! Quand il a jailli d'Utopias, il ressemblait à cette chose. Tu veux dire que ces bestioles existent vraiment ?

Avant que Loor n'ait pu répondre, une trompette a résonné. J'ai levé les yeux pour voir que des gens se massaient sur les gradins de l'espèce de pyramide.

– Pourquoi personne ne reste-t-il dans le parc ? ai-je demandé.

– Parce que c'est le champ de bataille.

– Oh. Alors je ferais bien d'aller voir ailleurs si j'y suis.

– J'aimerais mieux que tu sois ailleurs, moi aussi.

– Mais je veux voir ce qui va se passer. Je ferai bien attention.

Si elle avait peur, elle n'en laissait rien paraître. Après tout ce que nous avions vécu, je ne me souviens pas d'une seule fois où elle ait manifesté la moindre frayeur. Elle était incroyable. Ou complètement insouciante.

– Alors, heu... Tu vas gagner, d'accord ?

---

1. Voir Pendragon n° 4, *Cauchemar virtuel*.

– Je gagne toujours, a-t-elle répondu avec une confiance absolue.

Je n'avais pas envie de lui souhaiter bonne chance de peur de lui porter la poisse. Je sais, c'est idiot, mais que dire ? Je l'ai laissée pour trouver un escalier sur le premier gradin de la pyramide. Et l'escalader n'a pas été une partie de plaisir. Je devais m'assurer que le lourd tissu couvrait ma tête et mes bras. La sueur me dégoulinait dans les yeux, me brûlant les rétines, mais je devais continuer. Ai-je déjà dit qu'il faisait une chaleur à crever ?

J'ai trouvé un coin tranquille à l'ombre d'une immense statue et me suis installé pour voir ce qui se déroulait en contrebas. En baissant les yeux, j'ai eu l'impression d'être dans une arène. Les gradins des bâtiments avoisinants se remplissaient à toute allure, parachevant l'illusion. Soit les gens de Xhaxhu se passionnaient vraiment pour ce combat, soit ils n'avaient rien de mieux à faire. Quoi qu'il en soit, il y avait pas mal de monde.

En regardant la foule tout en cherchant à me rendre invisible, j'ai remarqué quelque chose de bizarre. Et plus j'y pensais, plus cela m'intriguait. Tous ceux qui m'entouraient portaient des vêtements d'été, avec des shorts et des tissus légers. J'ai aussi reconnu quelques Ghees, simplement à leurs armures noires semblables à celle de Loor. Tout le monde était prêt à affronter la fournaise, sauf moi… et une autre personne.

Un gradin au-dessus de moi, dans l'ombre d'une statue, quelqu'un d'autre portait une cagoule dissimulant ses traits. Je doute que beaucoup de monde l'ait repéré, puisque tous regardaient en bas. Je faisais partie des rares qui soient en position de le voir. Impossible de dire s'il s'agissait d'un homme ou d'une femme, alors je dirai «il». Son manteau était sombre, mais pas noir. Plutôt une sorte de violet foncé. Qui que soit ce mystérieux type, deux choses étaient sûres : primo, tout comme moi, il voulait passer inaperçu, et secundo, le tournoi semblait le captiver. Et je pouvais même parier sur un troisième fait : à moins qu'il soit un phénomène de foire, il devait avoir aussi chaud que moi. Ce qui ne rendait sa présence que plus intéressante.

Il y eut un nouveau coup de trompette et la foule s'est tue. Les candidats sont entrés des deux côtés opposés du stade. Chaque groupe était constitué de trois Ghees marchant côte à côte, la tête haute. Loor en faisait partie. C'était d'ailleurs la seule fille. J'en ai conçu une certaine fierté, mais c'était aussi angoissant. Plus effrayant encore, ils étaient tous en armes. Il y a quelque temps, sur Zadaa, j'avais assisté à un de leurs jeux. Les candidats utilisaient de courts bâtons pour arracher des sortes de piquets accrochés à leurs adversaires. Un divertissement plutôt brutal, mais rien à voir avec un véritable combat. Cette fois, tout était différent. Là, dans ce rectangle desséché et poussiéreux, chaque guerrier portait un petit bouclier d'une main et une épée courte mais tranchante de l'autre.

Qui dit épées dit sang. Mon cœur s'est mis à battre la chamade. Ce n'était pas un jeu.

Les deux groupes se sont retrouvés près de la fontaine au centre du parc et se sont salués de la pointe de leurs armes avant de se reculer. La foule les a acclamés. Un autre Ghee est entré dans le stade. Il a marché à grandes enjambées pour se tenir au centre, entre les deux groupes. Il a salué celui de Loor, puis l'autre. Puis il a levé les yeux vers les gradins et a annoncé :

– Le défi est lancé. Les enjeux sont tracés.

Je m'attendais presque à ce qu'il crie : « Place au sport ! » Mais non.

– Le vainqueur remportera le droit de disposer de ce nouveau puits. Le combat se déroulera selon la tradition ghee. La victoire ira au guerrier qui réussira à trancher deux têtes.

La foule a rugi. Mes genoux ont flageolé. Avais-je bien entendu ? Ces gaillards allaient vraiment tenter de ramener les têtes de leurs adversaires ? J'ai eu envie de hurler. De bondir dans l'arène, de m'emparer de Loor et de l'entraîner loin d'ici. C'était de la folie ! Je me suis senti totalement impuissant. Chose étonnante, je me suis mis à transpirer à grosses gouttes. Enfin, encore plus grosses.

– Ô braves, nous vous saluons ! a crié le présentateur ghee.

Il a salué le premier trio, puis Loor et son équipe. La foule a acclamé à nouveau. Mon estomac s'est retourné. Il était bien possible que, dans quelques minutes, Loor morde la poussière. Morte. Et pour quoi ? Quelques gorgées d'eau ? Le présentateur s'est empressé de sortir de l'arène. Puis les deux groupes se sont fait face et se sont à nouveau salués de leurs épées.

J'avais envie de hurler «Arrêtez!», mais ç'aurait été aussi idiot que toute cette mascarade. Les deux trios se sont reculés sans quitter leurs adversaires des yeux. La foule s'est tue. C'était un spectacle étrange. Il devait y avoir des milliers de personnes massées sur ces gradins, mais à ce moment précis, je n'ai plus entendu que le vent du désert sifflant dans les rues arides de Xhaxhu.

La trompette a résonné à nouveau. Le combat pouvait commencer.

Journal n° 20
(suite)

ZADAA

Les deux équipes de guerriers se sont fait face dans ce rectangle de sable. Avec leurs armures noires, ils avaient l'air assez effrayants. Pas de doute, c'étaient des pros. Tout en muscles, brandissant leurs épées courtes, surveillant leurs adversaires d'un œil de glace. Je n'ai pas pu voir la moindre différence entre l'équipe de loyalistes à la famille royale de Xhaxhu et les rebelles voulant partir en guerre contre les Rokadors. Ils étaient juste... des guerriers. Et le fait que Loor soit la seule fille du lot n'était pas à son désavantage. Oh, ça non. Je l'avais vue régler leur compte à des types deux fois plus grands qu'elle. Mais lorsque six guerriers féroces armés jusqu'aux dents s'affrontaient, tout pouvait arriver.

J'ai jeté un coup d'œil à ce mystérieux homme qui regardait la scène d'en haut. Comme il se cachait sous sa capuche, je ne pouvais pas voir son visage. Je me suis demandé si c'était un Rokador cherchant à passer inaperçu, comme moi; enfin, en quelque sorte. En le voyant là, avec son lourd manteau, j'ai soudain réalisé que porter un accoutrement pareil par une telle chaleur nous faisait plus remarquer que si notre peau blanche luisait au soleil. Mais en fait, ça n'avait aucune importance, car personne ne se souciait de nous. Tous les yeux étaient braqués sur le stade, attendant le carnage.

Les guerriers restaient immobiles. Je me suis demandé s'ils attendaient un signal pour commencer le combat. Un coup de sifflet? Un goal allait-il donner le coup d'envoi? Ou peut-être serait-ce comme un duel, où tout commencerait au premier frémissement? Mon estomac s'est retourné à l'idée de voir ces guerriers s'écharper jusqu'à ce que deux têtes tombent. Moi qui n'avais jamais seulement pu supporter ces corridas où on massacrait ce pauvre taureau à la fin. Alors des décapitations... Pire encore, l'idée que Loor subisse ce triste sort... Tout ça ressemblait de plus en plus à un cauchemar. Un horrible cauchemar.

Les deux groupes restèrent plantés là pendant ce qui me parut une éternité. Je n'en pouvais plus. Quand allaient-ils enfin s'y mettre? La réponse n'a pas tardé. Et pas de la façon que j'attendais. En fait, ç'a même été pire que dans mon imagination.

Le silence a été rompu par un bruit hideux tel que je n'en avais encore jamais entendu. On aurait dit le piaillement furieux d'une bête féroce. Et c'était précisément ça. La foule a eu un hoquet lorsque les deux portes à la base d'un des bâtiments se sont ouvertes pour laisser le passage à... un zhou, qui a jailli dans l'arène.

Oh, misère.

Le danger venait de monter d'un cran. La bête ressemblait à celle de la statue. C'était un félin géant, beaucoup plus gros que les klees d'Eelong qui avaient la taille d'un homme. S'il se dressait sur ses pattes de derrière, ce monstre ferait passer Loor pour une demi-portion. Ses pattes étaient de vrais battoirs prolongés de six griffes – toutes sorties et parées à l'action. Sa robe était de dominante noire, mais souillée de taches de sang. J'imagine qu'on devait l'avoir poignardé par-ci par-là pour le rendre enragé et prêt à écharper tout ce qui passerait à sa portée. L'analogie avec les corridas prenait tout son sens. Et en effet, à peine sorti de son enclos, il a cherché une proie. Aussitôt, des mains invisibles ont refermé les portes derrière lui. Nul ne voulait que cette brute retourne à l'intérieur et se venge de celui qui l'avait transformé en gruyère. Campé sur ses quatre pattes, le monstre a regardé à droite et à gauche et poussé un feulement menaçant, dévoilant des crocs tranchants comme des rasoirs. Ma bouche est devenue toute sèche.

Ah oui, au cas où vous l'auriez oublié, les zhous ont deux têtes, chacune bien pourvue du côté dentaire. Apparemment, elles agissent de façon autonome, chacune regarde de son côté d'un œil perçant. Je me suis demandé laquelle de ces têtes commandait le corps. Si l'une voulait aller à droite et l'autre à gauche, le résultat promettait d'être intéressant. D'ailleurs, tout ça aurait pu être assez captivant si Loor ne s'y trouvait pas mêlée.

Les deux équipes de guerriers sont passées à l'action. Chacune a brandi ses boucliers et ses épées, sur la défensive. J'ai vite compris qu'ils n'avaient pas l'intention de se rentrer dans le lard. C'est le zhou qu'ils regardaient. Deux têtes devaient être tranchées, avait dit le présentateur. J'ai alors compris qu'il parlait de celles de ce fauve. En fait, c'était ça le véritable enjeu du tournoi. Tout d'abord, je me suis senti soulagé. Loor ne risquait pas de périr sous la lame d'un autre Ghee. Mais la peur a vite repris le dessus, peur qu'elle se fasse écharper par ce félin à deux têtes. Si elle devait y rester, peu importait comment.

Les deux trios ont encerclé la bête. Celle-ci a agité ses têtes pour mieux les surveiller. Après quelques secondes à se jauger, la bête a cessé de feuler et s'est accroupie en agitant la queue comme un chat en colère. Impossible de dire si elle avait peur, si elle renonçait au combat ou si elle se préparait à bondir.

L'équipe de Loor a frappé la première. L'un des guerriers a sorti une corde et a pris le zhou au lasso, du moins une de ses têtes. Le foule a rugi pour l'encourager. Mais avant que Loor et le reste du trio ne puissent réagir, leurs adversaires ont pris l'avantage. L'un des combattants a bondi sur le dos du zhou et a levé son épée, prêt à la plonger dans l'une des nuques de la bête. Mal vu. L'équipe de Loor ne maîtrisait qu'une des têtes. L'autre était libre et pas contente du tout. Avant que le guerrier ne puisse attaquer, la tête libre s'est tordue selon un angle a priori impossible. Le Ghee ne devait pas s'y attendre non plus, sinon il n'aurait pas été assez bête pour rester à sa portée. Les crocs du zhou se sont refermés sur la jambe de son bourreau, qui a poussé un cri de douleur. Pris par surprise, il n'a même pas pensé à se servir de son épée. La bête a arraché le guerrier de son dos et a agité sa tête tout en serrant la jambe du malheureux entre ses crocs.

C'était un spectacle atroce, mais je ne voulais pas en perdre une miette. J'ai donc fait comme au cinéma, j'ai à moitié fermé les yeux. Je sais, ça ne fait pas très viril, mais vous ne pouvez imaginer à quel point c'était horrible. Quelques secondes plus tard, le zhou a fini par recracher le Batu, qui s'est écrasé sur le sol sablonneux. Son armure était tordue et il y avait du sang partout, mais il était encore vivant. Loor et son équipe ont serré la corde et fait de leur mieux pour éloigner la bête du guerrier à terre. Le félin s'est débattu, mais ils ont pu l'entraîner assez loin pour que ses équipiers emmènent le blessé à l'abri. Ils avaient sauvé la vie de leur adversaire. Pas de doute, ces gens avaient l'esprit sportif au sens noble du terme.

Mais leurs adversaires n'avaient pas les mêmes scrupules. Des deux qui restaient, pas un seul n'est allé secourir son camarade. Ils l'ont laissé là, à moitié mort. Je ne sais ce qui était le pire, de voir ce gars presque coupé en deux ou de savoir que ses amis ne lèveraient pas le petit doigt pour l'aider. Ça m'a donné une idée de la mentalité de ceux qui étaient pour la guerre contre les Rokadors… Des gens froids et sans âme. Les préférés de Saint Dane. Mieux valait les surveiller de près.

Et ce n'était pas fini. Soudain, le zhou a bondi à la verticale, si vite que les spectateurs ont eu un hoquet de surprise. Tout comme moi. Cet énorme bestiau était agile. Il a pris de court l'équipe des loyalistes. Le monstre a arraché la corde des mains de Loor et de son coéquipier. Le troisième n'a pas eu cette chance : la corde s'est enroulée autour de son bras. Le zhou a rejeté sa tête en arrière, soulevant le malheureux de terre. Puis le monstre s'est tourné vers le Ghee mal barré. Le pauvre bougre a tenté de rouler sur lui-même, mais sa propre corde l'a retenu. Et ceux de l'équipe adverse ne risquaient pas de venir à son secours.

Mais Loor n'est pas comme eux. Sans l'ombre d'une hésitation, elle a bondi vers le zhou. D'un bras, elle a cogné l'un des crânes avec son bouclier tout en frappant l'autre de son épée. Les deux ont rugi de surprise et de douleur, ce qui a donné à Loor le temps de répit dont elle avait besoin. D'un geste fluide, elle a frappé à nouveau de son épée, sectionnant la corde qui liait son ami à la créature. Leur autre coéquipier a pu l'aider à se relever, puis à s'éloigner avant que le zhou n'attaque à nouveau.

Le premier round était pour la bête. Le second pour Loor. Mais le zhou avait l'air en pleine forme, et les deux équipes avaient drôlement encaissé. Et si elles n'arrivaient pas à tuer ce monstre ? Comment tout ça finirait-il ? Par un combat à mort entre elles ?

La bête a pris l'initiative. Loor l'avait attaquée. Elle avait versé son sang. L'animal était furax. Il allait se venger.

Il s'est rué sur elle.

Avant qu'elle se soit aperçue de l'attaque, le zhou lui a donné un coup de griffe qui lui a lacéré l'épaule. Loor a plongé de côté, mais a lâché son épée. Aïe. Il ne lui restait plus que ce bouclier minable pour se protéger. Et la bête a bondi de nouveau. Loor avait besoin d'aide.

– La corde, a-t-elle ordonné à ses coéquipiers tout en roulant sur elle-même pour échapper au monstre bicéphale.

Pendant qu'ils s'exécutaient, elle s'est relevée d'un bond pour partir dans la direction opposée. Le zhou ne s'en est pas laissé conter. Il la talonnait. Loor a sprinté vers le guerrier de l'autre équipe, toujours à terre. À quoi jouait-elle ? Le grand fauve a fait un bond prodigieux. Loor a plongé au sol pour l'éviter, a roulé sur elle-même et a arraché son épée de la main du guerrier blessé. Bien joué ! Au même moment, le zhou s'est reçu souplement, prêt à bondir à nouveau. Loor s'est empressée de frapper, visant ses pattes de devant. La bête a poussé un rugissement de douleur et s'est affalée la tête la première – ou plutôt *les* têtes.

Loor s'est dégagée après avoir une fois de plus évité la mort. Mais le zhou était loin d'être hors d'état de nuire. Loor a sauté sur ses pieds et s'en est retournée vers ses camarades lorsqu'un guerrier de l'équipe adverse lui a fait un plaquage digne d'un rugbyman. Incroyable ! Elle ne l'a même pas vu venir. La foule a hué le Ghee, mais ça n'a eu aucun effet sur lui. Il lui a arraché l'épée. C'est vrai qu'elle appartenait à son équipe, mais tout de même ! Avant que Loor ait eu le temps de se relever, il a rejoint ses propres camarades. Ces lascars commençaient à me dégoûter. Loor se retrouvait à nouveau désarmée.

Le zhou se relevait péniblement. Les membres de l'équipe de Loor étaient de l'autre côté du parc, à tendre leur corde, prêts à lui venir en aide. Mais elle était trop loin. Elle devrait se débrouiller seule. Le zhou a repris ses esprits, a scruté l'arène de ses deux têtes et a fini par repérer Loor. Elle était à découvert, sans défense. Le zhou s'est accroupi comme un chat prêt à bondir. J'ai cru que Loor n'avait nulle part où aller. Je me trompais. Avant que le zhou ne saute, elle a couru à toute vitesse vers la statue au centre du parc.

– Vite ! ai-je crié, comme si elle avait besoin d'encouragements.

Elle a atteint la statue représentant un guerrier affrontant un zhou et l'a escaladée en un tournemain. La foule en délire a rugi de joie. Loor était devenue sa championne. Je n'avais pas la moindre idée de ce qu'elle comptait faire, sinon gagner du temps. J'ai présumé que les zhous ne savaient pas grimper, sinon, elle était fichue. Ses camarades n'avaient pas l'air de savoir quoi faire, et l'autre équipe n'allait évidemment pas lui venir en aide. Elle était sauvée, mais se retrouvait dans une impasse.

Elle était à mi-chemin quand j'ai vu quelque chose traverser le parc à toute allure. D'abord, j'ai cru que c'était un des autres guerriers, mais un bref coup d'œil m'a confirmé qu'un nouvel intervenant venait d'entrer dans la danse. C'était Saangi, l'écuyère de Loor. Que faisait-elle là ? De toute évidence, elle avait une idée derrière la tête, parce qu'elle cavalait comme une dératée. Elle ne portait pas d'arme, et même si elle en avait une, elle n'aurait certainement pas l'ombre d'une chance face au zhou. Mais une chose était sûre : cette gamine avait du cran.

De l'autre côté de la statue, le zhou avançait sans se presser. Soit il n'en sentait pas le besoin, soit ses pattes étaient trop mal en point. En tout cas, il se rapprochait de Loor. Quoi qu'ait prévu Saangi, elle avait intérêt à faire vite. Elle a filé ramasser l'épée de Loor à l'endroit où elle était tombée. Sans l'ombre d'une hésitation, elle a tourné les talons pour courir vers la statue.

– Loor ! a-t-elle crié juste avant de lui jeter son arme.

L'interpellée a levé les yeux, juste à temps pour voir l'épée voler vers elle. Une brève seconde, mon cœur s'est arrêté de battre. J'ai vraiment cru que Loor allait finir empalée par sa propre lame. Je la connaissais mal. Elle a attrapé l'épée au vol comme la professionnelle qu'elle était. Et Saangi n'était pas vraiment un manche non plus. Mais aussi impressionnant que soit son exploit, ça ne suffirait pas pour gagner la partie.

Le zhou a choisi d'abandonner toute prudence pour partir au triple galop. C'était l'assaut final. Loor allait atteindre le sommet de la statue, c'est-à-dire les deux têtes. Il devait y avoir une certaine valeur symbolique que je n'avais aucune envie de décortiquer. De toute évidence, la statue n'était pas assez haute. Si le zhou était capable de bondir comme je l'avais vu faire, Loor était cuite, épée ou pas.

Mais ses camarades ne l'avaient pas abandonnée. Avant que le fauve ait pu s'élancer, ils ont lancé la corde, qui s'est enroulée autour de sa patte tel un lasso. Trop occupée à surveiller Loor, la bête n'a rien vu venir. Les deux hommes ont tiré un bon coup. L'animal surpris a baissé les yeux vers la corde…

Et Loor est passée à l'action.

Elle a sauté de la statue pour atterrir sur le dos du zhou. Mais contrairement à son rival qui avait tenté la même chose, elle était prête à frapper. Je crois que la lame a touché sa cible avant même que Loor ne touche son dos. Sous la puissance de l'impact, elle s'est enfoncée jusqu'à la garde. C'était aussi étrange qu'horrible de voir les deux têtes réagir à l'unisson, exprimant la même surprise et la même douleur. Le corps de la bête s'est convulsé avec une telle violence qu'il a désarçonné Loor. Elle a violemment heurté le sol, mais a effectué un roulé-boulé pour se relever d'un bond, prête à en finir.

Trop tard. À peine avait-elle été éjectée que les deux guerriers de l'équipe concurrente ont sauté à leur tour sur le dos de la bête blessée. Ils ont tiré leurs épées et frappé les deux têtes. Cette fois, j'ai détourné les yeux. Je n'avais aucune envie de voir ça. Heureusement, les rugissements de la foule étaient tels que je n'avais pas à l'entendre non plus. La moitié des spectateurs acclamait la fin du combat, l'autre manifestait son mécontentement de voir que le véritable vainqueur, Loor, ne remporterait pas le trophée. Tout dépendait de qui trancherait les têtes. Loor et son équipe avaient arrêté le zhou, pas de doutes, mais ils n'avaient pas obtenu leurs trophées. Un simple détail, certes, mais le règlement était le règlement. D'après moi, ce n'était pas vraiment très juste, mais j'étais surtout soulagé que Loor s'en sorte vivante.

Je suis resté là, à tourner le dos à l'arène, à tenter de ne pas imaginer la scène horrible qui devait se dérouler en contrebas. Au passage, j'ai jeté un coup d'œil au niveau supérieur pour voir la réaction de l'inconnu en robe violette. De quel côté était-il ? Se réjouissait-il ou huait-il ?

Je n'en saurais rien, parce qu'il était parti.

Journal n° 20
(suite)

ZADAA

— Ne bouge pas, a ordonné Saangi. Sinon, ça prendra plus longtemps.

C'était bien la première fois que j'entendais quelqu'un commander Loor. Ou du moins c'était la première fois que Loor y obéissait. Saangi était peut-être son écuyère, elle se comportait plutôt comme une mère, sévère et attentionnée à la fois. Malgré son impatience, Loor est restée immobile pendant que Saangi recousait son bras blessé. Oui, j'ai bien dit « recousait ». Avec une aiguille et du fil. À même la peau. Beurk. La plaie n'était pas profonde, mais avait besoin de points de suture. Quoique, pour ces guerriers, ce n'était pas grand-chose. Loor n'a même pas frémi. Moi, par contre, j'ai dû détourner les yeux plutôt que de vomir sur le sol de chez Loor. Ça ne se fait pas.

— Ça te dérange de me voir faire, Pendragon ? a demandé Saangi, même si elle connaissait déjà la réponse.

— Non, ai-je menti. J'en ai vu d'autres.

Loor et Saangi se sont regardées. Elles savaient que je frimais. Il me fallait changer de sujet sous peine de passer pour une mauviette.

— Ce n'était pas juste, ai-je dit. Après ce qui s'est passé dans cette arène, ils auraient dû vous donner la victoire.

— Tu as raison, a renchéri Loor. Ce n'était pas correct. Saangi n'aurait jamais dû s'en mêler.

Je ne m'attendais pas à ça. J'ai regardé Saangi. Elle n'a pas réagi.

29

– Dès le moment où elle est intervenue dans le tournoi, a continué Loor, tout était terminé. Les interventions extérieures sont interdites. À partir de là, mon équipe avait perdu, quoi qui puisse se passer ensuite.

– Mais elle t'a sauvé la vie ! me suis-je exclamé.

– J'aurais bien trouvé un moyen de m'en sortir, a calmement répondu Loor.

Je n'ai pas rétorqué. La connaissant, c'était probablement vrai.

– À vrai dire, ai-je repris, ce combat m'a paru un peu vain. Quelle quantité d'eau espéraient-ils trouver dans ce puits ?

– Il était à sec, a répondu Loor. Une fois vidé, il n'y avait pas de sources en dessous pour l'alimenter.

– Donc, six guerriers ont risqué leur vie en affrontant un monstre à deux têtes, et tout ça… pour rien ?

– L'eau n'était qu'un prétexte, a expliqué Loor. Au sein des Ghees, les tensions n'ont cessé de croître. Aujourd'hui, nous nous affrontions pour quelques gouttes d'eau. Bientôt, ce sera pour savoir qui décidera de l'avenir de Xhaxhu et de Zadaa.

– Et peut-être de Halla, a ajouté Saangi sans lever les yeux de son ouvrage.

– As-tu une idée de la place de Saint Dane dans tout ça ?

– Pas encore, a répondu Loor. (Elle m'a regardé droit dans les yeux et a ajouté) : C'est pour ça que tu es là.

Ouais. C'était pour ça que j'étais là. Assis dans un appartement étouffant dans une pyramide de pierre où cohabitaient des guerriers tribaux opposés les uns aux autres, à regarder mon amie se faire recoudre tout en discutant de la meilleure façon d'empêcher un démon de détruire le passé, le présent et l'avenir d'un seul coup. Ouais, voilà qui résumait bien la situation. Soudain, le fait de regarder suturer une plaie en devenait presque attirant.

– Les Voyageurs ont fait du bon travail, Pendragon, a dit Loor. Et toi aussi. Mais maintenant, la guerre a atteint mon propre territoire. Ce n'est pas que Zadaa ait plus de valeur que les autres territoires, mais je mentirais en refusant d'admettre qu'elle a plus d'importance pour moi. Nous ne pouvons pas échouer. Saint Dane doit être vaincu.

30

Elle avait raison. Du moins à propos des Voyageurs. Jusque-là, nous avions fait du bon travail. Denduron, Cloral, la Première Terre et Eelong étaient des victoires. Veelox a été notre seul échec[1]. Ce territoire était voué à la décadence depuis que ses habitants préféraient vivre dans un univers virtuel de rêve plutôt que d'affronter la réalité. Aja Killian, la Voyageuse de ce territoire, s'efforçait toujours de maintenir en activité l'immense ordinateur d'Utopias afin de garder tout le monde en vie. En ce qui concernait Veelox, notre seul espoir était de vaincre Saint Dane une bonne fois pour toutes. Ensuite, peut-être pourrions-nous aider Aja à rassembler les morceaux.

Le score était de quatre contre un, mais ce n'était pas si simple. On avait peut-être repoussé Saint Dane, mais à quel prix ! Je ne pouvais m'empêcher de penser que Saint Dane érodait peu à peu nos forces. Comme dit le dicton, on avait gagné plusieurs batailles, mais pas la guerre. Chaque territoire avait son importance, mais n'était qu'une pièce d'un grand tout. La guerre continuait, et nous n'étions plus aussi forts qu'avant. Mon oncle Press était mort. Tout comme le père de Vo Spader. Osa et Seegen avaient été tués, eux aussi. En écrivant ces mots, je me rends compte du nombre de gens qui avaient fait l'ultime sacrifice pour arrêter Saint Dane. Je ne sais pas si j'en retire de la tristesse ou de la colère. Un peu des deux, sans doute. Avec un brin de peur par-dessus. Il ne faut jamais l'oublier.

Mais ce n'était pas tout. Lorsque le flume d'Eelong s'est effondré, Spader et Gunny se sont retrouvés piégés dedans[2]. (Je ne veux pas aborder les sujets qui fâchent, mais pour que ce bilan serve à quelque chose, je ne peux pas faire d'exception. Désolé.) Sur Eelong, on a appris de la plus douloureuse des façons qu'il ne faut pas mélanger les territoires et que seuls les Voyageurs doivent emprunter les flumes. Non seulement deux Voyageurs se retrouvent en carafe, mais Kasha, la Voyageuse d'Eelong, a été tuée dans l'éboulement. C'est la première Voyageuse de notre génération à périr au champ d'honneur. J'espère que ce sera la

---

1. Voir Pendragon n° 4, *Cauchemar virtuel*.
2. Voir Pendragon n° 5, *La Cité de l'Eau noire*.

dernière. Au moment où j'écris ces mots, j'ai sous les yeux la petite urne d'argent contenant ses cendres. Un jour, je le jure, je la ramènerai sur Eelong. Je continue d'espérer qu'on trouvera un moyen quelconque de réparer le flume ou qu'on en découvrira un autre. Pas uniquement pour ramener Kasha chez elle, mais aussi pour libérer Spader et Gunny. J'ai besoin d'eux. Mais on n'a pas le contrôle des flumes. Il ne me reste qu'à garder bon espoir.

Jusque-là, tous les Voyageurs que j'ai rencontrés étaient des gens extraordinaires. Chacun d'entre nous avait été choisi pour représenter son territoire dans notre lutte contre Saint Dane. L'oncle Press m'a dit que ce démon était un Voyageur, lui aussi. En ce cas, je me demande de quel territoire il vient ? Est-ce que dans son monde, la violence, le meurtre et le sadisme sont la norme ? Qui sait ? Peut-être que, comparé aux autres habitants de son territoire, c'est un brave type. Ce qui n'a rien de rassurant.

Je ne sais trop pourquoi je vous dis tout ça, les gars. Vous le savez déjà. Mais j'imagine qu'au moment d'entamer un autre chapitre de ma vie, il est temps de faire le point. Parfois, je me dis que je m'en tire plutôt bien. Pour quelqu'un qui ne sait même pas pourquoi il a été choisi pour être Voyageur, et surtout le Voyageur en chef, je peux être fier de la façon dont j'ai chamboulé les plans de Saint Dane. Mais d'autres fois, généralement tard la nuit, lorsque je n'arrive pas à m'endormir, j'ai l'impression d'être complètement dépassé. J'ai dû prendre des décisions pénibles, et je n'ai pas toujours fait le bon choix. J'ai eu de la chance que les autres Voyageurs soient là pour recoller les morceaux. Mais je ne peux m'empêcher de redouter qu'un jour, je prenne une mauvaise décision de trop, qu'elle se retourne contre nous et permette à Saint Dane de remporter la victoire.

Voilà de quoi occuper plus d'une nuit blanche.

L'enjeu est tellement important qu'il défie l'imagination. Saint Dane tente de prendre le contrôle de tout ce qui a existé, de tout ce qui *va* exister. Tout. Je n'arrive même pas à concevoir ce qu'est Halla, encore moins qu'un être maléfique tel que Saint Dane veuille le détruire. Avant que l'oncle Press ne m'arrache à ma famille en Seconde Terre, ma plus grosse responsabilité était de faire mes devoirs et de sortir les poubelles. Et encore, la moitié du temps, j'oubliais les poubelles. Et maintenant, je me retrouve à la tête d'un groupe de combattants cherchant à empêcher la destruction de toute vie. Et je n'ai que seize ans ! Enfin, je crois. J'ai perdu toute notion du temps. Inutile de dire que je préférerais mille fois être chez moi, à sortir les poubelles.

Mais tel n'est pas mon destin, ou du moins c'est ce qu'on m'a dit. La seule façon que j'aie de ne pas péter un plomb, c'est de penser à ce qui se passe et pas à ce que je voudrais vivre. C'est dur, mais je dois regarder en avant. Je ne peux pas m'empêcher de penser à chez moi. Et à vous, les amis. Et de me demander ce qui est advenu de ma famille. Et de Marley, mon chien. Et souhaiter que tout ça ne soit jamais arrivé. Et pourtant, je suis bel et bien là. Et il y a de fortes chances que Saint Dane y soit aussi.

Et voilà.

— Suffit, a dit sèchement Loor à Saangi. Ça finira bien par guérir.

La gamine a posé son aiguille et son fil, puis a frotté un onguent poisseux sur la plaie.

— Voilà qui protégera la plaie et l'empêchera de saigner, a-t-elle expliqué.

— Je connais ses effets, a rétorqué Loor.

J'ai eu l'impression que ce n'était pas la première fois qu'elle se faisait raccommoder ainsi. Loor a passé une bande de tissu doré autour de son bras pour cacher les sutures, et hop, elle était bonne pour le service.

— Merci, Saangi, a-t-elle dit sincèrement.

— Puis-je parler avec franchise ? a demandé cette dernière.

— Bien sûr.

— Les alliances sont en train de se forger, mais tu ne l'acceptes pas. En cherchant à prendre en considération chaque point de vue, tu t'es mise dans une situation dangereuse. Lorsque la bataille commencera, à force de ne vouloir t'aligner sur personne, tu n'auras personne pour te couvrir.

Loor a acquiescé d'un air pensif.

— Je reste loyale à la famille royale de Zinj, a-t-elle dit. Je pense qu'ils sont notre meilleur espoir de maintenir la paix. Mais nous avons à affronter une menace plus considérable encore, celle de

Saint Dane. Il est forcément là, dans l'ombre, à œuvrer pour pousser Zadaa à la guerre ouverte. Tant que nous n'aurons pas découvert comment il tire les ficelles, peu importeront les alliances que j'aurai forgées, car tout Zadaa sera en grand péril.

— Mais tous les Ghees choisissent leur bord…

— Peu importe, a coupé Loor. Si nous débusquons Saint Dane, il nous faudra nous entendre avec chaque faction. Voilà pourquoi nous devons te laisser, Pendragon et moi.

— J'aimerais venir avec vous, a dit Saangi.

Loor s'est levée et a étiré ses longues jambes. Difficile de croire qu'elle sortait d'un combat à mort où elle avait par quatre fois failli y rester. Pour elle, c'était une journée des plus ordinaires. Incroyable.

— Non, tu restes ici, a ordonné Loor. Nous n'en avons pas pour longtemps. Viens avec moi, Pendragon.

— Impec, ai-je répondu en me relevant.

— Et si vous avez besoin d'aide ? râla Saangi.

Loor a ramassé le long bâton de bois que je l'avais vue utiliser comme arme de façon fort convaincante et l'a fourré dans le harnais de cuir sur son dos.

— Tu commences à ressembler à une vieille femme trop craintive, a dit Loor. Pendragon et moi pouvons nous débrouiller.

À vrai dire, j'avais le vague espoir que Saangi nous accompagnerait. Plus on est de fous, et cetera… Mais je n'ai rien dit : c'est Loor qui était aux commandes. Elle s'est dirigée vers la porte, Saangi sur ses talons.

— Pendragon n'est pas un guerrier, a-t-elle insisté. Il ne peut pas te protéger comme je le ferais moi.

Loor s'est immobilisée si brutalement que Saangi a bien failli lui rentrer dedans.

— Ne commets pas l'erreur de le sous-estimer, a-t-elle déclaré fermement. Tu ne connais pas Pendragon aussi bien que moi.

Je commençais à penser que Saangi avait raison. Je n'étais pas un guerrier. Si quelqu'un s'attendait à me voir passer en mode Conan le Barbare et protéger Loor, il faisait erreur sur la personne. En général, c'est moi qui comptais sur Loor pour me tirer d'affaire. Saangi a virevolté et m'a jeté un regard noir. Elle n'avait peut-être que quatorze ans, mais elle ne manquait pas d'assurance. Je me suis promis de ne plus la considérer comme une gamine.

– Je suis l'assistante et l'Acolyte de Loor, s'est-elle rengorgée. Il est de mon devoir de la servir. Je respecte ta mission, veuille respecter la mienne.

– Saangi! a crié Loor, furieuse. Tu te rends compte à qui tu t'adresses?

– C'est bon, ai-je dit à Loor, puis je me suis tourné vers Saangi et lui ai souri. Je ne peux pas te dire de ne pas t'inquiéter, Saangi, mais nous sommes tous du même bord.

Elle ne voulait pas en démordre. Elle m'a dévisagé encore un moment, puis s'est écartée pour me laisser le passage.

– Je vous attends d'ici la tombée de la nuit, a-t-elle dit.

Je suis passé devant elle pour rejoindre Loor.

– Bien, mon commandant.

Je me suis tourné vers Loor.

– Hé, elle est encore plus autoritaire que toi!

Elle n'a pas eu l'air de trouver ça drôle. Elle m'a tendu ce lourd manteau que j'avais porté pour assister au combat.

– Mets-le, a-t-elle dit sèchement.

J'imagine qu'elle voulait prouver qu'en termes d'autorité, nul ne lui arrivait à la cheville.

– Tu sais, ce truc aura ma peau, ai-je dit.

Je portais déjà la tenue blanche d'un Rokador – une veste légère repliée à hauteur de la taille et fermée par un nœud et un pantalon très simple. Et des sandales. Je déteste les sandales. Pour moi, elles sont réservées aux vieux bonshommes qui croient être encore des hippies ou aux filles en chemises à carreaux. Mais je n'avais pas le choix. Personne n'aurait apprécié de voir un type à la peau blanche comme la mienne se balader en ville. Si en plus je portais des vêtements de Batus, ils m'auraient pris pour un espion ou quelque chose comme ça. Et pour votre gouverne, je portais toujours mon caleçon de Seconde Terre. Après avoir dû le retirer pour endosser les haillons puants d'Ee-long, c'était bien de retrouver des vêtements confortables. Enfin, si je n'avais pas dû les recouvrir de ce déguisement étouffant.

Ai-je déjà précisé que sur Zadaa, il fait une chaleur d'enfer?

— Où va-t-on? ai-je demandé.

— Prendre la mesure de ce que nous affrontons.

Nous avons laissé Saangi, qui fulminait toujours, et sommes sortis de l'appartement pour traverser la grande cour centrale de la caserne des Ghees.

— C'est une dure, ai-je remarqué.

— Elle prend son devoir très à cœur, a répondu Loor. Elle voudrait devenir une guerrière, mais je crains qu'elle ne soit trop impulsive.

— Son impulsivité te convenait quand elle t'a donné le moyen de te débarrasser du zhou, ai-je raillé.

Loor n'a même pas daigné me jeter un regard. Tout ce qu'elle a répondu, c'est:

— Je te l'ai dit, j'aurais bien trouvé quelque chose.

— Ben voyons.

— Tu doutes de moi?

— Moi? Jamais! ai-je dit avec un petit rire.

J'aimais bien asticoter Loor, mais à vrai dire, j'étais sûr qu'elle aurait trouvé un moyen de défaire cette bestiole, même sans l'aide de Saangi.

En traversant la caserne, on a croisé plusieurs Ghees. Certains s'entraînaient, d'autres discutaient par petits groupes. Bien que divisés, les Ghees habitaient tous le même campement. Je me suis demandé pour combien de temps. Si le conflit s'envenimait, la cohabitation d'une telle bande de brutes allait engendrer de sacrées tensions. Ou des actes de violence. Je suis resté caché sous mon manteau. Je devais avoir l'air idiot, à crapahuter par cette chaleur déguisé en Esquimau. Mais personne ne nous a interpellés. J'imagine que personne n'avait envie de se colleter avec Loor. Ou un Esquimau.

Elle m'a mené vers une étable où se tenaient les chevaux les plus beaux et les plus puissants que j'aie jamais vus. C'était des vrais chevaux, rien à voir avec les zenzens d'Eelong avec leur articulation supplémentaire. Loor a installé deux grandes selles de cuir épais qui semblaient sortir tout droit d'un western. On a enfourché nos montures respectives, et nous voilà partis dans les rues de Xhaxhu. Je commençais à savoir monter à peu près correctement. L'oncle Press m'avait appris lorsque j'étais plus jeune, en Seconde Terre, et j'ai eu plusieurs occasions de pratiquer l'équitation sur les différents territoires que j'avais visités. Et ça me plaisait bien. Quelque chose me dit que, quand tout ça sera terminé, je m'offrirai un cheval. En admettant que je puisse rentrer chez moi, bien sûr.

— Tu as vu le meilleur de Xhaxhu, me dit Loor alors qu'on chevauchait côte à côte. Maintenant, tu vois l'horreur de ce qu'elle est devenue.

Comme je l'ai dit, la cité était asséchée. Et encore, le mot est faible. Quelques précieuses gouttes d'eau s'écoulaient encore dans certaines fontaines, mais pas assez pour étancher la soif de centaines de Batus agenouillés près des bassins de pierre, avides de la moindre parcelle d'humidité. Certains étaient même carrément allongés dans les fontaines pour lécher ce ruisselet ridicule. Une vision assez déprimante.

Les habitants de Xhaxhu portaient des tuniques très simples de couleurs vives. Partout des tons de rose et de bleu, de jaune et d'orange, avec des fioritures autour du col et des manches. Lors de mon premier voyage ici, tout m'avait paru gai et brillant. Mais maintenant qu'ils n'avaient plus assez d'eau pour se laver eux-mêmes et encore moins leurs habits, les couleurs vives étaient devenues ternes et miteuses. Ce qui décrivait assez bien la ville elle-même. Miteuse. Les palmiers bordant les rues ressemblaient désormais à de simples poteaux morts. Les gens ne se parlaient guère, et la vie sociale semblait réduite à néant. Ce n'était pas que la ville qui se desséchait sur pied avant de retomber en poussière. Ses habitants semblaient prendre le même chemin.

— Que s'est-il passé ? ai-je demandé à Loor. Il a cessé de pleuvoir ?

— En partie, oui. Mais à Xhaxhu, nous ne dépendons pas des précipitations. Ce sont les rivières souterraines de Zadaa qui nous alimentent en eau. Et c'est là que réside le véritable problème.

— Qu'est-ce qui leur est arrivé ?

— C'est bien la grande question. La seule qui compte vraiment. Et de sa réponse dépendra l'avenir de Xhaxhu et de Zadaa.

– Et de Halla ? ai-je ajouté.

Loor a haussé les épaules. Pour l'instant, rien ne prouvait que Saint Dane était impliqué dans tout ça, mais lorsqu'un territoire a de gros ennuis, que des gens souffrent et se préparent à faire la guerre, il y a de fortes chances qu'il rôde dans le coin.

– Alors pourquoi tout ça est-il arrivé ? ai-je demandé.

– Je ne sais pas. C'est justement ce que nous devons découvrir.

On a trotté jusqu'aux confins de Xhaxhu, là où un immense mur entourait la ville. Et croyez-moi, c'était du costaud. Il était constitué de pierres de la taille d'un camion et s'élevait sur l'équivalent de cinq ou six étages. Je n'ose imaginer les années de dur labeur qu'il avait fallu pour élever une telle muraille.

– Ce mur nous protège d'éventuels envahisseurs, a dit Loor comme si elle lisait mes pensées. Les Batus et les Rokadors ne sont pas les seules tribus de Zadaa, mais nous sommes les plus civilisées. Dans le désert, beaucoup d'autres vivent comme des sauvages et profitent les unes des autres.

– Tu veux dire qu'ils se volent entre eux pour survivre ? ai-je demandé.

– Non, qu'ils se *nourrissent* les uns des autres. De nombreuses tribus de Zadaa… sont cannibales.

– Oh. Super.

– Les Ghees sont là pour protéger Xhaxhu, qui, à son tour, protège les réseaux souterrains des Rokadors. Ce mur est notre première ligne de défense. Il sert aussi de protection contre les éléments. Une tempête de sable pourrait paralyser la ville pendant des heures.

Alors qu'on longeait le mur – il n'y avait pas de porte –, j'ai vu d'énormes dunes de sable s'élever, mais à l'extérieur.

– Ces tempêtes de sable sont fréquentes ? ai-je demandé.

– Bien assez. Elles peuvent être terribles. Je n'ose pas imaginer ce qu'une d'entre elles ferait à Xhaxhu, maintenant que nous sommes si affaiblis.

Un instant, je me suis demandé si Saint Dane était capable de provoquer une telle tempête. Mais aussi puissant qu'il soit, il avait forcément ses limites. Je ne pensais pas qu'il puisse contrôler le climat. Du moins, je l'espérais.

Loor m'a emmené un plus loin, vers un autre mur moins imposant. Il n'était pas aussi grand que celui qui entourait Zadaa, mais sacrément long. Il s'étendait sur plus d'un kilomètre de chaque côté.

— Voilà ce que je voulais te montrer, a dit Loor. C'est une des fermes qui se chargent de nourrir le peuple de Xhaxhu.

Un peu plus tard, on est passés par une ouverture dans le mur. Ce que j'ai vu de l'autre côté m'a sapé le moral. Xhaxhu était une grande ville avec beaucoup de bouches à nourrir. Je m'attendais à tomber sur des champs entiers, comme sur les barges agricoles de Grallion. Eh bien non. Tout ce que j'ai vu, c'est du sable. Beaucoup de sable. On a dirigé nos chevaux vers le centre du champ. On se serait crus sur un site archéologique en Égypte, pas dans une ferme. Tout ce vide avait quelque chose de fascinant.

Loor a dû lire mes pensées une fois de plus, car elle a dit:

— Les fermiers ont abandonné leur travail. Sans eau pour irriguer les cultures, il leur est inutile de planter, fertiliser ou même repousser le sable.

— D'accord, c'est une question idiote. Mais cette ferme est-elle vraiment importante?

— Il y en a sept qui approvisionnent Xhaxhu. Les fermiers concentrent le peu d'eau qui reste vers trois d'entre elles. Mais ce qu'elles peuvent produire est bien insuffisant. On doit puiser dans nos réserves de grains, mais elles ne dureront pas bien longtemps. La réalité est que nous ne tarderons pas à mourir de faim.

— J'imagine que ça la rend extrêmement importante.

C'est alors que quelque chose a attiré mon attention. À quelques mètres devant nous, le sable s'est soulevé. Quelque chose se déplaçait, caché sous les grains. L'instant d'après, j'ai repéré un autre mouvement quelques mètres plus loin. Qui que ce soient, ils étaient deux. J'ai jeté un coup d'œil à Loor. Elle n'avait pas l'air inquiète. Quoique, elle n'avait jamais l'air inquiète.

— Quel genre de bestioles rôdent dans ce désert? ai-je demandé.

— Tu as vu les serpents quigs qui gardent la porte?

— Oui, ai-je répondu, tout en n'aimant pas le tour que prenait la discussion.

— Ce désert regorge de serpents, a-t-elle dit tranquillement.

Des serpents. L'horreur. J'étais prêt à éperonner mon cheval et à filer d'ici le plus vite possible lorsque j'ai entendu un bruit derrière nous. On aurait dit un choc étouffé. Rien de bien inquiétant, mais comme il n'y avait personne autour de nous à cent mètres de distance, n'importe quel bruit pouvait être un mauvais présage… Surtout si des serpents se baladaient sous le sable. J'ai jeté des coups d'œil frénétiques de chaque côté, m'attendant à voir surgir des cobras prêts à frapper. À ma grande surprise, j'ai constaté que nous n'étions plus seuls.

Derrière nous se tenaient deux silhouettes revêtues de robes blanches. Leurs têtes étaient dissimulées sous des capuches, comme pour mieux se protéger du soleil. Elles se tenaient là, face à nous, les jambes écartées. Dans leurs mains, une petite barre de métal qui ne pouvait être qu'une arme. J'ai jeté un bref coup d'œil devant pour voir si les serpents s'étaient rapprochés.

Oh, non. Ce que j'ai vu, c'est deux autres silhouettes encapuchonnées jaillissant du sable comme des plongeurs crevant la surface des flots. Ils ressemblaient comme des frères aux deux premiers. Ils se sont redressés et ont levé leurs armes.

— Hou là ! ai-je dit à Loor. Ce ne sont pas des serpents.

— Non, a-t-elle répondu. Ce sont des Rokadors.

Mince. Les ennemis des Batus.

— On dirait qu'ils savent se servir de leurs armes, ai-je remarqué.

— En effet, a répondu Loor sans les quitter des yeux. Ce sont des gardes tiggens. Des guerriers, comme les Ghees.

Oh. De mieux en mieux. Ces durs à cuire avaient beau vivre sous terre, ils avaient décidé de remonter à la surface pour nous tendre un piège. Et on était seuls, sans la moindre chance de voir débarquer les Ghees, restés à Xhaxhu. Un autre combat s'annonçait, et cette fois-ci, il semblait bien que j'allais me retrouver en plein dans l'arène.

Journal n° 20
(suite)

ZADAA

Personne n'a fait un geste. Pas même Loor. Je m'attendais à la voir se crisper, tirer son bâton et foncer dans le tas. Mais non, nous sommes tous restés figés sur place. Les silhouettes sont restées là, immobiles, alors que le vent faisait claquer leurs robes blanches. Impressionnant. Ils étaient à la fois devant et derrière nous. Soudain, je me suis rendu compte que le terme exact pour décrire notre état actuel était « encerclé ».

— Et maintenant, qu'est-ce qu'on fait ? ai-je chuchoté à Loor.

— Reste là, a-t-elle dit.

Et elle est descendue de cheval. Je ne savais que penser. Elle n'avait pas l'air prête à la baston. Un instant, j'ai cru qu'il leur fallait établir les règles avant qu'ils ne nous tapent dessus avec leurs bâtons de métal. Tout ce que je pouvais faire, c'était rester là et attendre de voir ce qui allait se passer.

Loor s'est avancée d'un air bravache jusqu'aux deux Rokadors qui se tenaient droit devant nous. Son arme était toujours dans son étui, sur son dos. Je me suis dit qu'elle allait agiter le drapeau blanc, vu qu'ils étaient plus nombreux que nous et tout ça. Mais ça ne lui ressemblait guère. Elle préférait certainement mourir en combattant. Et ce qui a suivi ne lui ressemblait guère non plus. Elle est allée tout droit vers l'un des gars et l'a pris dans ses bras.

Hein ?

— Ça fait bien longtemps, Bokka, a-t-elle dit.

Le Rokador a repoussé sa capuche, pour dévoiler un type à la peau blanche un peu plus grand que Loor. Comme il n'a pas retiré ses lunettes, je n'ai pas vu ses yeux, mais de ce que je pouvais distinguer, il devait être de notre âge, ou un peu plus vieux, avec des cheveux blonds mi-longs agités par le vent. J'imagine qu'on aurait pu le trouver beau gosse, bien que je ne sois pas expert en la matière.

– Tu m'as manqué, Loor, a dit le nommé Bokka.

Il s'est exprimé de la voix grave et autoritaire qu'on attend d'un guerrier. Enfin, dans la mesure où on peut se faire une idée de quelqu'un qui a passé sa vie sous terre.

Loor a regardé le voisin de ce nommé Booka.

– C'est toi, là-dessous, Teek?

L'interpellé a repoussé sa capuche pour dévoiler un autre blond un peu plus petit que Bokka.

– Bonjour, Loor, a-t-il dit avec un sourire penaud.

– Viens, Pendragon, a-t-elle dit.

Je n'ai pas bougé. J'essayais encore de piger ce qui se passait. Je m'attendais à une baston générale, mais en fait, ces gars étaient des amis de Loor. Et comme si ce n'était pas assez étonnant en soi, elle avait serré le nommé Bokka dans ses bras ! C'était bien la première fois que je voyais Loor témoigner la moindre affection envers quelqu'un, moi y compris.

– Tout va bien, Pendragon, a-t-elle repris. Tu peux nous rejoindre.

J'ai jeté un coup d'œil aux Rokadors postés derrière nous. Ils se tenaient là, leurs armes prêtes à l'action. Ils n'ont pas attaqué, mais ne se sont pas non plus joints à cette réunion chaleureuse. Ils se contentaient de rester là, sur le qui-vive. Ce qu'ils attendaient, alors là, mystère. Je me suis laissé tomber de ma monture et j'ai retiré mon manteau, qui est tombé à terre. Je pensais qu'ils verraient ainsi que je ressemblais à un Rokador. Si ça pouvait aider.

Loor a posé sa main sur l'épaule de Bokka, comme si c'était un vieux pote, et a dit :

– Pendragon, je te présente Bokka, mon ami de toujours. On se connaît depuis l'enfance.

J'ai tendu la main machinalement, mais les trois autres gardes se sont crispés et ont levé leurs armes de métal. Soudain, j'ai eu l'impression qu'ils étaient des sortes de gardes du corps. Même

Bokka a fait un pas en arrière. Je suis resté là comme un crétin, la main tendue.

– C'est bon, les a rassurés Loor. Chez Pendragon, c'est un signe de paix.

Bokka s'est détendu, a pris ma main et l'a serrée. Aïe ! Ce type avait une sacrée poigne ! Mais je n'allais pas montrer ma douleur. Pas question.

J'ai jeté un coup d'œil à Loor pour quêter son assistance. Je n'avais pas de réponses à lui donner et, en outre, j'aurais bien aimé qu'elle lui fasse comprendre qu'il pouvait lâcher ma main avant qu'elle ne se brise. Loor s'est avancée et nous a séparés en douceur. Un instant, j'ai cru que tous mes os avaient fusionné. J'ai dû les agiter pour rétablir la circulation. Mais j'ai fait en sorte que Bokka ne s'en aperçoive pas.

– J'ai rencontré Pendragon au cours de mon voyage jusqu'au bout du désert. Il vient d'une tribu portant le nom de… de…

Loor faisait tourner ses méninges. Bokka ignorait tout des Voyageurs. À moi de la tirer d'affaire.

– Les Yankees, ai-je dit. La tribu des Yankees.

Hé, qu'est-ce que vous auriez trouvé à ma place ? C'est la première chose qui m'est venue à l'esprit.

– C'est une puissante tribu, ai-je ajouté. Respectée de tous… À part de nos ennemis mortels de la tribu des Sox. Ils nous détestent. Ce sont des cannibales. Pas fréquentables.

– Je n'ai jamais entendu parler de l'une ni de l'autre, a dit Bokka.

Le contraire m'aurait étonné. Ce sont nos plus grandes équipes de base-ball, mais je doute que leur réputation ait traversé les dimensions.

– Ce n'est pas grave. Nous ne connaissons pas la vôtre.

– Mais tu es habillé comme un Rokador, a remarqué le gaillard à côté de Bokka. Pourquoi ?

– Je te présente Teek, a fait Loor pour changer de sujet.

À ma grande joie, il n'a pas fait mine de me serrer la main. Mes os avaient assez souffert comme ça.

– Demande-lui de te montrer sa cicatrice. Il s'est fait mordre par un zhou.

— Loor ! a râlé Teek. Tu ne me ficheras donc jamais la paix avec cette histoire ?

Bokka a éclaté de rire. Loor a gloussé et dit :

— Quand on était jeunes, un petit insecte cigee a grimpé sur sa couche pendant qu'il dormait. Il l'a piqué, et Teek s'est réveillé en sursaut tout en criant « Zhou ! Zhou ! » La cicatrice est impressionnante… si tu la regardes d'assez près.

Loor et Bokka ont eu un petit rire. Malgré sa gêne, Teek a souri :

— Je rêvais justement d'un zhou. Tu aurais fait comme moi.

Teek n'était pas en colère. Il prenait leurs railleries avec bonhomie. Ces gens appréciaient leurs retrouvailles. Je ne savais plus trop que penser, tout d'un coup. Je ne sais pourquoi, à ce moment précis, je me suis étonné de comprendre leur langue et qu'ils puissent comprendre la mienne. C'est un des bons côtés du statut de Voyageur : on a droit à un traducteur automatique intégré. J'imagine que ça me semblait toujours relever de la magie. Mais ça marchait à tous les coups et je n'aurais plus dû m'en étonner. Ou alors plus beaucoup.

— Tu ne nous as toujours pas dit pourquoi tu es habillé comme un Rokador, Pendragon, a repris Bokka.

Loor a répondu à ma place :

— Vu sa peau blanche, on a décidé qu'il valait mieux qu'il soit ainsi vêtu, au cas où il tomberait sur de farouches Tiggens tels que vous autres.

Bokka a acquiescé. Il la croyait.

— C'est vrai que tu as la peau claire, a remarqué Teek. Tu vis sous terre, comme nous ?

Avant que j'aie pu dire une autre bêtise, Loor est intervenue afin de garder le contrôle de la situation.

— La tribu des…

— Yankees, ai-je ajouté.

— Oui, des Yankees. Ils vivent à la surface, mais dans une forêt dont les arbres cachent le soleil. Voilà pourquoi sa peau est plus claire que celle des Batus.

— Oui, cette forêt s'appelle le Bronx, ai-je rajouté.

Ben, pourquoi pas ? Il ne risquait pas de me contredire !

– Pendragon fait partie des sages de sa tribu, a continué Loor. S'il est venu jusque-là, c'est pour nous aider.

Bokka m'a toisé de haut en bas.

– Tu sais te battre ?

– En fait, j'ai dans l'idée que votre problème peut être résolu sans qu'il soit nécessaire d'en venir aux mains, ai-je répondu.

– Si tu en es capable, a repris Bokka, tu es certainement plus sage que les gens d'ici... quelle que soit leur tribu.

Je ne savais que penser de ce type. J'aurais dû considérer que les amis de Loor étaient mes amis, mais, pour être franc, je n'aimais pas leur façon de jouer les grands potes. Loor et moi n'étions pas amis d'enfance, mais on avait pas mal roulé notre bosse. On pourrait croire que le fait d'avoir bravé la mort en tentant de sauver l'univers nous aurait rapprochés, en tout cas, plus que celui avec qui elle jouait à chat quand elle était petite – ou quels que soient les jeux qui avaient cours sur Zadaa. Ça ne me gênait pas, parce que je la croyais incapable d'être chaleureuse... jusqu'à ce que je la voie face à Bokka. Avec moi, elle n'avait jamais baissé sa garde comme ça. Et avec un Rokador ! Un ennemi des Batus !

– Tu as découvert quelque chose ? a demandé Loor, changeant de sujet.

– Rien, a-t-il répondu. Sauf que les gardes tiggens ont été mis en alerte. L'élite des Rokadors s'attend à ce que les Batus attaquent d'un instant à l'autre.

– Mais, et les rivières ? demanda Loor. Les élites ont-elles donné une explication ?

– Toujours la même, expliqua Bokka. Ils rejettent la faute sur la sécheresse dans le nord... la source des rivières. Je me suis efforcé d'en apprendre davantage, sans résultat.

– Pardon, ai-je interrompu, mais de quoi parlez-vous exactement ?

– Comme tu le sais, a expliqué Loor, les Rokadors vivent sous terre et contrôlent les rivières de Zadaa. Depuis des générations, ils travaillent avec les Batus, dirigeant l'eau d'une rivière à l'autre pour être sûrs qu'elle arrive là où on en a le plus besoin. En cela, ils rendent un grand service aux Batus.

— Mais ce n'est pas tout, a repris Bokka. Les Rokadors sont des fabricants. Dans nos ateliers, nous concevons des vêtements, des armes et des matériaux de construction, et tout ce qui est nécessaire à notre survie… et à celle des Batus.

— C'est vrai, a acquiescé Loor, un brin sur la défensive. En échange, les Batus s'occupent des cultures et de l'élevage afin de nourrir les deux tribus. Nous protégeons aussi les Rokadors des tribus sauvages du désert, des zhous et des serpents que tu as vus. Sans les Batus, les Rokadors ne pourraient pas survivre.

— Et sans les Rokadors, a rétorqué Teek, les Batus vivraient comme des primitifs.

— Nous sommes une race de guerriers qui ne va pas renier les réalités de l'existence en se terrant sous le sol, a rétorqué Loor.

— Vous êtes un peuple arriéré sans la moindre notion de modernisme, s'est empressé de contrer Bokka. Regarde ton arme antique et admire la mienne. (Il leva son bâton luisant.) Voilà le produit d'une race avancée composée de savants éclairés.

Loor et lui ont échangé un regard noir. Ils avaient l'air prêts à en venir aux mains.

— Ver de terre ! lui a lancé Loor.

— Barbare ! a rétorqué Bokka.

Tous deux se sont dévisagés, puis ont éclaté de rire. Non, je ne blague pas. J'ai vu Loor rire !

— On se dispute comme ça depuis qu'on est tout petits, a expliqué Loor.

— La vérité, a repris Bokka, c'est que nos tribus ont besoin l'une de l'autre.

Ces deux-là s'amusaient un peu trop à mon goût. Je commençais à me sentir de trop. Mais ça ne devait pas me détourner de ma mission.

— Alors si vous êtes si dépendants, ai-je demandé, pourquoi voulez-vous vous faire la guerre ?

— Il y a toujours eu des tensions, a répondu Teek. Mais depuis que les rivières se sont asséchées, ces tensions se sont muées en soupçons, puis en colère et en frayeur. Et maintenant, c'est la haine qui l'emporte.

Loor a continué :

– Les Batus accusent les Rokadors d'avoir supprimé leur approvisionnement en eau pour nous affaiblir. Alors ils pourront quitter leurs abris souterrains et conquérir Xhaxhu.

– Mais pourquoi feraient-ils ça si tout de monde est content de son sort? ai-je demandé.

– En deux mots, a répondu Bokka, nous sommes à court d'espace. Notre mode de vie est simple. Nous avons toujours vécu sous terre. Mais au fur et à mesure que notre population augmente, ça devient de plus en plus difficile. Les Rokadors redoutent qu'on décide de s'installer à l'air libre et qu'on les traite en inférieurs. Ils ne veulent pas vivre comme des animaux.

– Et ils n'ont pas tort, a repris Loor. Bien des Batus ne se gêneraient pas pour maltraiter les Rokadors. Mais la famille royale de Xhaxhu les a compris. Notre prince Pelle, un Zinj, a pris sur lui de convaincre le peuple que les Rokadors sont nos égaux.

– Mais tout le monde n'est pas d'accord, ai-je conclu.

– Exact, a répondu Loor. Personne n'a rien à gagner. La majorité des Batus n'acceptera pas les Rokadors et, maintenant, ils craignent qu'ils ne les privent d'eau.

– En guise de représailles, a dit Bokka, les Batus ont cessé de nous fournir en provisions venues de la surface. C'est la famine.

– Et nous avons soif, a complété Loor.

– Mais pour l'eau, que se passe-t-il vraiment? ai-je demandé. Est-ce vrai que les Rokadors la rationnent?

– C'est ce que je cherche à savoir, a répondu Bokka. J'ai entendu des rumeurs parlant d'un événement qui serait pour bientôt, mais pas moyen de savoir de quoi il s'agit.

– Et chaque jour, les menaces de guerre se font plus précises, a conclu Loor d'un ton sinistre.

– Alors, Pendragon des Yankees, a dit Bokka, penses-tu toujours pouvoir nous aider à empêcher cette catastrophe?

Je n'ai pas apprécié la façon dont il a dit ça. D'un air supérieur, comme s'il savait très bien que j'étais incapable d'empêcher ces deux tribus de s'entretuer. Et malheureusement, il avait raison.

– Je te le dirai un peu plus tard, ai-je répondu.

— Je suis déchirée, Bokka, a repris Loor. Si les Batus attaquent, je veux pouvoir te prévenir. Mais en ce cas, je trahirais mon propre peuple.

Bokka a pris les deux bras de Loor et l'a serrée contre lui d'un air rassurant.

— Je comprends, a-t-il dit. Tout ce qu'on peut faire, c'est empêcher le pire. Mais si ça se produit, je suis un Rokador et tu es une Batu. Je suis un Tiggen, tu es une Ghee.

Ils se sont regardés dans les yeux. La réalité était évidente, aussi sinistre soit-elle. Ces deux-là pouvaient finir par se retrouver dans des camps opposés. Voire être obligés de s'affronter. Je ne savais pas pour l'autre gars, mais je ne souhaitais pas ça à Loor.

— Si tu as du nouveau, dit-elle, je t'en prie, contacte-moi.

— Pareil de ton côté, a répondu Bokka. Au revoir, Loor. J'espère qu'on se reverra dans de meilleures conditions… comme quand on était enfants.

Loor a acquiescé tristement. Bokka s'est tourné vers moi :

— Je ne sais qui tu es, Pendragon. Mais si Loor dit que tu peux nous aider, je la crois.

J'ai acquiescé. Que pouvais-je répondre à ça ?

— Au revoir, Loor, a dit Teek. Et à toi, Pendragon.

Bokka a fait un pas en arrière et remonté sa capuche, imité par Teek. Bokka a fait un signe aux gardes tiggens toujours postés derrière nos chevaux. Je me suis retourné, mais ne les ai pas vus. J'ai fait un pas de côté, mais il était trop tard. Ils avaient disparu. Enfouis dans le sable. Je me suis retourné à nouveau pour voir que Bokka et Teek avaient disparu, eux aussi.

— On dirait des vers de terre, ai-je dit à Loor.

— Il y a des tunnels partout, a-t-elle répondu.

Sans un mot de plus, Loor est retournée à son cheval et l'a enfourché. J'ai fait de même. On a éperonné nos montures et nous sommes repartis vers la ville.

— Comment as-tu pu faire ami-ami avec un Rokador ? ai-je demandé en cours de route. Je croyais que les deux tribus ne se mélangeaient pas.

— Ça n'a pas toujours été comme ça, a-t-elle répondu. Bokka et moi étions tout petits quand on a décidé de faire de nous des guerriers. Il existait deux camps d'entraînement, l'un en dehors de Xhaxhu et l'autre sous terre. Des groupes allaient voir l'autre camp, chacun leur tour. C'était un moyen de mieux connaître la tribu voisine.

— Mais tout a changé, ai-je dit.

— En effet, a répondu tristement Loor. Ce genre de coopération n'existe plus. La famille royale de Zinj a tenté de revenir aux anciennes pratiques, mais la colère et les préjugés ont été les plus forts.

— Et ce Bokka... c'était ton petit ami?

Loor y a réfléchi longuement. Ce qui ne me plaisait guère. J'aurais voulu qu'elle monte sur ses grands chevaux et dise: «Non, mais ça va pas la tête?» mais non.

— Dans d'autres circonstances, a-t-elle répondu tristement, on aurait pu finir ensemble.

— J'imagine que c'était difficile, vu que vos tribus sont ennemies.

— Oui, a-t-elle répondu. Et découvrir que j'étais une Voyageuse n'a rien arrangé.

Oh, oui. C'est vrai. Ainsi, son histoire avec Bokka était impossible. Quel dommage. Mais c'était méchant de ma part. J'ai décidé de changer de sujet.

— Et la famille royale? Ces Ninjas quelque chose?

— Zinj est leur nom de famille, expliqua Loor. Le vrai prince couronné porte le nom de Pelle a Zinj. Bien qu'il ne soit pas encore sur le trône, il a peu à peu endossé la responsabilité de diriger les Batus. Même les Rokadors reconnaissent sa sagesse. Le roi et la reine ne tarderont pas à lui laisser la couronne.

— C'est un bien ou un mal?

— Un bien, a affirmé Loor. Un grand bien même. Il fera un excellent chef. Il se consacre entièrement à l'élaboration d'un traité avec les Rokadors. Mais je crains qu'il n'ait œuvré en vain. La sécheresse a réduit ses efforts à néant.

— Ou peut-être est-ce les Rokadors, ai-je corrigé. Comme tu le dis, il peut y avoir d'autres raisons que le climat.

Le voyage de retour a été bien sinistre. Maintenant, j'avais une bonne idée de ce qui se passait sur Zadaa, mais pour ce qui est de trouver une solution, eh bien, c'était une autre paire de manches. Il ne me semblait y avoir que deux possibilités. La première : c'était Saint Dane qui était derrière ces événements. Lorsqu'il s'était éclipsé de la Cité de l'Eau noire, il avait dit qu'il partait pour Zadaa, et il ne s'était jamais rendu dans un territoire pour faire du tourisme. La seconde possibilité était peut-être pire. Si les rivières s'étaient asséchées à cause d'un simple incident climatique, je ne pouvais rien y faire. Peut-être que cette guerre était dans l'ordre des choses. Ce serait tragique, mais les Voyageurs n'étaient pas là pour interférer sur le cours normal de l'histoire d'un territoire. Nous ne devions intervenir que si Saint Dane cherchait à l'influencer. J'espérais que ce n'était pas le cas, ne serait-ce que pour Loor. Mais si Saint Dane n'avait rien à voir avec tout ça, je n'avais rien à faire ici. Loor était originaire de Zadaa. Elle ferait ce qu'il faudrait. Mais moi, j'étais de Seconde Terre et ne devais pas m'en mêler. Une dure décision. Cependant, je ne pourrais la prendre qu'après avoir trouvé Saint Dane, ou qu'il m'ait trouvé.

Une fois à Xhaxhu, on a ramené les chevaux aux étables des Ghees. Maintenant que je peux repenser à ce qui s'est passé ensuite à tête reposée, et j'y pense souvent, je n'arrive pas à croire que j'aie pu me montrer si stupide. Quoique, Loor a sa part de responsabilités, mais c'est principalement ma faute. J'ai commis une erreur grossière, idiote, qui aurait facilement pu être évitée.

— Rokador ! a crié une voix peu amène.

On venait à peine de descendre de cheval. J'ai regardé autour de moi en me demandant quel Rokador serait assez bête pour se jeter dans la gueule du loup, à savoir l'antre des Ghees. Mais je n'ai rien vu. Parce que le Rokador, c'était moi. J'ai aussitôt réalisé mon erreur. Là-dehors, j'avais retiré ma cape, et j'avais tellement de choses en tête que je n'avais pas pensé à la remettre. Elle devait être toujours là-bas, sur le sable. Loor devait avoir l'esprit ailleurs, elle aussi, parce qu'elle n'avait rien remarqué. Et j'étais là, blanc comme un cachet d'aspirine, entouré de mes pires ennemis.

— Je m'en charge, m'a chuchoté Loor. Ne dis rien.

Un grand guerrier ghee a marché vers nous. Ses yeux brûlaient d'une lueur de démence. Et il était bien plus baraqué que Loor. C'était bien notre chance. Elle s'est néanmoins mise sur son chemin :

— J'emmène ce Rokador à mon supérieur pour qu'il l'interroge…

Ce type ne s'est pas arrêté. Il a percuté Loor et l'a envoyée bouler comme un fétu de paille. Impressionnant, je n'avais encore rien vu de tel. Cette journée était riche en inédits. Aussi désagréables soient-ils. Je suis resté là, planté comme un cerf face à des phares de voiture, pendant que ce géant se dirigeait vers moi. J'ai reculé et heurté mon cheval. Je n'avais nulle part où aller. Ce type m'a pris par le devant de ma tenue de Rokador et soulevé jusqu'à ce que je me retrouve sur la pointe des pieds.

— Comment *oses*-tu ? a-t-il ragé.

Ce type était fou à lier. C'était évident.

— Tu entres dans un camp ghee ? Sur un cheval batu ?

Loor a tenté de s'interposer :

— C'est moi qui l'ai amené ici. Il est sous ma responsabilité.

Le Ghee l'a toisée :

— Et tu pourras l'emmener quand j'en aurai fini avec lui.

Et il m'a tiré hors de l'étable et dans la lumière du camp. Plusieurs autres guerriers avaient entendu la querelle et se rapprochaient de nous. Loor nous suivait en tentant de reprendre le contrôle de la situation.

— Quelle est ta division ? Qui est ton commandant ? Ce prisonnier est à moi. Ton supérieur te punira pour avoir voulu m'empêcher de…

— Quelqu'un peut-il la faire taire ? rugit le géant.

Aussitôt, deux grands Ghees lui sont tombés dessus. Elle ne pourrait rien empêcher. Le géant m'a entraîné jusqu'au centre du camp et m'a jeté à terre. J'ai mordu la poussière, ai roulé sur moi-même et je me suis aussitôt relevé, prêt à… eh bien, je ne savais pas trop à quoi. M'enfuir, peut-être. Mais je n'avais pas une chance : les Ghees nous ont vite encerclés. J'étais pris au piège avec un grand baraqué décidé à me mettre en pièces.

— On ne pourra pas dire que les Ghees sont injustes, a-t-il fait avec un rictus de dérision.

51

Il a marché vers un de ses collègues et a arraché son arme de bois à l'étui qu'il portait au dos. Puis il est revenu dans le cercle et m'a jeté ce bâton de la taille d'un homme. Je l'ai rattrapé, si l'on peut dire. Ou plutôt, je l'ai empêché de me cogner le crâne en tendant les mains. L'arme est tombée au sol. Les guerriers ont éclaté de rire.

– Un instant, ai-je dit nerveusement. J'ai convenu de m'entretenir avec votre supérieur et de lui dire tout ce que je sais.

Le géant a ri à son tour et s'est avancé vers moi.

– C'est bon à savoir. Et personne ne t'en empêchera. Il te suffit de franchir un obstacle : moi.

Soudain, il a bondi en avant pour s'emparer de ma veste et m'a attiré contre lui jusqu'à ce qu'on se retrouve nez à nez. On était si près que j'ai pu sentir son haleine rance. C'est alors que quelque chose s'est débloqué dans ma mémoire. Une odeur peut avoir cet effet. Comme s'il y avait un lien direct entre votre nez et votre mémoire. Et ce souvenir n'avait rien de bien réjouissant. J'ai regardé dans les yeux bruns et fous de ce type et j'y ai lu quelque chose qui m'a fait battre le cœur. On était si près que moi seul ai pu le voir. Ses yeux ont changé de couleur. Ils sont passés du brun à un blanc lumineux. Tout d'abord, mon esprit s'est bloqué. C'était impossible, non ? Eh bien si.

– Bienvenue sur Zadaa, Pendragon, a chuchoté le guerrier.

Soudain, sa voix s'était faite calme. Sa rage s'était dissipée. Il se maîtrisait parfaitement.

– Cette fois, oublions les machinations et montrons un peu ce que nous ressentons vraiment, d'accord ?

C'est alors que ses yeux sont redevenus bruns, et il m'a jeté à terre. J'étais trop époustouflé pour réagir. Le guerrier a tordu son bras dans son dos pour tirer son casse-tête.

– Ramasse ton arme ! a-t-il hurlé.

Il était à nouveau enragé. Même si, je le comprends maintenant, ce n'était qu'un numéro destiné aux spectateurs.

La réalité avait repris ses droits. La bonne nouvelle, c'était que j'avais trouvé Saint Dane.

La mauvaise, c'était que Saint Dane m'avait trouvé.

Journal n° 20
(suite)

ZADAA

Saint Dane avait pris la forme d'un guerrier ghee. Peu importait de quel côté il se trouvait : avec la famille royale de Zinj ou avec les rebelles voulant la guerre. À cet instant, ça n'avait aucune importance. Il était un Batu. J'avais l'allure d'un Rokador. Aux yeux de tous les spectateurs, nous étions des ennemis... sur le point de se battre. J'ai jeté un bref coup d'œil à Loor : quatre guerriers l'avaient maîtrisée.

– Loor ! ai-je crié sans quitter le géant des yeux. C'est Saint Dane !

Elle a jeté un coup d'œil surpris au grand Ghee qui m'avait interpellé. Saint Dane lui a rendu son regard, a acquiescé et lui a même fait un clin d'œil.

J'ai vu Loor ouvrir de grands yeux.

– Qui est ce Ghee ? a-t-elle crié aux autres. Je ne le connais pas ! Il n'est pas des nôtres ! Il faut faire venir le commandant et...

Un des guerriers qui la maintenaient a posé une main sur sa bouche. Elle s'est débattue, mais en vain. C'était à moi de m'en sortir, seul. J'ai regardé Saint Dane. Il a haussé les épaules comme pour dire : « Tu vas devoir te débrouiller tout seul, mon grand. »

Je n'avais pas d'autre solution : j'ai ramassé l'arme.

Comme vous le savez, je ne suis pas un combattant. Jusque-là, j'ai réussi à survivre grâce à ma chance et aux autres Voyageurs. Le seul vrai combat que j'ai dû mener, c'était sur Eelong, et j'avais affronté un prisonnier bien plus petit que moi et si affaibli par les privations qu'il n'avait pas une chance. Mais là, mon adversaire était un guerrier du double de ma taille avec des biceps comme on n'en voit que dans les films de gladiateurs. Et pire encore, Saint Dane se cachait derrière ces muscles. Mon ennemi juré. Le démon voué à détruire Halla. Comme on s'en doute, j'avais peur. Mais j'étais aussi intrigué. À quoi jouait-il? Ça ne lui ressemblait guère. Ça... manquait d'imagination. J'espérais vaguement qu'il avait d'autres raisons d'agir ainsi que le simple plaisir de me casser la figure. Il y avait peut-être une chance d'éviter le combat.

— Vous êtes sérieux? ai-je dit en tentant de dissimuler ma frayeur. Une bagarre? C'est indigne de vous.

En guise de réponse, il m'a donné un grand coup de bâton qui m'a atteint à la tempe. L'attaque a été si rapide et si violente que je ne saurais dire si elle m'avait laissé sonné ou choqué. J'ai titubé, mais je suis resté sur mes pieds. La foule l'a acclamé. Saint Dane a tourné autour de moi en souriant, très détendu.

— S'il y a une chose que tu devrais avoir apprise, Pendragon, a-t-il dit, c'est qu'il ne faut jurer de rien.

Et il a attaqué à nouveau. Je me suis baissé, mais c'était une feinte. Il ne m'a pas frappé. Les Ghees ont éclaté de rire. J'ai reculé. Saint Dane m'a suivi.

— Allez, viens, Pendragon, a-t-il fait, tentateur. Tu ne veux pas te venger? C'est ta chance. Pas de faux-semblants. Pas d'illusions. Rien que toi et moi.

— Ben voyons, ai-je rétorqué. Vous pouvez vous transformer en guerrier de la mort qui tue avec son armure. Moi, je reste moi. Et vous trouvez ça juste?

Saint Dane a éclaté de rire. Ce qui a le don de me taper sur le système.

— Juste? Qui t'a dit que ce combat devait être juste?

J'ai entrevu Loor qui tentait de se dégager. Mais les guerriers la tenaient bien. Cette fois-ci, elle ne pourrait pas me tirer d'affaire. Tout dépendait de moi... et de Saint Dane. J'ai donné un coup de bâton en visant le ventre. Il m'a repoussé comme on écrase une mouche. Puis, de l'autre bout de son arme, il m'a fracassé le dos. Ouille. Il ne plaisantait pas.

— Allons, Pendragon, montre un peu plus d'enthousiasme!

Il a fait virevolter son bâton pour me cogner sous le menton, me faisant me mordre la langue. J'ai senti le goût de mon propre sang dans ma bouche.

– Tu n'es pas en colère ? Pourtant, c'est bien moi qui te pourris la vie.

Ce qu'il a ponctué par un taquet rapide qui a atteint mon épaule. Il se jouait de moi. Il s'amusait bien. Moi beaucoup moins.

– Ta famille ne te manque pas un tout petit peu ? a-t-il raillé. Tu ne veux pas venger tous ceux que tu as perdus ? Tant de personnes ont succombé au cours de ta futile croisade. Ça devrait te mettre en colère, non ?

Il a tendu une extrémité de son casse-tête vers moi. J'ai réussi à le repousser et j'ai eu la présence d'esprit d'éviter le second coup qui ne manquerait pas de suivre. Il a virevolté et ramené l'autre bout de son arme en arrière, comme une pagaie de canoë. Mais j'étais prêt et je l'ai évité. Par contre, je ne m'attendais pas à une troisième attaque. Saint Dane a pivoté et m'a donné un coup droit en plein dans le ventre. Ouf ! Ça faisait mal, mais rien de grave. Pour l'instant. Je ne me souciais plus des Ghees qui regardaient le combat. Ils n'étaient plus qu'un brouillard à la périphérie de mon champ de vision.

– Tu ne peux pas tenir bien longtemps, a gloussé Saint Dane. Tu vas te prendre un sale coup. Comme Kasha, quand ce rocher lui a broyé le crâne.

Il me tentait. Il voulait que je passe à l'attaque. Mais si c'était ce qu'il désirait, c'était donc ce qu'il ne fallait pas faire.

– Ton oncle n'a pas pu m'éviter, lui non plus. Je me demande s'il a eu mal quand les balles lui ont déchiré le cœur ? Est-il mort rapidement ? J'espère que non.

Là, j'ai encaissé. Dur. La colère m'a fait perdre la tête. Je lui ai décoché un coup. Il s'est contenté de faire un pas en arrière pour l'éviter. Mais j'ai perdu l'équilibre et j'ai failli tomber. J'ai eu l'impression que les Ghees riaient à nouveau. Ils se moquaient de moi. Mais peu m'importait. J'ai fait un grand effort pour me maîtriser.

– Voilà qui est mieux ! a gloussé Saint Dane. La colère est une émotion enivrante, non ?

Et il m'a touché au genou. J'ai titubé, mais j'avais repris mon self-control. Il le fallait. C'était ma seule chance. Saint Dane me faisait passer pour un gros nul, mais je commençais à croire que c'était le véritable but de ce combat. Il voulait me ridiculiser. Démontrer son emprise sur moi. Il était sûr que, s'il l'avait voulu, il aurait pu m'assommer en deux secondes. Mais il ne l'avait pas fait. Certes, j'avais pris des gnons et ils me faisaient un mal de chien, mais rien de sérieux. Le lendemain, je serais bleu comme un Schtroumpf, mais j'y survivrais. Du coup, j'ai repris confiance. J'avais compris à quoi rimait ce combat. Il était temps de rendre les coups.

C'est pour ça que je me suis mis à rire.

— Tu trouves ça drôle ? a fait Saint Dane, légèrement troublé.

— Prendre des coups, non, ça ne me met pas en joie. Mais pour tomber si bas, vous devez être au bout du rouleau.

Il ne s'attendait pas à ça. Il a tenté à nouveau de me cogner, mais j'ai paré le coup.

— Quatre fois, ai-je dit en faisant en sorte que ma voix ne trahisse pas ma douleur. C'est le nombre de fois où vous avez tenté de mettre la main sur un territoire, et c'est le nombre de fois où je vous en ai empêché.

Il a virevolté et a frappé de son bâton. Je l'ai évité, mais il est passé si près que j'en ai senti le courant d'air dans mes cheveux. S'il avait atteint son but, je serais tombé raide.

— Et Veelox ? a-t-il demandé, mais avec déjà moins d'assurance qu'à l'ordinaire.

— Pas de lézard, ai-je répondu crânement. Quand on vous abattra pour de bon, on tirera ce territoire d'affaire. Aja est déjà en train d'y travailler. Veelox était un coup pour rien.

Saint Dane a fait un pas en arrière comme si je l'avais frappé physiquement. Pas de doute, je lui tapais sur les nerfs. Probablement pas à cause de ce que je disais : il n'y avait rien qu'il ne sache déjà. Non, c'était la façon dont je le disais. Mon assurance. De toute évidence, s'il voulait me ridiculiser, c'était raté. Peu à peu, je commençais à prendre l'avantage.

— Vous pouvez me taper dessus tant que vous voulez, ai-je repris. Mais vous ne pouvez pas nier la vérité. Vous êtes en train de perdre la partie. Et je crois que vous en êtes conscient. Vous êtes désespéré au point de me taper dessus à coups de bâton. C'est pathétique.

Saint Dane a titubé. Oh, oui, je lui faisais plus de mal qu'il ne m'en avait fait.

– Vous ne pouvez même plus me toucher en me parlant de l'oncle Press, parce qu'il m'a juré qu'un jour, on se retrouverait. Et je le crois. Je crois que tous les Voyageurs finiront ensemble. J'ignore comment, mais je crois que vous, vous le savez. Oui, vous savez très bien ce qui va se passer, et vous commencez à baliser parce que vous savez que ce moment est proche. Et quand on sera rassemblés, ce sera la fin de votre petite odyssée.

J'y allais fort. Je pouvais le lire dans ses yeux. Il a serré son bâton : il était temps de porter le coup de grâce.

– Et vous savez quoi ? Si vous échouez, c'est parce que c'était écrit… Et vous ne pouvez rien y faire.

Depuis le jour où j'ai appris que j'étais un Voyageur, j'ai commis pas mal d'erreurs. Certaines mineures, d'autres plus importantes. Or ce que je venais de faire compterait parmi mes plus grosses boulettes. L'intention de départ de Saint Dane était peut-être de me ridiculiser et me faire douter de moi, mais en un instant, son plan a changé. Et par ma faute. Avec ce petit discours, j'ai moi-même cherché les verges pour me faire fouetter. La seule bonne chose que je peux dire sur ce qui va suivre, c'est que ç'a été rapide.

Saint Dane m'a cassé la figure.

Avec un cri de rage, il s'est jeté sur moi, faisant tourner son casse-tête comme une hélice d'hélicoptère. J'ai levé ma propre arme pour me protéger, mais Saint Dane est tombé sur un genou et m'a donné un coup de botte en plein estomac. Le choc m'a coupé le souffle. Je me suis cassé en deux. Lui s'est redressé et a envoyé son genou percuter mon front. Fini de jouer. Il frappait pour de bon. Inutile de dire que je ne m'étais jamais fait tabasser comme ça. J'ai vu trente-six chandelles. Des taches jaunes et vertes flottaient devant mes yeux et mes oreilles sonnaient le tocsin.

J'ai vaguement entendu les Ghees l'acclamer en riant, mais on aurait dit qu'ils étaient au bout d'un long tunnel. Je me suis détourné le temps de reprendre mon équilibre et de me protéger, mais je n'étais pas assez rapide. Un éclair noir qui devait être le bâton de Saint Dane m'a frappé à la joue. Tout s'est brouillé. Je crois que c'est là que j'ai lâché mon arme – de toute façon, pour ce qu'elle me servait… Je suis tombé à genoux et j'ai levé les yeux pour voir Saint Dane m'attaquer, brandissant son bâton comme un bûcheron sa hache. Puis il s'est abattu.

C'est la fin, me suis-je dit. Marrant de voir combien de pensées peuvent vous traverser l'esprit en si peu de temps. Dans de tels moments, c'est comme si le temps s'immobilisait. Soudain, tout est devenu clair. Plus rien n'avait cours. Ni les jeux, ni les mystères, les détours et les plans complexes visant à plonger les territoires dans le chaos. Tout ce qui empêchait Saint Dane de conquérir Halla, c'était les Voyageurs, et j'étais leur chef. S'il se débarrassait de moi, tout serait bien plus facile. Croyez-le ou non, à ce moment, je me suis demandé pourquoi il avait mis si longtemps à arriver à cette conclusion.

Saint Dane cherchait à me tuer.

Mais je n'allais pas le laisser faire. J'ai levé mon bras, et il a encaissé toute la force du coup. Ça ne m'a même pas fait mal. Mon corps était au-delà de la douleur. Mon cerveau n'arrivait plus à l'enregistrer. J'avais protégé ma tête, mais j'ai roulé dans la poussière sous la puissance du choc. Saint Dane a bondi et m'a poignardé les côtes, une fois, deux fois, encore et encore. Je savais que mes os n'y résisteraient pas, mais je ne sentais rien. Le démon a approché son visage du mien.

– Supplie-moi d'arrêter, a-t-il sifflé.

Et il m'a à nouveau cogné les côtes. J'ai regardé ses yeux. Ils étaient redevenus blancs… et brûlaient de rage.

– Supplie-moi ! a-t-il ordonné.

Il a postillonné contre ma joue. Sa colère était désormais proche de la démence. Il n'avait plus de plan, d'artifice, de déguisement. Il avait perdu la raison.

– C'est ça qui est écrit, crétin. C'est tout ce que le futur vous réserve, à toi et à tes semblables. J'en ai fait la promesse, et j'entends bien la tenir.

Il m'a frappé à nouveau, mais je ne m'en souciais même plus.

– Tu vas me supplier de t'épargner, implorer ma merci.

J'ai levé les yeux. Je ne sais où j'ai puisé la force ou l'arrogance nécessaire, mais je lui ai souri et j'ai coassé :

– Hé, vous faites erreur sur la personne !

Il s'est figé. Je ne sais pas trop pourquoi. Peut-être parce qu'il n'arrivait pas à y croire, lui non plus. Du moins c'est ce que j'espérais. Mais son expression choquée s'est vite transformée en une fureur. J'ai bien cru qu'il allait mettre fin à cet affrontement – et à ma vie. Il s'est cabré et a poussé un rugissement digne d'une bête féroce. Il a baissé les yeux sur moi et levé son arme. C'était le bout de la route. Terminus.

– Arrêtez ! a crié une voix.

Saint Dane s'est retourné pour scruter la foule. Il a hésité le temps que deux Ghees courent vers nous et l'écartent de moi. Quelqu'un venait de me sauver. Quelqu'un qui avait eu pitié d'un malheureux Rokador. Mais je n'ai pas reconnu sa voix. Je gisais sur le dos et pouvais à peine bouger. Lentement, douloureusement, j'ai pu tourner la tête pour voir qui avait donné cet ordre.

Un nouveau spectateur se dressait au milieu de la foule. Il portait une robe violet foncé qui dissimulait ses traits. Il m'avait l'air familier, mais c'était impossible. Comment pourrais-je connaître qui que ce soit sur Zadaa ? Puis je me suis rappelé où je l'avais déjà vu. Durant le tournoi contre le zhou. C'était le mystérieux type qui se trouvait au-dessus de moi sur les gradins. Qui qu'il soit, il venait de devenir mon meilleur ami. Il est entré dans le cercle et, à ma grande surprise, les Ghees se sont écartés sur son passage et ont mis un genou à terre.

Qui pouvait-il bien être ?

Il s'est dirigé vers moi et m'a dit d'une voix douce et pleine de compassion :

– Nous ne sommes pas comme ça.

Puis il a retiré sa robe. Il m'est apparu un grand homme à la peau noire arborant une tunique rouge bourrée de fioritures avec un motif complexe autour du cou. Il m'a tendu la main :

– Je suis Pelle, héritier du trône de Zinj. Nous allons nous occuper de toi.

J'ai regardé sa main. Un instant, j'ai pensé la lui serrer. Après tout, depuis trente secondes, il était mon meilleur ami. Mais tout est devenu noir, et je suis tombé dans les pommes.

Journal n° 20
(suite)

ZADAA

La première chose que j'ai vue en me réveillant, c'est le visage de Loor.

J'avais entrouvert les yeux. À peine. Mes paupières ne me permettaient pas mieux. Elles devaient être encore enflées. Mais ça m'a suffi pour reconnaître Loor. Elle était là, tout près, à me regarder. Lorsque j'ai ouvert les yeux, son expression n'a pas changé. Peut-être parce que je les avais à peine bougés? Mais moi, je la voyais. Elle avait l'air indemne. Et soucieuse.

– Longtemps? ai-je demandé.

Je ne sais pas ce qu'elle a compris, parce que ma bouche semblait aussi sèche que la ferme où on avait rencontré les gardes tiggens. Mais lorsqu'elle m'a entendu, Loor est venue à mon chevet. Elle s'est assise à côté de ma tête, ce qui m'a fait comprendre que je me trouvais dans un lit et non dans le camp ghee.

– Pendragon! s'est-elle exclamée. J'avais peur que tu ne te réveilles jamais!

Dans sa voix, il y avait de l'émotion. Plusieurs émotions même. De l'inquiétude, du souci, du soulagement... Des sentiments dont je la croyais dépourvue. Surtout en ce qui me concernait. Du coup, je me suis senti mieux. Enfin, un peu mieux, vu que chaque atome de mon corps était douloureux. Mais autant faire avec ce qu'on a.

– De l'eau, ai-je demandé.

J'ai aussitôt réalisé que je désirais la seule chose qu'elle ne pouvait me donner. Et pourtant, elle a exaucé mon souhait. Loor a porté une tasse à mes lèvres, et j'ai bu une gorgée. Le liquide a rafraîchi mes lèvres et ma bouche, mais lorsque j'ai tenté d'avaler, je me suis mis à tousser. Résultat, j'ai recraché l'équivalent d'une once d'or liquide.

– Zut ! ai-je dit lamentablement.

– Réessaie, a repris Loor en me donnant une autre gorgée.

Cette fois, je m'y attendais et j'ai pu avaler. L'eau a dû lubrifier ma gorge, parce que j'ai pu parler sans ressembler au monstre de Frankenstein.

– Combien de temps ? ai-je demandé.

– Depuis le combat ? a répondu Loor.

J'ai acquiescé. Ça m'a fait mal. Comme j'allais le découvrir, bien des choses me seraient douloureuses. Respirer, manger, bouger… À peu près tout, y compris cligner des yeux. Oui, même cligner des yeux.

– Tu est resté inconscient pendant douze soleils, a répondu Loor.

Douze soleils. Pour autant que je puisse dire, une journée sur Zadaa durait environ vingt-quatre heures. Ce qui voulait dire que j'étais resté K.-O. pendant deux semaines, à un soleil près ! Loor a dû lire ma surprise sur mon visage, parce qu'elle s'est empressée d'ajouter :

– On t'a administré des herbes pour te faire dormir et guérir.

Oh. Ainsi, on m'avait drogué deux semaines durant. C'était toujours mieux que de tomber dans le coma, j'imagine. Je commençais à pouvoir penser droit, ce qui n'était pas forcément une bonne chose. Ça me faisait prendre conscience de la triste loque que j'étais devenu. Je n'étais plus qu'une plaie. Il n'y avait que mes doigts de pieds qui n'étaient pas douloureux. Le pied, si j'ose dire. Je me suis dit que je devrais peut-être lui demander à reprendre un peu de ces herbes pour replonger dans les bras de Morphée, mais j'ai préféré affronter la réalité, pendant un temps. J'ai regardé autour de moi : on était dans une petite pièce aux murs de pierre. Ça ressemblait fort à la demeure de Loor dans la pyramide des Ghees. Il n'y avait pas grand-chose, juste le matelas où j'étais allongé, la chaise de pierre où Loor était assise et une petite table où étaient posées des tasses. Loor a dû comprendre que je cherchais à reprendre mes esprits, car elle a dit :

– C'est là que les Batus s'occupent des malades et des blessés.

J'étais donc à l'hôpital batu. Il semblait tout droit sorti des *Pierrafeu*. Je me suis demandé si un pélican fou viendrait me donner mes médicaments. Drôle d'idée, je sais, mais j'avais des circonstances atténuantes. J'étais blessé et drogué.

– Saint Dane? ai-je murmuré.

– Parti. J'ai demandé à tous les Ghees que j'ai pu trouver s'ils le connaissaient, mais personne ne l'avait jamais vu. Je pense que Saint Dane s'est transformé en guerrier ghee dans le seul but de… de…

– Me flanquer la pâtée, ai-je dit sans prendre de gants.

– J'ai honte de n'avoir rien pu faire, Pendragon, a fait Loor en baissant la tête.

– Tu n'aurais rien pu y changer. J'en suis sûr.

Elle a acquiescé comme si elle aussi le savait, mais toute cette histoire la dérangeait. Elle n'était pas physiquement blessée, contrairement à moi, mais s'en ressentait tout de même.

– Nous te vengerons, a-t-elle craché. Ça, je te le jure.

– Ouais, peut-être. Mais, et si c'était ce qu'il veut? Il n'arrête pas de nous manipuler pour qu'on agisse de la façon qui l'arrange. Il est possible qu'il m'ait tabassé pour que tu te lances à sa poursuite. Et on ne doit pas tomber dans son piège.

Loor a acquiescé à nouveau et pris ma main. La même qui avait paré le coup qui aurait dû m'être fatal. J'avais dû me casser quelques os. Mais vous savez, je n'ai rien fait pour l'arrêter. Il était rare que Loor me témoigne la moindre affection, et j'ai ignoré la douleur incandescente qui m'a poignardé tout le bras. J'ai tenté de serrer ses doigts en retour, mais je n'avais pas beaucoup de poigne.

– Les meilleurs docteurs de Xhaxhu s'occupent de toi, a-t-elle affirmé.

– Ils n'ont pas une dent contre les Rokadors?

– Pas lorsque le prince Zinj lui-même leur ordonne de prendre soin de toi, a répondu fièrement Loor. Depuis ton arrivée, deux Ghees gardent ta porte. Tu ne risques rien.

– Ce type me plaît bien, ai-je dit, même si c'était évident. Comment s'appelle-t-il, déjà? Pelle à tarte ou quelque chose comme ça?

– Pelle a Zinj. Je pense qu'il a dans ses mains l'avenir de Xhaxhu, et de Zadaa. C'est un homme de paix ; voilà pourquoi il a interrompu le… le combat.

– Tu peux dire le massacre.

Loor n'a émis aucun commentaire.

– Tu guériras, a-t-elle dit. Et nous reprendrons notre mission.

Notre mission. Ben voyons. Elle avait pris un tour inattendu.

– Saint Dane a complètement pété les plombs, ai-je dit. Il voulait me tuer. Et il n'avait pas l'air de jouer la comédie. Sans ce prince, il m'aurait fait la peau.

– Je suis d'accord. Il s'est laissé emporter par la colère.

J'ai retiré ma main. Affection ou pas, ça faisait un mal de chien.

– Ça veut peut-être dire qu'il est au bout du rouleau, ai-je dit. La victoire est peut-être plus proche qu'on ne le croit.

– Si seulement c'était vrai, a soupiré Loor.

– Ce n'est pas tout. Quand Saint Dane était en rogne, il a dit quelque chose d'étrange. Il a dit que c'était ce que l'avenir nous réservait, à moi et mes semblables. Qu'il en avait fait la promesse, et qu'il entendait bien la tenir. C'est une drôle de promesse, non ? Et à qui s'adressait-elle ?

Loor a froncé les sourcils.

– Saint Dane n'a jamais causé que douleur et souffrances. Mais le fait qu'il éprouve le besoin de le dire est… troublant.

– Troublant, en effet. Moi, je dirais plutôt que ça fiche les jetons. Est-il possible que Saint Dane obéisse à quelqu'un d'autre ? Un supérieur ?

On a laissé cette question sans réponse. Cette éventualité était trop terrifiante pour qu'on y réfléchisse.

– Quelles que soient les réponses, a dit Loor, on ne les cherchera pas avant que tu ne sois remis sur pied. Il faut que tu te reposes.

Elle est retournée s'asseoir sur sa chaise.

– Rentre chez toi, lui ai-je conseillé. Avec ces gardes devant ma porte, je suis tranquille.

– Depuis qu'on t'a hospitalisé, Saangi et moi nous sommes relayées à ton chevet. Et nous y resterons jusqu'à ce que tu repartes avec nous sur tes pieds.

Allons, bon. Loor et Saangi m'avaient veillé. Bizarre. J'espère que je n'avais pas bavé en dormant. Bien sûr, je leur en étais reconnaissant. Mais je ne savais pas trop pourquoi elles avaient fait ça. Parce que j'étais le Voyageur en chef et qu'elles avaient besoin de moi pour lutter contre Saint Dane ? Ou Loor tenait-elle à moi pour des raisons plus sentimentales ? Alors que je regardais Loor assise très droite sur sa chaise, je me suis souvenu de notre première rencontre sur Denduron. Elle me prenait pour un bon à rien. Ça me dérangeait – personne n'aime qu'on le prenne pour un nul –, mais je ne savais pas comment lui prouver qu'elle se trompait. Elle était sûre d'elle au point de se montrer arrogante et pouvait trancher dans le vif de n'importe quelle situation. De mon côté, j'avais été arraché à mon existence ordinaire et ne savais pas comment m'en remettre. J'étais plongé dans un brouillard de peur et d'incertitude. Sa confiance m'avait donné force et présence d'esprit. Ensemble, on avait sauvé Denduron.

J'ai fait bien des progrès depuis, mais, par beaucoup d'aspects, je suis toujours ce gamin effrayé qui est parti de chez lui un beau jour à l'arrière de la moto de l'oncle Press. Loor, elle, est un roc. Depuis Denduron, j'ai souvent sollicité son aide, et j'ai toujours pu compter sur elle. À présent, la bataille se situait sur Zadaa, son monde. Et cette fois, c'est elle qui avait besoin de mon aide. Alors que je gisais sur ce lit, perclus de douleurs et au bord de l'assoupissement, je me suis juré que, quoi qu'il arrive, je ne la décevrais pas.

Je ne sais pas exactement combien de temps je suis resté dans cet hôpital. Environ un mois, dirais-je. Sur Zadaa, l'équipement médical n'était pas celui qu'on a en Seconde Terre. Pas de thermomètres, de prises de sang, d'intraveineuses. En guise de médicaments, j'avais droit à des liquides à l'odeur pestilentielle que je devais boire toute les deux heures. Un type venait me voir, sans doute un docteur. Il posait ses mains sur ma tête et mon bras comme pour « sentir » ce que j'avais, puis il me donnait une autre décoction à avaler. Ça semblait inutile, mais le fait est que, peu à peu, j'ai commencé à aller mieux.

Comme je l'ai dit, au début, je ne pouvais même pas bouger. Tout mon corps était enflé et douloureux. Même mon visage. J'ai passé un mois en guérison avant de le comprendre ! Rouler sur mon lit était déjà pénible, mais ce type insistait pour que je bouge. Selon lui, c'était la seule façon de guérir. Je l'aurais volontiers assommé. Et je l'aurais fait si j'avais pu serrer le poing. Si j'avais pu le cogner avec mes orteils, je l'aurais fait.

J'aurais davantage protesté sans la présence de Loor ou Saangi. Je ne voulais pas passer pour une mauviette. Mais bon sang, que j'avais mal ! Et cette thérapie médiévale ne me proposait que des liquides infects pour tout réconfort. D'abord, le docteur s'est contenté de me faire retourner sur mon lit. Ensuite il m'a fait m'asseoir, puis me lever. Ça, ç'a été dur. J'étais si faible qu'au départ, mes jambes ont refusé de me porter. Mais j'ai vite repris du poil de la bête. Je crois qu'à part ma main gauche, celle qui avait paré le coup, je n'avais rien de cassé. Oh, à part peut-être une ou deux côtes. Je ne pouvais pas le savoir, puisqu'il n'y avait pas de rayons X. Mais si je me fiais à la douleur, j'avais bien des côtes cassées. On avait enveloppé mon bras de tissu pour m'éviter de bouger le poignet. Je devais aussi avoir une commotion cérébrale, vu les maux de tête que je me payais. Et des vertiges en prime.

Au fil des jours, les migraines se sont atténuées et la chambre a cessé de tournoyer. Inutile de dire que je n'avais jamais rien vécu de tel ; du coup, j'avais du mal à me rendre compte de mon état. Mais il me semblait que, vu la rousse que j'avais prise, je guérissais plutôt vite.

Le grand jour a fini par arriver, celui où j'ai pu marcher jusque dans le couloir. Mais ce n'était pas tout. J'avais le docteur sur ma gauche et Loor sur ma droite au cas où je perdrais l'équilibre. C'est ainsi que j'ai fait mes premiers pas hors de ma chambre. J'avais l'impression d'être l'homme en fer-blanc du *Magicien d'Oz* avant qu'on ne lui mette de l'huile. Tout était raide et grinçant. Mais je savais que je devais persévérer. Le couloir s'étendait de chaque côté de ma porte avec une chambre tous les quelques mètres… Comme dans un hôpital de chez nous. Rien de particulier. Mais j'étais sacrément content de voir autre chose que les quatre murs de ma chambre. J'ai aussi vu deux Ghees baraqués de chaque côté de ma porte. Les gardes dont avait parlé Loor.

– Salut, les gars, ai-je dit amicalement.

Ils ne m'ont pas répondu et ne m'ont même pas regardé. On leur avait ordonné de protéger un Rokador, mais rien ne les obligeait à l'apprécier. J'ai préféré ne pas insister. J'ai fait encore un pas... Et soudain, les gardes ont posé un genou à terre en baissant la tête. Un instant, j'ai cru que c'était par respect envers moi, mais Loor et le docteur ont fait de même.

– Heu, qu'est-ce qui se passe?

L'instant suivant, je l'ai compris. Un groupe assez impressionnant s'est avancé vers nous dans le couloir. Pelle a Zinj, le prince royal de Xhaxhu, ouvrait la marche. Il portait le même vêtement ornementé que le jour où il m'avait sauvé la vie, plus une cape violette traînant derrière lui. Le suivaient deux autres types à l'air noble ainsi que deux guerriers ghees. C'était un cortège royal, et j'étais sur leur chemin.

– Genou à terre, a murmuré un des gardes en un grognement rauque.

Je voulais bien, mais mon corps n'était pas d'accord. Je suis donc resté là, courbé en baissant la tête. C'est tout ce qu'il obtiendrait de moi.

Pelle m'a vu et a eu un grand sourire.

– Tu peux marcher! s'est-il écrié joyeusement. Comme je suis heureux de voir ça!

J'ai alors compris que c'était moi qu'il venait voir!

– Excusez-moi, ai-je fait les yeux baissés, je ne peux pas m'agenouiller.

– C'est inutile, mon ami. Je vous en prie, relevez-vous.

Toutes les personnes présentes ont obéi, mais en gardant les yeux baissés en signe de déférence.

– Comment t'appelles-tu? m'a demandé le prince.

– Pendragon.

– Pendragon, a-t-il répété comme s'il goûtait la sonorité. Drôle de nom pour un Rokador.

J'ai haussé les épaules. Que pouvais-je répondre à ça?

– Pendragon, a-t-il repris, je suis venu parler au nom de l'ensemble des Batus afin de te présenter nos excuses pour cette agression dont tu as été victime.

J'ai vu les deux gardes ghees échanger un regard stupéfait, comme s'ils n'en croyaient pas leurs oreilles. Il s'excusait face à un Rokador?

– Je sais qu'il existe des tensions entre nos peuples. Il est difficile de prétendre le contraire. Mais cela m'écœure de constater que nous sommes tombés si bas. Sois sûr que je ferai rechercher le Ghee qui t'a fait ça, et qu'il sera sévèrement puni.

J'ai bien failli lui dire de ne pas prendre cette peine. Il n'avait pas vu un Batu tabasser un Rokador, mais s'affronter deux Voyageurs de territoires lointains. S'il cherchait à capturer Saint Dane, il pouvait toujours courir. Mais j'ai préféré garder ça pour moi.

– Une fois que tu seras guéri et retourneras à ton peuple, voudras-tu dire à l'élite rokador que j'entends user de tout mon pouvoir pour résoudre nos différends et restaurer l'équilibre et la confiance mutuelle que nous partageons depuis des générations. Pour moi, c'est une priorité essentielle. Et c'est une promesse.

J'ai aussi préféré ne pas lui dire que je n'étais pas un Rokador et que je ne connaissais personne là en bas, élite ou non.

– Merci, heu, Votre Majesté, ai-je dit en baissant la tête.

J'ai jeté un coup d'œil à Loor qui a légèrement acquiescé. Oui, «Votre Majesté» devait convenir.

– Je ferai ce que vous m'avez demandé, ai-je improvisé. Je vous crois sincère, et pas seulement parce que vous m'avez sauvé la vie, mais parce que vous avez eu la bonté de vous assurer de mon prompt rétablissement. Je reste votre débiteur à jamais. Merci.

Une réponse aussi inoffensive que possible. Mais c'était la vérité: il m'avait sauvé la vie.

– Nous vivons des temps difficiles, a repris Pelle. Si nous voulons survivre, notre seul espoir est de restaurer une atmosphère de coopération et de confiance. Nos deux grandes tribus survivront ensemble ou mourront séparément.

J'ai acquiescé. C'était la voix de la raison. Pourvu qu'il y ait assez de Batus qui pensent comme lui.

– Maintenant, je vais te laisser te reposer, a-t-il dit. Et aussi te proposer une invitation. Le festival d'Azhra est pour bientôt. Pendragon, je voudrais que tu assistes aux célébrations à mes côtés.

– J'en serais fort honoré, Votre Majesté.

– Splendide ! s'est-il exclamé. Maintenant, tu dois continuer de te soigner. Es-tu bien traité ?

– Je n'ai pas à me plaindre.

– Alors, tous mes vœux de prompt rétablissement t'accompagnent. (Il a jeté un coup d'œil au docteur.) Prenez bien soin de lui.

Le docteur s'est incliné.

– Comme s'il était mon propre fils, Majesté.

Pelle m'a souri en hochant la tête, puis a tourné les talons pour s'en aller d'un pas vif. Les gardes ghees, Loor et le docteur se sont agenouillés pour se relever dès que le cortège royal a été hors de vue. Je sentais les regards noirs que me décochaient les Ghees.

– Il faut croire que je vais assister au festival, ai-je dit à Loor.

– Tu peux en être fier, a-t-elle répondu. Pour les Batus, le festival d'Azhra est le plus beau jour de l'année. On y célèbre notre roi d'il y a bien longtemps, Azhra, qui a traversé le désert et cultivé cette oasis afin d'offrir un refuge aux Batus... La cité de Xhaxhu.

– Ça m'a l'air d'une sacrée fiesta. Tout ce qu'il faudrait, c'est que je puisse marcher.

À partir de ce jour, j'ai récupéré à vitesse grand V. Dès que j'ai pu me bouger, j'ai fait des progrès de jour en jour. C'est bizarre, la douleur : on sait quand elle est là, mais on ne peut pas déterminer avec précision le moment où elle s'arrête. Ce n'est qu'après qu'on se dit : « Hé, je peux respirer sans avoir mal ! Ou marcher. Ou cligner des yeux. » Petit à petit, je retrouvais mon état normal.

Loor et Saangi étaient toujours à mon chevet. Elles étaient mes anges gardiens. Elles allaient jusqu'à dormir près de mon lit. Le docteur a eu la bonté de leur apporter un matelas d'herbes pour leur servir de couche. Je leur disais sans arrêt de rentrer chez elles, mais rien à faire, elles ne m'écoutaient pas. Cela dit, je préférais ça. Non seulement elles m'assistaient lors de mes exercices, mais elles détournaient l'attention quand je croisais un Batu dans les couloirs. Autant dire souvent. D'abord, les Batus semblaient surpris qu'un Rokador ose se montrer dans leur hôpital, comme s'ils risquaient d'attraper des maladies ou quelque chose comme ça. Puis ils me criaient de m'en aller. Loor ne manquait jamais de s'interposer en disant que j'étais un invité du prince Pelle a Zinj. En général, ils se le tenaient pour dit. Le fait que Loor ait l'air prête à leur arracher la tête s'ils s'en prenaient à moi devait certainement jouer aussi.

Je ne veux pas dire que tous les Batus me détestaient. En fait, certains étaient plutôt sympa. Il m'est arrivé d'engager la conversation, et ils me disaient qu'ils regrettaient le bon vieux temps, lorsque Batus et Rokadors vivaient en bonne harmonie. J'ai donc eu une meilleure vue de la façon dont les Batus étaient divisés. La moitié d'entre eux détestaient les Rokadors et voulaient descendre sous terre pour les exterminer. Les autres désiraient enclencher un processus de paix par la voie diplomatique.

La seule chose qu'ils avaient en commun était leur besoin d'eau. Sur Xhaxhu, la nourriture venait à manquer. Le peu que pouvaient encore fournir les fermes devait nourrir de nombreuses bouches. Les bains étaient interdits et les latrines avaient perdu leur eau courante. Ce qui voulait dire que les excréments n'étaient pas évacués. Inutile de dire que tout le monde les évitait et, lorsqu'il le fallait, y restait le moins de temps possible. J'en ai conclu que la sécheresse ne tarderait pas à devenir insupportable, ce qui voulait dire que Saint Dane ne tarderait pas à abattre ses cartes et dévoiler le sort qu'il réservait à ce territoire.

Durant mon séjour à l'hôpital, s'il y a une chose dont je n'ai pas manqué, c'est de temps. Au début, je passais le plus clair de mes journées allongé, et inutile de dire qu'il n'y avait pas de télévision sur Zadaa – pas plus que de radio ou tout ce qui peut aider à passer le temps quand on n'a rien à faire. J'en ai donc profité pour faire le point. J'ai tout repassé dans ma tête, depuis le moment où j'étais parti de chez moi jusqu'à celui où Saint Dane m'avait cassé la figure. Après toutes ces réflexions, j'en suis arrivé à deux conclusions. L'une est celle dont je vous ai parlé au tout début de ce journal. Mais j'y reviens dans une minute. L'autre est encore plus pénible à écrire, mais il le faut.

Tout ce que j'ai raconté dans ces journaux est vrai : j'ai tout vu de mes yeux. Ç'a parfois été pénible, soit parce que je devais parler d'événements désagréables, soit parce que je n'étais pas très fier de moi, mais c'est la vérité. C'est même la raison d'être de ces journaux, n'est-ce pas? Voilà pourquoi je dois être franc avec vous.

J'éprouve des sentiments pour Loor.

Voilà, je l'ai dit. Je ne veux pas dire que je suis amoureux d'elle : je ne sais même pas ce que ça veut dire. Mais au fil du temps, je me suis rapproché d'elle. Rien à voir avec une simple attraction physique. Loor et moi en avons tant vu ensemble que j'ai l'impression que, de tout Halla, c'est la seule personne qui sache vraiment ce que j'ai en tête. Et depuis ce combat, elle a pris grand soin de moi, me montrant un aspect d'elle-même que j'ignorais. Malgré sa dureté apparente, elle est pleine de compassion. Elle commence à me rappeler Osa, sa mère. Maintenant plus que jamais, je crois comprendre pourquoi elle est une Voyageuse. Pas uniquement à cause de sa force, mais avant tout à cause de sa compassion. Ce qui pourrait bien revenir au même.

Je ne dis pas ça pour te faire du mal, Courtney. Ou pour rabaisser tout ce que tu as fait. Je ne sais même pas si je dirai un jour à Loor ce que je ressens. Mais au cours de cette longue épreuve, écrire ces journaux m'a toujours empêché de péter un câble. Ça m'aide à mettre de l'ordre dans mes pensées et à analyser ce qui se passe. J'aurais tort d'arrêter maintenant, et la vérité est que mes sentiments pour Loor ont grandi. Désolé de devoir te le dire ainsi, par écrit, mais le cacher serait pire encore. Ça ne change rien à ce que j'éprouve pour toi, Courtney. Ou peut-être si. Je ne sais pas. Tout ça est bien confus. En tout cas, une chose est sûre, c'est que tu comptes parmi les meilleurs amis que j'aie en ce monde. Et en me relisant, j'espère que tu voudras le rester.

Cela dit, il est temps d'en venir à mon autre conclusion. Celle dont je dois faire part à Loor.

Enfin, le jour où j'ai pu sortir de l'hôpital est arrivé. Le docteur m'a examiné une dernière fois et a conclu qu'il ne pouvait rien faire de plus pour moi. J'étais encore faible, mais après être resté couché si longtemps, ça n'avait rien d'étonnant. Il était temps de passer à autre chose. J'ai remercié le docteur pour tout ce qu'il avait fait. Ce type ne disait pas grand-chose et se contentait de parler de mon traitement. J'ignorais dans quel camp il se situait.

C'est pourquoi ce qu'il m'a dit avant que je quitte l'hôpital pour de bon m'a étonné :

– Je ne sais pas qui vous êtes. Je doute que vous soyez un Rokador. Mais je crois que vous avez le pouvoir de nous aider.

Que voulez-vous répondre à ça ? J'ai juste acquiescé et dit :

– Merci.

Loor et Saangi m'attendaient dans le hall. Loor tenait sur son bras la robe sombre que j'avais oubliée à la ferme, ce qui avait entraîné ce fiasco.

– Une fois sorti, dit-elle, tu ne seras plus sous la protection de Pelle a Zinj.

Malgré la chaleur, je ne demandais qu'à passer la cape. Je vous ai dit à quel point il fait chaud là-bas, non ? Tous les trois, nous avons quitté l'hôpital et sommes partis dans les rues de Xhaxhu pour regagner l'appartement de Loor. Heureusement, personne ne nous a regardés de près. Une fois en sécurité dans la pyramide des Ghees, je me suis tourné vers Saangi.

– Merci pour tout.

Elle a haussé les épaules.

– Je ne fais que mon devoir. (Un instant, son visage s'est illuminé, et elle a ajouté) : Tu es très courageux, Pendragon. Je suis heureuse que tu sois guéri.

J'ai acquiescé en guise de remerciement, puis j'ai dit :

– Si ça ne te dérange pas, j'aimerais m'entretenir avec Loor en privé.

Saangi lui a décoché un regard blessé. Loor le lui a rendu, mais sans la moindre sympathie.

– Je vais là, dehors, a-t-elle dit. Quand vous aurez besoin de moi, appelez-moi.

– Merci, Saangi, ai-je dit.

Et elle est sortie de l'appartement.

– Tu n'as pas besoin de me remercier, Pendragon, a attaqué Loor avant que j'aie pu parler.

– Ce n'était pas mon intention. Toi aussi, tu ne faisais que ton devoir.

Elle m'a regardé, surprise. Je lui ai souri.

– Je te charrie. Tu sais que je ne pourrais jamais suffisamment te remercier.

— Alors, que veux-tu me dire ?

Ça faisait des semaines que je me préparais. Une fois ma décision prise, je voulais que Loor comprenne que j'étais on ne peut plus sérieux.

— Assieds-toi, d'accord ?

Loor se mit en position du lotus sur une natte. J'ai fait les cent pas afin de rassembler mes pensées. C'était dur.

— Tu me connais depuis le tout début, depuis que je suis un Voyageur, ai-je commencé. Et dès ce moment, je n'ai survécu que grâce aux autres Voyageurs, qui étaient toujours là pour me tirer d'affaire. Toi plus que tout autre.

— Chacun a joué son rôle, a-t-elle répondu avec modestie. Tu te sous-estimes. Tu es le cœur de notre groupe, Pendragon. Tu dois bien le savoir.

— Oui, ben, ce cœur a pris un sacré choc, ai-je rétorqué. Tout a changé, Loor. Saint Dane a voulu me tuer.

— Il a déjà tenté de le faire maintes et maintes fois.

— Pas comme ça.

— Le résultat aurait été le même.

— Mais là, c'était différent ! Quoi qu'il ait pu faire pour nous mettre des bâtons dans les roues, c'était toujours dans un plan plus global. C'est comme ça qu'il nous a manipulés. Il avait toujours un but caché. Je crois que ce but a peut-être changé. Oui, on s'est déjà retrouvés en danger, mais ne crois pas qu'il ait voulu notre mort… jusqu'à présent.

— Tu ne penses pas que ça faisait aussi partie de son plan ?

— Peut-être, au départ. Mais Loor, crois-moi, il voulait vraiment m'éclater la tête. Il ne s'attendait pas à ce que je refuse de combattre. Comme je l'ai déjà dit, c'est peut-être une bonne chose. Peut-être qu'on commence vraiment à lui ficher la frousse. Mais quelle qu'en soit la raison, je crois qu'être un Voyageur est devenu bien plus dangereux qu'avant. L'enjeu n'est plus les territoires de Halla. Je crois que nous aussi, on en fait partie.

Loor a digéré cette pensée sinistre.

— Ce n'est peut-être pas tout à fait faux, a-t-elle dit.

— Et c'est pourquoi, plus que jamais, j'ai besoin de ton aide.

– Tu sais que je serai toujours là, Pendragon.

– Mais tu ne peux toujours être dans mon dos à m'aider. Tu étais dans le camp des Ghees, et je me suis tout de même fait tabasser.

Loor a frémi. Je l'avais touchée là où ça fait mal.

– Je suis désolé, ai-je repris, mais c'est vrai. Ce n'était pas ta faute. Tu ne peux pas être dans deux endroits en même temps.

– Alors, comment va-t-on faire?

Nous y voilà. C'était la question qui m'avait taraudé pendant tout ce temps. Et j'avais évité d'y répondre depuis le début de mon aventure. Sauf que maintenant, je n'avais plus le choix. Ça me terrifiait, mais refuser de l'admettre serait encore plus effrayant.

– Loor, apprends-moi à me battre.

Elle m'a jeté un regard vitreux. Elle ne s'attendait pas à ça.

– Eh bien? ai-je insisté. Tu crois que je n'ai pas assez de cran?

Loor s'est levée. Je la mettais mal à l'aise.

– Ce n'est pas ça. Je pense que tu es la personne la plus courageuse que j'aie jamais rencontrée.

Oh? Vraiment?

– Alors, quel est le problème? ai-je demandé. Je suis fort. Je suis un athlète. Bon, pour l'instant, je ne suis pas au mieux de ma forme, mais je ne tarderai pas à…

– Et si tu te fais tuer, a aboyé Loor, que va-t-on faire? Tu ferais un bon guerrier, je n'en doute pas un instant. Mais sans toi, on n'aura pas la moindre chance de vaincre Saint Dane.

Aussi bizarre que ça puisse paraître, Loor avait peur. Je ne l'avais jamais vue éprouver la moindre frayeur. La simple idée de devoir affronter Saint Dane sans moi l'épouvantait. Plus incroyable encore, j'ai vu briller des larmes dans ses yeux.

– Je te comprends, ai-je dit. Mais si je te demande ça, ce n'est pas pour aller chercher la bagarre à droite et à gauche. Tu me connais assez pour le savoir. J'ai besoin que tu me donnes les moyens de me défendre. De cette guerre dépend l'avenir de tous les territoires. Ce serait particulièrement vain de la perdre parce que je n'ai pas su me défendre dans un stupide combat singulier.

Loor a fixé le sol.

– Donne-moi les moyens d'éviter ça, Loor. C'est tout ce que je te demande.

J'avais tout dit. C'était à elle de jouer. Quelle que soit sa décision, j'étais prêt à l'accepter. Au bout d'un long moment, elle a essuyé une larme et m'a regardé dans les yeux. Sa peur s'était dissipée. Son indécision avec elle. Loor était de nouveau elle-même.

– Je t'apprendrai, Pendragon. Mais je vais avoir besoin d'aide.

Je rédige ce journal le soir même où Loor et moi nous sommes mis d'accord. Demain, mon existence entrera dans une nouvelle phase. Je vais apprendre ce qu'il faut pour survivre, acquérir les talents d'un guerrier. Je ne me fais pas d'illusion. Je ne m'attends pas à devenir une machine de guerre. Je resterai moi. Mais au moins, ça fera toujours une crainte en moins. Je saurai qu'en dernier ressort, j'aurai les mêmes chances que mon adversaire.

Et si cet adversaire est Saint Dane, ainsi soit-il.

Essayez de ne pas trop vous inquiéter, les amis. Dans ce journal, j'y suis allé fort. Soyez sûrs que je ne vous oublie pas. Je veux rentrer chez moi et vous revoir. Mais ça ne sera possible qu'après le dernier acte. Et si je veux être là pour l'épilogue, je dois prendre les mesures nécessaires.

Je dois apprendre à me battre.

Souhaitez-moi bonne chance.

Fin du journal n° 20

SECONDE TERRE

Souhaitez-moi bonne chance.

Mark Dimond laissa tomber les pages brunes friables du journal de Bobby sur le plancher de sa chambre et regarda autour de lui. Il était seul. Courtney Chetwynde n'était pas là pour les lire avec lui. C'était la première fois que cela se produisait depuis l'arrivée du tout premier journal de Bobby. Une impression de grande solitude l'étreignit. Il n'avait personne avec qui partager cette dernière nouvelle. Personne pour l'empêcher d'avoir une crise d'angoisse. Il allait devoir encaisser et digérer tout ça.

Comme il aurait voulu que Courtney soit à ses côtés !

Il repensa à un autre journal de Bobby. Le n° 19. Le dernier qu'il avait lu avec Courtney. Celui où Bobby expliquait comment les deux Acolytes avaient tout gâché en prenant les flumes pour se rendre sur Cloral et Eelong. En tant qu'Acolytes, leur tâche était de protéger les journaux de Bobby, de rester sur leur territoire et d'aider les Voyageurs qui passaient en Seconde Terre. Pas de sauter dans le flume pour se joindre au combat.

Et pourtant, c'était ce qu'ils avaient fait[1].

Ils avaient eu tort, ils le savaient, mais à ce moment-là, ils pensaient ne pas avoir le choix. Ils étaient les seuls à connaître le dessein de Saint Dane, qui voulait détruire Eelong à l'aide d'un poison venu de Cloral. S'ils n'étaient pas allés chercher

---

1. Voir Pendragon n° 5, *La Cité de l'Eau noire.*

l'antidote sur cet autre monde pour l'amener sur Eelong, Bobby y aurait peut-être laissé la vie. Mais ce faisant, ils avaient affaibli les flumes. Les Acolytes n'étaient pas censés les employer. Lorsqu'ils avaient quitté Eelong pour la dernière fois, le flume s'était effondré. Non seulement Spader et Gunny étaient restés piégés sur Eelong, mais Kasha, la Voyageuse de ce monde, avait péri dans l'éboulement. Tout ça parce que Courtney et lui s'en étaient servis. Plus rien ne serait jamais comme avant.

Toutes ces pensées assaillirent Mark alors qu'il était là, assis dans sa chambre, tout seul, à revoir le moment où Courtney et lui avaient découvert l'horrible vérité sur Kasha, Spader et Gunny. Il n'y avait pas une heure qu'ils étaient revenus d'Eelong, encore tout surexcités. Ils avaient contribué à sauver Eelong. Ils étaient des héros qui avaient enfin eu l'occasion d'aider Bobby au lieu de se contenter de lire ses journaux. Et en prime, ils étaient rentrés chez eux pour s'apercevoir qu'ils n'auraient pas à expliquer où ils étaient passés tout un mois durant, puisqu'une seconde à peine s'était écoulée depuis leur départ. Tout s'agençait à merveille.

C'est alors que le journal n° 19 était arrivé. Celui qui devrait tout changer. Ils l'avaient emmené au sous-sol de chez Courtney, où ils lisaient généralement ces journaux. Et lorsqu'ils eurent fini celui-ci, Mark et Courtney restèrent silencieux un bon moment, à fixer le vide.

Courtney se mit à pleurer. Mark ne l'avait jamais vue verser une larme. C'était presque aussi choquant que les nouvelles de Bobby. Presque. Mark aurait bien voulu la consoler, mais lui-même ne se sentait pas si faraud.

– Je suis désolée, finit par dire Courtney. Tout est ma faute. C'est moi qui ai insisté.

– C'est f-f-faux, répondit instantanément Mark. C'est vrai qu'au départ, je ne voulais pas y aller, mais au final, j'étais d'accord avec toi. On savait p-p-pour le poison. Et que Seegen était mort. Si on n'avait rien fait, les Klees auraient détruit la Cité de l'Eau noire et Saint Dane aurait remporté Eelong…

– Et Kasha serait toujours en vie ! s'écria Courtney. Et en ce moment, Spader et Gunny seraient sur Zadaa pour aider

Bobby. Saint Dane s'est joué de nous. Il a abandonné Eelong pour se consacrer à un plan plus général, et on lui a facilité les choses.

– Non ! rétorqua Mark en tournant comme un lion en cage. On n'en est p-p-pas sûrs. Sans notre intervention, qui sait si la situation n'aurait pas été encore plus grave ?

Tous deux auraient bien voulu le croire, mais il était impossible de savoir si c'était vrai. Bobby avait précisé qu'ils ne devaient pas se sentir coupables, mais Mark et Courtney avaient du mal à suivre son conseil.

Courtney s'essuya les yeux et se leva.

– Tu devrais rentrer, Mark. Demain, tu porteras le journal à la banque.

Mark enroula les parchemins et les referma avec la lanière de cuir.

– Ça ira ? demanda-t-il.

Courtney acquiesça.

– Prenons le temps de réfléchir à tout ça. On en reparlera plus tard.

– Okay, fit Mark en grimpant l'escalier. On se voit demain en cours ?

Courtney n'avait pas répondu.

Le lendemain, Mark était allé au lycée, comme d'habitude. Ce qui n'avait pas été facile. Il n'était plus le même que le jour d'avant. Certes, entre-temps, il avait passé tout un mois sur Eelong, à tenter de déjouer les plans de Saint Dane. À Davis Gregory High, Mark se fondait dans le décor. Son seul titre de gloire était d'être le meilleur ami du très populaire Bobby Pendragon, mais cela faisait maintenant deux ans que Bobby et sa famille avaient disparu, et les gens oublient facilement. La disparition des Pendragon était de l'histoire ancienne, et sans Bobby, personne ne s'intéressait à Mark Dimond. Nul ne se doutait que Mark prenait part à un combat pour la survie du monde et de tout ce qui avait jamais existé. Pour eux, c'était un petit bonhomme silencieux aux longs cheveux noirs qui mangeait des carottes pour améliorer sa vue. Certes, il était membre du prestigieux club Sci-Clops, mais c'était sa seule

77

activité extrascolaire… À part se rendre sur un autre territoire pour sauver une race d'hommes-chats de l'extermination. S'il arrivait qu'on s'adresse à Mark, c'était lorsqu'on l'apercevait en compagnie Courtney Chetwynde. En effet, celle-ci était belle, athlétique, intelligente, pas le genre de personne qu'on s'attendait à voir fréquenter un boutonneux comme Mark. Ça faisait jaser. Qu'est-ce qu'elle pouvait bien lui trouver ? Bien sûr, personne ne savait ce qui les liait – leur amitié avec Bobby et le fait qu'ils sachent que l'univers était en danger.

Et surtout, Mark et Courtney avaient besoin l'un de l'autre pour ne pas perdre la raison.

Aller à l'école ce jour-là fut la chose la plus pénible que Mark avait jamais faite. Il venait de prendre part à une aventure d'une dimension inimaginable. Et à présent, il devait reprendre les cours et faire comme s'il ne s'était rien passé. Or c'était faux. Il n'était plus le même.

Et Courtney n'était pas venue.

Tout d'abord, il s'abstint de l'appeler. Autant lui laisser le temps de décompresser. Mais plusieurs jours s'écoulèrent sans qu'elle ne mette les pieds au lycée. Mark tenta de l'appeler sur son mobile, mais elle ne décrochait pas. Il passa chez elle aux heures de travail de ses parents. Personne ne répondit. Il n'avait aucune envie d'aller trouver ses parents, mais une pensée dérangeante commençait à le tarauder : et si les Chetwynde avaient disparu comme les Pendragon avant eux ? Il finit donc par appeler chez elle. À son grand soulagement, M. Chetwynde père vint décrocher. Il lui dit que Courtney ne se sentait pas bien et ne voulait parler à personne. Mark le trouva bien tendu. Il était content qu'il ne se soit rien passé d'étrange, mais s'inquiétait de plus en plus pour Courtney. Il savait qu'elle avait du mal à supporter toute cette histoire, même avant qu'ils n'aient emprunté le flume. Et si apprendre qu'ils avaient tout gâché l'avait fait craquer ? Courtney était très fière, peut-être même un peu trop de l'avis de Mark. L'une des raisons qui l'avaient poussée à sauter dans le flume était de restaurer sa propre confiance en elle – et quoi de plus efficace que sauver un territoire tout entier ?

Mark ne lui en voulait pas de l'avoir incité à utiliser le flume. Il l'avait suivie de son plein gré. Elle ne lui avait pas forcé la main. Maintenant, il craignait qu'après son enthousiasme à l'idée d'avoir sauvé Eelong, apprendre qu'ils s'étaient trompés du début à la fin l'ait anéantie. Plus que tout, il voulait lui parler, mais ses parents le lui refusaient. Pas de coups de fil, pas de visites, pas de courrier. On aurait dit qu'elle était prisonnière de chez elle. Ou patiente dans un hôpital.

Le semestre toucha à sa fin, et Courtney n'était toujours pas revenue au lycée. En posant des questions, il apprit qu'on lui envoyait directement ses cours et ses devoirs chez elle. Selon la rumeur, elle était malade, mais Mark n'y croyait pas. Il savait que ses maux n'étaient pas physiques, mais psychologiques. Au bout d'un moment, il cessa d'appeler. Il préféra attendre le prochain journal et trouver un moyen de lui faire savoir qu'il était arrivé. Elle ne pourrait pas résister à l'envie de savoir ce qui était arrivé à Bobby.

Mais le journal se faisait attendre.

Mark fit de son mieux pour penser à autre chose et reprendre le cours de sa vie. Il chercha à oublier leur erreur, même si souvent, tard dans la nuit, il se retrouvait assis, bien éveillé, à se demander ce qu'ils auraient pu faire d'autre. Une question qui resta sans réponse, ce qui, d'une certaine façon, était réconfortant. Certes, ils avaient fait un beau gâchis, mais après avoir mille fois passé en revue chaque fait, il conclut qu'ils n'avaient pas eu d'autre option que d'agir comme ils l'avaient fait. Ce qui lui remontait le moral. Un tout petit peu.

Mark se consacra entièrement au Sci-Clops. Mais c'était difficile maintenant qu'Andy Mitchell, son ennemi juré, en faisait partie. Mitchell était un idiot, une brute qui avait marty-risé Mark toute sa vie. Et pourtant, il se retrouvait membre du club scientifique le plus prestigieux de tout l'État. Tout d'abord, Mark avait cru à une erreur, mais plus il le voyait à l'œuvre, plus il devait admettre à contrecœur que ce gorille avait de véritables aptitudes pour les sciences et surtout les maths. Mitchell avait peut-être du mal à écrire son nom ou à lire un panneau routier, mais Mark constata qu'il avait un don incroyable pour résoudre des équations en trois dimensions.

C'en était presque surnaturel. Ce devait être un de ces idiots savants – en insistant bien sur le terme «idiot». D'un côté, il développait des composés chimiques susceptibles de révolutionner l'ingénierie, de l'autre, il rackettait les boutonneux du lycée à la sortie pour s'acheter des clopes.

Le seul réconfort que Mark tirait de cette drôle de situation, c'est qu'il n'était plus sa cible privilégiée. C'est bien la première fois dans l'histoire des premiers de la classe qu'être membre d'un club scientifique détournait l'attention des brutes.

Le semestre s'écoula sans incident notable. C'est-à-dire sans nouveau journal. Mais, quelques semaines avant les vacances d'été, Mark reçut une lettre qui, une fois de plus, devait tout changer. Elle venait de Courtney.

Cher Mark,

Salut. J'espère que tu vas bien.

Je sais que je ne devrais pas t'éviter comme ça, mais comme tu t'en doutes, ces derniers temps, je vis en recluse. Désolée de devoir le dire, mais en vérité, c'est surtout toi que j'évite. C'est mal, je sais. Mais je m'en veux tellement que te voir serait encore plus douloureux. J'ai failli envers toi. J'ai failli envers Bobby. Quand je pense à la façon dont j'ai failli envers tous les Voyageurs, avec toutes les conséquences qui peuvent en découler, j'ai envie de pleurer. C'est trop pénible pour que je puisse seulement y penser. Je croyais pouvoir tout surmonter. Maintenant, je ne supporte même plus de te voir, toi que j'estime tant.

Je t'écris pour te dire que si ce n'est pas encore le Pérou, je vais un peu mieux. Je crois pouvoir m'en sortir. Mais je dois partir. Mes parents veulent que je suive une classe de vacances. Pour une fois, j'ai accepté sans discuter. C'est une excellente idée. Il faut que je me reprenne en main. Aller là où personne ne me connaît me plaît assez. J'espère que dans deux mois, j'aurai fini par surmonter tout ça et que je pourrai revenir telle que je dois être : une meilleure amie pour toi comme pour Bobby, et une meilleure Acolyte.

Je ne voulais pas t'abandonner comme ça. Je m'en excuse. Mais je crois qu'au point où en sont les choses, tu t'en tireras mieux sans moi. Si un autre journal débarque avant mon retour, je ne veux pas le savoir. Je le lirai quand j'aurai à nouveau la tête à l'endroit. Ne va pas croire que je m'en désintéresse, car c'est faux. Plus que je ne pourrais te le dire. C'est même une partie du problème. Il faut que je prenne du recul.

J'ai beau essayer de ne plus repenser à ce qui s'est passé sur Eelong, je n'arrive pas à oublier qu'un jour, peut-être plus tôt qu'on ne le croit, Saint Dane prendra pour cible la Seconde Terre. Et lorsque ce jour viendra, s'il vient, on aura à nouveau besoin de nous. Je tiens à être prête. C'est ce qui me permet de ne pas me disperser.

J'aimerais te souhaiter de bonnes vacances, mais ça semble tellement trivial. Sache que je pense à toi chaque jour qui passe. Je m'en sortirai, et je reviendrai.

C'est ce qui est écrit.

Tu me manques.

Bisous,

Courtney.

Mark avait à peine fini cette lettre que son anneau se mit à tressauter. Surpris, il fit un bond sur son lit. Le nouveau journal de Bobby était en route. Mark n'avait même pas eu le temps d'assimiler la lettre de Courtney que Bobby se rappelait à son bon souvenir.

Super, se dit-il ironiquement. Pourquoi faut-il toujours que tout arrive en même temps ?

La pierre grise au centre de l'anneau que lui avait donnée Osa, la mère de Loor, devint un cristal brillant. Il retira l'anneau, le posa à terre et regarda se dérouler un processus désormais familier. L'anneau prit la taille d'un Frisbee, ouvrant un canal vers les territoires. Des lumières clignotèrent, suivies par ces notes musicales envoûtantes qui apportaient leur cargaison.

Mark ferma les yeux et attendit que cesse la musique. Peu après, l'anneau redevenait normal et le journal n° 20 de Bobby gisait sur la carpette. C'était un rouleau de parchemin noué par une lanière de cuir... tout comme le n° 19. Jadis, Mark aurait aussitôt appelé Courtney pour qu'ils le déchiffrent ensemble, conformément à leur pacte. Ils ne les lisaient jamais séparément. Mais sa lettre avait tout changé. Courtney ne voulait pas en entendre parler. Mark était seul. C'était un drôle de sentiment, presque effrayant. Mark et Courtney avaient beau être différents, ils étaient toujours capables de discuter afin de décrypter ce que contenaient ces journaux. Désormais, Mark était livré à lui-même. Il serait le seul à connaître les nouvelles aventures de Bobby. Il se mit donc à lire.

SECONDE TERRE
(suite)

Le journal n° 20 ne fit rien pour rassurer Mark. Cette histoire de sécheresse était déjà grave, mais le fait que Saint Dane ait tenté de tuer Bobby l'emplit de terreur. Cela lui fit de la peine d'apprendre que son meilleur ami était si mal en point et, lorsqu'il lut que Loor allait lui apprendre à combattre, son estomac se noua.

Plus encore, Mark frémit en apprenant que Bobby tombait peu à peu amoureux de Loor. Maintenant qu'il savait ce qu'endurait Courtney, il ne pouvait imaginer sa réaction lorsqu'elle apprendrait que son amour d'enfance s'intéressait à une autre. Ce journal ne contenait pas la moindre bonne nouvelle. Mark avait largement de quoi s'inquiéter.

Et le pire, c'est qu'il n'avait personne à qui se confier.

Sa seule consolation était de ne pas avoir à dire à Courtney ce qui se passait entre Bobby et Loor. Pourvu qu'à son retour, elle soit assez forte pour surmonter cette nouvelle – ou au moins, qu'il ait trouvé d'ici là un moyen de lui expliquer sans l'envoyer au trente-sixième dessous. Non, il n'y avait rien de bon dans ce journal de Bobby.

Mark roula à nouveau le parchemin en y ajoutant la lettre de Courtney. Il les amena tous les deux à la Banque nationale de Stony Brook, où Bobby avait ouvert et payé un coffre – en 1937. En Première Terre[1]. C'est là que Mark entreposait les journaux

---

1. Voir Pendragon n° 3, *La guerre qui n'existait pas.*

de Bobby en attendant que, pour une raison ou pour une autre, il en ait à nouveau besoin.

Lorsqu'il atteignit la banque, il était au bord de l'explosion. Trop de pensées contradictoires s'entrechoquaient dans sa tête. Il lutta contre le désir de courir chez Courtney. Il avait besoin de parler à quelqu'un, mais il n'y avait personne...

Sauf Andy Mitchell.

– Hé, Dimond, lança-t-il alors que Mark sortait de la banque, le faisant sursauter. T'es un homme d'affaires, maintenant ? Tu vas mettre ton pognon à la banque ?

– C'est ça, oui, répondit Mark sans lever les yeux.

Il continua son chemin. Andy lui emboîta le pas.

– Pourquoi t'es si pressé ? demanda-t-il.

– Heu, j'ai des devoirs à faire.

– Des devoirs ! ricana Mitchell. Hé, l'année est presque terminée. Décompresse un peu. J'te paye un cornet de frites à Garden Poultry.

Du coup, Mark s'arrêta net et se tourna vers Mitchell. La brute n'avait pas changé, avec ses cheveux blonds graisseux tombant sur ses yeux et ses éternels boutons d'acné. Et pourtant, il y avait quelque chose de différent. Mitchell n'avait jamais été sympa avec Mark. Jamais.

– Pourquoi ? répondit Mark. Qu'est-ce que tu veux ?

– Rien ! se défendit Mitchell. Bon sang !

Mark continua de dévisager Mitchell. Il ne le croyait pas.

– Bon, d'accord, céda Mitchell. J'ai peut-être quelques petites questions à propos de c'robot que t'as construit l'an dernier. Tu sais, celui qu'a gagné le concours d'État ?

– Ouais, je sais lequel c'est. Et alors ?

– Sois pas si nerveux. Ça m'intéresse, c'est tout. Enfin, on est tous les deux de Sci-Clops, non ?

C'était plus que Mark ne pouvait en supporter. En quelques heures, il y avait eu la lettre de Courtney, le journal de Bobby, et maintenant, voilà que l'ignoble Andy Mitchell voulait parler boutique avec lui. Cela faisait un peu beaucoup. En temps normal, il aurait envoyé Andy se faire voir chez les Grecs et aurait continué son chemin. Mais il avait bien besoin de se changer les idées.

– D'accord, dit-il. Des frites à Garden Poultry.

– Voilà qui est parlé !

Ils allaient partir lorsque Mark s'arrêta soudain.

– Au fait, où as-tu trouvé l'argent ? demanda-t-il. Tu l'as volé ?

– Oh, arrête, répondit Mitchell. J'ai trouvé un boulot.

– Quel boulot ? reprit Mark soupçonneux. C'est légal ?

– T'es vraiment un phénomène, tu sais ça ? Je fais des livraisons pour mon oncle. Il tient une boutique de fleuriste. Ça va, c'est assez légal pour toi ?

– Tu as ton permis de conduire ? demanda Mark stupéfait.

– Ben ouais, pas toi ?

Pas lui. Mark n'avait même pas pensé à demander à ses parents. Vous parlez d'un nul.

– Désolé, finit-il par dire. J'ai la tête ailleurs.

Ce drôle de duo partit sur Stony Brook Avenue en direction du snack Garden Poultry, où ils se prirent deux cornets de frites délicieuses et deux sodas. Ils allèrent s'asseoir dans le minuscule parc tout proche, où Mitchell écouta Mark lui parler du robot tueur qu'il avait conçu, et qui avait remporté le premier prix à la foire scientifique locale, puis à celle de l'État. C'est ce projet qui lui avait valu d'être invité à rejoindre Sci-Clops. Au grand étonnement de Mark, Mitchell l'écouta avec un vif intérêt. Il ne lui coupa pas la parole. Il ne se moqua pas de lui. Il ne cracha pas par terre. Pas une fois. En fait, Mark s'aperçut qu'il prenait plaisir à lui raconter l'histoire de la construction de son robot. Un instant, il en vint à oublier à qui il s'adressait… Preuve qu'il était prêt à tout pour oublier un instant ses préoccupations.

Lorsqu'il eut terminé, Mitchell hocha la tête.

– Faut dire ce qui est, Dimond. T'es un minable, mais t'es sacrément doué.

– Merci… Si c'est un compliment.

Andy se leva et reprit :

– Peut-être qu'un jour, on bossera sur quelque chose ensemble. Enfin, si tu veux bien bosser avec quelqu'un que tu considères comme un gros blaireau.

La remarque désarçonna Mark. C'était bien la première fois que Mitchell faisait preuve d'humilité.

– Heu, oui, p't'être, balbutia-t-il. Je veux dire, je ne pense pas que tu sois un blaireau.

– Ben voyons !

– Merci pour les frites.

– Et merci pour l'histoire, répondit Mitchell. Bon, faut que j'aille au taf. À plus.

Sur ces mots, il tourna les talons et s'en alla. Mark resta là, abasourdi. Cela semblait trop irréel pour être vrai, mais Andy Mitchell venait de le sauver d'une crise d'angoisse. Mark eut un petit rire et secoua la tête.

– La vie ne cessera jamais de m'étonner.

Les semaines qui suivirent défilèrent à toute allure. Mark passa plusieurs fois à la banque pour relire le dernier journal de Bobby. Il fit de son mieux pour ne pas penser à Courtney. Elle le contacterait lorsqu'elle serait prête. Mark pouvait juste espérer que Bobby finirait par guérir et qu'il éviterait Saint Dane.

Mark prit un job d'été consistant à assembler et graver des trophées sportifs. C'était toujours mieux que la plupart des autres boulots qui se proposaient. Au moins, il y avait un minimum de créativité, et cela lui changeait les idées. En fait, Mark n'aimait pas les mois d'été. Il détestait les activités auxquelles les autres s'adonnaient. Il avait horreur de nager. Sa famille ne partait que rarement en voyage. Il ne pouvait pas s'exposer au soleil, car sa peau virait de translucide à carbonisée sans passer par la case bronzage. Et surtout, il aimait aller à l'école. Contrairement à la plupart des adolescents de son âge, Mark attendait avec impatience le mois de septembre. Il s'ennuyait durant l'été.

Le week-end du Quatre Juillet[1], cet été devint un peu plus intéressant.

Il travaillait tard à la boutique de trophées, mais cela ne l'ennuyait pas : il y avait un feu d'artifice de prévu dans le parc,

---

1. Fête nationale aux États-Unis, célébrant la déclaration d'Indépendance. (N.d.T.)

tout au bout de Stony Brook Avenue. Mark bossa jusqu'à 20 h 30, puis s'arrêta à Garden Poultry pour l'obligatoire barquette de frites et canette de soda. Puis il emporta son dîner et descendit l'avenue pour voir le feu d'artifice. Des familles entières s'écoulaient de partout, munies de couvertures pour pouvoir s'installer sur l'herbe. Mark s'installa au milieu d'un des courts de tennis municipaux. Il n'aimait pas trop s'asseoir sur l'herbe, surtout lorsqu'il avait son repas en main. Il préférait ne pas devoir disputer ses frites avec les fourmis.

Deux explosions annoncèrent la couleur, et tout le monde leva les yeux en l'air. Peu après, chaque détonation multicolore engendra quantité de « ooh ! » et de « aah ! ». Mark aimait bien les feux d'artifice. Pour lui, ils avaient quelque chose de magique. Il n'aurait jamais pu dire comment les Chinois de l'ancien temps avaient pu concevoir des poudres capables de donner de tels jets de couleur. Bien sûr, il pouvait toujours faire des recherches pour découvrir comment cela marchait, mais il préférait croire que c'était magique.

– Excuse-moi, fiston, dit une voix près de lui, mais les feux de Bengale ne sont pas autorisés dans la foule.

Mark vit un policier debout devant lui. Il regarda son entourage, se demandant à qui il s'adressait, mais personne n'avait allumé de feux d'artifice.

– T'as compris ? reprit le policier d'un ton moins amène.

Mark réalisa qu'il le regardait, lui et personne d'autre.

– C'est à moi que vous parlez ? demanda Mark étonné.

– Ne dis pas de bêtises, répondit le policier. Éteins ce truc. Il y a des enfants dans le coin.

Mark ne voyait vraiment pas de quoi il voulait parler. Du moins jusqu'à ce que son anneau se mît à tressaillir. Tout d'abord, il n'avait rien remarqué, absorbé par le feu d'artifice, mais un feu d'un tout autre genre se propageait sur sa main.

Son anneau s'était activé.

Il commençait déjà à grandir, et des lumières et des étincelles jaillissaient de son ouverture. Avec la musique, il n'avait pas entendu les notes. Mark posa aussitôt sa main sur l'anneau.

– D-d-désolé, m'sieur l'agent, balbutia-t-il. Je vais m'en débarrasser.

Mark se leva maladroitement, mais le court de tennis était bondé. Il voulut s'en aller, et se retrouva à marcher sur les gens ou à trébucher sur leurs paniers à pique-nique, bref, à déranger tout le monde.

– Excusez-moi ! Pardon ! Désolé ! Oups, pardon ! ne cessait-il de dire en se frayant un chemin dans la foule.

Après avoir dérangé à peu près tous ceux qui se trouvaient sur son chemin, il sortit du court de tennis et s'éloigna dans les bois. Il n'eut pas à aller loin : personne ne se souciait de lui. Tous regardaient le ciel. Mark courut derrière un arbre, jeta son anneau à terre et regarda ses propres effets pyrotechniques. Contrairement au feu d'artifice explosant dans le ciel, celui-ci était bien magique.

Et il lui livrerait le nouveau journal de Bobby.

Journal n° 21

ZADAA

Ç'a été une tragédie.

Et c'est arrivé comme ça, sans avertissement ni signes avant-coureurs. Rien qui puisse nous permettre de nous y préparer. J'ai l'habitude qu'il se produise des choses horribles, mais pas comme ça. Je suis complètement estomaqué. À présent, il faut ramasser les morceaux et continuer. La seule bonne chose qui en ressort, c'est que maintenant, au moins, on sait où aller.

Une fois de plus, je suis chez Loor pour écrire ce journal. On n'y restera pas bien longtemps. Demain, nous partirons pour un long voyage. J'espère être en état. Au moins, je suis en meilleure forme que la dernière fois où je vous ai écrit.

C'est bizarre. Je commence à avoir l'impression d'être deux. Je suis toujours Bobby Pendragon, celui que vous connaissez et qui, plus que tout, veut rentrer chez lui et reprendre sa vraie vie. Mais j'ai changé, et de bien des façons. J'en ai tant vu, des spectacles horribles ou magnifiques, que je ne peux m'empêcher de penser que je ne suis plus la même personne. Et ça ne me plaît pas. Je veux être moi. Mais mon ancien moi ne survivrait pas bien longtemps à tout ce qui se passe en ce moment. Voilà pourquoi je me suis efforcé de changer encore davantage. C'est une question de survie. L'ironie de la chose, c'est qu'en me poussant à devenir un autre, j'ai l'impression de tuer mon ancien moi. Et ça me fait horreur. Mais je n'ai pas le choix. Pas si je veux rester en vie assez longtemps pour arrêter Saint Dane.

Pour l'instant, je dois revenir quelques semaines en arrière, afin de vous raconter tout ce qui s'est passé.

Là, sous la ville de Xhaxhu, au cœur du territoire des Rokadors, nous nous sommes retrouvés face au flume, tous les trois. Ce tunnel de roche était inerte, mais il ne le resterait pas longtemps.

— Ce n'est pas nécessaire, a dit Saangi, irritée. Je peux m'en charger. On n'a pas besoin d'aide.

— Un jour, lui dit Loor avec patience, tu seras une grande guerrière. Mais aujourd'hui, nous avons besoin d'assistance.

Sans crier gare, Saangi s'est emparée du casse-tête accroché dans son dos. Elle l'a fait tournoyer comme un bâton de majorette, s'est laissée tomber sur un genou et m'en a décoché un coup sur la cuisse.

— Aïe! ai-je crié. Qu'est-ce qui te prend?

— Mes réflexes sont bien meilleurs que les siens, a-t-elle dit à Loor. Il pourrait beaucoup apprendre de moi.

J'ai massé ma cuisse douloureuse, puis lui ai arraché son bâton avant qu'elle n'ait pu réagir.

— Donne-moi ça. Bon sang!

Loor m'a doucement pris l'arme des mains. Elle souriait légèrement.

— Parce que tu trouves ça drôle? C'est déjà bien assez dur comme ça, si on se fait taper dessus par ses alliés, en plus! Et ça fait mal!

— Si tu ne veux pas prendre de coups, a répondu Loor, autant ne pas t'entraîner. Tu renonces à ton projet?

Zut. Bonne question. À vrai dire, l'idée de me faire couvrir de gnons sous prétexte de m'aguerrir ne me disait pas plus que ça. Presque toutes mes plaies étaient guéries. J'étais encore un peu faible et raide comme un passe-lacet, mais je ne souffrais plus le martyre au moindre mouvement. Il me semble que j'avais eu mon comptant de coups. Mais autant vouloir jouer au rugby en refusant de se faire plaquer. Si je voulais apprendre à me battre, je devais aussi apprendre à encaisser. J'ai cessé de me frotter la jambe.

— Je peux faire avec, ai-je déclaré d'un air de défi.

J'ai regardé Saangi, qui arborait un petit air satisfait assez agaçant.

— Tu auras ton rôle à jouer, a dit Loor à son écuyère en lui rendant son arme. Sois patiente.

Saangi a remis le casse-tête dans son harnais. Puis elle est restée là, les bras croisés, d'un air boudeur. Je ne devais pas oublier de garder un œil sur cette gamine.

C'est alors que le flume s'est animé.

Je l'ai entendu avant de le voir. Les parois rocheuses ont grondé comme un vieillard aux articulations rouillées. C'était un peu ce que je ressentais ces derniers temps. J'ai regardé dans le tunnel pour voir un petit point lumineux tout au fond. Quelque chose venait vers nous. La lumière s'est rapprochée et les notes musicales ont retenti, faibles au début, puis de plus en plus fortes. Un peu plus tard, les murs de pierre du tunnel sont devenus transparents. Avant que la lumière devienne éblouissante au point que je doive me protéger les yeux, j'ai entrevu le champ d'étoiles au-delà des parois. Voyager via les flumes était devenu presque banal, mais je n'avais toujours pas la moindre idée de la façon dont ils fonctionnaient, ni de celui ou ceux qui les avaient créés. J'espère qu'un jour, j'aurai l'occasion de le découvrir, mais en général, j'essaie de ne pas trop y penser. J'ai bien assez de problèmes comme ça sans me poser de questions métaphysiques.

On est restés là, Loor, Saangi et moi, à nous protéger les yeux du son et de la lumière. La musique est devenue assourdissante. Le passager était arrivé. L'instant d'après, les lumières se sont éteintes, les murs de cristal sont redevenus solides et le flume inerte.

Devant nous se tenait un grand type à l'air dangereux portant une épée à la hanche. Il était vêtu d'une armure de cuir plus lourde et plus épaisse que celle de Loor qui ne découvrait pas la moindre parcelle de chair. Ce type venait d'un territoire où il faisait bien moins chaud que sur Zadaa. Je le savais : j'étais passé par là. Pour arriver à la porte, il avait dû escalader une montagne escarpée et traverser un champ de neige avant de dénicher la caverne qui abritait le flume. Il avait à peu près mon âge, mais était bien plus grand que moi. Il avait bien l'allure de ce qu'il était : un chevalier professionnel.

Et il était aussi le Voyageur de Denduron[1].

---

1. Voir Pendragon n° 1, *Le Marchand de peur.*

— Salut, Alder, ai-je dit. Bienvenue sur Zadaa.

— Ce flume n'était pas comme je me l'étais imaginé, a-t-il répondu, l'air secoué.

Il a fait un pas en avant, a trébuché et a failli s'étaler. On l'a rattrapé avant qu'il ne tombe à nos pieds.

— Désolé, a-t-il dit, gêné. Ce voyage m'a perturbé.

— C'est ça, le chevalier farouche qui doit nous aider à faire de Pendragon un guerrier ? a fait Saangi, dégoûtée. Quel balourd !

— C'est un Voyageur, a rétorqué Loor, et tu lui dois le respect.

— C'est vrai, a renchéri Alder d'un air penaud, je suis un balourd. Mais un balourd qui sait se battre. (Il m'a regardé et m'a décoché un grand sourire.) Salut, Pendragon. Tu as bien changé.

On s'est étreints. J'ai eu l'impression qu'un ours me serrait contre lui. Il était sacrément costaud. Ses cheveux étaient bruns et mi-longs. Il n'était pas vraiment beau gosse, ses traits étaient trop… épais. Gros nez, grande bouche, grands yeux. Pas vraiment un top model. Mais ce qu'on lisait dans ses yeux était toute sincérité et honnêteté. Ce type était franc comme l'or. S'il disait quelque chose, il le faisait. En fait, c'était plus un grand enfant qu'un chevalier bedoowan. Je lui faisais une confiance absolue. Et si on y réfléchissait bien, j'avais mis ma vie entre ses mains. Et j'allais recommencer.

— On a tous grandi, ai-je répondu.

Alder m'a lâché et a tendu les bras vers Loor, prêt à l'embrasser elle aussi.

— Salut, Loor.

Elle est restée plantée là, les bras ballants. Elle n'est pas du genre tactile.

— Heureux de te voir, Alder, a-t-elle dit sans la moindre émotion.

Alder est resté là comme un crétin, les bras tendus.

— Hummm, bon, a-t-il fait en laissant retomber ses mains. Et qui est-ce ? a-t-il ajouté en se tournant vers Saangi.

— Je m'appelle Saangi. L'Acolyte de Loor. C'est moi qui ai envoyé la note à ton propre Acolyte pour te demander de venir.

— Qui est ton Acolyte ? ai-je demandé à Alder.

– Une Milago. Son mari a été tué par Saint Dane lors d'une cérémonie de Transfert.

Je voyais très bien de qui il voulait parler. Sur Denduron, les fermiers milagos travaillaient comme esclaves dans les mines, d'où ils extrayaient un minerai précieux nommé glaze pour le compte de la classe dirigeante, les Bedoowans. Lorsque Saint Dane était allé sur Denduron, il avait établi un rituel particulièrement brutal : il choisissait un Milago et obligeait les autres à extraire son poids en glaze. La cérémonie du Transfert était celle où on comparait le poids du malheureux mineur avec la récolte du jour. S'il n'y avait pas assez de glaze, le pauvre bougre était exécuté. J'avais assisté à une telle cérémonie, et le mineur avait bien été tué sous les yeux de son épouse. Comme vous le savez, Loor, Alder et moi avions fait fermer les mines. Sur Denduron, on avait vaincu Saint Dane. Et maintenant, on était à nouveau réunis, prêts à l'arrêter sur Zadaa.

– J'ai entendu dire que tu ne t'étais pas tourné les pouces, Pendragon, a dit Alder. Apparemment, ton aventure sur Denduron n'était qu'un début.

– Ce n'est rien de le dire, ai-je repris. Qu'est-ce qui se passe sur ton territoire ? J'ai bien besoin de bonnes nouvelles.

– Tu ne vas pas être déçu, a-t-il répondu. Les Bedoowans travaillent avec les Milagos pour rebâtir leur village, celui que l'explosion de la mine de tak a détruit.

– Mais où vivent les Beedowans maintenant que leur château a été détruit ?

Alder a éclaté de rire.

– Au village des Milagos ! Il a tellement grandi que tu ne le reconnaîtrais pas !

– Donc, ils forment une seule grande famille ?

– C'est loin d'être parfait, mais au moins, nous vivons en paix. Et les Milagos ne sont plus dans les mines. Le futur s'annonce plutôt bien.

Voilà qui me remplissait de joie. Denduron avait atteint son moment de vérité, et on l'avait poussé dans la bonne direction. Mais tout ça m'attristait aussi, car ça me rappelait l'oncle Press. Je pouvais encore le voir se dresser à l'arrière de ce traîneau médiéval filant sur la neige et jetant des lances aux ours-quigs qui nous pourchassaient.

– Que sont devenus Rellin, et la reine Kagan, et…

Soudain, Alder a fait un pas en arrière et porté une main à sa jambe. D'un geste rapide, il s'est emparé d'un couteau assez effrayant accroché à sa cuisse et l'a jeté entre Loor et moi. De surprise, on s'est baissés tous les deux. J'ai tourné la tête pour voir ce qu'il visait… Et j'en suis resté bouche bée.

Comme je l'ai déjà décrit, l'immense caverne contenant le flume était creusée dans la même pierre sablonneuse beige dont étaient faits tous les bâtiments de Xhaxhu. Pour entrer et sortir, il fallait y aller en varappe grâce à de petits trous creusés dans un des murs. Ces tenons menaient à une grande avancée rocheuse juste assez large pour qu'une personne puisse s'y glisser. C'était une montée assez pénible qui se terminait sur une trappe donnant sur un débarras utilisé par les Rokadors. Alder avait lancé son couteau vers le mur de varappe.

Il avait visé juste. Maintenant, un serpent était cloué à la roche sablonneuse. Un gros serpent. Il devait s'être laissé tomber de l'avancée rocheuse la tête la première. La lame d'Alder avait perforé sa tête. Je me suis retourné à temps pour voir tomber le reste de son corps. Mort. Il devait bien mesurer deux mètres. Sa tête est restée là, rivée à la pierre.

– Qu'est-ce… ? a fait Saangi, étonnée. (Elle s'est tournée vers Alder avec un nouveau respect.) Désolée d'avoir douté de vous, monsieur.

Alder a haussé les épaules d'un air modeste.

– Je suis peut-être un balourd maladroit, mais je suis aussi un chevalier.

Je n'aime pas les serpents. Ils ne valent pas grand-chose. Ils sont silencieux, sournois, et mortels. Pas très sympa. Mais celui-là était particulièrement teigneux. J'avais croisé un de ses semblables lors de ma première visite sur Zadaa.

– Des quigs, ai-je dit.

– Des quigs ? a répété Alder.

– C'est l'apparence qu'ils ont sur Zadaa, ai-je répondu. Sur Denduron, ils ressemblent à des ours. En Seconde Terre, à des chiens. Sur Cloral, ce sont des requins. Là, des serpents. De grands serpents. Très dangereux.

– Mais pourquoi se montreraient-ils maintenant? a demandé Saangi, stupéfaite.

Elle n'avait plus rien d'une jeune guerrière crâneuse. Soudain, ce n'était qu'une gamine inquiète.

– Ils apparaissent lorsque Saint Dane ne veut pas qu'on se serve des flumes, ai-je dit. Et tu sais ce que j'en déduis?

– Non? a demandé Alder.

– Ça veut dire qu'on est sur la bonne voie, ai-je répondu. Saint Dane commence à se sentir nerveux. Il est temps de s'y mettre.

Journal n° 21
(suite)

ZADAA

En sortant de la caverne, on n'a pas rencontré d'autres quigs. Ce qui ne m'a pas vraiment gêné. Alder a ouvert la voie, mais sans épée ou couteau. Il avait dû abandonner ses armes de Denduron à l'embouchure du flume. Il est interdit de mélanger les territoires. Mais je présume que je n'ai plus besoin de le rappeler. Saangi lui a passé une tunique blanche, vu qu'il ressemblait bien plus à un Rokador qu'à un Batu. Elle lui a aussi donné l'arme argentée que les Tiggens portaient lorsqu'on les a rencontrés à la ferme. Elle mesurait environ un mètre, avec une poignée de cuir et une boucle à passer autour du poignet.

— Qu'est-ce que je peux faire avec ça ? a demandé Alder. Ça n'a pas de lame.

— C'est une arme très efficace, a affirmé Loor. Tu verras.

On a escaladé le mur, passé la trappe pour se retrouver ensemble sur la pièce où les Rokadors entreposaient des pièces mécaniques. Loor a claqué la trappe portant le symbole en forme d'étoile marquant l'entrée du flume. Elle l'a alors recouvert de sable, le cachant complètement.

— Et maintenant ? ai-je demandé à Loor. Où va-t-on ?

— Là où personne ne viendra nous déranger, Batu ou Rokador, a-t-elle répondu.

On a alors suivi Loor pour gravir l'escalier en spirale que j'avais déjà monté plusieurs fois. Peu après, on est entrés dans la grande caverne qui avait jadis abrité une rivière souterraine. La dernière fois que Spader et moi étions passés par là, il y avait une immense cascade d'un côté de la salle qui alimentait une rivière souterraine. Maintenant, il ne s'écoulait plus qu'un vague filet allant se perdre dans un lit désespérément sec.

– Que s'est-il passé ? a demandé Alder.

– Plus tard, a répondu Loor. C'est une trop longue histoire.

Alder a hoché la tête. Il était plutôt facile à vivre.

Loor nous a menés à l'ouverture jadis cachée sous la chute d'eau, mais désormais bien visible. On a grimpé quelques escaliers de pierre, passé le portail et nous sommes entrés dans la salle contenant l'appareil de contrôle des eaux que je vous ai déjà décrit. Pour vous rafraîchir la mémoire, on aurait dit une de ces immenses orgues de cathédrale – mais à l'horizontale, et les tubes disparaissaient dans le mur de chaque côté. À l'avant, il y avait une plate-forme munie de tout un réseau de manettes et de valves. La première fois que je l'ai vue, un ingénieur rokador se tenait sur la plate-forme et manipulait frénétiquement les commandes d'une main experte. Je n'avais pas la moindre idée d'à quoi elles pouvaient servir : tout ce que je savais, c'est que ce machin contrôlait le débit d'eau issue des rivières. L'ingénieur disposait de cartes et de diagrammes qui le guidaient pour corriger les données avec ses instruments.

Mais à présent, la plate-forme était déserte. Une épaisse couche de poussière et de sable recouvrait le panneau de contrôle.

– Voilà une parmi de nombreuses stations de contrôle où les ingénieurs rokadors contrôlent les rivières de Zadaa, a expliqué Loor.

– J'imagine qu'ils n'ont plus grand-chose à faire, ai-je ajouté tristement.

Derrière moi, une voix puissante a retenti :

– Du moins pour l'instant.

On s'est tous retournés. C'était Bokka, le garde tiggen, qui s'avançait vers nous, suivi de Teek et des deux autres armoires à glaces vues à la ferme. Enfin, j'imagine que c'était les deux mêmes bonshommes. Comme ils n'avaient pas rabattu leurs capuches la dernière fois, ce pouvait être d'autres types. Mais c'était bien Bokka, aucun doute. Il était toujours aussi beau et confiant. Comme il ne portait pas ses lunettes, j'ai pu voir ses yeux. Ils étaient d'un vert d'une nuance telle que je n'en avais encore jamais vu. J'ai jeté un coup d'œil à Teek et aux autres : tous avaient les yeux vert clair. Il devait y avoir un rapport avec le fait qu'ils vivaient sous terre.

Bokka nous a examinés. Il cherchait si quelqu'un risquait de causer des problèmes. Son regard s'est posé sur Alder.

— Et qui est ce nouveau venu qui s'habille comme un Rokador et porte nos armes ? a-t-il demandé.

Loor s'est empressée de répondre :

— Il est de la tribu de Pendragon. Lui aussi est venu pour nous aider.

— La tribu des Yankees ? a demandé Bokka.

Tout d'abord, je n'ai pas compris. Et Alder ne comprenait pas davantage, bien sûr. Mais il a eu la présence d'esprit de se taire.

— Oui, ai-je répondu lorsque je me suis souvenu. La tribu des Yankees. La terreur de la Ligue des USA.

Personne n'y comprenait rien, ce qui était assez marrant.

— Bienvenue, Alder, a dit chaleureusement Bokka. C'est un honneur de t'avoir parmi nous.

Ses amis n'avaient pas l'air aussi contents que lui. Ils nous regardaient comme si on était l'ennemi. Quel ramassis de clones.

— Et tes compagnons ? ai-je demandé. Ils n'ont pas confiance en nous ?

Bokka s'est retourné vers les susnommés.

— Il faut les pardonner. Ce sont des gardes tiggens. C'est leur métier de se méfier des étrangers.

— Alors pourquoi est-ce que *toi*, tu as confiance ? ai-je demandé.

— Parce que Loor me l'a dit.

Il s'est tourné vers elle et lui a souri. Elle lui a rendu son sourire et a baissé les yeux comme une collégienne face à une vedette. Décidément, ce prince était un peu trop charmant à mon goût.

— J'ai cru comprendre que tu avais eu un accident, m'a dit Teek.

Accident ? Ce n'est pas le mot que j'emploierais pour décrire ce qui m'était arrivé.

— Oui. Je me suis cogné contre le bâton d'un Ghee, oh, une petite centaine de fois. Ce sont des choses qui arrivent.

98

– Je regrette ce qui s'est passé, Pendragon, a repris Bokka. Mais je suis content de voir que tu t'es remis.

Il avait l'air sincère. Ce type ne me donnait pas beaucoup de raisons de le détester. À part le fait qu'il connaissait Loor depuis toujours et qu'en sa présence elle se comportait comme une gamine entichée de lui. Mais ça ne suffisait pas pour le haïr. Du moins, c'est ce que me soufflait mon cerveau. Mon cœur, lui, n'était pas d'accord.

– Ça fait un bout de temps que cette station est désaffectée, a dit Loor.

– Et tant qu'il n'y a pas d'eau, elle ne risque pas de rouvrir, a ajouté gravement Bokka. Mais je suis porteur de nouvelles autrement plus dérangeantes.

– Il y a pire ? ai-je demandé.

– On a ordonné une retraite, a expliqué Bokka. Les gardes tiggens ont dû quitter les contreforts des souterrains.

– Qu'est-ce que ça signifie ? ai-je demandé.

– Qu'on se prépare à une guerre, a répondu Teek.

– Ce qu'on redoute, a ajouté Bokka, c'est que les Batus attaquent alors que nous sommes éparpillés et qu'ils puissent nous massacrer. À ce moment même, les Rokadors se rassemblent dans la cité de Kidik en attendant l'assaut. Nous sommes les derniers des gardes tiggens, chargés de prévenir tout le monde et récupérer les traînards. L'avenir s'annonce plutôt mal.

Pendant un moment, personne n'a rien dit. La perspective d'une guerre peut jeter un froid dans une conversation. Enfin, j'ai pris la parole :

– Donc, tu nous dis qu'à moins qu'un déluge vienne alimenter les rivières, la guerre est inévitable ?

– Tout dépend des Batus, a répondu Bokka. Les Rokadors se préparent à se défendre. Nous sommes aussi victimes de la sécheresse. Nous n'avons plus beaucoup d'eau et les Batus ont cessé de nous approvisionner. J'ai cru comprendre qu'eux-mêmes ont à peine de quoi subsister.

– C'est vrai, a dit Loor.

– En ce cas, l'avenir s'annonce mal, en effet.

– Et qu'en disent vos chefs? ai-je demandé. Ils ne peuvent pas puiser de l'eau ailleurs? Je veux dire, la sécheresse n'affecte quand même pas tout Zadaa.

– C'est la question que nous nous posons aussi. Les élites nous disent avoir fait tout ce qui était en leur pouvoir. Elles ne peuvent contacter tout Zadaa. On est à la merci du climat, tout comme les Batus… Sauf que c'est nous qui sommes accusés du pire. (Il m'a regardé et a ajouté): Je sais que tu es là pour nous aider, Pendragon. Je ne sais pas comment tu peux y arriver, à moins que tu ne puisses faire pleuvoir. Tu en es capable?

Le pire, c'est qu'il n'était même pas sarcastique. Il espérait vraiment que je puisse accomplir des miracles.

– Ben non. Les Yankees sont doués, mais pas à ce point.

Bokka a hoché la tête.

– Tu peux nous montrer le chemin? a demandé Loor.

– Oui, venez.

Il a tourné les talons et s'en est allé d'un pas vif, suivi de Teek et des deux balaises. Loor leur a emboîté le pas. Nous autres avons fait de même.

– Où va-t-on? ai-je demandé à Loor.

– Là où on sera tranquilles.

Bokka et ses potes nous ont guidés dans un labyrinthe de tunnels tous semblables. Ces passages étaient creusés à même la roche. Certains étaient à peine assez larges pour la carrure d'Alder, d'autres vastes comme les couloirs du lycée et sillonnés de tuyaux et autres équipements. On est passés devant plusieurs portes de bois, toutes fermées. Incroyable de penser que ces gens avaient bâti toute une civilisation troglodyte. Mais rien à voir avec les souterrains fabuleux de la Troisième Terre, non. Tout restait assez grossier. Mais il y avait de la lumière. À intervalles réguliers, j'ai vu de petits dômes incrustés dans les cloisons qui diffusaient une lueur jaune. Comme je doutais fort qu'ils aient l'électricité, ce devait être un matériau phosphorescent quelconque. La lumière n'était pas particulièrement forte, mais suffisante pour que je voie où j'allais.

Après trois tournants, j'ai regretté de ne pas avoir joué au Petit Poucet et trouvé un moyen de retrouver mon chemin. Je n'y arriverais jamais tout seul. J'avais intérêt à ne pas me perdre. On marchait depuis dix minutes lorsque le tunnel a débouché sur une immense caverne d'où s'ouvraient plusieurs autres couloirs.

– Cet endroit s'appelle «le carrefour», a annoncé Loor.

Un nom plutôt approprié. Mais son trait le plus frappant était encore la série de lourdes portes de bois qui devaient bien faire six mètres de haut.

– Qu'est-ce qu'il y a là-derrière? ai-je demandé.

Bokka nous a regardés. Il semblait se demander s'il devait nous répondre.

– Tu n'es pas obligé de nous le dire, a précisé Loor.

Bokka a eu un soupir las.

– Non, nous sommes entre amis. Nous devons être honnêtes. C'est la station centrale de transfert des eaux. Elle contrôle les plus petites, comme celle de la cascade. Mon équipe a été chargée de les garder.

Il a hoché la tête en direction de Teek et ses compagnons. Ils sont immédiatement allés se poster devant les portes en croisant les bras d'un air menaçant.

– C'est bon, ai-je dit, on n'a pas l'intention d'y entrer.

– Nous redoutons qu'en cas d'attaque, ce soit la cible privilégiée des Batus, a répondu Bokka.

– Pas de problème, mais si tout un tas de guerriers ghees investissent cette salle, ces types ne pourront jamais les arrêter.

– Au moins, a répondu Bokka en me regardant droit dans les yeux, ils feront tout leur possible avant de succomber.

Il était on ne peut plus sérieux. Ils étaient prêts à mourir pour défendre leur tribu. Drôle de situation. Bokka et Loor étaient amis, mais techniquement parlant, ils étaient aussi des ennemis. Si la guerre éclatait, la situation deviendrait intéressante… et pas dans un sens positif.

Booka s'est tourné vers ses collègues.

– Je reviens bientôt. Teek, je te laisse le commandement.

Teek a opiné. Les autres n'ont pas réagi, ce qui n'avait rien de surprenant. On a continué notre chemin, suivant Bokka dans un des tunnels s'ouvrant sur le carrefour. Au bout de quelques mètres, on s'est arrêtés devant une autre porte de bois. Je ne sais pourquoi il a choisi celle-là. Pour moi, elles se ressemblaient toutes.

— C'est là que je vous quitte, a-t-il dit à Loor. Tu pourras t'en sortir ?

— Si je me souviens bien, c'est moi qui te l'ai appris, a rétorqué Loor.

— C'est vrai, a fait Bokka avec un petit rire. Entre autres.

Je ne voulais pas savoir ce qu'étaient ces « autres ».

— Tu es un ami fidèle, Bokka, a dit Loor. J'ignore ce que l'avenir nous réserve à tous les deux, mais sache que je ne t'oublierai jamais.

Et ils se sont étreints. Ce qui a mis mal à l'aise les autres. Enfin, moi en tout cas. Je me suis tourné vers Alder et j'ai dit d'un ton tout naturel :

— Et toi ? La tribu cannibale des Red Sox te fait des misères ?

Il m'a regardé sans piger. Bien sûr.

— Au revoir, Pendragon, a dit Bokka. Et bonne chance.

Il m'a tendu une main maladroite, sachant que d'où je venais, c'était un signe d'amitié. Comme je l'ai dit, j'aurais voulu détester ce type… Mais c'était trop dur. Je la lui ai donc serrée. Pas trop fort, cette fois-ci.

— Merci, Bokka. Prends bien soin de toi.

Il s'est tourné vers Alder et Saangi et les a salués d'un hochement de tête.

— Au revoir, mes amis. J'espère que nous nous reverrons dans de meilleures circonstances.

Il a jeté un dernier coup d'œil à Loor, puis s'est retourné et est parti vers le carrefour.

— Pourquoi cette rencontre ? ai-je demandé à Loor.

— Il nous faut un endroit sûr pour que tu puisses t'entraîner. Bokka nous a fourni un moyen d'y parvenir sans se faire remarquer.

Elle a ouvert la porte de bois, dévoilant une salle ressemblant à toutes les autres cavernes par où on était passés à une différence près. Là, au centre de la pièce, il y avait un train miniature tel qu'on en voit dans les parcs d'attractions. Il y avait quatre wagons d'environ dix sièges, et les deux du centre étaient ouverts. En tête, une «locomotive» à deux places. Impossible de dire à quoi exactement servait le tout, mais chaque wagon comportait un capot sous lequel il devait y avoir un moteur quelconque. En fait, ils faisaient plutôt penser à des autoneiges, sauf qu'elles étaient bien moins modernes et couvertes de sable. Le tout était posé sur deux rails écartés d'une trentaine de centimètres.

– On dirait un train de mines, a remarqué Alder.

– Exactement, a répondu Loor. C'est comme ça que les Roka-dors parcourent de longues distances et charrient les rochers lorsqu'ils font des forages.

Voilà qui me rappelait quelque chose.

– J'ai entendu Bokka parler d'une ville nommée Kidik, ai-je dit à Loor. Ça voudrait dire qu'il existe toute une cité souterraine?

– Oui, c'est le siège du pouvoir rokador. Je ne l'ai jamais vu de mes yeux. Peu de Batus ont eu cet honneur. Assieds-toi.

J'ai oublié ma curiosité – comment une ville troglodyte pouvait-elle fonctionner? – pour monter à bord d'un wagon avec les autres. Ça m'a rappelé le parc d'attractions de Quassy, quand j'étais gamin. Ils avaient un petit train bien sympa qui faisait le tour de la propriété, traversant des bois et des ponts. Soudain, j'aurais bien voulu me retrouver là-bas plutôt que sur un territoire au bord de la guerre civile situé à des années-lumière de chez moi. Mais c'est la vie.

– Tu sais conduire ce machin? ai-je demandé.

Loor s'est installée dans la locomotive.

– Quand j'étais petite, j'ai souvent pris ce tram. Bokka et moi l'empruntions de nuit, pendant que tout le monde dormait.

Maintenant, je voyais ce que voulait dire Bokka en lui demandant si elle s'en sortirait. Je pouvais l'imaginer sous les traits d'une gamine malicieuse qui s'introduisait ici de nuit pour «emprunter» ce train. Malheureusement, même dans mon imagination, Bokka était avec elle. Il faudrait bien que je m'y fasse.

Le petit train s'est ébranlé dans un soubresaut et un grincement métallique. En quelques secondes, on est sortis de la caverne pour arpenter un tunnel étroit et si bas de plafond qu'il ne fallait pas compter se lever. Alder a même dû se courber pour ne pas se râper le crâne contre la paroi. Le plus bizarre, c'est que le moteur ne faisait pas le moindre bruit.

— Quel est son mode de propulsion ? ai-je demandé.

— Les Rokadors sont ingénieux, a répondu Loor. Ils ont créé de vraies merveilles.

— Oui, mais comment ça marche ? ai-je insisté.

Loor a hésité, puis admis :

— Je ne sais pas.

Ce qui en disait long. Non pas sur Loor, mais sur la différence entre Batus et Rokadors. D'après ce que j'avais pu voir jusqu'à présent, les Rokadors surclassaient largement les Batus en matière de technologie. Après tout, ils avaient des appareillages capables de contrôler le débit des rivières, travaillaient le métal pour fabriquer des armes et de petits trains, réussissaient à éclairer des couloirs profondément enfoncés dans la terre et avaient de quoi creuser des tunnels. De leur côté, les Batus étaient largement plus primitifs. Certes, ils avaient construit ces grandes pyramides, savaient cultiver la terre – ou le sable – et faisaient d'excellents guerriers, mais en termes de technologie, des siècles séparaient les deux tribus. La question se posait : si les Rokadors étaient si doués, pourquoi vivaient-ils sous terre comme des taupes ?

On a continué notre chemin pendant plusieurs minutes. De temps en temps, on traversait une caverne évoquant un arrêt de métro. Je n'ai pas pris la peine de demander à Loor où on allait. Je ne tarderais pas à le savoir. On devait crapahuter ainsi depuis une dizaine de minutes lorsque le train s'est arrêté dans une nouvelle caverne.

— On est arrivés, a dit Loor.

— Où ? ai-je demandé alors que tout le monde descendait.

— À Mooraj, le camp où Bokka et moi nous entraînions lorsqu'on était gamins. Tous les jeunes, Batus comme Rokadors, y font un séjour le temps de déterminer s'ils feraient de bons guerriers ghees ou de bons gardes tiggens.

— Moi aussi, j'y suis passée, a ajouté Saangi.

— Quand les tensions entre tribus se sont exacerbées, a continué Loor, les Rokadors ont été bannis du camp. Après la sécheresse, Mooraj a été abandonné.

— Les Rokadors ont été bannis ? ai-je répété. Comment est-ce possible ? Je croyais qu'ils contrôlaient tout ce qui est sous terre.

— Mooraj n'est pas situé sous terre, a répondu Loor.

Elle nous a fait traverser la caverne jusqu'à un escalier de pierre escarpé. Au fur et à mesure qu'on avançait, l'air s'est réchauffé. On quittait la fraîcheur des souterrains pour regagner la surface. On a fini par émerger dans une hutte de pierre à peine assez grande pour qu'on y tienne tous les quatre. On peut dire que c'était une station de métro primitive. Très primitive. Il n'y avait qu'une porte et, derrière, une lumière si éblouissante que j'ai dû plisser les yeux. Maintenant, je comprenais pourquoi Bokka et ses hommes mettaient des lunettes pour monter à la surface. Lorsqu'on est resté un certain temps sous terre, il est dur de supporter cette clarté éblouissante.

— Tes yeux ne vont pas tarder à s'accommoder, a dit Loor comme si elle lisait mes pensées – ou me voyait grimacer comme une taupe.

Au bout d'une minute, j'ai dit :

— C'est bon, je suis prêt.

— Moi aussi, a ajouté Alder.

— Alors bienvenue à Mooraj, a dit Loor.

Elle est entrée dans la lumière, Saangi sur ses talons. J'allais les suivre lorsque Alder a posé la main sur mon épaule.

— Tu es sûr de toi, Pendragon ?

— À quel propos ?

— De ton envie de devenir un guerrier. Est-ce vraiment raisonnable ?

— Uniquement si je veux rester en vie.

Alder y a réfléchi un instant, puis a hoché la tête. On a suivi les autres.

Mooraj ne ressemblait pas à un camp de vacances. Je suis déjà allé dans un truc de ce genre, et je me souviens de baraquements, d'un lac rempli de canoës, d'un champ de tir à l'arc, de courts de tennis, d'étables, d'arbres et d'un snack-bar où on trouvait... bref, un camp de vacances.

Mooraj ressemblait plutôt à un fort en plein désert.

La hutte dont on était sortis était à une cinquantaine de mètres du bâtiment principal. D'où je me trouvais, on aurait dit qu'un muret de deux mètres entourait le camp proprement dit. Alors qu'on marchait sur le sable chaud, Alder a tendu le doigt sur notre gauche, où j'ai vu le sommet des pyramides dans le lointain.

— La cité de Xhaxhu, ai-je dit. Là où se trouve le flume.

On devait être à trois kilomètres environ. Trois kilomètres de désert surchauffé. Loor avait raison : personne ne viendrait nous déranger. Les Batus comme les Rokadors avaient bien d'autres préoccupations.

On est entrés dans le camp et, à vrai dire, il ne semblait pas si différent de la ferme abandonnée qu'on avait visitée. Il y avait plusieurs bâtiments flanquant le mur, sans doute des dortoirs. Le centre du camp était grand ouvert. Il y avait aussi d'étranges équipements qui faisaient penser à une salle de sport — de quoi faire de la varappe, se suspendre à des cordes et tout ça. Sauf qu'ils n'avaient rien de bien attirant. Impossible d'imaginer des gamins en train de s'amuser sur ces trucs. Cet endroit faisait... sérieux. Et il y avait du sable partout, accumulé dans les coins et recouvrant le centre du camp.

— J'imagine qu'il n'y a pas de buvette, ai-je réussi à dire.

— On va avoir besoin de provisions, a dit Loor. Saangi, tu dois retourner à Xhaxhu et nous rapporter à boire et à manger.

— Ce n'est pas juste ! a râlé Saangi. Tu m'as dit que je suivrais cet entraînement !

— Ça fait partie de l'entraînement, a rétorqué Loor.

Saangi semblait prête à en discuter, mais un regard sévère de Loor l'a calmée. Elle a reculé et dit :

— Très bien.

— Va maintenant, a dit Loor. Mais fais bien attention. Personne ne doit te suivre.

— Je sais ! a grogné Saangi avant de retourner vers l'accès aux souterrains.

— Et essaie d'être rentrée avant le coucher du soleil, a ajouté Loor.

— Ce sera fait, a affirmé la jeune fille.

— Merci, Saangi, lui ai-je dit.

Ce qui l'a arrêtée net. La jeune Batu s'est tournée vers moi.

– J'espère que tu es prêt, Pendragon.

– Ouais, ben, moi aussi, ai-je répondu d'un ton qui se voulait léger.

Elle n'a pas souri. Pour alléger l'atmosphère, on repassera. Saangi a tourné les talons et s'en est allée au pas de course.

– Elle va bien ? ai je demandé à Loor.

– Elle est nerveuse et angoissée.

– Bienvenue au club.

– J'aimerais savoir ce qui se passe sur Zadaa, a dit Alder. Et quelle est cette guerre dont parlait le garde ?

– On doit trouver un coin où s'installer, a dit Loor. Ensuite, on t'expliquera tout.

Alder a acquiescé. Ça lui convenait.

– Comment te sens-tu ? m'a demandé Loor.

– Nerveux, ai-je répondu. Mais confiant. Et un peu fatigué. Ça faisait longtemps que je ne m'étais pas autant démené.

– Tu vas te reposer, reprendre de l'énergie, a dit Loor. Demain, tu en auras besoin.

Zut.

Journal n° 21
(suite)

ZADAA

La peur peut être une bonne chose.

C'est une émotion instinctive qui peut vous aider à prendre la bonne décision. D'autres peuvent vous mener sur le mauvais chemin. La colère, la jalousie, la tristesse, l'enthousiasme et bien d'autres. Elles vous font sortir de l'instant présent et obscurcissent votre jugement, si bien qu'il est très facile de faire le mauvais choix. Mais pas la peur. Quand on a la frousse, on sait ce qu'on doit faire. En général, fuir ce qui vous effraie. Mais ce n'est pas toujours possible. La peur affine les perceptions et éclaircit l'esprit si bien qu'on a plus de chances de se sortir d'un mauvais pas. Qu'il faille affronter un quig, un examen ou trouver le courage de demander à une fille de sortir avec vous, lorsqu'on a peur, on est prêt. Bien sûr, il est aussi possible d'être paralysé par la frayeur, mais à part ça, la peur est votre amie.

Durant le temps que j'ai passé dans la fournaise qu'était ce camp, elle l'était sans aucun doute. Je n'avais pas peur de l'exercice, ou d'avoir mal, ou de ce que Loor ou Alder pouvaient me faire endurer. Ce que je redoutais, c'est Saint Dane. Je savais que si je restais incapable de me défendre, je risquais de me faire tabasser une seconde fois. Si Pelle a Zinj n'était pas intervenu, je serais mort, je n'en doute pas un seul instant. Et la prochaine fois, je n'aurais peut-être pas cette chance. C'est la crainte de me faire battre à mort qui m'a motivé. Et j'en avais bien besoin, parce que je n'aurais jamais imaginé ce que Loor m'a fait subir. Pour ma part, je voulais juste qu'elle m'enseigne quelques mouvements,

108

comment se servir de ce bâton pour parer les coups et en donner quelques-uns.

À la place, j'ai eu droit à un cours sur l'«enfer de la guerre», niveau avancé.

Loor, Alder et moi nous sommes installés dans un des baraquements de sable qui avaient jadis abrité les jeunes à évaluer. En fait, ça m'a rappelé le dortoir du camp où j'allais étant gamin. Les couches étaient alignées contre les murs afin de maximiser l'espace. Sauf qu'au lieu d'être fait en bois avec des matelas moisis, ces lits-là étaient des tables de pierre recouvertes de nattes en herbe. On aurait dit qu'on avait abandonné les lieux à la va-vite. Il y avait encore des tasses sur les tables et des vêtements éparpillés. Et il y faisait un peu plus frais… deux degrés environ. Mais c'était déjà bien de se protéger du soleil.

On a choisi un lit chacun et je me suis allongé dessus avec joie. Comme je l'ai déjà dit, j'étais à peu près remis, mais j'étais resté couché si longtemps que je n'étais plus vraiment en forme. Il faudrait que je reprenne des forces pour supporter l'entraînement de Loor et ce qui m'attendait ensuite. On a pris le temps de se reposer et de raconter à Alder ce qui se passait. La sécheresse, les deux tribus, les tensions, les menaces de guerre, le conflit chez les Ghees. Bien sûr, on lui a dit que Saint Dane m'avait battu comme plâtre, puisque c'était la raison de notre présence ici.

Alder a tout écouté en acquiesçant de temps en temps. La seule fois où il a témoigné d'une quelconque émotion, c'est lorsque je lui ai annoncé la mort de l'oncle Press. Il a fait la grimace. Press avait fortement contribué à sauver Denduron.

— Je suis désolé, a-t-il dit.

J'ai acquiescé. Moi aussi je l'étais.

— Et nous sommes là, ai-je terminé. Loor et toi devez accomplir un exploit: m'apprendre à me défendre. Et plus important encore, définir quel rôle joue Saint Dane sur Zadaa.

— S'il a pris l'apparence d'un guerrier ghee, a dit Alder, il doit chercher à convaincre les Batus d'attaquer les Rokadors. Déclencher des guerres est ce qu'il fait de mieux.

— Peut-être, ai-je répondu, mais il doit y avoir plus que ça. Comme toujours.

– De plus, a ajouté Loor, les Ghees rebelles sont puissants, mais je doute qu'ils puissent convaincre les gens de Xhaxhu d'aller à l'encontre des souhaits de la famille royale. Pelle a Zinj ne veut pas la guerre. Les Ghees peuvent récriminer et menacer, mais pas faire oublier nos traditions ancestrales. La tribu se désagrégerait, et ils le savent.

Alder et moi avons regardé Loor. Elle ne réalisait pas ce qu'elle venait de dire.

– N'est-ce pas ce que rechercherait Saint Dane? ai-je demandé. Détruire une puissante tribu?

– Oui, a répondu froidement Loor. Mais nous tenons à nos traditions. Il peut essayer, bien sûr, mais il échouera.

Je n'en étais pas si sûr. Alder non plus.

– La faim et la soif sont de puissantes armes, a-t-il dit, très calme.

– Exactement, ai-je renchéri. C'est pourquoi je pense que Saint Dane joue un rôle bien plus important dans tout ça. Je veux dire, quelle est l'origine du problème?

– La sécheresse, a répondu Loor. Mais Saint Dane ne peut pas contrôler le climat.

– Non, mais l'eau est la cause de tout. Pas de sécheresse, pas de tensions, et pas de tensions, pas de guerre.

– Saint Dane a dû prévoir la sécheresse, a suggéré Loor. D'où sa présence ici.

– Peut-être. Mais Saint Dane ne laisse rien au hasard. Je crois qu'il y a autre chose. Je ne sais pas quoi, mais je pense savoir où le découvrir.

– Où ça? a demandé Alder.

– Sous terre. Jusque-là, on ne connaît que le point de vue des Batus. Il nous faut découvrir ce qui se passe du côté des Rokadors. Ce sont eux qui contrôlent les rivières de Zadaa. D'après moi, si on veut débusquer Saint Dane, on doit descendre là-dessous et se rendre peut-être dans cette ville où se trouvent les chefs des Rokadors. Comment s'appelle-t-elle déjà?

– Kidik, a répondu Loor. Mais ce serait dangereux.

– Ouaip, ai-je répondu. Et c'est pour ça qu'on est là, pour s'assurer que j'en revienne en un seul morceau.

110

Loor y a réfléchi un instant, puis a acquiescé. Elle s'est dressée devant moi.

– Lève-toi.

J'ai obéi lentement. On n'était pas restés assis bien longtemps, mais mes muscles étaient déjà raides. Ça me donnait un avant-goût de la vieillesse. J'ai regardé Loor dans les yeux. Elle faisait trois ou quatre centimètres de plus que moi. J'ai résisté à la tentation de me dresser sur la pointe des pieds. Elle a posé sa main sur mon bras pour juger de mes biceps, a eu un grognement de dérision avant de passer à l'autre. Elle m'a fait pivoter pour toucher mes dorsaux avant de passer à mes jambes, puis à mes cuisses. J'avais l'impression d'être un cheval à la foire. Mais pour être franc, ça ne me dérangeait pas plus que ça... Jusqu'à ce que Loor rende son verdict.

– Tu es faible.

– Hé, je sors de l'hôpital ! me suis-je défendu. Mes muscles se sont atrophiés.

– C'est vrai, a répondu Loor d'un ton léger. Mais même avant, ce n'était pas brillant.

Je me suis mordu la lèvre. C'était elle, l'experte, mais apprendre de sa bouche que je n'étais qu'une lamentable mauviette n'était pas vraiment très bon pour mon ego. Ni pour ma confiance en moi.

– Alors mon cas est désespéré ?

– Non, a-t-elle soupiré. Ça veut dire que tu dois apprendre à être malin, parce que tu ne gagneras jamais un combat par la force.

Oh.

Je ne m'y attendais pas vraiment, mais c'est vrai qu'après avoir pris ma décision, je m'étais parfois vu sous les traits d'un guerrier puissant et féroce. Ce n'était certes pas très réaliste, vu qu'on n'avait pas beaucoup de temps et que je sortais de l'hosto – oh, et puis, qu'est-ce que je m'imaginais ? Je n'arriverais jamais à la cheville de Loor. Jamais. Mais je devais pouvoir me défendre. J'ai donc ravalé mon ego et pris ses critiques de façon constructive.

– Par quoi commence-t-on ?

– Par se reposer, a répondu Loor. Saangi ne tardera pas à revenir avec des provisions. On va manger, puis dormir. Demain, on s'y mettra.

Jusque-là, ça me convenait. Quelques heures plus tard, Saangi est revenue à Mooraj avec plus de provisions que je ne l'aurais cru. Elle portait un sac rempli de pains, de fruits et d'un fromage au drôle de goût dont je me suis goinfré. Elle avait aussi amené une grande gourde de cuir gonflée d'eau. Un bien précieux. Et puisqu'on devait s'entraîner dur, on en aurait besoin. Une fois rassasié, je me suis tourné vers Saangi.

– Merci. Tu es super.

– Je fais mon boulot, c'est tout, a-t-elle dit en haussant les épaules. Bon, je m'en vais ramener d'autres provisions.

– Non, a ordonné Loor. Pour l'instant, on a tout ce qu'il faut. J'aurai besoin de toi demain, pour le début de l'entraînement.

Les yeux de Saangi se sont illuminés.

– J'y prendrai part? a-t-elle demandé, pleine d'espoir.

– Bien sûr, a répondu Loor. Je te l'avais promis, non?

Soudain, Saangi n'était plus si amère. Elle s'est dégelée et nous a raconté comment elle avait cueilli les fruits et passé l'eau dans les souterrains, tout ça au nez et à la barbe des Ghees. Je l'aimais bien… la plupart du temps. D'autres fois, elle me semblait incontrôlable. Tant que tout se passait comme elle le voulait, pas de problème. Mais sinon, elle vous le faisait savoir. Ce que je veux dire, c'est que je n'avais pas entièrement confiance en elle. Ce n'est pas que je la considérais comme une ennemie, mais je n'étais pas sûr de pouvoir compter sur elle en cas de difficulté.

À vrai dire, je m'étais aussi demandé si elle ne pouvait pas être une des nombreuses identités de Saint Dane. Une éventualité que je ne pouvais pas totalement écarter, mais sans non plus m'y attarder. Si je commençais à penser de cette façon, je finirais par croire que tous ceux que je rencontre pouvaient être Saint Dane, et je finirais complètement parano. Je devais être confiant, bien que circonspect.

– Maintenant, il faut dormir, a dit Loor. Demain, à la première heure, nous nous y mettrons.

« À la première heure » me parut arriver deux minutes après que je me suis endormi. Il faisait encore noir. Je rêvais que je pilotais un skimmer et rebondissais sur les eaux superbes de Cloral. Je venais d'atteindre quelques vagues assez violentes, mais n'avais pas versé. Du moins jusqu'à ce que je m'aperçoive que ce n'était qu'un rêve. Loor me secouait pour me réveiller.

— Lève-toi, a-t-elle ordonné.

J'ai lutté pour me redresser sur mes coudes pour voir… rien. Il faisait encore noir.

— Bonjour, ai-je dit joyeusement. Si c'est déjà le matin, ce n'est pas évident.

— On doit travailler maintenant, avant le lever du soleil, a répondu Loor. À moins que tu ne préfères la chaleur du jour ?

Je me suis forcé à me réveiller.

— Non, non, c'est bon. La fraîcheur, c'est plus cool.

— Habille-toi et retrouve-nous dehors, a ordonné Loor.

Je l'ai entendue s'éloigner. Il était temps de secouer mes vieux os. J'ai présumé qu'on commencerait par un bon jogging avant de passer à l'apprentissage tactique et au maniement des armes.

Grave erreur.

J'ai enfilé ma tunique et mes sandales de Rokador, puis l'ai suivie. Il faisait toujours noir. J'ai dû tendre mes mains devant moi pour ne pas me cogner contre quelque chose. J'ai trouvé la porte et suis sorti pour demander :

— Qu'est-ce qu'on…

Paf ! Je me suis pris un coup sur la tempe.

— Hé ! ai-je crié. Qu'est-ce que…

Paf ! Un second coup, venant de l'autre côté. Il faisait si noir que je ne savais pas qui avait fait le coup. Ça ne m'a pas vraiment fait mal, mais ça m'a pris par surprise.

— Un simple jeu, a répondu Loor.

— Un jeu ? ai-je répété furieux. Je ne vois rien.

Paf ! Sur l'épaule cette fois-ci.

— Mais tu le peux.

Paf ! Bing ! Au second gnon, je suis tombé à terre.

— Non ! Arrête un peu, il fait nuit noire !

— Ne te mets pas en colère, a fait la voix de Saangi. La colère mène à l'erreur.

J'ai sauté sur mes pieds. Elles étaient à deux contre un. Il n'y avait pas une minute, je rêvais de Cloral. Et maintenant, je sentais l'adrénaline couler dans mes veines alors que j'essayais de contrer ces deux spectres agressifs.

— Comment puis-je gagner la partie ?

— Les pointes portent une récompense, a répondu la voix désincarnée de Loor.

— Quelles pointes ?

Paf ! J'ai encore pris un coup. C'était plutôt des gifles et je ne peux pas vraiment dire qu'elles me faisaient grand mal, mais c'est ma fierté qui en prenait un coup. J'ai virevolté, les mains en avant dans l'espoir de frapper quelque chose. En vain.

— Question de contrôle, Pendragon, a dit Alder, très calme… juste avant de me donner un coup de poing dans l'estomac.

Trois contre un. De mieux en mieux. Ils étaient tous là, comme à la foire. J'étais en nage, à bout de souffle – et déjà fatigué.

— Économise ton énergie, a dit Loor.

Paf ! Paf ! Des mains jaillissaient pour me claquer et disparaître aussitôt. J'ai levé les yeux vers le ciel.

— Le soleil ne va pas se lever tout de suite, a remarqué Saangi.

Comment savait-elle ce que je pensais ?

— Tu peux nous entendre, a repris Loor. Tu peux nous sentir. Tu peux percevoir la chaleur de nos corps.

Paf ! Clac ! Bing ! Non, je ne pouvais pas. La colère fit place à l'énervement.

— C'est idiot ! ai-je crié.

Mais aussitôt, une grêle de coups s'est abattue sur moi.

— Sens notre présence, a dit Alder.

J'ai inspiré profondément et ai tenté de deviner où il se trouvait. En réponse, j'ai pris tant de gifles que j'ai failli m'écrouler à terre.

— Arrêtez ! ai-je crié. Vous voulez vraiment me renvoyer à l'hôpital ?

Pas de réponses. Pas d'instructions. Pas de commentaires.

— Mi-temps, d'accord ?

Rien.

– Voyons, c'est crétin.

Toujours rien.

– Loor? Allons, assez plaisanté!

Toujours pas de réponse. Et je n'y voyais que dalle. J'ai fait quelques pas et suis rentré dans un mur. Aïe! J'ai reculé et suis tombé sur les fesses.

– C'est nul! ai-je crié, à bout.

Je savais qu'ils ne voulaient pas me faire de mal, du moins rien de grave, mais j'en avais marre de me prendre des baffes! Et ne pas savoir d'où elles viendraient, ni quand, n'arrangeait rien. Je ne pouvais pas me défendre. Je ne pouvais pas rendre les coups. J'étais totalement impuissant. Et fatigué. Et j'avais mal partout. Et j'étais en rogne. Je ne voyais pas de rapport avec mon entraî-nement de guerrier, mais une chose était sûre: j'étais à leur merci, et ils n'allaient pas s'arrêter parce que je leur demandais.

J'ai jeté un coup d'œil à l'horizon: le ciel s'éclaircissait. J'ai supplié le soleil de se dépêcher pour que j'y voie enfin quelque chose. Ça me donnerait au moins une chance de pouvoir me défendre. Je n'ai pas voulu me relever: j'étais désorienté. Je me suis mis à genoux et ai tendu les mains pour palper le mur. J'ai senti la pierre, ai posé mon épaule contre la paroi et me suis éloigné prudemment. S'ils voulaient me baffer, ils leur faudrait d'abord me trouver. Après quelques mètres, j'ai trouvé une porte. J'ai vite roulé à l'intérieur du bâtiment et me suis adossé au mur pour reprendre mon souffle.

J'ai scruté le camp par une fenêtre. Mon cœur battait la chamade. Je ne savais pas si j'allais à nouveau me faire attaquer. C'était une véritable torture! J'ai dû me forcer à contrôler ma respiration. Et écouter. Si je ne pouvais pas les voir, je pouvais peut-être les entendre. Mais non, il n'y avait que le gémissement du vent. J'ai fini par entrapercevoir les contours du camp Mooraj. La lumière arrivait, et avec elle la paix. Je ne redoutais plus cette chaleur abominable.

Quelques minutes plus tard, j'ai pu distinguer quelque chose d'étrange au centre du campement. Une structure qui n'était pas là hier. Trois bâtons de deux mètres formaient une sorte de tipi.

Au milieu était accroché un petit sac noir. Une cantine. De l'eau! C'est alors que je me suis aperçu que je mourais de soif. Il me fallait cette eau! Loor avait dit que les pointes portaient une récompense. Était-ce ça? J'avais trop soif pour m'en soucier. Sans réfléchir, je me suis relevé et j'ai couru vers le centre du camp, les yeux braqués sur la cantine. Je ne pensais qu'à cette bonne eau. J'y étais presque. Je ne me suis jamais dit que ce pouvait être un piège. Et soudain, j'ai trébuché et me suis étalé la tête la première dans la poussière. Aïe. J'ai regardé en arrière. C'est un autre bâton qui m'avait fait tomber. On me l'avait jeté dans les pattes.

En levant les yeux, j'ai vu Loor qui se tenait devant moi, un autre de ces grands bâtons en main.

— Tu n'as pas encore mérité cette eau, a-t-elle dit froidement.

— C'est n'importe quoi! ai-je rétorqué, furieux. Qu'est-ce que tu veux faire, me tuer?

Elle est restée plantée là, à me regarder en brandissant son arme. Ces bouts de bois étaient exactement de la même taille que ceux des Ghees, mais ils étaient minces et creux, comme des bambous. J'ai aussi vu d'autres tubes de bois rouges de dix centimètres de long accrochés à ses genoux et ses coudes. Des pointes. J'en avais déjà vu de semblables. Lorsque Spader et moi étions venus sur Zadaa, on avait vu les Ghees jouer à un jeu brutal. Tous les guerriers portaient de telles pointes. Ils ne cherchaient pas à se taper dessus, mais plutôt à arracher celles de leurs adversaires. Ceux qui avaient perdu toutes leurs pointes étaient «morts» et devaient quitter le terrain.

— Oh, je vois, ai-je fait, dédaigneux. Je suis censé arracher ces machins pour avoir de l'eau? Laisse tomber! Je ne veux pas jouer à ça. Je t'ai demandé de m'apprendre à me battre, pas à me faire passer une espèce de rite d'initiation.

J'allais me relever, mais Loor m'a repoussé d'un coup de bâton dans la poitrine.

— Arrête! ai-je crié. J'en ai marre, d'accord?

— Je ne peux pas te donner la force physique, Pendragon, a répondu froidement Loor. Et je n'ai pas assez de temps pour faire de toi un combattant. Mon seul espoir est de t'apprendre à penser en guerrier et à agir sans réfléchir.

— Quoi? ai-je rétorqué. Ce n'est rien!

– Non, s'est-elle empressée de répondre. C'est tout. Tu as le courage et l'intelligence. Tu es agile et rapide. Voilà qui est plus utile que la force brutale. Mais il faut les travailler.

– Je voulais juste apprendre à manier une arme, ai-je râlé.

Loor a rejeté son bâton.

– Très bien. Empare-toi d'une seule de mes pointes et tu pourras boire.

Je me suis relevé lentement. Loor était désarmée, mais je n'étais pas assez bête pour m'imaginer qu'elle était incapable de me casser la figure. Sauf qu'il ne s'agissait pas de combattre. Bon. Arracher une de ces pointes ne devrait pas être bien sorcier. Je me suis approché prudemment. Elle s'est tournée pour me présenter son profil. Les pointes étaient tournées vers moi, tentatrices. Je n'avais qu'à tendre la main et en saisir une. Je me suis précipité vers celle qui saillait sur son épaule, mais c'était une feinte : je visais la pointe à son genou.

Elle a repoussé ma main sans le moindre mal, comme on écrase un moustique. Je me suis raccroché à son coude, mais elle s'est dérobée et m'a poussé en avant, me faisant presque tomber. Là, je me suis mis en rogne. J'ai plongé au sol, roulé sur moi-même et j'ai visé la pointe sur son genou. Elle m'a évité sans mal. Je me suis relevé et j'ai foncé droit sur elle. Elle m'a repoussé, encore et encore, sans la moindre difficulté. C'en est devenu gênant. J'avais l'impression d'être un gamin à qui un grand aurait piqué sa casquette et qui chercherait à la récupérer. Finalement, à bout de patience, j'ai ramassé le bambou à terre et lui en ai donné un coup. Je ne voulais pas la frapper, juste la faire tomber pour que je puisse arracher une des maudites pointes. Elle n'a eu qu'à se détourner, s'emparer de l'autre bout du bâton et tirer si fort qu'elle a failli me faire tomber. J'ai lâché prise et suis tombé à genoux, essoufflé et épuisé.

Loor ne transpirait même pas. Elle s'est penchée vers moi.

– Ne porte jamais le premier coup.

– C'est bon, j'ai compris, ai-je dit. Maintenant, je peux avoir un peu d'eau ?

Loor est allée au tipi et a arraché la cantine noire.

– Quand tu l'auras mérité, pas avant.

Et le pire, c'est que mon calvaire ne faisait que commencer.

Journal n° 21
(suite)

ZADAA

Deux semaines. Selon mes estimations, c'est le temps qu'on a passé au camp Mooraj. J'ai eu l'impression d'y rester deux siècles. Ç'a été la période la plus pénible de ma vie, pire que le temps passé dans cette prison à gars sur Eelong. Pas un moment de repos. Jamais. Ce jeu cruel se continuait vingt-quatre heures sur vingt-quatre – ou quelle que soit la façon dont on calculait le temps sur Zadaa.

Tout d'abord, ce qui m'a fait tenir le coup, c'est la haine que j'éprouvais envers mes bourreaux – Loor, Alder et Saangi. Ils étaient impitoyables. J'ai vite compris pourquoi Loor avait besoin d'Alder. Ils se sont relayés pour me faire souffrir. Et lorsqu'ils ne me pourrissaient pas la vie, ils se reposaient pour pouvoir recommencer. Je n'avais pas ce luxe. Je grappillais un peu de sommeil par-ci par-là, mais j'avais du mal à trouver le repos, car je ne savais jamais si l'un d'entre eux n'allait pas apparaître et me cogner à nouveau. Oui, c'était à ce point-là. Et je me sentais incroyablement seul. Personne ne me parlait, sinon pour me donner des instructions. Pas de mi-temps. On ne se rassemblait pas à la fin de la journée pour prendre un verre et comparer nos notes. Non, j'étais tout seul.

Pour moi, tout ce qui comptait, c'était de gagner à boire et à manger. Sinon, je pouvais crever de faim et de soif. Une perspective qui peut vous motiver grave. Et vous aider à vous concentrer. Chaque jour, je passais un peu plus de temps à errer dans le camp en me demandant où ils planquaient leurs provisions. Je ne l'ai jamais découvert. Les autres se cachaient et m'observaient en complotant leur prochain sale coup. L'un d'entre eux me sauterait dessus sans crier gare et le combat s'engagerait.

Alder était le suivant. Lui aussi préférait ces bambous creux aux armes plus dangereuses. C'était toujours ça. J'avais mon propre bâton, arraché au tipi où Loor avait accroché la cantine qu'elle m'avait refusée.

– Ne m'affronte pas de face, a conseillé Alder. Plus la cible est petite, plus elle est difficile à atteindre.

J'ai attaqué avec mon bâton. Il a paré sans mal, puis m'a donné un coup sur la nuque.

– Tu fais une cible plutôt imposante, ai-je dit. Pourquoi est-ce que je n'arrive pas à te toucher ?

– Parce que tu essaies, a-t-il répondu.

– Arrête de jouer les Yoda, ai-je grogné. Dis-moi quoi faire.

– Détends-toi. Si tu es crispé, tu vas faire des erreurs. Et surtout, ne porte jamais le premier coup.

– Me détendre ? En plein combat ?

Je lui ai donné un coup droit, comme avec une épée. Il a paré sans mal, virevolté, m'a frappé les épaules, puis a pivoté à nouveau pour cogner ma mâchoire. J'avais l'impression d'affronter un essaim d'abeilles. Comme Loor, Alder portait quatre pointes. Il fallait absolument que j'en fasse tomber une pour avoir de l'eau, mais autant attaquer les yeux fermés. Je n'avais pas l'ombre d'une chance. Le plus étonnant, c'est que j'y mettais toute mon énergie sans résultat. Après qu'il m'a fait tomber à genoux une dernière fois, j'ai levé les yeux. Alder n'était plus là.

– Alors, quoi ? ai-je crié. Tu as ta dose ?

Pas de réponse. Je ne sais pas si j'apprenais quoi que ce soit, mais je commençais à perdre patience et j'avais une jolie collection de bleus. Ma gorge était sèche comme du sable. J'avais si soif que j'en avais le vertige. Si je n'arrivais pas à dégommer une de ces pointes, je n'y survivrais pas. J'ai eu ma chance lorsque Saangi est apparue à l'autre bout du camp – avec la cantine. J'ai marché vers elle d'un pas lent en cherchant à ne pas avoir l'air trop avide. À ma grande surprise, elle a tendu la main, la paume en avant. Je me suis arrêté et j'ai lancé :

— Alors, c'est ton tour ?

— Je suis venue te donner ça, a-t-elle répondu en tendant la cantine noire.

Je l'aurais embrassée, mais je me doutais que ça ne serait pas si facile.

— Qu'est-ce que je dois faire ? ai-je demandé avec suspicion.

— Viens la chercher. Et fais bien attention où tu mets les pieds.

Hein ? J'ai baissé les yeux pour constater qu'elle m'avait fait stopper devant une fosse creusée dans le sol. Elle ne faisait guère plus d'un mètre soixante de profondeur. Si j'étais tombé dedans, je ne me serais pas tué, mais me serais fait du mal. C'était un long rectangle qui s'interposait entre Saangi et moi. Il faisait deux mètres de large avec une barre tous les un mètre cinquante environ.

— Qu'est-ce que c'est ? ai-je dit sarcastique. Un test de courage ?

— Non, d'équilibre. Traverse la grille et cette eau est à toi.

Hou là. J'étais censé sauter d'une barre à l'autre. À première vue, un mètre cinquante n'était pas la mort, mais ces barres n'étaient pas très épaisses et il y avait une fosse en dessous.

— Et si je tombe ? ai-je demandé.

— Essaie de l'éviter.

— Parfait. Merci du tuyau.

J'avais peur. Mais j'avais aussi soif. Je devais réussir. Sans prendre le temps de réfléchir, j'ai bondi, me suis reçu sur la première barre et suis tombé sur le côté.

— Réessaie, a ordonné Saangi.

Je suis reparti à mon point de départ. J'ai sauté sur la première barre, me suis reçu sur mes deux pieds et j'ai battu des bras jusqu'à ce que je reprenne mon équilibre.

— Fléchis les genoux, Pendragon, a dit calmement Saangi.

Oh. Oui. J'ai suivi son conseil et j'ai aussitôt retrouvé mon équilibre. J'ai inspiré et suis passé à la seconde barre, courbé comme un crapaud. Et j'y suis arrivé. Mais il me restait encore dix barres. Autant dire cent. Pour la suivante, je me suis mal reçu. J'ai oscillé et, plutôt que de tomber, j'ai préféré sauter sur la suivante. Je n'y ai posé qu'un pied… et j'ai basculé. J'ai coincé la barre sous mon aisselle, et mes côtes à peine guéries se sont rappelées à mon bon souvenir. Mais j'ai refusé de lâcher prise. Je suis resté accroché là, les jambes dans le vide.

– Si tu tombes, a dit calmement Loor, tu devras repartir de zéro.

Je m'étais battu pour ces barres, je n'allais pas abandonner. Savez-vous comme c'est dur de grimper sur une barre de métal, puis de se relever pour se tenir debout dessus ? Jusque là, moi non plus. Mais je n'ai pas tardé à le découvrir. J'ai enroulé une jambe autour du métal et me suis contorsionné jusqu'à me retrouver assis dessus. Ça m'a donné un instant de répit, mais je devais avancer.

– Il y a un temps limite ? ai-je demandé à Saangi.

– Non. Tu seras à bout de forces bien avant que ton temps ne soit écoulé.

– Ta confiance m'honore.

J'ai levé lentement un pied sur la barre, ai posé mon poids dessus, et j'ai pu relever mon autre genou, puis mon pied. J'étais à nouveau debout ! Ce qui ne serait pas si dur si la barre était posée sur le sol. Rester en équilibre entre ciel et terre était plus difficile.

– Déplace-toi comme si tu étais à terre, a dit Saangi.

– Plus facile à dire qu'à faire.

J'ai décidé de changer de stratégie. Sauter sur une barre et attendre de reprendre mon équilibre ne suffirait pas. Je devais me servir de mon élan. Ça devait marcher… ou je me romprais le cou. J'ai sauté et posé un pied sur la barre suivante, mais au lieu de m'arrêter, j'ai immédiatement bondi vers la prochaine. Et ainsi de suite. Ce n'était pas vraiment gracieux et j'étais toujours à un doigt de la chute, mais ça marchait ! D'un dernier bond, je me suis retrouvé sur la terre ferme.

– Ouais ! ai-je crié triomphant.

Saangi ne m'a pas félicité. Je m'en passais fort bien. Tout ce que je voulais, c'était la cantine. Elle me l'a donnée et est aussitôt repartie.

– Et pour manger ? lui ai-je demandé.

– Quand tu l'auras mérité, a-t-elle répondu sans se retourner.

Tant pis. J'avais à boire ! Je me suis assis et ai retiré le bouchon de cuir, prêt à vider la cantine d'une seule rasade. Mais après une première gorgée délicieuse, je me suis forcé à ralentir. Je ne savais quand j'en aurais encore. Pas question de m'étrangler et d'en perdre une seule goutte. De plus, je voulais savourer cette eau au maximum. J'ai donc pris mon temps et, franchement, je n'avais jamais rien bu d'aussi bon.

Le plaisir de la victoire n'a pas duré. À peine avais-je vidé la cantine que j'ai réalisé que j'avais toujours soif. Et faim. Si je voulais survivre à cette épreuve, je devais économiser mon énergie. Le plus souvent possible, je suis resté à l'ombre ou dans les baraquements. Et ils s'y sont mis tour à tour, à m'attaquer et me donner des conseils. Personne ne s'est énervé devant mes échecs, qui étaient fréquents. Ils n'avaient pas besoin de crier pour se faire comprendre. Non, ils avaient une technique plus efficace. Ils cognaient. Encore et encore. C'était leur façon de me faire comprendre que j'avais foiré. À un moment donné, en retirant ma veste de Rokador, j'ai pu voir que j'étais couvert de bleus et de marbrures. Ce n'était pas beau à voir.

Loor était la pire du lot. Elle était impitoyable. Chaque jour, je me retrouvais face à elle. Matin et soir. Au bout d'un moment, j'ai fini de la considérer comme un être humain. Tout ce que je voyais, c'étaient ces pointes rouges à ses genoux et ses coudes. Si je m'en emparais, j'aurais à boire et à manger. Rien d'autre n'avait d'importance.

— Surveille mes yeux et mon centre de gravité, disait-elle en désignant son estomac. Au combat, les yeux te révèlent ce que pense ton adversaire, et son centre de gravité la direction qu'il va prendre.

Ouais. Si elle le disait. Si je cherchais à m'emparer d'une pointe, elle me repousserait, de toute façon.

— N'attaque jamais le premier, me disait-elle de temps en temps.

— Comment puis-je attraper une de ces pointes si je n'essaie même pas? ai-je rétorqué, furieux.

Elle ne daignait même pas répondre.

Je préférais Saangi. Elle n'était pas aussi rapide que Loor ni aussi forte que Alder. J'en profitais au maximum. Plutôt que me servir de mon bambou en duel, je n'avais qu'à marcher sur elle, encaisser quelques coups et m'emparer d'une pointe. Et voilà!

Ce n'était pas sorcier. Et je m'en fichais. J'avais faim. Saangi se mettait en colère en disant que je ne respectais pas les règles. Tant pis pour ses pieds. C'était une question de survie. Si je n'avais pas exploité la jeunesse de Saangi, je serais tombé raide mort.

Les nuits étaient encore pires. Si j'essayais de dormir, je me faisais vider de mon lit et entraîner au milieu du camp, pour jouer à «Cognons Billy dans le noir». J'avais beau tout faire pour éviter les coups et en rendre quelques-uns, ça ne servait à rien. Je restais là, à attendre. Au premier bruit, je tapais dans la direction d'où il semblait provenir, mais ne récoltais que d'autres gnons.

— Ne porte jamais le premier coup, me rappelait Loor.

— Et qu'est-ce que je suis censé faire? Rester là et encaisser avec le sourire?

— Ressens notre présence, a fait Alder.

Ben voyons. Fastoche.

Au fil des jours, on m'a de moins en moins envoyé Saangi. Loor devait penser qu'elle me faisait ramasser un peu trop de provisions sans forcément me faire apprendre quoi que ce soit. Mais Saangi avait toujours un rôle à jouer. C'est elle qui me présentait les défis physiques, comme les barres. Mooraj regorgeait de ces jeux diaboliques. Il y avait toujours une récompense à la clé, mais je devais la mériter. Certains de ces exercices étaient faciles, comme de passer d'une barre à l'autre sur une échelle suspendue en l'air, ou des pompes. Quoique, ç'aurait été plus simple dans une salle de gym à air conditionné. Mais vu mon état, et sous un tel soleil, c'était une autre paire de manches. D'autres fois, l'exercice était plus difficile, comme de passer entre des pierres reliées par des cordes et qui oscillaient comme des pendules. Il devait y en avoir une vingtaine. Saangi les faisait partir dans des directions différentes, et je devais passer entre elles en les évitant. Ce qui était rare, et croyez-moi, ça faisait mal. Pire encore, je devais repartir de zéro. Mais de temps en temps, à force d'hésiter, de me baisser, de parer, je finissais par plonger sous la ligne d'arrivée. En récompense, je recevais de l'eau, ou parfois un fruit ou un bout de pain.

Au fil du temps, j'ai fini par l'emporter de plus en plus souvent. En fait, je reprenais des forces. Et je devenais plus rapide. La nourriture gagnée m'aidait à me remettre sur pied. Mais c'était surtout le résultat de tout cet entraînement. J'en suis même arrivé au stade où, à chaque fois, j'arrivais à courir sur les barres au-dessus de la trappe sans tomber.

Lorsque je ne me battais pas, je retirais ma veste. À force de rester torse nu, ma peau a fini par bronzer. Je ne passerais pas pour un Batu, mais je m'en rapprochais. En tout cas, j'avais de moins en moins l'air d'un Rokador. Et malgré tous les coups que je me prenais, je me sentais mieux que je ne l'avais jamais été. Peut-être que mon corps s'habituait à se faire tabasser, parce que mes bleus ont disparu. J'ai même repris un peu de muscle. Ce devait être l'effet du programme de gym de Saangi.

Mais il me manquait encore quelque chose, quelque chose d'essentiel. Je devenais fort et agile, mais pas meilleur combattant pour autant. Et c'était le but de tout ce cirque. Comme je l'ai déjà écrit, ce qui me faisait tenir, c'était la peur de me retrouver à nouveau devant Saint Dane. Être en pleine forme et bien bronzé ne me servirait à rien dans un duel à mort. Je commençais à craindre que, malgré mes efforts, je ne sois pas plus avancé. Puis, un soir, on m'a tiré de mon lit pour procéder à une nouvelle distribution de baffes.

— Ressens notre présence, a dit Alder.

— J'essaie, j'essaie ! ai-je répondu en battant des bras comme un poulet affolé.

Et bien sûr, des mains invisibles m'ont frappé.

— Comment faites-vous ? ai-je demandé. Vous ne me voyez même pas !

— Oh, mais on te voit, Pendragon, a répondu Alder. Mais pas avec les yeux.

— C'est idiot !

— Tu trouves ? a répondu Saangi en me donnant quelques coups de bâton.

J'avais envie de hurler, de colère et de frustration.

— Et c'est comme ça que je vais devenir un guerrier, peut-être ?

— Il n'y a rien de magique dans tout ça, a répondu Loor. Un combat est une forme de danse. Si tu peux sentir ton adversaire, prévoir ses gestes, ses forces et ses faiblesses, il ne pourra rien faire.

C'est ça. *Sers-toi de la Force, Luke.* J'ai cherché à contrôler ma respiration. J'ai même fermé les yeux. Pourquoi pas? Ils ne me servaient pas à grand-chose. J'ai tendu l'oreille. Ce n'était pas des fantômes. Ils dégageaient forcément de la chaleur, des odeurs. Et là, avec tous mes sens à l'affût, j'ai senti quelque chose. Rien de plus qu'un courant d'air sur ma peau. Ça n'a duré qu'une fraction de seconde. C'était le déplacement d'air que provoquait un mouvement. Sans prendre le temps de réfléchir, j'ai réagi. J'ai détendu ma main vers l'endroit où était censé se tenir ce corps… et j'ai touché un bras! J'étais tellement surpris que j'ai même dit:

– Oh, pardon!

Peu après, on a jeté quelque chose à mes pieds. Je ne l'ai pas vu, mais l'ai senti et j'ai fait un pas en arrière. J'ai cru à une sorte de piège. Si je me penchais pour le ramasser, ils me sauteraient dessus. Je n'ai donc pas bougé d'un poil. J'ai fermé les yeux et j'ai cherché à sentir les autres. Ça peut sembler bizarre mais, au bout d'un instant, j'étais sûr qu'ils étaient partis. Je le sentais. Ou plutôt, je ne les sentais plus. Je ne saurais pas le décrire autrement.

Après un moment, j'ai fini par me pencher pour ramasser ce qu'ils avaient jeté devant moi. Au toucher, j'ai reconnu un objet familier. C'était une gourde remplie d'eau! Juste à côté, il y avait un fruit ressemblant à une pêche. J'avais bien agi. C'était ma récompense. Et ce n'était pas qu'un coup de chance. J'avais repéré mon adversaire les yeux fermés. Avais-je fait un grand pas en avant? Il faut croire, puisque non seulement j'avais eu droit à boire et à manger, mais j'ai pu passer une bonne nuit sans être dérangé. La première depuis mon séjour à l'hôpital batu. Et bon sang, j'en avais bien besoin.

J'étais assez content de moi. J'avais enfin appris quelque chose. Ça, c'était la bonne nouvelle. La mauvaise, c'est que Loor pensait la même chose. Enfin, j'avais montré quelques qualités prometteuses; du coup, elle n'avait plus à me ménager. Le lendemain, sur ce terrain désertique de Mooraj, devait se dérouler la bataille la plus violente depuis mon face-à-face avec Saint Dane.

C'était mon examen final, et il serait bien plus difficile que tout ce qui l'avait précédé.

Journal n° 21
(suite)

ZADAA

— Une fois que tu as paré le coup, disait Loor, attaque aussitôt. C'est là que ton adversaire est le plus vulnérable.

J'ai essayé. Encore et encore. Comme les autres fois. Loor frappait, je parais le coup, mais lorsque je cherchais à attaquer, elle reculait sans mal, ou contrait en frappant à son tour. Durement.

— Ce n'est pas juste, ai-je crié. On dirait que tu sais ce que je vais faire.

— C'est le cas, a-t-elle répondu.

— Continuons.

— Le troisième mouvement est le plus important, a-t-elle expliqué. C'est de celui-là que tout dépendra.

— Je fais ce que je peux ! ai-je crié.

— Plus vite ! a-t-elle ordonné.

J'ai essayé. Encore et encore. Et à chaque fois, j'ai échoué. Ça me rendait dingue. On a continué comme ça pendant des heures. À force de serrer le bambou, j'en avais mal aux mains. Je lui ai sauté dessus et j'ai tenté de m'emparer d'une des pointes. Je comptais la prendre par surprise. Grave erreur. On aurait cru qu'elle avait des yeux dans le dos. Sans se retourner, elle m'a donné un coup de bâton dans l'estomac. Je me suis plié en deux de douleur.

— Ne porte jamais le premier coup, a-t-elle dit.

— Ouais, on commence à le savoir, ai-je répondu, les mains serrées sur mon estomac.

Et le combat a continué. Loor n'avait pas l'air de fatiguer. Moi, je n'avais pas l'air de *la* fatiguer. À un moment donné, on s'est retrouvés face à face, sans bouger, ce qui me convenait. Je ne voulais pas me prendre d'autres coups. C'est alors que j'ai réalisé quelque chose de bizarre. Je me sentais plutôt bien. Enfin, physiquement, malgré tout ce que j'avais enduré. J'avais encore du souffle. Les défis de Saangi m'avaient rendu plus endurant et mon entraînement m'avait appris à économiser mes forces. Mais si seulement je pouvais trouver assez d'énergie pour combattre...

Paf! J'ai reçu un gnon par-derrière. Je me suis retourné pour voir qu'Alder s'était joint à la fête. Tout de suite après, Loor a bondi et m'a donné un coup sur le crâne.

— Ne quitte jamais ton adversaire des yeux, a-t-elle recommandé.

— Mais c'était lui mon adversaire! ai-je protesté.

— Tu en as deux, a répondu Alder.

Ils se sont mis à tourner autour de moi.

— Comment je peux vous surveiller tous les deux? ai-je demandé.

— Sens notre présence, a répété Alder.

Allons, bon. Le voilà qui jouait à nouveau les Chevaliers jedis. Mais à vrai dire, je commençais à croire que ce n'était pas des paroles en l'air. Loor était d'un côté, Alder de l'autre. J'ai regardé droit devant moi, les gardant en périphérie de mon champ de vision. Mais je sentais bel et bien leur présence. Je savais où ils se trouvaient.

Alder est passé à l'attaque. Je me suis baissé, j'ai fait un roulé-boulé et je me suis relevé d'un bond. J'étais sûr que Loor allait chercher à m'avoir de l'autre côté, et c'est exactement ce qui est arrivé. Elle a bondi en brandissant son bâton, prête à l'abattre. Sauf qu'elle n'a pas été assez rapide. Je l'attendais de pied ferme. Lorsqu'elle a frappé, j'ai levé mon bambou et paré le coup. Réussi! Hélas, mon triomphe a été de courte durée. Alder m'a donné un coup sur le crâne, et j'ai vu trente-six chandelles.

— Qu'est-ce qu'il y a? ai-je râlé, furieux. Je croyais que c'était le troisième mouvement qui comptait?

— Tout à fait, a répondu Loor. C'était le mien.

— Justement! ai-je renchéri. Alder, puis moi, puis toi, et j'ai paré le coup!

– Bien sûr, parce que j'ai fait en sorte que tu l'attendes.

Elle disait vrai. Je l'avais pressenti, mais n'avais pas réagi. Elle avait bien fait le troisième mouvement : elle avait tendu son piège. Et elle avait préparé le terrain à Alder. Soudain, je me suis senti vidé de mes forces. J'avais tant à apprendre en si peu de temps ! On devrait se lancer aux trousses de Saint Dane au lieu de tenter l'impossible. J'ai baissé les épaules, jeté mon arme et me suis détourné.

– C'est bon, ai-je dit. J'abandonne.

– Pendragon, a lancé Loor.

Je ne me suis pas arrêté.

– Pendragon ! a-t-elle répété.

Pour la première fois depuis le début de mon épreuve, elle avait l'air en colère. J'ai perçu sa tension. J'ai senti qu'elle venait vers moi. Je n'ai pas ralenti.

– Je ne te laisserai pas renoncer ! m'a-t-elle crié.

Elle m'avait presque rattrapé. Elle a tendu les bras pour m'arrêter. C'est là que je suis passé à l'action. Je me suis laissé tomber, j'ai fait un ciseau et l'ai cueillie à l'arrière des chevilles. Loor est tombée sans douceur. Je lui ai sauté dessus, j'ai posé mon genou contre son menton et approché mon visage du sien.

– Ne porte jamais le premier coup.

J'ai tendu la main et j'ai posément arraché une pointe, puis une seconde. En fait, je jubilais.

Alder a éclaté d'un rire sonore et exubérant que je ne lui connaissais pas. Il s'est avancé et m'a arraché à Loor comme si je n'étais pas plus lourd qu'une plume et m'a serré contre lui. Loor s'est relevée à son tour et est restée plantée là. Je l'avais vue combattre souvent – et bien avant ces derniers jours, lorsqu'elle affrontait de véritables ennemis, lorsque ça comptait vraiment. Et jamais, jamais je ne l'avais vue se faire surclasser. Pour autant que je sache, j'étais le premier. Elle n'a rien dit. Elle est restée là, à me dévisager.

– Hé, ai-je dit en haussant les épaules, c'est toi qui m'as conseillé de me servir de mes méninges.

Loor m'a regardé longuement, puis elle a souri. Et j'ai alors senti se dissiper sa tension. J'imagine qu'à ses yeux, ce n'était pas une défaite, mais une victoire. Elle avait enfin réussi à m'apprendre quelque chose.

— C'est fini, Pendragon, a-t-elle dit. On ne peut rien t'apprendre de plus.

— Bien sûr que si. Mais on n'a pas le temps.

— Ne sous-estime pas ce que tu as appris. Tu t'en sors bien mieux que je ne l'aurais cru.

— Sans blague ? ai-je demandé.

— Tu es prêt, mon ami, a dit Alder.

Je les ai regardés tour à tour.

— Vous savez que je vous déteste, tous autant que vous êtes ?

Ni l'un ni l'autre ne savait comment réagir à ça. Alors j'ai souri.

— Mais ça finira bien par passer.

— Saangi ! a crié Loor.

Celle-ci a aussitôt jailli du bâtiment pour nous rejoindre.

— Saangi, a repris Loor, veux-tu bien ramasser ce qui reste d'eau et de provisions et l'amener dans la chambre. Pendragon doit se restaurer.

Saangi m'a décoché un de ses regards noirs coutumiers. Je m'attendais à la voir sortir quelque chose comme : «Il est assez grand pour le faire lui-même.» Mais non.

— J'en serais très honorée.

Et elle m'a souri avant de filer. Alors là, j'en suis resté comme deux ronds de flan.

— Je vais lui donner un coup de main, a dit Alder. Je suis fier de toi, Pendragon, a-t-il ajouté avant de partir.

Loor et moi nous sommes retrouvés seuls. Drôle de moment. Après avoir été «ennemis» pendant si longtemps, c'était dur de changer de regard.

— Je ne suis pas sûr que ç'ait servi à grand-chose, ai-je dit, mais merci quand même.

— Tu me surprends sans arrêt, Pendragon, a-t-elle répondu. Je sais à quel point c'était difficile pour toi. Tu ne manques ni de courage, ni de volonté, mais combattre n'est pas dans ta nature. Tu t'en es bien tiré.

— Oui, ben, merci, mais je ne suis pas un guerrier.

— C'est vrai, a-t-elle acquiescé. Et si tu te retrouves à nouveau face à Saint Dane, il emploiera de vraies armes.

Voilà de quoi me rassurer. Mais Loor s'est rachetée en venant me prendre les épaules et me donner un baiser sur la joue.

— Je suis fière de t'avoir pour Voyageur en chef.

Pour une fois, je n'ai su que dire.

— Il ne reste plus qu'une chose à faire, a-t-elle repris.

— Quoi donc? ai-je demandé, craignant une énième mauvaise surprise.

— Fêter ça.

Une heure plus tard, on était toujours dans les baraquements, à profiter d'un repas plantureux arrosé de plus d'eau que je n'en avais vu depuis bien longtemps. Bon, selon les critères de Seconde Terre, ce n'était pas Byzance non plus, mais pouvoir choisir entre plusieurs fruits, viandes séchées et pains, était un luxe. Je n'en avais plus l'habitude. J'ai appris que Saangi faisait tous les jours le trajet entre Mooraj et Xhaxhu pour assurer notre approvisionnement. (Et je ne devais jamais savoir où elle cachait tout ça.) J'avais intérêt à ne pas trop manger, car mon estomac devait avoir rétréci jusqu'à la taille d'une noisette. Je ne voulais pas rendre tripes et boyaux devant tout le monde. Ç'aurait été du gaspillage et ç'aurait gâché la fête.

J'avais l'impression que c'était à la fois une célébration et un dernier repas. L'entraînement était terminé. On formait à nouveau une équipe. Je savais qu'on pensait tous la même chose. Maintenant, il nous faudrait nous tourner à nouveau vers notre véritable ennemi. Mais en attendant, on avait bien mérité de se détendre un peu, même si ce n'était que pour quelques minutes.

— À Pendragon! a fait Alder en levant sa cantine.

— À Pendragon! ont repris Loor et Saangi.

— J'ai une requête, a dit Loor.

— Laquelle? ai-je demandé.

— Tu dois rester qui tu es. Certes, tu as acquis de nouveaux dons, mais ça ne veut pas dire que tu dois t'en servir.

— Crois-moi, ai-je répondu, je préfère ne plus jamais avoir à me battre de toute ma vie. Tout ce que vous avez fait, c'est me donner une chance de survivre. Et je ne vous en remercierai jamais assez. Vous tous.

Et j'ai levé ma propre cantine en guise de toast. Tous ont bu avec moi. Ensuite, Loor a tiré quelque chose de sous une des couchettes.

– Maintenant, a-t-elle dit, tu te bats comme un Ghee. Et avec ta peau sombre, tu pourrais presque passer pour un Batu. Presque.

On a tous eu un petit rire.

– Donc, a-t-elle continué, tu dois t'habiller comme un Batu.

Et Loor m'a tendu les vêtements que je porterais désormais – l'armure de cuir léger d'un guerrier ghee.

– Tu... Tu es sûre de ton coup ? ai-je demandé, surpris.

– Tu n'es pas un Rokador. Inutile de faire comme si.

– Merci, Loor. C'est un honneur pour moi. Je t'assure.

J'ai pris l'armure avec un infini respect. Pour l'enfiler, j'ai dû suivre les conseils de Saangi qui m'a expliqué comment procéder. Quoique, le terme d'armure est excessif. C'était plutôt un habit de toile noire avec des pièces de cuir protégeant les parties sensibles telles que la poitrine, les reins et, bien sûr, le bas-ventre. Les manches et les jambes étaient courtes, et il y avait des protections supplémentaires pour les avant-bras et les genoux rappelant celles des skateurs. Mais le tout était plutôt confortable et ne gênait pas mes mouvements. Même les sandales me plaisaient bien. Elles protégeaient mieux que celles des Rokadors. En plus, je pouvais garder mon caleçon. C'était l'essentiel.

Une fois habillé, j'ai fait un pas en arrière.

– Alors, de quoi ai-je l'air ?

– Imposant, a répondu Alder avec un sourire.

– Ben voyons, ai-je répondu, sarcastique.

Mais en vérité, une fois revêtu de cette armure, j'avais l'impression de dégager une impression de puissance. Qui sait ? Peut-être m'étais-je rapproché de mon idéal illusoire de devenir un farouche guerrier. Ou alors je me faisais des idées.

– Ça te va bien, a dit Saangi. Rien à voir avec un Ghee, mais ça te va bien.

Elle jouait le jeu. Mais peu importe. Du moment que je n'avais pas l'air d'un gamin revêtu de l'armure de son père.

– Voilà qui te sera utile, a repris Loor.

De sous la couchette, elle a tiré la dernière pièce du puzzle. C'était un casse-tête, l'arme de bois des guerriers ghees. Le bâton de la taille d'un homme était plus épais à son extrémité, un peu comme un club de golf. Et il avait l'air usagé. Il avait déjà bien servi. La poignée était assombrie par la sueur et, autant que je pouvais dire, par le sang. Il devait avoir une histoire derrière lui. En fait, c'était exactement ça.

Loor me l'a tendu avec révérence en déclarant :

– C'était l'arme d'Osa, ma mère.

Ma gorge s'est serrée. Osa. La Voyageuse de Zadaa, avant que Loor ne prenne le relais. La dernière fois que je l'avais vue, elle luttait pour me sauver. Elle y avait laissé la vie. Je ne me sentais pas digne de prendre son arme.

– Je ne peux pas, ai-je dit.

– Si, tu peux, a affirmé Loor. Je pense que c'est ce qui est écrit.

J'ai hésité, mais j'ai croisé le regard de Loor. Elle voulait vraiment que je prenne cette arme. J'ai lentement tendu la main. Bien sûr, le casse-tête était bien plus lourd que les bambous d'entraînement. Mais surtout, j'ai senti l'esprit d'Osa qui l'habitait.

J'ai relevé la tête vers Loor.

– Je ne sais pas quoi dire.

– Jure d'honorer la mémoire de ma mère.

– Je ferai de mon mieux.

Loor a acquiescé. Drôle de moment.

Je me suis tourné vers Alder.

– En venant ici, tu m'as peut-être sauvé la vie. Je t'en remercie.

– Tu dis ça comme si j'allais vous quitter, a-t-il répondu.

– Tu as rempli ton rôle. Tu dois retourner sur Denduron.

Alder a ramassé le petit tube de métal qui servait d'arme aux Rokadors. D'ailleurs, vu sa taille et sa peau blanche, il aurait pu passer pour un des leurs. Il était inutile de vouloir le déguiser en Ghee.

– Je suis un Voyageur, a-t-il dit. C'est une raison suffisante. Loor nous a aidés à sauver Denduron, il est temps de lui rendre la pareille.

J'ai regardé Loor, qui a acquiescé.

J'ai pris le casse-tête d'Osa et l'ai passé dans mon dos jusqu'à ce qu'il soit bien rangé dans le harnais de cuir. J'aurais voulu dire qu'avec mon armure et mon bâton, je me sentais menaçant, mais après cet apprentissage éprouvant, nul ne m'avait habitué à marcher avec un grand bâton dans le dos. Il m'a fallu un certain temps pour trouver le bon équilibre afin de pouvoir me retourner sans assommer quelqu'un. La première fois, j'ai bien failli cogner Alder. Celui-ci a éclaté de rire.

— Hé ! On est dans le même camp, non ?

— Désolé, ai-je dit, gêné.

Vous parlez d'un guerrier ! J'avais plutôt l'impression d'être un charlot.

— Pourquoi vous ne m'avez pas appris à placer ce truc ?

Je me suis tourné d'un côté, puis de l'autre, cherchant à frapper Loor et Saangi. Elles se sont écartées en riant.

— C'est un tout autre entraînement ! ai-je dit.

J'ai continué, visant alternativement Alder, Loor ou Saangi.

— Oh, pardon ! n'ai-je cessé de répéter.

En fait, pour la première fois depuis longtemps, je m'amusais bien. Et les autres aussi d'ailleurs. Même Saangi. Bon, à vrai dire, il n'y avait pas de quoi se tenir les côtes, mais on fait avec ce qu'on a. J'ai continué mon manège comique jusqu'à ce que mon bâton frappe Alder. Il a bondi en arrière de façon exagérée. Il a titubé encore un peu comme un ours ivre, nous faisant redoubler de rire… jusqu'à ce que je croise son regard. Lui ne riait pas. Ce n'était pas une blague.

— Oh, pardon, je suis désolé ! ai-je dit. Je t'ai vraiment fait mal ?

Les yeux d'Alder étaient écarquillés. Il est tombé sur un genou et s'est retourné jusqu'à ce qu'on voie quelque chose qui nous a coupé l'envie de rire.

Une flèche de métal. Plantée dans son épaule.

On s'est figés tous les quatre. Qu'est-ce qui se passait ? Je n'avais encore jamais rien vu de tel sur Zadaa. Mais Loor si.

— Des Tiggens ! s'est-elle écriée. Ils nous attaquent !

Journal n° 21
(suite)

ZADAA

Une autre flèche a sifflé dans l'entrée, a traversé la pièce et s'est fichée dans le mur opposé.

– À terre ! a crié Loor.

On a tous suivi son ordre. Loor a plaqué Alder au sol pour s'assurer qu'il soit hors de danger.

– Alors, ça y est ? ai-je murmuré à Loor. C'est la guerre ?

– Non, a répondu Saangi. Je suis passée à Xhaxhu ce matin. Personne ne parlait d'attaquer.

– Alors peut-être que les Rokadors ont décidé de frapper en premier ?

– Ce serait un suicide, a affirmé Loor. Et même si c'était vrai, pourquoi s'en prendre à ce coin de désert ?

Bien vu. On ne savait pas qui nous attaquait, mais ça n'avait rien à voir avec les menaces de guerre entre Batus et Rokadors. C'était nous la cible. Joie et bonheur.

Alder serrait les dents sous l'effet de la douleur. Je pouvais voir une tache rouge s'étendre depuis l'endroit où la flèche déchirait ses chairs, souillant sa tunique blanche. Et pourtant, il a dit :

– Je vais bien. Laissez-moi. Défendez-vous.

Loor ne se l'est pas fait dire deux fois. Elle a roulé sur le sol jusqu'à la fenêtre et s'est accroupie dessous, prête à bondir.

– Reste avec lui, Pendragon ! a-t-elle crié.

Puis elle a sauté l'appui de la fenêtre et a disparu.

Il me fallait me décider, et vite. Devais-je rester auprès d'Alder dans l'espoir que Loor puisse nous protéger ? Ou était-il temps que je me serve de mes nouveaux talents ? J'ai regardé Alder. Je pense qu'il a lu ma décision dans mes yeux.

– Tu es prêt, a-t-il dit comme pour me rassurer. Fais attention à toi.

– Saangi, reste avec lui, ai-je ordonné avant de rouler vers la fenêtre comme l'avait fait Loor.

– Loor t'a ordonné de rester là ! a protesté Saangi.

– Et maintenant, c'est *moi* qui te dis la même chose, ai-je rétorqué.

C'est alors que j'ai compris que mon affrontement avec Loor n'était pas mon examen final, mais juste une interro-surprise. Ma dernière épreuve allait se dérouler maintenant, face à un véritable ennemi. Étais-je vraiment prêt ? Peu importe. Si j'échouais, j'étais mort.

Je me suis hissé sur l'appui de la fenêtre. J'oubliais que j'avais le bâton d'Osa dans le dos. Alors que je passais par l'ouverture, un des bouts du bâton a cogné contre le battant, me déséquilibrant. Du coup, au lieu d'atterrir sur mes pieds, je suis tombé sur le dos. Cette fois-ci, ça n'avait rien de drôle. Mais je n'ai pas eu le temps de me sentir ridicule. Je me suis relevé en hâte et adossé au mur, m'attendant à recevoir une de ces flèches d'acier. J'ai jeté un coup d'œil autour de moi pour constater que j'étais seul. J'ai retiré mon bâton de son étui et j'ai couru jusqu'à l'angle du bâtiment pour rejoindre Loor.

En jetant prudemment un coup d'œil de l'autre côté, j'ai vu une drôle de scène. Loor se dressait au milieu du terrain d'entraînement poussiéreux. Devant elle se tenaient six gardes tiggens, munis de leurs grosses lunettes et leur espèce de turban. Rien à voir avec une rencontre amicale comme celle de la ferme. Tous avaient l'air crispés, les jambes fléchies, armes au clair. Quatre d'entre eux brandissaient des bâtons d'acier. Le cinquième tenait ce qui ressemblait à une arbalète médiévale. Sauf qu'elle était chargée d'une série de flèches d'acier. Il en avait déjà tiré deux. L'une d'entre elles était plantée dans l'épaule d'Alder. Plus étrange encore, il braquait son arme sur le dos du dernier garde tiggen ! C'était le seul que je puisse reconnaître, puisqu'il avait retiré ses lunettes. C'était Bokka, l'ami de Loor. Il s'interposait entre elle et les cinq autres, une arbalète braquée sur son dos. Je ne savais pas ce qui se passait, mais une chose était sûre : ce n'était pas une visite de courtoisie. Tout ça allait mal finir.

À peine avais-je embrassé la scène du regard que les événements se sont précipités. Tout a commencé par un trait noir filant vers le groupe. D'abord, j'ai cru à un oiseau, mais en y regardant de plus près, j'ai reconnu le bâton de bois de Saangi. Elle l'avait jeté vers les gardes comme une lance. Un peu plus tard, je l'ai vue courir vers le groupe. Elle n'avait pas suivi mes instructions et avait laissé Alder. Rien d'étonnant à ça. Saangi n'aime pas trop obéir aux ordres. Cela dit, je ne pouvais l'en blâmer, moi qui ne suivais pas non plus ceux de Loor. Le bâton a heurté celui qui portait l'arbalète et la lui a arrachée des mains. Aussitôt, Loor est passée à l'attaque, et le combat s'est engagé. Sans prendre une seconde pour réfléchir, je me suis précipité vers le groupe. Je ne savais pas ce que j'allais faire, mais je n'allais pas rester simple spectateur.

J'ai jeté un coup d'œil – Loor affrontait deux des gardes. Saangi en engageait un troisième. Bokka s'était retourné pour bondir sur le dernier, luttant pour s'emparer de son bâton d'acier. Je n'y comprenais rien. Pourquoi les Tiggens s'en prenaient-ils à Bokka ? Mais je n'avais pas le temps d'analyser la situation. J'ai foncé vers le chef, qui cherchait à ramasser son arbalète. Il m'a vu à la dernière seconde, brandissant mon casse-tête. Il n'a pas eu le temps de viser. Il s'est contenté de ramasser son arme et de me la jeter au visage. Je l'ai évitée sans problème, mais il en a profité pour tirer sa propre matraque de fer de sa ceinture. J'avais déjà observé comment les Tiggens se servaient de cette arme courte. Elle avait l'air très solide et, si elle touchait sa cible, pouvait faire de sacrés dégâts. J'ai pensé qu'avec mon bâton plus long, je pourrais le tenir à distance. Ça suffirait. Du moins, c'est ce que je croyais.

Je ne peux pas dire que j'ai repassé dans ma tête toutes les leçons de ces derniers temps, parce que ce serait faux. Sauf une : Loor m'avait appris à penser en guerrier et à agir sans réfléchir. Elle m'avait bien entraîné. À partir de là, j'ai suivi mon instinct et rien d'autre. Si j'avais pris le temps de réfléchir, je serais mort.

J'ai vite compris que mon adversaire n'était pas si habile que ça. Il était maladroit et agitait sa matraque frénétiquement, comme un joueur de tennis chassant une guêpe. Ce devait être la raison pour laquelle il préférait l'arbalète. Il était meilleur tireur que combattant. Il m'a décoché un coup de poing, j'ai paré, tout comme son second essai, contré par un coup à la poitrine ou la tête. Toujours le troisième mouvement. J'allais l'emporter. C'était facile. Loor et Alder étaient autrement plus durs que ce rigolo. Mais bien sûr, à ce moment-là, je n'y pensais pas. Je suivais le flux.

Il n'y avait qu'un seul problème. C'était mon premier véritable combat. J'avais l'habitude d'affronter des amis avec un bambou. Et le bâton d'Osa était si lourd ! Oh, je pouvais le manier, mais il me ralentissait. Et je ne savais quelle quantité de force lui appliquer. Durant tout ce temps passé au camp, j'avais inconsciemment retenu mes coups, puisque je savais que j'affrontais des amis. Je travaillais ma technique, mais sans intention de faire mal. En revanche, là, je devais mettre ce type K.-O. Or mes coups, lorsqu'ils portaient – assez souvent –, semblaient n'avoir aucun effet sur lui. Maintenant que j'y repense, j'imagine qu'il y a une sacrée différence entre un exercice et un vrai affrontement. Je n'étais toujours pas plus avancé, ce qui a bien failli me coûter la vie.

Loor avait déjà mis à terre un des agresseurs et luttait contre le second. Saangi se débrouillait plutôt bien. Je présume qu'elle se contentait de tenir son adversaire à distance en attendant que Loor se soit débarrassée du sien pour venir l'aider. En tout cas, pas de doute : les Ghees étaient meilleurs que les gardes tiggens. C'était bon d'être un Ghee. J'ai aussi vu Bokka engager la lutte avec le dernier garde. Il avait l'air de tenir bon. Ce combat s'annonçait bref. Lorsqu'il serait terminé, on en saurait davantage.

Mais ça n'a pas été si facile. Jusque-là, je n'avais eu aucun mal à repousser les assauts de mon adversaire. Du coup, j'ai pris un peu trop d'assurance. Comme je savais pouvoir le vaincre, j'ai laissé dériver mes pensées sur ce qui se passerait après le combat. Grave erreur, qui a bien failli me coûter la vie. J'aurais dû achever ce type, mais je ne l'ai pas fait. Il a profité de ce bref répit pour me décocher un coup de bâton. Pas très fort, mais peu importait. C'est là que j'ai compris à quoi servaient ces armes de métal. Il a touché mon épaule et tout mon bras est devenu inerte. J'avais reçu un choc électrique ! Et j'ai bel et bien perdu l'usage de mon bras. Le bâton d'Osa a glissé de mes doigts. J'ai dû m'empresser de le rattraper en soutenant son poids de ma main valide, ou le Tiggen me l'aurait arraché et je me serais retrouvé sans défense.

Je pouvais à peine manipuler le casse-tête de ma bonne main, et il ne fallait pas compter attaquer. J'ai fait de mon mieux pour éviter de recevoir une autre décharge. Il s'est jeté sur moi. J'ai reculé, mais plutôt que de passer à l'attaque, il s'est jeté au sol. Voilà une tactique inédite. À quoi jouait-il ? Il a roulé sur lui-même et a ramassé son arbalète. Ho, ho. Il a terminé son roulé-boulé sur un genou, prêt à tirer. Sur moi. J'étais mort.

— Pendragon ! a crié une voix.

Ce qui a fait hésiter mon tueur. Un tourbillon argenté s'est précipité vers lui et l'a atteint en plein front, le renversant. Un bâton de Rokador ? J'ai jeté un coup d'œil en arrière. C'était Alder qui l'avait jeté. Il venait de sortir du baraquement pour me sauver la vie. Mais la flèche était toujours plantée dans son épaule, et la tache de sang s'élargissait. Le garde tiggen qu'affrontait Saangi l'a envoyée à terre et s'est tourné vers le nouvel adversaire, bien plus dangereux. Il a bondi sur Alder et lui a donné un coup de son bâton. Le choc fut rude, d'autant qu'Alder a encaissé la décharge électrique. Tout son corps s'est raidi.

J'ai revu ce moment où le flume d'Eelong s'était effondré, lorsqu'une pierre avait tué Kasha, la Voyageuse d'Eelong. Je ne supporterais pas de voir périr un autre Voyageur. Un ami.

J'ai poussé un grand cri et me suis précipité vers l'agresseur d'Alder. Il ne m'a pas vu venir. J'ai donné un bon coup sur sa main, lui faisant lâcher son bâton.

— Pendragon ! a hurlé la voix de Saangi.

J'ai regardé en arrière... et me suis figé sur place. Le chef tiggen qu'Alder avait frappé n'était pas K.-O. Il avait récupéré son arbalète, l'avait posée sur son épaule et visait sa cible... en l'occurrence, moi. Loor se battait toujours. Bokka de même.

Saangi était trop loin. Rien ne pouvait plus empêcher ce type d'ouvrir le feu, et il me tenait. Je ne pouvais rien faire. Il allait appuyer sur la détente, et pour moi, tout serait terminé. Je pouvais toujours bondir sur le côté au moment où il ouvrait le feu, mais si ces engins étaient aussi rapides que ceux que j'avais vus, je n'aurais pas une chance. Je me suis crispé, prêt à plonger. C'est alors que l'assassin a fait quelque chose d'inattendu. Il a gardé son œil rivé au viseur, mais s'est détourné. À quoi jouait-il ? Avait-il changé d'avis ?

J'ai vite compris. J'avais cessé de l'intéresser. Il avait trouvé une cible plus importante. À peine s'était-il immobilisé qu'il a tiré sa flèche. Puis une deuxième, une troisième en succession rapide. À chaque fois, j'ai entendu un claquement et un sifflement alors que les missiles fondaient sur leur cible.

Bokka.

Il venait de jeter à terre le Tiggen qu'il affrontait et se redressait. Mais il n'en a pas eu le temps. La volée de flèches l'a frappé en pleine poitrine. En plein cœur. L'une après l'autre. Il s'est raidi sous la force des impacts. Il est resté figé un instant, les yeux écarquillés par la surprise, puis est retombé sur le dos.

– Bokka ! a hurlé Loor.

D'un coup sec, elle s'est débarrassée de son adversaire et s'est précipitée vers son ami. Je ne sais pas ce qu'elle comptait faire. Elle ne pouvait plus rien pour lui. Mais j'ai aussitôt craint que l'assassin ne s'en prenne à Loor. J'ai ramassé la matraque tiggen et j'ai couru vers lui, mais il s'est vite retourné, braquant son arbalète sur moi.

– Plus un geste, a-t-il dit d'une voix dépourvue d'émotion.

Je ne me le suis pas fait répéter. Ce type n'hésiterait pas à me tirer dessus. Je me suis figé sur place. De son arme, il m'a fait signe de rejoindre Loor. J'ai obéi. J'ai jeté un coup d'œil à Saangi. Elle avait vite compris et s'approchait de Loor, elle aussi. Les autres guerriers tiggens se sont lentement relevés. Ils avaient bien encaissé, mais l'homme à l'arbalète avait la situation en main. Les Tiggens ont boitillé vers l'assassin. J'ai jeté un coup d'œil à Alder. Il gisait sur le dos et ne bougeait pas. Pas moyen de dire s'il était toujours en vie. Son sang maculait le sable, ce qui était plutôt bon signe. Ça signifiait que **son** cœur battait toujours. Mais pour combien de temps?

Loor s'est agenouillée sur le sable et a pris la tête de Bokka sur ses genoux. Ça m'a rappelé cet horrible moment où elle avait fait de même avec Osa, sa mère. Et maintenant, une autre personne qu'elle aimait périssait de la même façon. C'était triste, mais j'avais d'autres préoccupations pour l'instant. Saangi et moi avons rejoint Loor. Les autres gardes, eux, se regroupaient autour de l'assassin, qui nous braquait toujours. Un mot a jailli dans mon esprit: peloton d'exécution. S'ils voulaient nous tuer, on ne pourrait pas y faire grand-chose.

– Pourquoi? ai-je demandé. On ne vous a rien fait.

– Bokka était un traître, a-t-il répondu. Il méritait la mort. C'est lui que nous visions, pas vous.

L'assassin a fait un pas en arrière sans cesser de nous viser. Les autres ont fait de même en nous surveillant de près.

– N'essayez pas de nous suivre, a-t-il lancé, ou vous subirez le même sort.

Les autres Tiggens ont tourné les talons et sont partis en courant. Nous n'avons pas fait un geste. Ça n'en valait pas la peine. Un instant plus tard, ils avaient disparu. Ils avaient dû rentrer dans le sable et ramper comme les serpents qu'ils étaient. J'étais dans le brouillard. Je n'y comprenais rien.

– Kidik, a murmuré Bokka.

Il était en vie! Le pauvre bougre luttait pour ne pas sombrer.

– Chut, a dit Loor en berçant sa tête. On va s'occuper de toi.

– J'ai découvert la vérité, a-t-il fait en un souffle rauque. Je suis venu… te le dire. Ils ont voulu m'en empêcher.

C'était l'horreur. Bokka se mourait. Et dans un dernier souffle, il cherchait à nous confier un secret assez important pour justifier son assassinat. D'une main tremblante, il a désigné sa botte.

– Quoi? ai-je demandé.

– Regardez.

Les gardes tiggens ne portaient pas de sandales comme les autres Rokadors, mais des bottes de cuir léger couleur sable s'arrêtant un peu en dessous du genou. J'ai vu qu'un morceau de parchemin replié était fourré dans sa botte, la pointe dépassant à peine. Je l'ai tiré et déplié. C'était une carte.

– Allez à Kidik, a dit Bokka d'une voix rauque. La vérité est là, au centre de la ville. C'est… C'est… un cauchemar.

– Qu'est-ce que c'est? a demandé Loor.

Ses yeux trahissaient sa douleur. Son meilleur ami se mourait sous ses yeux.

– Trouve cet homme, a répondu Bokka. Cet étranger.

Il s'est mis à tousser et à hoqueter.

– Quel homme, Bokka? ai-je demandé. Quelle est cette vérité?

Il a tenté de me regarder, mais il n'en avait plus pour longtemps.

– Il dit être de ta tribu, Pendragon.

– Quoi? me suis-je écrié de surprise.

– À la ville. Un véhicule t'y attend. Trouve-le.

– Qui est-ce, Bokka?

Il a toussé à nouveau. Ça faisait mal de le regarder. Je me suis surpris à inspirer profondément, comme si ça pouvait l'aider à reprendre son souffle. Il a grimacé, mais, par un effort de volonté, s'est repris. Il m'a regardé droit dans les yeux et a dit:

– Il s'appelle… Saint Dane.

C'étaient les derniers mots qu'il prononcerait jamais.

Journal n° 21
(suite)

ZADAA

Les heures qui ont suivi sont comme brouillées dans ma mémoire. D'abord, on a amené le cadavre de Bokka dans le baraquement pour le couvrir d'un drap. Loor a fait preuve d'un stoïcisme impressionnant. Je ne peux pas imaginer ce qui se passait dans en tête. Son ami d'enfance venait d'être tué par les siens. La seule comparaison que je puisse envisager, c'est s'il arrivait quelque chose à l'un de vous, Mark et Courtney. L'horreur absolue. Bokka avait voulu aider Loor, et nous tous. Je regrettais ma jalousie passée. Ce type était un héros. Et pourtant, Loor ne pouvait même pas prendre le temps de le pleurer. Il fallait s'occuper des vivants : Alder avait besoin d'aide. Et vite. Je savais où en trouver.

On a porté tant bien que mal le Bedoowan blessé à l'entrée des souterrains et au petit train qui nous mènerait au carrefour. Et ça n'a pas été une partie de plaisir. Alder était grand et lourd. Mais personne n'a eu le cœur à se plaindre. Alors qu'on cheminait dans le train, j'espérais de toutes mes forces qu'on ne tombe pas sur les assassins tiggens. S'ils s'imaginaient qu'on les suivait... Mais heureusement, on ne les a pas croisés.

On est arrivés au carrefour sans encombre et on a continué notre chemin vers Xhaxhu. On a eu la chance de trouver un chariot où allonger Alder. Au moins, on ne devrait pas le porter sur notre dos. De plus, ça nous ferait gagner du temps, et chaque seconde comptait. Mais il fallait faire attention. Pas question de retirer la flèche. Selon Loor, ça ne ferait qu'aggraver l'hémorragie.

Tout au long du voyage, personne n'a commenté les dernières paroles de Bokka. On verrait ça plus tard. À présent, c'était Alder qui comptait. Alors qu'on cavalait le long des tunnels, je l'ai regardé, impuissant. Pourvu qu'on ne perde pas un autre Voyageur ! Loor avait posé la main sur le cœur du chevalier comme pour lui transmettre une sorte d'énergie cosmique qui le maintiendrait en vie. C'était à la fois gentil et déchirant.

Il nous fallait atteindre l'hôpital où j'avais été soigné et espérer que le docteur qui s'était occupé de moi veuille bien nous aider. Lorsqu'on est arrivés à Xhaxhu, il faisait nuit noire, si bien que nous avons pu arpenter les rues sous couvert de l'obscurité. On a atteint la pyramide abritant l'hôpital et amené Alder jusqu'à une chambre isolée pendant que Saangi allait chercher le docteur. Ça ne lui a pas pris bien longtemps. Elle l'a trouvé et l'a aussitôt emmené dans la chambre. Lorsqu'il nous a vus, ses épaules se sont affaissées. Il ne voulait pas prendre la responsabilité de soigner un autre Rokador.

– Comment vous appelez-vous ? ai-je demandé au docteur.

– Nazsha, a-t-il répondu.

Je lui ai parlé lentement et sincèrement dans l'espoir que mes pouvoirs de persuasion de Voyageur fassent de l'effet. J'en avais bien besoin.

– Quand vous m'avez soigné, Nazsha, ai-je énoncé, vous avez dit que je pouvais aider les Batus. Vous aviez raison. C'est ce que j'essaie de faire. Et ce blessé aussi.

Alder était toujours inconscient. Sa tunique blanche de Rokador était détrempée de sang. Il était toujours vivant, mais pour combien de temps ?

Le docteur lui a jeté un bref coup d'œil.

– C'est une flèche de Rokador, a-t-il remarqué.

– En effet.

– Et maintenant, a-t-il dit sans comprendre, tu portes l'armure d'un Ghee.

– Vous aviez raison, ai-je repris, nous ne sommes pas des Rokadors. Sans votre secours, il va mourir.

Le docteur m'a regardé. Ses yeux étaient remplis de questions. S'il ne croyait pas qu'on était venus assister les Batus, eh

143

bien, pourvu qu'il soit comme les docteurs de Seconde Terre, qui sont censés aider les malades et les blessés, qui qu'ils soient.

— Ça peut m'attirer de gros ennuis, a-t-il dit.

— Peut-être. Mais Xhaxhu n'est-elle pas déjà dans les ennuis jusqu'au cou ?

Le docteur s'est à nouveau tourné vers Alder. Il était clair qu'il se demandait quoi faire.

— Amenez-le-moi, a-t-il fini par dire.

J'aimerais pouvoir dire que c'est moi qui l'ai convaincu, mais je pense que c'était plutôt sa nature qui le poussait à assister les nécessiteux. Loor et moi avons chacun pris Alder par un bras et l'avons emmené le long des couloirs jusqu'à une section isolée dans les profondeurs de l'hôpital. Là, loin des regards indiscrets, il s'est mis à l'œuvre. Il a découpé la tunique ensanglantée d'Alder et a retiré la flèche – et j'ai dû détourner les yeux. Les bruits mouillés m'ont grandement suffi. Alder était pâle, et pas du teint des Rokadors. Il avait perdu beaucoup de sang. Le docteur Nazsha a nettoyé la plaie et l'a recouverte de ce qui ressemblait à des feuilles trempées dans du miel. Puis il a pris du fil et une aiguille et l'a suturée. Inutile de préciser que je n'ai pas regardé non plus. Ensuite, il a enduit la blessure d'onguent et a obligé Alder à boire toute une variété de potions, ce qui n'a pas été une mince affaire, puisqu'il était à peine conscient.

— Je vais continuer à lui administrer des médicaments, a dit le docteur. Je ne pense pas que la flèche ait touché un organe vital, mais il peut avoir perdu trop de sang. Maintenant, tout dépend de votre ami. S'il passe la nuit, il a une chance de survivre.

— On peut rester ici ? ai-je demandé.

— Si vous voulez, a répondu le docteur. Mais si un Ghee vous découvre, je ne pourrai rien faire pour vous. Je ne suis pas courageux, vous savez. Je peux soigner votre ami, mais je ne suis pas un guerrier.

— Vous vous trompez, ai-je dit. Vous êtes très courageux. Merci.

Le docteur est alors reparti en promettant de revenir voir le blessé.

— Je dois retourner à Mooraj, a déclaré Loor. Il faut s'occuper de Bokka.

J'aurais voulu lui répondre que les souterrains étaient dangereux. Mais si Loor voulait partir, je pouvais difficilement l'en empêcher. Elle a quitté la chambre sans un mot de plus. Saangi est restée avec moi. Je pense que Loor voulait qu'elle soit présente au cas où il se passerait quelque chose. Ou peut-être préférait-elle être seule pour s'occuper du cadavre de Bokka. Quoi qu'il en soit, Saangi et moi sommes restés au chevet d'Alder. Le docteur Nazsha a tenu sa promesse. À intervalles réguliers, il est revenu changer le pansement d'Alder et lui donner des potions. Il n'a probablement pas dormi de la nuit. C'était un bon docteur.

Après avoir veillé Alder pendant plusieurs heures, Saangi est partie chercher de l'eau et des provisions. Bonne idée, sauf que je n'avais pas l'énergie de manger. Tout ce que je voulais, c'était arrêter de réfléchir. J'étais crevé. Et pourtant, pas moyen de m'endormir. Toutes sortes d'idées s'entrechoquaient dans ma tête.

Depuis que je suis parti de chez moi, je me suis souvent demandé si ce n'était pas une erreur de m'avoir nommé Voyageur. J'ai dit « souvent » ? Autant dire plusieurs centaines de fois par jour. Je vous ai déjà parlé de la théorie de Gunny. Lui croit que quelqu'un choisit les Voyageurs, bien qu'il n'ait pas la moindre idée de l'identité de ce quelqu'un. S'il a raison et si je dois un jour me retrouver face à ce type, ma première question sera : « Pourquoi moi ? » Jusque-là, je ne m'en suis pas trop mal tiré, mais si je dois faire le portrait du Voyageur idéal, ça ne sera certainement pas moi. Alors que je réfléchissais à ces questions métaphysiques sans réponse, j'ai entendu une voix familière :

– Comment va-t-il ?

J'ai levé les yeux. Loor était là, dans l'entrée.

– Stable, ai-je dit. Mais je crois que c'est bon signe.

Loor est allée poser sa main sur le front du chevalier. Une question que je ne poserai pas lorsque je rencontrerai ce mystérieux responsable du choix des Voyageurs, c'est « Pourquoi Loor ? ». Parce que je connais la réponse. Elle est forte et courageuse. Simple aussi, mais au sens positif du terme. Elle ne se prend pas la tête comme je le fais tout le temps. Pour elle, il est aussi facile de différencier le bien du mal que la gauche de la droite. Tous les

Voyageurs ont quelque chose qui n'appartient qu'à eux, mais Loor est notre pierre de soutènement. Sans elle, je serais déjà mort. Je le savais. J'ai pensé au moment où tout serait terminé, où on aurait enfin remporté notre combat contre Saint Dane. Reverrais-je jamais Loor ? Continuerais-je à prendre les flumes ? Viendrait-elle en Seconde Terre ? Je ne pouvais imaginer ma vie sans elle. Mais comment était-ce possible ? Voilà une question pour un autre jour. J'avais déjà bien assez de choses en tête.

Elle s'est écartée d'Alder pour se diriger vers moi.

– Bokka a trouvé le repos, a-t-elle dit avant que je ne puisse lui demander. Je lui ai rendu les derniers hommages selon la tradition.

Je savais ce qu'elle voulait dire. Elle avait incinéré son cadavre, comme nous l'avions fait avec celui de Kasha. J'avais du mal à imaginer à quel point cela avait dû être pénible. Et je préférais l'ignorer.

– Désolé, Loor, ai-je dit. J'aurais voulu pouvoir mieux le connaître.

– Il te ressemblait par bien des aspects, a-t-elle répondu. Il croyait que chaque personne avait un bon côté. C'est ce que je préférais chez lui.

J'ai acquiescé.

– Pendragon ? a fait une voix rauque.

C'était Alder. Il s'était réveillé ! Loor et moi nous sommes empressés autour du lit pour voir qu'il avait ouvert les yeux. Ils étaient un peu vitreux. Je n'aurais su dire si c'était à cause du sang perdu ou des potions abrutissantes du docteur.

– De l'eau, a-t-il coassé.

J'ai pris une tasse et l'ai portée à ses lèvres. Il a levé la tête pour boire quelques gorgées, puis l'a laissée retomber comme si l'effort était trop important.

– Si faible, a-t-il chuchoté.

– Je comprends, ai-je dit. Mais tout ira bien.

C'est alors que le docteur Nazsha est entré, suivi de Saangi.

– Il a repris connaissance, ai-je annoncé.

Le docteur s'est précipité vers Alder pour l'examiner.

– Je n'en reviens pas, a-t-il dit. Ses plaies sont en voie de guérison ! (Il s'est tourné vers moi.) Vous avez des pouvoirs de régénération remarquables, tes amis et toi.

146

Vraiment ? Lorsque j'étais à l'hôpital, je trouvais que je mettais bien longtemps à me remettre. Quoique, je ne m'étais jamais fait tabasser à ce point et n'avais aucun point de comparaison.

– S'il n'y a pas d'infection, a continué le docteur, je crois qu'il s'en sortira.

Vous parlez d'un soulagement ! Même Saangi s'est fendue d'un sourire. Plus étonnant encore, Loor m'a serré dans ses bras. Loor la glaciale, Loor, pro jusqu'au bout des ongles. Est-ce qu'elle se dégelait un brin ou était-ce le soulagement de ne pas perdre un second ami ? Mais peu importait. Je lui ai rendu son étreinte.

– Je me sens aussi faible qu'un bébé, a fait Alder d'une voix rauque.

– Ça ne durera pas, a répondu Loor. Tu es plus fort que n'importe quel Ghee.

– Mais il faudra un certain temps avant que vous puissiez bouger, a repris le docteur. En attendant, je prendrai bien soin de toi.

Alder a opiné et s'est rendormi. Il ne connaissait pas son bonheur.

– Merci, docteur, ai-je dit. Vous avez fait du bon travail.

Nazsha a acquiescé.

– Je suis sûr que votre quête sera couronnée de succès.

Et il est reparti. La pression était retombée. Alder s'en sortirait. Du coup, je suis tout de suite passé à la question suivante.

– Je sais que c'est dur d'en parler, ai-je commencé, mais il le faut. Bokka est mort pour nous transmettre une information. Il se passe quelque chose chez les Rokadors. Quelque chose de si important qu'il a été tué par des gens de son peuple pour l'empêcher de nous en parler.

– D'après lui, a ajouté Saangi, c'était un cauchemar.

– C'est vrai, ai-je renchéri. Ça ne te rappelle pas quelqu'un ?

– Saint Dane, a dit Loor.

– Oui, Saint Dane. Parle-moi de Kidik. C'est une ville, non ?

– C'est le siège du pouvoir des Rokadors, a expliqué Loor. Peu de Batus sont allés là-bas. Moi-même, je ne l'ai jamais vu.

J'ai tiré la carte de Bokka de sa cachette, à savoir la poitrine de mon armure ghee. J'ai déplié le parchemin, dévoilant une carte grossière. Celle-ci dévoilait des tunnels. Des centaines de tunnels. Certains plus larges que d'autres. Et elle était assez détaillée. Imaginez une carte routière sans autre indication que les routes elles-mêmes. Pas de montagnes, pas de relief, et certainement pas la moindre aire de repos. Le chemin de Kidik était souligné en rouge.

– Bokka nous a montré le chemin, ai-je dit. Il nous a conseillé de chercher la vérité à son cœur même, au-delà de Kidik. Tu sais ce que ça signifie ?

– Non, a répondu Loor.

Je me suis tourné vers Saangi, qui a haussé les épaules.

– Alors il va falloir le découvrir.

– On va à Kidik ? a demandé Saangi enthousiaste.

– Non, pas toi, a répondu Loor.

Saangi a voulu protester, mais Loor l'a coupée.

– Silence ! J'ai pris ma décision. Tu dois rester là pour veiller sur Alder. Lorsqu'il sera assez bien portant pour marcher, tu devras l'emmener au flume et le renvoyer chez lui.

– Heu... mais ne va pas emprunter toi-même le flume, ai-je ajouté au cas où.

– Mais, Loor...

– J'ai dit ! a fait Loor.

Elle ne plaisantait pas. Saangi a dû le sentir et n'a plus discuté.

– Allons-y, ai-je dit. Je suis prêt.

– Pas encore, a repris Loor. Ce soir, c'est le festival d'Azhra, tu t'en souviens ? Tu as été invité personnellement par Pelle a Zinj. D'après moi, on devrait y aller.

– Quoi ? ai-je crié. On a enfin une piste qui peut nous mener à Saint Dane et tu veux aller faire la fête ? Bokka est mort pour nous transmettre cette information. Allons-y !

– Je suis d'accord, a répondu Loor. Mais je pense qu'une personne déterminera si la guerre aura lieu ou non, et c'est Pelle a Zinj. La famille royale fait toujours une cérémonie et un discours à l'ouverture du festival. Je pense qu'on a tout intérêt à écouter ce qu'il a à dire.

Je ne pouvais pas dire le contraire. Si Pelle a Zinj faisait un discours aux Batus, il n'allait pas parler de la pluie et du beau temps. Loor avait raison. Il fallait l'écouter pour savoir à quoi s'attendre.

— D'accord, ai-je dit à contrecœur. J'imagine que ce qui est là en dessous peut attendre vingt-quatre heures.

— Saangi, a déclaré Loor, je sais que tu es déçue, mais Alder est un Voyageur et un ami. Nous avons besoin de lui comme il a besoin de nous. Tu dois rester à ses côtés jusqu'à ce qu'il soit en état de se déplacer.

— Je comprends, a répondu Saangi. Désolée d'avoir discuté ta décision.

Loor a souri.

— Le contraire m'aurait étonnée.

J'étais content que Loor ait ordonné à Saangi de rester, et pas uniquement parce que Alder avait besoin d'elle. J'ai préféré ne rien dire, mais après m'être fait duper plusieurs fois, je me demandais si Saangi n'était pas Saint Dane. J'en doutais, mais les autres fois, je n'avais rien soupçonné non plus. Bon, je n'étais pas non plus parano au point de me méfier de tout le monde. Il y aurait de quoi se taper la tête contre les murs. Mais lorsque quelqu'un s'approche un peu trop, je préfère rester sur mes gardes. Voilà pourquoi je préférais que Loor et moi nous rendions seuls à Kidik.

On a quitté l'hôpital, tous les deux, en faisant de notre mieux pour rester à l'écart. Au moins, je n'avais plus à porter cette maudite cape. Avec mon bronzage et mon armure de Ghee, je passais inaperçu. Ou presque. Je portais encore une capuche. Quelle que soit la couleur de ma peau, je n'avais pas les traits d'un Batu.

Le soleil se levait sur Xhaxhu. Loor et moi sommes rentrés chez elle, dans le bâtiment des Ghees, et avons pris la sage décision de dormir un peu. Le festival ne commencerait pas avant le coucher du soleil, et qui sait quand nous aurions l'occasion de nous reposer? Maintenant qu'on avait un but et qu'Alder se remettait, j'ai pu plonger dans les bras de Morphée. Je me suis allongé sur un matelas d'herbes devant la cheminée de Loor et me suis endormi instantanément. Je n'ai même pas rêvé. Je n'ai probablement pas plus bougé qu'une bûche. J'ai passé la journée plongé dans un sommeil réparateur, presque un coma.

Puis, tout à coup, Loor était à mes côtés et me secouait doucement.

– Il est temps de se préparer, a-t-elle dit.

– Se préparer pour quoi ? On doit apporter des chips et une bouteille de vin ?

– D'abord, il faut qu'on mange.

À côté de moi, elle avait disposé une coupe de fruits et de pains, ainsi qu'une tasse de cette précieuse eau.

– Et ensuite, tu passeras ceci.

Elle m'a tendu un pantalon et une veste blanche de Rokador. Ils ressemblaient à ceux que j'avais déjà portés, mais avec des broderies dorées autour du col et des manches.

– Un costume de cérémonie rokador ? ai-je demandé.

– Oui, ils le mettent dans les grandes occasions.

– Et mon armure de Ghee ?

– Personne n'en porte au festival. Et tu dois te comporter en Rokador. N'oublie pas que Pelle a Zinj croit que tu en es un, et tu es son invité.

– C'est vrai, ai-je dit en me redressant. J'espère qu'il ne va pas me demander d'où je tiens mon bronzage.

– Il est possible qu'il ne remarque même pas ta présence. Ce n'est qu'une précaution. Bon, je dois me préparer, moi aussi.

Loor est passée dans l'autre pièce. Comme elle devait avoir déjà mangé, j'ai allégrement pioché dans les fruits et les pains et les ai fait passer avec de l'eau. Une fois rassasié, j'ai retiré à contrecœur mon armure de Ghee. Pourvu que je sois fichu de la remettre ! Puis j'ai enfilé les vêtements doux d'un Rokador. Le tissu semblait encore plus luxueux que celui que j'avais déjà endossé. Des vêtements de cérémonie, pas de doute. J'ai aussi enfilé une paire de sandales. Ai-je dit que je les avais en horreur ?

Je me suis redressé, me suis étiré et j'ai crié :

– Tu es prête ?

– Oui, a répondu Loor.

Je me suis retourné pour la voir s'encadrer dans la porte de la seconde pièce... Et j'ai eu un hoquet de surprise. Aussi gênant que ça puisse être, je n'ai pas pu m'en empêcher. Mais il y avait de quoi. Loor était incroyablement belle. Jusque-là, je l'avais vue porter les tenues de cuir des paysans milagos, la combinaison d'un rêveur d'Utopias et même un jean et un tee-shirt en Seconde Terre. Mais rien ne m'avait préparé à un tel spectacle.

On aurait dit une princesse.

Fini l'armure noire. Elle portait une courte tunique rouge moulant son corps d'athlète. Et cette robe était légère et très féminine. Il y avait des ornements complexes autour du col et au bas de la jupe courte. Elle portait des sandales légères aux lanières entrelacées montant jusqu'à ses genoux. Les manches étaient courtes et elle avait des espèces de bracelets à perles autour de chaque biceps. Autour de son cou, un collier de pierres cristallines bleues évoquait le glaze de Denduron. Mais plus que la tenue, ce sont ses cheveux qui m'ont laissé sans voix. En général, elle les attachait en arrière pour qu'ils ne la gênent pas. À présent, ils étaient libérés et bien peignés, luisant à la lumière du foyer. Elle portait autour du front un simple bijou qui semblait fait de perles avec au centre un diadème et deux autres rangs entourant les deux côtés de son front.

En un mot comme en cent, elle était sublime.

– Oh, ai-je dit.

C'est tout. La classe, non?

– Je te plais? a demandé Loor.

– Tu es très belle.

Et encore, ce n'était rien de le dire.

– Ce n'est pas souvent que je m'habille comme ça, a-t-elle dit en s'avançant dans la pièce. Mais parfois, il faut savoir oublier les conflits. Le festival d'Azhra en est l'occasion.

Je m'attendais à ce qu'elle se déplace comme un homme travesti, mais non. Ses mouvements étaient déterminés et gracieux en même temps. Elle était... fluide.

– Pourquoi me dévisages-tu comme ça, Pendragon? Quelque chose ne va pas?

151

– Quoi ? ai-je répondu en riant. Tout va bien au contraire. Tu es magnifique.

Elle m'a gratifié d'un petit sourire.

– Tu n'es pas mal non plus.

Simple politesse. J'étais toujours moi, en plus bronzé et avec une drôle de robe de chambre. Et des sandales.

– Allons-y, a-t-elle dit. Il ne faut pas rater le début.

Le festival d'Azhra ressemblait beaucoup à nos célébrations en Seconde Terre. Loor m'a expliqué qu'un grand défilé traverserait les rues de Xhaxhu jusqu'au palais de Zinj. Ensuite, les citoyens se rassembleraient dans le parc face au palais pour le traditionnel salut et discours donné par un membre de la famille royale. Ensuite, tout le monde rentrerait chez soi pour festoyer jusqu'au bout de la nuit. Ç'avait l'air bien sympa. Je me suis demandé quel genre de vibrations dégagerait le festival, maintenant que la ville souffrait de sécheresse et qu'une guerre menaçait la cité. Et les festins risquaient d'être un peu frugaux.

À ma grande satisfaction, j'ai constaté que, pour un soir au moins, les habitants de Xhaxhu oubliaient un peu leurs soucis. Sur notre chemin, Loor et moi avons vu toute une foule en habit d'apparat. Tous semblaient disposés à en profiter. Même le fait de voir un Rokador – moi – ne semblait pas les déranger. Cette nuit était vouée à la fête. La haine attendrait le lendemain.

Loor et moi sommes arrivés dans le parc où elle avait affronté le zhou. Les gradins débordaient de spectateurs venus assister à la parade. Celle-ci se composait de groupes vêtus de toutes les couleurs de l'arc-en-ciel effectuant des danses traditionnelles, d'autres jouant de tambours de cuir et d'instruments évoquant des flûtes, plus des animaux de papier. J'ai vu des dizaines de zhous multicolores et des serpents géants aux crocs démesurés. Les marcheurs de devant faisaient semblant de les affronter avec des lances de papier. Loor m'a expliqué qu'ils symbolisaient le dangereux voyage d'Azhra à travers le désert.

Et c'était une longue parade, avec de nombreux musiciens et marcheurs. Le cortège est entré dans le parc, a contourné la statue du Ghee affrontant le zhou et a continué de l'autre côté. Les spectateurs les acclamaient joyeusement en jetant des confettis. On aurait dit le défilé du Nouvel An à New York, celui du Nouvel An chinois et du Carnaval de Rio réunis en un seul.

J'ai regardé Loor avec une bouffée de compassion. Il y avait quelques heures à peine, elle avait vu mourir son meilleur ami. Et là, elle semblait oublier brièvement son deuil et regarder le spectacle avec un regard d'enfant innocent. J'étais heureux de la voir détendue, même si ce n'était que pour un moment. Et ça ne me déplaisait pas non plus. On en avait besoin tous les deux.

– Et c'est comme ça tous les ans? ai-je demandé.

– Oui, bien que cette année, il soit particulièrement festif. Peut-être que tout le monde a besoin de se défouler.

Je suis sûr qu'elle avait touché juste. Tous ces gens avaient besoin de se changer les idées, et le festival tombait à pic.

– On devrait aller au palais, a dit Loor.

Elle m'a pris la main et m'a attiré sur le chemin de la parade. On a marché au milieu des danseurs et des musiciens. Plusieurs m'ont passé un collier de papier autour du cou. Intéressant de voir qu'ils étaient prêts à se comporter ainsi avec un Rokador. Ça voulait dire que c'étaient de braves gens et non des brutes sanguinaires avides de casser de l'étranger. Des gens ordinaires qui voulaient vivre en paix. Mais l'instinct de survie est puissant. Jusque-là, j'avais l'impression que les Batus étaient des brutes agressives désireuses de frapper le seul ennemi à leur portée, à savoir les Rokadors. C'était peut-être vrai, mais le festival les rendait plus humains. Plus que jamais, j'espérais que cette guerre n'aurait jamais lieu.

Durant cette cavalcade au milieu de la foule, j'ai pu aussi voir Loor sous un jour plus humain. Elle riait sans arrêt et dansait avec les musiciens qui l'arrêtaient pour lui donner des fleurs. Jusque-là, je ne l'avais vue que sous son apparence de guerrière. En constatant qui elle était vraiment, mes sentiments pour elle n'en étaient que plus forts, si c'est possible. C'est peut-être bizarre, étant donné les circonstances, mais au bout d'un temps, j'ai eu l'impression qu'on formait un couple. À un moment donné, on s'est arrêtés à un carrefour pendant qu'un serpent rouge d'une dizaine de mètres passait devant nous. J'ai retenu Loor, qui allait rentrer dans son flanc de papier. Elle m'a regardé et a éclaté de rire. Son visage s'est littéralement illuminé. Elle était magnifique. On est restés figés comme ça un instant, les yeux dans les yeux. Je mourais d'envie de l'embrasser. Je me suis penché lentement vers elle en m'attendant à la voir se dérober. Mais non. Je crois qu'elle aussi en avait envie. C'était merveilleux. Les confettis s'abattaient autour de nous comme une neige colorée. Partout, de la musique et des fêtards. Et pourtant, on avait l'impression d'être seuls au monde. Et d'une certaine façon, nous l'étions. On était si différents de tous les autres ! Personne ne savait ce que nous savions, personne n'avait vu ce que nous avions vu. Loor et moi étions liés à tout jamais, non seulement par notre combat contre Saint Dane, mais par le fait que nous dépendions totalement l'un de l'autre. C'était un moment magique que je ne pourrais jamais décrire.

Je ne l'ai pas embrassée. Je ne sais ce qui m'a retenu. Peut-être la peur qu'elle me rejette. Ou d'entraîner notre relation dans des zones dangereuses. Ce que j'éprouvais pour elle était plus fort que jamais, mais on avait une mission à remplir. Rien ne devait s'interposer entre nous et notre but. S'il était écrit que nous finirions ensemble, tant mieux. Mais pas tant que nous n'aurions pas accompli notre tâche. C'est pourquoi j'ai reculé. Je n'ai pas su déchiffrer son expression. Déception ou soulagement ? En tout cas, ce moment était passé, et on a continué notre chemin.

Elle m'a fait traverser cette fête démentielle jusqu'au parc situé devant le palais de Zinj. Le bâtiment lui-même était incroyable. Les autres pyramides de Xhaxhu étaient faites de pierre brune, mais celle-ci était d'un blanc éblouissant. J'ignore si ce palais était construit en marbre ou quoi, mais il ressemblait à un château enchanté. Les escaliers de pierre menant aux grandes portes, les nombreuses statues bordant ces mêmes escaliers, tout était blanc. Même la fontaine ouvragée sur le toit, qui ressemblait à une oasis débordante de palmiers et de fleurs gravées. Pour l'occasion, la fontaine marchait vraiment. De l'eau jaillissait pour former des motifs complexes dansant les uns par-dessus les autres. Ce qui m'a rappelé ce qu'était Xhaxhu avant la sécheresse.

– Suis-moi ! a déclaré Loor. C'est l'endroit où je viens pour assister à chaque célébration !

Elle nous a conduits à une série de marches menant au bâtiment juste à côté du palais. De là, on avait une vue imprenable sur l'esplanade. À mi-chemin des escaliers, on avait dressé une estrade, sans doute pour que Pelle a Zinj puisse faire son discours. Elle était drapée de tissu pourpre pour faire plus noble. Sur la plate-forme, il y avait deux lourds fauteuils de pierre évoquant des trônes. Aujourd'hui, le peuple de Xhaxhu écouterait celui en qui il avait toute confiance. Apparemment, on était au bon endroit au bon moment.

En dessous de nous, le parc débordait de gens attendant la parade et le discours. À l'arrivée du défilé, un millier d'autres personnes les ont rejoints. Le parc a bientôt été plein à craquer. Il y avait de la musique, des chants et autres manifestations de joie. Pas de doute, ces gars-là savaient faire la fête !

— Regarde ! a dit Loor en désignant le palais.

Comme je scrutais la parade, je n'avais pas vu que, désormais, l'estrade était occupée. Deux personnes étaient assises sur les trônes – un homme et une femme d'une soixantaine d'années. Ils portaient des robes violettes compliquées aux cols ouvragés et des couronnes dorées. À part ça, ils avaient l'air on ne peut plus normaux.

— Le roi et la reine, a précisé Loor, même si je m'en doutais un peu.

Une silhouette familière les a rejoints – celle de Pelle a Zinj. Lui aussi portait une robe violette, mais loin d'être aussi luxueuse que celle de ses parents. Idem pour sa couronne, à peine un diadème. Il s'est avancé sur l'estrade et a contemplé les festivités, un sourire aux lèvres. Ce devait être difficile d'être responsable d'une tribu entière, mais il devait bien y avoir de bons moments, et celui-ci en faisait partie. Comme l'avait dit Loor, sa famille et lui étaient la voix de la raison. Ils ne voulaient pas de cette guerre. Nos chemins devaient forcément se croiser. Dans notre lutte contre Saint Dane, ils pouvaient devenir nos alliés.

Derrière lui, un groupe de sept guerriers ghees assuraient la protection. Ils se remarquaient facilement avec leurs armures noires. On aurait dit les services secrets protégeant le président.

Il ne leur manquait plus que les lunettes noires et les oreillettes. Personne ne risquait de s'en prendre à la famille royale.

Pelle a levé les yeux pour embrasser la foule tout entière. Son grand sourire démontrait à quel point il aimait sa ville et son peuple. Son regard s'est posé sur moi. Je m'attendais à ce que son sourire se fane en voyant qu'un Rokador tapait l'incruste dans sa fête. Mais bien au contraire : il m'a fait un geste de la main et l'a posée sur son cœur comme pour montrer sa joie de me voir ici. J'ai fait de même. C'était un grand moment, comme si le président en personne m'avait salué. Mais ce n'était pas tout. Pelle a murmuré à l'oreille de ses gardes. Oh, oh... Était-ce une cruelle plaisanterie ? Allait-il me faire jeter par ses videurs ? Les gardes ont grimacé et secoué la tête. Quoi qu'il leur ait dit, ça ne leur plaisait guère.

— Qu'est-ce qui se passe ? a demandé Loor.

Un peu plus tard, nous l'avons su. Pelle est descendu de l'estrade et s'est dirigé droit vers nous ! Il était vraiment proche du peuple. Il ne se contentait pas des cérémonies. Il se déguisait pour assister au tournoi de ses guerriers, rendait visite à ses sujets à l'hôpital et ne dédaignait pas descendre de son piédestal pour voir un simple sujet. Et un ennemi rokador, qui plus est.

— Pelle vient nous voir ! ai-je dit, y croyant à peine.

Il a eu bien du mal à fendre la foule. Tout le monde voulait le toucher, lui ou sa robe. Il souriait à tout le monde et serrait autant de mains que possible comme un politicien, version Zadaa. Si quelqu'un lui avait tendu un bébé, il l'aurait probablement embrassé. Deux gardes ghees le suivaient de près, l'air tendu. Cette visite spontanée ne leur disait rien qui vaille. Les autres sont restés près du roi et de la reine. Selon le règlement du festival, ils n'étaient pas armés, mais restaient impressionnants.

— Qu'est-ce qu'on doit faire ? ai-je demandé nerveusement.

— Salue le plus bas possible. Appelle-le « Votre Majesté ». et laisse-le parler.

— Mais c'est l'occasion ou jamais ! C'est lui le grand patron. Si on peut lui faire bonne impression, il pourrait nous aider à lutter contre Saint Dane.

Pelle se rapprochait. Il fallait concocter quelque chose, et vite.

– On ne peut pas être trop entreprenants, a dit Loor. Sois poli. C'est le meilleur moyen de l'impressionner. Il s'en souviendra si nous avons besoin de lui dans l'avenir.

– Poli. Bonne impression. Pigé. C'est dans mes cordes.

La foule occupant les escaliers s'est ouverte sur le passage du prince de Xhaxhu.

– Pendragon, mon ami ! Tu es remis ! a-t-il fait avec un grand sourire chaleureux.

Il se rappelait même de mon nom ! Incroyable.

– Comme je suis content, a-t-il continué. Et tu as pris des couleurs ! Je t'aurais presque pris pour un Batu.

– Grâce à votre bienveillance, Votre Majesté, j'ai recouvré la santé, ai-je dit en m'inclinant bien bas.

Loor a salué à son tour.

– Je t'en prie ! a-t-il dit. C'est moi qui devrais t'être reconnaissant.

– Je ne comprends pas, Votre Majesté.

– Maintenant que tu es rétabli, j'espère que tu vas tenir ta promesse et retourner voir ton peuple pour leur dire que tant que je serai le dirigeant de Xhaxhu, la guerre n'aura jamais lieu.

Oh. J'avais complètement oublié.

– Bien sûr, Votre Majesté, ai-je dit en saluant à nouveau. Je suis resté à Xhaxhu afin de profiter de votre invitation au plus grand festival qui soit. Demain, je retournerai chez moi et transmettrai votre message.

– Excellent ! s'est exclamé Pelle. Nos peuples ont besoin l'un de l'autre. Je suis sûr que lorsque cette terrible sécheresse sera passée, ce qui ne saurait tarder, nous pourrons rétablir le respect mutuel que nous méritons tous les deux.

– C'est la sagesse même, ai-je repris. Mais il reste une petite chose.

J'ai senti que Loor me regardait, redoutant que je dise une ânerie. J'allais courir un gros risque, mais je ne pouvais pas laisser passer une telle occasion.

– Laquelle, mon ami ? a-t-il demandé.

– Il y a des éléments qui ne veulent pas de cette paix, ai-je dit. Et je crains que pour eux, la sécheresse serve d'excuse pour semer la zizanie entre nos tribus.

Pelle a soupiré.

– Je suis bien d'accord. Mais ne crains rien. Les Ghees rebelles peuvent agiter leurs armes et faire du bruit, ils ne sont pas nombreux. Je suis persuadé qu'une fois la sécheresse finie, ils auront bien du mal à faire entendre leur voix dans…

Il s'est soudain interrompu. Comme ça. Au beau milieu de sa phrase. Il n'a pas changé d'expression. Il a… cessé de parler. C'est tout. Autour de nous, tout le monde est resté interdit, sans trop savoir ce qui se passait.

– Majesté? ai-je demandé.

Alors Pelle est tombé à genoux. La foule a eu un hoquet de surprise collectif et s'est reculée. Pelle s'est mis à cracher du sang. Tandis que les festivités continuaient tout autour de nous, ceux qui étaient le plus près de Pelle a Zinj se sont figés, sous le choc. Le prince s'est abattu sur le ventre.

Un poignard était planté dans son dos jusqu'à la garde. Mon cerveau s'est bloqué. C'était exactement ce qui était arrivé à Alder, à un détail près: Pelle était mort. Personne n'a fait un geste. Ils n'avaient toujours pas réalisé. Entre le moment où Pelle s'est effondré et celui où tout est devenu chaotique, il n'a pas dû s'écouler plus de cinq secondes, mais le temps a ralenti son cours. C'était une drôle de sensation… qui s'est vite ancrée dans le réel.

– Mort aux Batus! a crié un Rokador qui se tenait juste derrière Pelle.

C'était un type que je n'avais encore jamais vu, vêtu d'une tunique jaune éclaboussée de sang. Celui de Pelle. C'était lui l'assassin. Il s'était frayé un chemin jusqu'au prince et l'avait poignardé dans le dos. Je me suis demandé si c'était Saint Dane, mais non: il ne se chargeait jamais en personne du sale boulot.

– Les Rokadors vaincront! a hurlé le tueur en me montrant du doigt.

Il avait des yeux de dément. Un garde ghee s'est emparé de lui, l'autre est tombé sur un genou pour protéger Pelle. C'était inutile. Le prince de Xhaxhu était mort. La foule s'est mise à hurler et à s'éparpiller dans toutes les directions. Mais avec le fracas du festival, seule une poignée de Batus avait vu ce qui venait d'arriver. Sur l'estrade royale, le roi et la reine se sont penchés en avant avec curiosité. Ils ignoraient que leur fils venait d'être assassiné. Les Ghees restants les ont entourés pour former un bouclier protecteur.

Loor m'a pris le bras et m'a entraîné. On a monté les escaliers pour voir un flot de guerriers s'écouler d'un bâtiment et se frayer un chemin pour arriver à Pelle. Ils étaient armés et prêts à l'action. Leurs armures sombres formaient un sinistre contraste au milieu des tuniques blanches des fêtards.

— Pas par là, ai-je dit.

— Rokador ! a crié un des gardes. Ne bouge plus !

En un éclair, j'ai compris ce qui allait se passer. J'étais un Rokador et me tenais à quelques mètres du prince lorsqu'il avait été assassiné... par un autre Rokador. Dans l'affolement, je pouvais finir en prison simplement parce que j'étais au mauvais endroit au mauvais moment. Ou pire, de colère, ils pouvaient me lyncher sans aucune forme de procès. Il fallait filer à l'anglaise pendant qu'ils étaient encore sous le choc.

« Ne porte jamais le premier coup », m'avait dit et répété Loor. J'ai suivi son conseil. Le garde ghee s'est jeté sur moi. J'étais prêt à me défendre, mais Loor s'en est chargée. Comme il ne voyait que moi, ça n'a pas été difficile. Elle lui a balancé deux coups de poing à la suite, puis l'a fauché d'un mouvement rotatif, l'envoyant bouler au bas des marches. Elle ressemblait peut-être à une princesse, mais elle restait une guerrière ghee.

— Dépêche-toi, a-t-elle dit.

Elle a descendu les escaliers pour fendre la foule. Je la suivais de près, mais au passage, j'ai jeté un coup d'œil au cadavre. À côté, le tueur semblait en plein délire.

— Mort aux Batus ! La liberté pour les Rokadors ! braillait-il.

Le Ghee avait du mal à le maîtriser, mais trois autres se sont rués sur l'assassin qui a disparu derrière leur masse noire. Les autres ont filé tout droit vers leur prince.

— Pendragon ! a crié Loor.

J'allais la suivre lorsque j'ai vu quelque chose qui m'a fait l'effet d'un coup de poing à l'estomac. Plusieurs Ghees soulevaient le cadavre de Pelle a Zinj pour l'évacuer. Tous n'avaient

159

d'yeux que pour leur chef défunt. Tous, sauf un. Celui-là me fixait, *moi*. Et je l'ai tout de suite reconnu. C'était celui qui avait bien failli me tuer. Saint Dane. Il m'a souri et a cligné de l'œil.

J'ai bien failli tomber dans les pommes. Heureusement, Loor m'a tiré par le bras et entraîné à travers la foule des Batus qui, tout à leur joie, ignoraient que leurs vies misérables allaient encore empirer. La musique, les chants et les danses résonnaient toujours, mais ça ne durerait pas. Loor et moi avons continué notre chemin pour regagner son appartement. Cette fuite avait quelque chose d'irréel. On n'a pas échangé un mot. J'étais en pilotage automatique. Je n'ai pas grand souvenir du trajet, parce que mon esprit surchauffé anticipait déjà la suite des événements. Une idée s'est formée dans ma tête et ne l'a plus quittée. J'étais persuadé qu'elle était juste.

Ce qui n'augurait rien de bon.

On a fini par arriver à l'entrée de la pyramide où on a pu reprendre notre souffle. Les nerfs à vif, Loor faisait les cent pas comme une lionne en cage. Et ce que j'allais dire n'arrangerait rien, j'en avais bien peur.

— Nous y voilà, ai-je fait doucement.

— Comment ça ? a-t-elle dit, les yeux brillants de fureur. Voilà la fin de nos espoirs de paix ? La mort de la voix de la raison ? La destruction de Xhaxhu ? Je sais tout ça, Pendragon.

— Saint Dane était là.

Elle m'a jeté un regard surpris.

— Tu en es sûr ?

— Comment pourrais-je l'oublier ? Il a pris l'apparence du Ghee qui a bien failli me tuer. Ses traits sont gravés dans ma mémoire.

— Tu crois qu'il a quelque chose à voir avec la mort de Pelle ?

— Probablement. Il a dû amener ce Rokador au palais, ou lui donner le couteau, ou même le convaincre de l'assassiner, qui sait ?

— Sans Pelle, les risques qu'une guerre éclate sont multipliés.

— Et surtout, c'est un Rokador qui l'a tué, ai-je ajouté. Les gens risquent de crier vengeance. Mais ce n'est pas tout. Je crois que c'était le moment.

— Explique-toi ! a-t-elle aboyé.

160

Mon estomac s'est retourné. Je savais que j'avais raison, et c'était encore le pire.

— C'était le moment de vérité de Zadaa, ai-je dit.

Loor m'a jeté un regard vide. Peut-être refusait-elle de l'accepter.

— Qu'est-ce qui te fait dire ça? a-t-elle demandé d'une voix considérablement radoucie.

— Parce que si on ne s'était pas trouvés là, ai-je répondu, Pelle serait toujours en vie. Il était bien tranquille sur son estrade, protégé par ses gardes. L'assassin n'aurait jamais pu l'approcher d'assez près. Mais il est descendu dans la foule pour venir nous voir. Par notre seule présence, nous avons modifié l'équation. Le moment de vérité de Zadaa est passé, Saint Dane l'a orienté dans la mauvaise direction, et on lui a donné un coup de main.

C'est là que se termine mon journal, les gars. Je vais tout de suite vous l'envoyer via mon anneau. Demain, Loor et moi retournons dans le monde souterrain. On a l'intention de gagner Kidik et découvrir cette vérité qui a coûté la vie à Bokka. Désormais, on n'a plus le choix. Saint Dane nous attend. Dans tous les cas, un tel voyage serait périlleux, mais maintenant, l'heure tourne. Pelle a Zinj est mort. C'est ça la tragédie dont je parlais au tout début de ce journal. Après ce meurtre, il est désormais sûr que les Batus vont attaquer les Rokadors. Mais quand?

Portez-vous bien et faites attention à vous. La prochaine fois que je vous enverrai un journal, ce sera probablement de sous la surface de la terre.

Et nous voilà partis.

Fin du journal n° 21

SECONDE TERRE

Courtney Chetwynde se sentait comme un homme qui se noie.

Courtney avait toujours su garder un parfait contrôle de sa vie et de son milieu. Elle avait tout pour ça. Elle était intelligente, jolie, athlétique et pleine d'humour et tout ce qu'on peut apprécier chez un être humain. Courtney avait tout pour elle. Si les choses se passaient toujours de la façon dont elle le voulait, c'est parce qu'elle faisait tout pour ça. C'était une force de la nature. À l'école, avec les garçons et même avec ses parents. Courtney avait tout pour réussir.

Jusqu'à ce que son monde s'écroule.

Cela n'était pas arrivé de façon aussi dramatique que pour Bobby Pendragon. Elle ne s'est pas vue arrachée de chez elle et plongée à travers le temps et l'espace avec pour mission de sauver le monde. Mais d'une certaine façon, c'était pire. Bobby avait dû dire adieu à son existence ordinaire. Courtney était restée chez elle et avait regardé son monde tomber en morceaux. Et cela n'avait rien à voir avec sa relation avec Bobby Pendragon ou son nouveau rôle d'Acolyte. Du moins pas au début.

Courtney avait toujours été une athlète, mais pour des raisons qu'elle n'aurait pu expliquer, elle s'était retrouvée hors course. Et ce n'était pas non plus par paresse. Un beau jour, sans crier gare, elle avait constaté qu'elle n'était plus aussi excellente qu'elle l'avait été toute sa vie. Ou l'inverse: soudain, tout le monde s'avérait bien meilleur qu'elle. Mais échouer en sport n'était que le premier fil pendant d'un pull en laine. Il suffit de tirer dessus pour qu'il se défasse entièrement.

Et c'est ce qui se passa. Sous ses yeux, la vie de Courtney se délita.

Son échec sur le terrain de sport devint une véritable obsession et finit par rejaillir sur ses résultats scolaires. Sa moyenne chuta en flèche. Du coup, ses relations avec ses parents en furent affectées. Au milieu d'une telle tourmente, Courtney devint beaucoup moins fréquentable. Ses amis finirent par l'abandonner. Ce qui l'arrangeait plutôt, puisqu'elle n'avait envie de voir personne. Elle qui était si enjouée se replia sur elle-même. D'amicale, elle devint amère et acariâtre. Elle ne fut plus que l'ombre d'elle-même, de ce qu'elle avait été.

Son seul exutoire était sa relation avec Mark et la responsabilité qu'ils partageaient en tant qu'Acolytes de Bobby Pendragon. En comparaison de ce qu'endurait Bobby, ses propres soucis semblaient bien mesquins. Les journaux de Bobby lui permettaient de prendre un recul salutaire. Mais en même temps, le récit de ce qu'il vivait la rendait bien petite, voire insignifiante. Bobby et elle avaient toujours été rivaux, même si c'était en toute amitié. Et elle avait souvent le dernier mot. Mais à présent, Bobby luttait pour sauver l'humanité tout entière pendant qu'elle-même se retrouvait face à ses démons intérieurs. Et c'était bien la première bataille qu'elle était en train de perdre. À chaque détour, son ego recevait un nouveau coup.

C'est pour cela qu'elle avait sauté sur la première occasion d'aider Bobby. Elle ne l'aurait jamais admis, mais lorsque Mark et elle avaient plongé dans le flume pour tenter de sauver Eelong, c'était aussi elle-même qu'elle cherchait à aider. Elle y vit l'occasion rêvée de retrouver confiance en elle et de se prouver qu'elle était toujours la même. Elle en avait désespérément besoin.

Lorsque Courtney et Mark quittèrent la Seconde Terre, ce fut indéniablement une bonne chose. S'ils n'avaient pas réagi, Eelong aurait été perdue. Pire encore, Bobby serait peut-être mort. Leur aventure sur Eelong fut telle qu'elle l'avait rêvée. Ils

163

étaient devenus des héros. Tous ses doutes s'évanouirent. Elle s'était prouvé qu'elle était toujours une force de la nature, comme avant. L'équilibre était rétabli.

Puis tout cet édifice s'effondra. Littéralement. Les Acolytes ne devaient pas utiliser les flumes. Elle le savait. Bobby aussi. Tout le monde le savait. Mais ils l'avaient fait tout de même. Et le résultat ne se fit pas attendre : le flume d'Eelong s'était effondré, un Voyageur y avait laissé la vie, et Spader et Gunny étaient piégés sur ce territoire. Le pire, c'est que Saint Dane les avait manipulés pour qu'ils soient obligés de prendre le flume. Eelong ne l'intéressait pas : ce qu'il voulait, c'était séparer les Voyageurs, et Courtney ne demandait qu'à lui rendre ce service. Durant le mois qu'ils avaient passé sur Eelong, elle avait l'impression d'avoir retrouvé son self-control. Elle se trompait. Saint Dane n'avait cessé de tirer les ficelles. Après s'être sentie invincible, Courtney dut supporter le terrible poids de sa culpabilité. Elle avait la mort d'un Voyageur sur la conscience et avait sérieusement compromis les chances de Bobby de vaincre Saint Dane.

D'où son impression de se noyer.

Elle plongea en pleine dépression. Elle pouvait à peine se tirer du lit. Dormir était son refuge : au moins, elle pouvait faire des rêves agréables. C'étaient ses périodes d'éveil qui étaient cauchemardesques. Ses parents l'emmenèrent voir un psy, mais cela ne lui fit aucun bien. Elle tenta de lui expliquer qu'elle plaçait la barre si haut que l'échec la minait, mais cela semblait si trivial ! L'ennui, c'est qu'elle ne pouvait pas vraiment se confier à lui. Elle ne pouvait pas lui parler de Bobby, des flumes et de Saint Dane, et de la façon dont, par son arrogance, elle avait peut-être condamné l'humanité tout entière. Et ce n'était pas l'envie qui lui manquait ! Comme elle aurait voulu tout lui déballer et crier : « Et vous, à ma place, vous ne seriez pas déprimé ? » Mais si elle vidait son sac, les conséquences seraient évidentes. On ne la considérerait plus comme déprimée, on la croirait folle à lier. C'est pourquoi, durant ses séances, elle ne disait pas grand-chose. Ce qui était aussi frustrant pour elle que pour le docteur.

Cette situation se prolongea pendant plusieurs mois. Les tensions domestiques devinrent insupportables. Ses parents ne demandaient qu'à l'aider, mais ne pouvaient pas la comprendre. Tous leurs efforts débouchaient immanquablement sur des disputes. Puis ils se demandaient pourquoi ils se disputaient, ce qui ne débouchait que sur d'autres cris. C'était le même problème qu'avec le psy : Courtney ne pouvait pas leur expliquer ce qui la travaillait. Cette fois, les derniers pans de sa vie s'effondraient.

Lors d'une dispute particulièrement violente, la mère de Courtney, à bout d'arguments, avait fini par lever les mains au ciel en s'écriant : « Je ne peux rien faire pour toi ! J'aimerais connaître quelqu'un qui puisse t'aider ! » Puis elle avait quitté la chambre de Courtney à grandes enjambées furieuses. Elle ne pouvait se douter que cette phrase avait touché juste. Courtney comprit alors quelque chose d'important. Elle fit l'inventaire de ses souvenirs en se demandant s'il y avait vraiment quelqu'un qui puisse l'aider. Et elle trouva quelqu'un. Plus elle y réfléchissait, plus elle était sûre que c'était la seule personne qui puisse l'aider à remettre de l'ordre dans sa vie.

Elle ne pouvait compter que sur elle-même.

C'était un des plus grands défis qu'elle puisse imaginer. Ce n'était pas une question de scores, de notes ou même de sauver Halla. Il s'agissait de sauver Courtney. Cette idée la fit sourire. Elle entendit alors une petite voix, faible mais bien réelle, qui lui souffla qu'après tout ce qu'elle avait enduré, après s'être vu laminer et avoir perdu toute estime de soi, elle voyait enfin une lueur d'espoir. Et elle comprit alors que, au fond d'elle-même, elle avait besoin d'un tel défi. Même dans l'échec, elle n'avait jamais refusé une épreuve, un test, un adversaire. Cette idée l'enthousiasmait, ce qui était bon signe. Elle n'avait pas perdu sa motivation. Elle s'était retranchée tout au fond d'elle-même, mais était toujours là. Elle en retira l'impression que la Courtney d'antan n'était pas morte, et qu'elle pouvait la faire revenir.

Suite à cela, elle se retrouva à l'arrière de la voiture de ses parents, sinuant le long d'une route de montagne menant aux monts Berkshire, dans le Massachusetts. Elle se rendait à une école de vacances. Si elle voulait se retrouver, Courtney pensait qu'il valait mieux changer d'environnement. Autant dire prendre ses distances par rapport à chez elle, à Stony Brook, ses parents, ses amis – et surtout Mark Dimond. Elle ne se sentait plus digne d'être une Acolyte. La décision de s'éloigner de tout cela était certainement la plus difficile à prendre, la plus douloureuse. Elle se faisait un sang d'encre pour Bobby et les autres Voyageurs. Mais elle savait avec certitude que si elle voulait se remettre la tête sur les épaules, elle devait redécouvrir qui elle était en repartant de zéro. Six semaines dans un endroit où personne ne la connaissait lui semblait être un bon début.

– Attention ! cria M. Chetwynde.

Il donna un brusque coup de volant pour éviter une voiture venant en sens inverse et qui dérivait sur leur file.

Mme Chetwynde poussa un hurlement. Courtney tourna la tête pour voir le véhicule. C'était une longue limousine noire démodée aux pare-chocs chromés qui devait être sortie du garage dans les années 1950. M. Chetwynde reprit le contrôle de sa propre voiture et la remit sur la route. Ils étaient sains et saufs, si ce n'était leurs nerfs en pelote.

– Non, mais ce type est cinglé ou quoi ? fit Mme Chetwynde en ouvrant de grands yeux. Quel danger public !

– Sans doute un vieux gâteux, répondit Courtney. Sa voiture est une antiquité. Elle n'a même pas de plaques d'immatriculation.

– On devrait lui retirer son permis ! fit M. Chetwynde, le cœur battant.

– Oui, p'pa, reprit Courtney. Rattrapons-le. Livrons-le à la police.

M. Chetwynde se retourna pour regarder Courtney... et éclata de rire. Courtney fit de même. Puis Mme Chetwynde. C'était bon. Cela faisait un certain temps qu'ils n'avaient pas ri tous ensemble comme ça.

Quelques minutes plus tard, ils arrivaient à l'académie de Stansfield, où Courtney passerait les six prochaines semaines.

C'était une école privée dont les origines remontaient à l'âge de pierre. Et cela se voyait. Les bâtiments de briques étaient mangés par les plantes grimpantes. Il y avait un campus à la pelouse luxuriante avec de grands arbres. Courtney se voyait très bien faire ses devoirs sous leur ombre. Et il y avait des jeunes partout. Certains étaient de nouveaux arrivants, portant leurs valises. D'autres jouaient à la balle ou au Frisbee. Courtney trouva cet endroit plutôt chouette dans ce genre mollement ennuyeux typique de la Nouvelle-Angleterre. Ce qui lui convenait parfaitement. Elle n'était pas là pour s'amuser.

Les Chetwynde avaient choisi cette école sur un catalogue. Normalement, Courtney ne se serait jamais compromise dans un endroit pareil. C'était une école privée exclusive où les garçons portaient d'horribles blazers bleus et les filles... d'horribles blazers bleus. Mais, pendant les mois d'été, l'ambiance était plus détendue. Les élèves venaient de tous les horizons, et pas uniquement des classes les plus élitistes. Il suffit à Courtney de traverser le campus pour en déduire qu'elle était tombée au bon endroit.

– Gare à vos têtes !

Un ballon de foot passa tout près de la tempe de M. Chetwynde. Courtney le rattrapa sans même y penser. Un garçon vint vers elle en courant.

– Désolé, dit-il.

– Ce n'est rien, répondit Courtney en lui renvoyant le ballon.

Au passage, elle le toisa brièvement. Beau mec, athlétique, poli. Surtout beau mec. Il faisait près d'un mètre quatre-vingt-dix, avec des cheveux blonds courts et des yeux gris assez impressionnants.

– Tu l'as bien rattrapé, a-t-il dit. Tu joues ?

Courtney dut réfléchir un instant avant de répondre. Est-ce qu'elle jouait ? Elle était certainement capable de dribbler ce beau gosse. Quoique, ce n'était pas sûr. Mais elle préférait ne pas savoir ce qu'il en était.

– Non, a-t-elle répondu. Je ne suis pas une grande sportive.

Les parents de Courtney échangèrent un regard, mais préférèrent ne rien dire.

– Tu ne sais pas ce que tu perds, dit l'inconnu. Viens jouer avec nous un de ces quatre.

Sur ce, il tourna les talons et courut rejoindre ses amis. Courtney le suivit des yeux en lorgnant ses jambes musculeuses. Puis elle sentit le poids du regard de ses parents. Elle leva les yeux pour voir qu'ils s'empêchaient de sourire.

– Et alors ? dit-elle. Je ne suis pas là pour jouer au foot.

– Lui non plus, répondit M. Chetwynde avec un petit rire.

Les Chetwynde passèrent les heures qui suivirent à installer Courtney dans ses nouveaux quartiers. Ils récupérèrent les papiers d'inscription et ses horaires de cours. Puis on les emmena visiter le réfectoire, la piscine, la salle de jeux, le salon, le bâtiment où auraient lieu les cours et, enfin, son dortoir. Courtney avait de la chance : elle ne serait pas obligée de partager sa chambre. Après avoir passé l'essentiel de ces derniers mois au lit, la tête sous ses couvertures, Courtney préférait reprendre sa vie sociale à son rythme. Jusque-là, tout allait bien.

Au bout de quelques heures à Stansfield, tous ses doutes s'évaporèrent. Elle était contente d'être là. Sa mère l'aida à déballer ses affaires pendant que son père allait chercher le petit frigo qu'ils avaient loué pour la durée de son séjour. Finalement, après s'être occupés de tout ce qu'il y avait à faire, ses parents durent repartir. Le moment des adieux fut assez gênant, pour toutes sortes de raisons. Courtney n'était jamais partie de chez elle si longtemps – du moins, c'est ce que croyaient ses parents. Ils ignoraient qu'elle avait passé un mois sur Eelong. Qui plus est, ces derniers temps, leurs relations avaient été pour le moins orageuses, ce qui rendait les adieux plus pénibles encore.

– Je suis contente que tu sois là, dit Mme Chetwynde. Enfin, ce n'est pas que je ne veuille pas de toi chez nous, mais je pense qu'il vaut mieux que tu restes ici... Oh, mais qu'est-ce que je raconte ?

Courtney allégea la tension en serrant sa mère contre son cœur.

– Tu as raison, m'man, c'est une bonne chose. Sauf que tu me manques déjà.

– C'est vrai ? répondit-elle, surprise.

– Enfin, pas là tout de suite, mais ça ne tardera pas, j'en suis sûre.

Et tous trois éclatèrent de rire. Courtney étreignit son père.

– Tu sais bien qu'on t'aime beaucoup, tous les deux, dit-il. On sera toujours là pour toi.

Je sais, p'pa. Moi aussi, je t'aime.

– Appelle-nous de temps en temps, reprit Mme Chetwynde. On t'enverra des colis. Et tu pourras peut-être rentrer un week-end ?

– Maman, ça ne dure que six semaines. Ce n'est pas comme si je quittais définitivement la maison.

– Je sais, chérie. (Sa mère l'étreignit à nouveau en retenant ses larmes.) Je suis fière de toi. C'était une décision courageuse.

– Merci, répondit Courtney. Allez-y maintenant.

Après une nouvelle série d'embrassades, les Chetwynde laissèrent Courtney seule. Elle parcourut des yeux la salle où elle passerait les six prochaines semaines. Le dortoir était bien ancien. Elle se demanda combien d'autres ados avaient fait leurs adieux à leurs parents à cet endroit même. Soudain, ses parents lui manquaient déjà. Elle alla à la fenêtre et les vit se diriger vers leur voiture. Mais elle entrevit aussi quelque chose d'autre.

Dans le parking, elle remarqua la limousine noire qui avait failli leur faire quitter la route. Il n'y avait pas d'erreur possible. Courtney se demanda si son père l'avait vue, lui aussi. Il serait bien fichu d'aller à la rencontre du conducteur pour le livrer à la police. Mais ses parents continuèrent leur chemin.

L'identité de celui qui avait failli les tuer tous les trois resterait un mystère.

Pour l'instant.

SECONDE TERRE
(suite)

En fait, cet été à Stansfield était exactement ce dont Courtney avait besoin. Personne ne la connaissait. Personne n'attendait quoi que ce soit d'elle. Personne ne chuchotait derrière son dos : « C'est Courtney Chetwynde, ou ce qu'il en reste. » Elle n'avait aucune réputation, bonne ou mauvaise. Personne ne savait qu'elle avait affronté un démon désireux de détruire l'humanité. Et elle n'allait certainement pas le crier sur les toits. Pour Courtney, c'était un nouveau départ.

Elle choisit trois cours : littérature classique, algèbre et trigonométrie, et dessin. Elle s'était découvert un talent pour le crayon. En tout cas, ce serait toujours plus amusant que l'algèbre-trigo. Courtney se rendit compte qu'elle pouvait se lever pour aller en cours sans problèmes. Elle avait même hâte de se retrouver en classe. Elle prenait ses repas dans le réfectoire et sympathisa avec un groupe de filles de New York. Elles n'arrêtaient pas de rire sottement et s'intéressaient davantage aux garçons qu'à l'histoire personnelle de Courtney, ce qui lui convenait parfaitement. Elles ne semblaient avoir que deux sujets de conversation : les garçons et elles-mêmes. Si Courtney tentait d'aborder ce qu'elle avait lu dans le journal ou appris en cours, elles la dévisageaient en ouvrant de grands yeux, laissaient passer une seconde, et embrayaient aussitôt pour dire qu'un des profs était si mignon ou que l'humidité était mauvaise pour leurs cheveux. Leur conversation était triviale et stupide. Courtney adorait ça.

Elle passait des heures à lire sous les arbres. Ou à plancher sur des problèmes de maths. L'après-midi, il y avait toujours un match de foot improvisé. Le type qui avait failli assommer son père était immanquablement parmi les joueurs. Et il était plutôt doué. Il devait jouer dans une équipe, se dit Courtney. Elle était sûre de pouvoir le battre, mais chassa cette idée de sa tête. Elle n'était pas là pour ça.

Une autre notion qu'elle avait plus de mal à évacuer, c'est que ce type était plutôt mignon. Ce qui lui donnait l'impression de tromper Bobby. Bien qu'ils soient à des années-lumière l'un de l'autre – littéralement –, ils étaient toujours censés être ensemble. Et sans cette vague histoire de sauver le monde, ils seraient sûrement dans les bras l'un de l'autre. Mais cela faisait deux ans qu'elle lui avait fait part de ses sentiments et qu'il lui avait avoué qu'il les partageait. Deux ans. Depuis, il s'en était passé des choses. Elle ne savait même pas si Bobby pensait toujours comme elle. Et pourtant, ce serait mal d'entamer une nouvelle liaison sans le prévenir. Elle fit donc de son mieux pour ne pas lorgner ce blond qui jouait au foot tous les jours de 15 heures à 16 h 15. Ce qui ne l'empêchait nullement de s'asseoir sous le grand érable près de la pelouse où se tenait le match... tous les jours de 15 heures à 16 h 15.

Comme pour compliquer les choses, elle le croisait sans arrêt sur le campus. Ils n'avaient pas de cours communs, mais il était souvent au réfectoire en même temps qu'elle. Il arrivait même que leurs regards se croisent, mais il ne semblait pas reconnaître celle dont il avait failli mettre le père K.-O. Il ne lui témoignait pas le moindre intérêt. Le soir, elle le croisait à la bibliothèque, où elle se rendait pour étudier et pour avoir de la compagnie. Un jour qu'elle fouillait les étagères, cherchant une obscure biographie de Jack London dont elle avait besoin pour ses recherches, elle le vit assis à l'autre bout de la rangée, plongé dans un livre. Il portait des lunettes à armature de verre pour lire, ce qu'elle trouva sympa. Lorsqu'il jouait au foot et plaisantait avec ses amis, il semblait posé et confiant. Ces lunettes étaient une de ces imperfections qui, elle devait bien l'avouer, le rendaient encore plus attirant.

Ces premières semaines à Stansfield furent fort profitables à Courtney. Elle se sentait redevenir humaine. Elle pouvait se sentir à nouveau sociable. Elle guérissait.

Jusque-là, il n'y avait qu'une seule fausse note. La voiture. La limousine noire. Cette vieille bagnole avait le don de surgir aux moments les plus inattendus. Sans cet incident avec ses parents, elle ne l'aurait jamais remarquée. Mais elle la voyait garée devant le bâtiment où elle suivait ses cours. Et devant son dortoir. La nuit, elle allait jeter un coup d'œil par la fenêtre et la voyait là en bas, ses pare-chocs chromés luisant à la lueur des réverbères. La forme de la calandre donnait l'impression qu'elle souriait. C'était plutôt angoissant. Lorsque Courtney se déplaçait à vélo dans le campus, elle avait souvent l'impression d'être suivie, mais quand elle regardait par-dessus son épaule, il n'y avait personne. Plus d'une fois cependant, alors qu'elle tournait au virage suivant, elle apercevait la limousine. Elle en conclut qu'elle devait appartenir à l'un des profs et demanda aux filles si elles avaient une idée de son propriétaire. Mais personne ne semblait avoir remarqué cette voiture.

Un soir, elle quitta la bibliothèque après des heures de lecture, crevée, sans autre ambition que se mettre au lit. Il était tard et le campus était désert. Elle prenait toujours le même chemin pour regagner son dortoir. Il y avait un raccourci, une étroite ruelle entre la salle de gym et l'auditorium. Il y avait à peine la place pour une voiture. Elle y passa sans réfléchir, comme elle l'avait fait tant de fois. Elle était presque arrivée à l'autre bout lorsque, soudain, deux phares s'allumèrent et l'éblouirent. Une voiture était là, droit devant elle, comme en embuscade. Il y eut un rugissement de moteur lugubre. Courtney se figea. Les poils de sa nuque se hérissèrent. À quoi jouait ce type ? Elle ne tarda pas à le savoir. La voiture démarra en trombe et fonça droit sur elle. Elle était prise au piège. Il n'y avait pas assez de place pour éviter le bolide. S'il ne s'arrêtait pas, il la percuterait.

Il ne s'arrêta pas.

Le conducteur ne la voyait donc pas ? Courtney tourna les talons et se mit à courir. Elle n'avait pas fait d'exercice depuis des mois, mais ça ne s'oublie pas. Elle piqua un sprint le long de la ruelle, éclairée par les phares. Il s'en faudrait de peu. Elle ne se retourna pas pour voir si la voiture se rapprochait. À quoi bon? Ça ne ferait que la ralentir. Elle atteignit l'autre bout de la ruelle et se jeta aussitôt sur la droite. Une seconde plus tard, la voiture en sortit à son tour.

C'était bien la limousine noire. Elle jaillit sur la route principale, vira sur les chapeaux de roues et partit dans la nuit. Courtney courut derrière elle dans l'espoir d'apercevoir le conducteur.

– Ça va pas la tête? hurla-t-elle.

La voiture continua son chemin pour disparaître au virage suivant. Courtney resta là, hors d'haleine. Elle était désormais sûre que cet engin de malheur n'appartenait pas à un prof, mais à un étudiant débile qui s'amusait à harceler les gens.

– Hé! lança une voix derrière elle.

Elle se retourna. C'était bien le footballeur blond, et il sortait à son tour de la ruelle au pas de course.

– Ça va, tu n'as rien?

– Non, mais t'as vu ça? demanda Courtney, toujours hors d'haleine.

– Oui. Il a bien failli te passer dessus. On devrait le dénoncer aux gardiens du campus.

Courtney y réfléchit un instant. Elle jeta un œil vers le virage où la voiture avait disparu.

– Non. À quoi bon?

– Ça peut permettre d'éviter qu'il ne tue quelqu'un d'autre, remarqua le blond. Il n'y a pas trente-six voitures comme celle-là sur le campus. Ils la retrouveront.

– Laisse tomber. Ce sera ma parole contre la sienne.

– Certainement pas. Tu as un témoin. Moi.

Courtney avait envie de discuter avec lui, mais pas dans de telles circonstances. Elle avait les nerfs en pelote et tremblait de fureur. Elle préféra donc garder ses distances.

– Merci, lança-t-elle, mais ça n'en vaut pas la peine. À plus.

Elle tourna les talons et partit d'un pas pressé.

– Comme tu voudras, dit-il. Mais si jamais tu changes d'avis...

Courtney lui fit un signe de la main et continua son chemin. Elle ne savait trop pourquoi elle l'envoyait paître ainsi alors qu'il voulait juste l'aider. C'était sympa de sa part. Et c'était l'occasion rêvée d'en savoir plus sur lui. Et pourtant, cet accident évité de justesse la faisait bouillir. Elle ne se sentait plus elle-même. En cours de route, elle finit par se calmer et regretta sa conduite. Pourvu qu'elle ait une autre occasion !

Son vœu fut exaucé. Le lendemain après-midi, elle se mit à son poste habituel sous son arbre pendant qu'un match était en cours. Elle allait s'asseoir lorsqu'elle entendit un cri familier :

– Attention !

Elle se retourna. Un ballon de foot volait droit sur elle. Sans prendre le temps de réfléchir, elle l'intercepta agilement avec sa poitrine, le reçut sur son genou, puis d'un coup de pied magistral le renvoya sur le terrain. Le tout avec une facilité déconcertante.

Le blond de la veille apparut, courant après son ballon. Il s'arrêta net en voyant faire Courtney.

– Eh bien ! Je croyais que tu ne savais pas jouer ? demanda-t-il, stupéfait.

– Oh, vraiment ? répondit Courtney, moqueuse. Je croyais que tu m'avais oubliée.

Il se dirigea vers elle en souriant.

– Bien sûr que non ! Tu es la fille qui a failli se faire aplatir comme une crêpe.

– Super, reprit Courtney sarcastique. Belle façon de rester dans les mémoires.

– Sans oublier ce premier jour où j'ai bien failli assommer ton père.

– Ah. Alors tu t'en souviens ?

– Bien sûr, répondit-il. Je croyais que tu m'évitais. Il a fallu que tu échappes à un accident mortel pour que tu daignes m'adresser la parole.

Courtney regarda autour d'elle.

– Eh bien, personne ne veut m'écraser et je suis tout ouïe.

– Alors présentons-nous. (Il tendit la main.) Je m'appelle Whitney. Whitney Wilcox.

– Whitney Wilcox? répéta-t-elle en riant. C'est une blague, hein? Tu l'as entendu dans un feuilleton ringard?

– Eh non, fit-il en riant à son tour, c'est bien mon nom. Et toi?

– Courtney Chetwynde.

– Oh, parce que ça, ce n'est pas un nom digne d'un mauvais feuilleton?

– Touché, fit-elle en serrant la main tendue. Bonjour, Wilney.

– C'est Whitney. Wilcox.

L'absurdité de ce dialogue les fit rire tous les deux.

– Je ne sais si je dois te croire, Corwind, dit Whitney.

– C'est Courtney. À quel propos?

– Tu m'as dit que tu ne jouais pas au foot, mais d'après ce que je viens de voir, tu te débrouilles plutôt bien.

Courtney baissa les yeux.

– Oui, ben, ça m'a passé.

– Te passer? Le foot? Tu veux rire! Allez, viens jouer.

C'était bien tentant. Courtney sentit monter son goût naturel pour la compétition, mais tenta de le réfréner. Elle s'assit sous son arbre.

– Merci. Une autre fois peut-être.

– Comme tu voudras, répondit Whitney en repartant vers le terrain. Je te revois au dîner?

– Heu, oui, répondit-elle.

Puis Courtney fit semblant de se mettre à lire.

Whitney s'en alla. Elle lui jeta un coup d'œil au moment même où il faisait de même. Prise en flagrant délit. Courtney rougit et retourna à son livre. Elle n'avait pas la moindre idée de ce qui venait de se passer. Avaient-ils vraiment rendez-vous pour dîner?

Ce soir-là, lorsqu'elle se rendit au réfectoire, elle avait les mains moites. Elle fit de son mieux pour prendre un air dégagé en passant au comptoir tout en regardant les tables du coin de l'œil pour voir si Whitney était déjà là. Pourvu qu'il ne soit pas encore arrivé… Elle voulait bien dîner avec lui, mais s'il était déjà là, elle ne voulait pas prendre l'initiative d'aller s'asseoir à sa table. Elle préférait qu'il vienne la rejoindre. C'est pourquoi elle était arrivée dix minutes plus tôt qu'à l'ordinaire afin d'être là la première. Elle partit avec son plateau et, contrairement à son habitude, se mit seule à une table au lieu de rejoindre ses amies. Elle ne voulait pas qu'elles voient Whitney avant d'avoir compris ce qui se passait entre eux. Elle pensa brièvement à Bobby, puis le chassa de son esprit. Ce n'était qu'un dîner. Rien de plus.

– Hé, Corwind ! fit une voix à l'autre bout de la cafétéria.

C'était Whitney. Il était déjà là. Courtney ne l'avait pas vu. Il se leva de sa table et la rejoignit.

– Tu m'évites encore ? demanda-t-il en souriant.

– Je ne t'avais pas vu. Installe-toi… À moins que tu préfères rester avec tes amis.

– Non, tout ce dont ils savent parler, c'est de filles et des Red Sox.

– Je suis une fille, remarqua Courtney.

– Oh, c'est vrai, fit-il moqueur. Tu aimes les Red Sox ?

– Je suis fan des Yankees depuis ma naissance.

– Je savais que tu étais quelqu'un de bien, répondit-il avec un grand sourire.

Le dîner fut plutôt agréable. Tout comme celui du lendemain. Puis du jour suivant, et celui d'après. Courtney ne savait pas vraiment ce qui se passait. De toute évidence, elle aimait bien Whitney. Mais ce n'était pas qu'une attraction physique. Whitney lui ressemblait tellement ! Ils avaient le même sens de l'humour. Ils étaient sportifs. Ils aimaient se moquer gentiment l'un de l'autre. Ils prenaient du bon temps. Courtney apprit qu'il venait d'une banlieue de Hartford. Il avait envie de voyager et de connaître d'autres cultures. Il était bon à l'école et en sport, mais commençait à sentir la pression des exigences – tant celles des autres que les siennes propres. Courtney eut l'impression de se voir en lui. Il était aussi avide de réussir qu'elle. Il avait même une copine, mais il ne savait pas trop quel tour prenait leur relation.

Bien sûr, elle ne pouvait lui parler de Bobby et Saint Dane, mais n'en ressentait pas le besoin. Ils s'accordaient si bien qu'ils pouvaient échanger des idées et des sentiments sans avoir à débattre d'événements particuliers. C'était la meilleure thérapie possible – bien mieux que ce docteur qui la recevait dans son bureau étouffant, haussait les sourcils et prenait des notes qui n'étaient probablement que des gribouillis.

Courtney et Whitney se mirent à passer la majeure partie de leur temps libre ensemble. Il la convainquit même de prendre part à un de ses matches de foot. Elle y alla à reculons, mais au final, trouva ça plutôt amusant. C'était la première fois qu'elle appréciait une bonne partie depuis son entrée au lycée. Sans pression, sans obligation de gagner à tout prix, juste pour le plaisir de faire ce qu'elle aimait. Sans s'en rendre compte, Whitney lui faisait un magnifique cadeau. Il lui permettait de redevenir elle-même.

Ironie du sort, c'était son accident évité de justesse avec la mystérieuse limousine noire qui les avait rapprochés. Lorsqu'ils passaient près de la voiture garée, Courtney faisait en sorte qu'il ne la voie pas. Elle ne voulait pas qu'il tente de la convaincre de dénoncer le chauffeur. Il ne lui restait plus que quelques semaines et ne voulait pas devoir parler à la police de ce qui n'était probablement qu'un accident. Un accident évité, qui plus est.

Elle continuait d'apercevoir du coin de l'œil la voiture noire, mais cela n'avait plus d'importance. Il n'y eut plus d'autre incident. Y avait-il un rapport avec le fait que Whitney et elle étaient constamment ensemble ? Si quelqu'un la prenait pour cible, il devrait s'en prendre à eux deux. Whitney était son protecteur. Mais Courtney refusait de voir les choses comme ça. Elle ne voulait pas s'imaginer qu'on complotait contre elle. Pas question de gâcher son plaisir d'être avec Whitney et le bonheur absolu de redevenir elle-même.

– Aujourd'hui, c'est le grand soir, s'exclama un beau jour Whitney en la retrouvant après son cours de littérature.

– Qu'est-ce qui se passe ? demanda Courtney en remarquant qu'il avait l'air un peu nerveux.

– Eh bien, heu, quelques-uns d'entre nous descendent en ville. Techniquement parlant, on n'est pas censés quitter le campus. Mais on a tous l'impression d'être prisonniers ici, alors on a décidé d'aller à ce restau, le Pizza Palace. Il a bonne réputation. Heu, tu veux venir ?

– Whitney ! s'exclama Courtney, moqueuse. Tu me demandes de sortir avec toi ?

– Heu, ben oui, si on veut, répondit-il nerveusement.

Courtney eut un sourire. S'il était si nerveux, c'est parce qu'il ne lui avait jamais officiellement demandé de sortir avec lui. Jusque-là, ils n'étaient que des amis. Mais maintenant, tout était différent. Ils redevenaient une fille et un garçon. Et tout ça pouvait déboucher sur un baiser. Ou plusieurs. Courtney avait vraiment, vraiment envie d'y aller.

– À quelle heure ? demanda-t-elle.

Whitney prit un air soulagé.

– Dix-huit heures, répondit-il. Un ami à moi a une voiture. On passera te prendre.

Les épaules de Courtney s'affaissèrent.

– J'ai un cours de dessin jusqu'à sept heures.

– Alors sèche-le !

– Je ne peux pas ! On doit rencontrer un artiste, et c'est important. Mais je peux te rejoindre après. La ville est à, quoi, quatre, cinq kilomètres ? Je peux les faire à vélo. Il fera encore jour. Et pour le retour, on pourra mettre mon vélo dans le coffre de la voiture.

– Super ! répondit Whitney. Le restau s'appelle…

– Le Pizza Palace, je sais, coupa Courtney. Tu me l'as dit.

– C'est vrai, fit-il en riant. Tu ne peux pas le rater : c'est la seule pizzeria du bled.

– J'ai hâte d'y être, répondit Courtney.

Et c'était vrai. Elle était si enthousiaste qu'elle avait envie de danser. Ou chanter. Mais l'un et l'autre étaient hors de question. Elle fit donc quelque chose d'un peu plus approprié.

Elle passa un coup de fil à Mark.

Mark Dimond avait du travail. Il gravait un grand trophée argenté pour une coupe nautique locale. Il était si nerveux que ses mains en tremblaient. Pas l'idéal pour un graveur. En général, il travaillait sur des plaques de bronze qu'on collait sur des socles de trophées. S'il en ratait une, ce n'était pas bien grave. Elles ne coûtaient pas grand-chose. Mais cette coupe d'argent valait plus que ce qu'il gagnerait durant tout cet été. Un coup de ciseau raté et il n'aurait plus qu'à changer de nom et d'État. Il en suait sang et eau. Il allait poser la pointe de son ciseau sur la surface lisse… lorsque son téléphone se mit à sonner dans sa poche.

De surprise, il fit un saut de carpe. Heureusement qu'il ne s'était pas encore mis au travail. Il inspira profondément, puis se demanda quelle était cette valse électronique résonnant dans sa poche. Mark ne recevait jamais d'appels sur son portable. Il ne s'en servait qu'en cas d'urgence et pour lire l'heure. Il sonna une nouvelle fois avant que Mark ne comprenne de quoi il s'agissait. Il tira l'engin de sa poche et l'ouvrit.

– Allô ?

– Salut, c'est Courtney.

– C-C-Courtney ? Courtney Chetwynde ?

Il était encore plus surpris d'entendre sa voix.

– Ben oui, gros malin, répondit Courtney en riant. Combien de Courtney ont ton numéro de portable ?

– Ça fait plaisir de t'entendre ! Où es-tu ?

– Dans une école, à Berkshire. Elle s'appelle Stansfield. Ça fait un mois que j'y suis.

– Oh, un cours privé ! Ça ressemble plutôt à ce que je ferais, *moi* !

Tous deux éclatèrent de rire.

– En fait, ce n'est pas mal du tout, reprit Courtney. Je ne suis que trois cours, dont un de dessin. Par contre, l'algèbre-trigo, c'est mortel.

– Tu as pris algèbre-trigo ? Tu veux un coup de main ?

– Oui, fit-elle.

Ils rirent à nouveau. C'était bien agréable.

– Alors, heu, comment tu vas ?

Une question bien innocente, mais dont ils connaissaient les implications.

– Ça va. Vraiment. C'est pour ça que je t'appelle. On a beaucoup de choses à se dire, mais pas avant qu'on se retrouve. Je voulais juste que tu saches que j'avais eu raison de venir ici. J'ai repris du poil de la bête.

– Heureux de l'apprendre, Courtney.

– Je pense beaucoup moins à… ce qui me prenait la tête. Et c'est très bien comme ça.

Mark ne répondit pas. Il voyait ce qu'elle voulait dire.

– Ça me fait drôle de te le dire, reprit Courtney, mais j'ai rencontré quelqu'un.

– Ben, oui, je me doute que tu n'es pas là-bas toute seule !

Courtney eut un petit rire.

– Mais non, idiot. Je veux dire un garçon.

– Oh. Un garçon, hein ?

– Ouaip. Il s'appelle Whitney.

– Whitney ? On dirait un nom tiré d'un mauvais feuilleton télé.

– Et ce n'est pas tout, reprit Courtney en riant. Son nom complet est Whitney Wilcox.

– Tu te fiches de moi, c'est ça ?

– Malheureusement, non. Mais il est sympa. On, heu, on a rendez-vous ce soir. Dans une pizzeria.

Mark ne savait trop comment réagir. Ça lui faisait bizarre d'entendre que Courtney appréciait un autre que Bobby, mais après avoir lu ce que ce même Bobby ressentait pour Loor, c'était peut-être mieux ainsi. Mais bien sûr, il ne pouvait pas le lui dire.

– Je voulais t'en parler, reprit Courtney. Je ne sais pas vraiment pourquoi.

– Je suis content que tu l'aies fait.

Il y eut un long silence. Puis Courtney le rompit :

– Tu m'en veux ?

– T'en vouloir ? Oh, non ! s'empressa-t-il de répondre. C'est super que tu aies rencontré quelqu'un.

– Non, enfin… pour tout le reste.

– Je ne t'en veux pas, Courtney ! Enfin, voyons !

– Franchement ?

– Oui ! On a encore beaucoup à faire. Notre devoir.

– Merci, j'avais besoin d'entendre ça. (Il y eut encore une longue pause, puis Courtney reprit): Désolée de t'avoir planté là sans crier gare. C'était pas sympa.

– Ce n'est rien. Tout va bien.

– Et pourtant, je ne suis pas vraiment fière de moi. Mais si tu avais vu l'état dans lequel j'étais, tu comprendrais que je ne pouvais pas faire autrement.

– Je le sais déjà. Je le sens à ta voix. J'ai hâte de t'en parler face à face.

Mark savait qu'il restait encore une question, et il espérait bien qu'elle ne la poserait pas.

Ses espoirs furent déçus.

– Donc, heu, est-ce que… tu as reçu…

– Non, s'empressa-t-il de répondre.

Il savait ce qu'elle allait demander. S'il avait reçu un nouveau journal. Il ne voulait pas le lui dire. Si Courtney tentait de se remettre les idées en place, elle n'avait pas besoin d'entendre que Bobby allait se fourrer au beau milieu d'une guerre tribale et qu'il était tombé amoureux de Loor – même si elle-même avait trouvé quelqu'un d'autre. Tôt ou tard, il devrait bien lâcher le morceau, mais ce n'était pas le bon moment.

– R-r-rien de nouveau, ajouta-t-il.

Mark fit la grimace. Il aurait dû s'en tenir au « non ». Courtney remarquerait certainement son bégaiement, signe qu'il était nerveux.

– Oh, d'accord.

Mark sentit son hésitation. Quelque chose dans sa voix lui fit comprendre qu'elle n'était pas dupe.

– Quand rentres-tu? demanda-t-il afin de changer de sujet.

– Dans quinze jours. À ce moment-là, on pourra discuter, d'accord?

– J'ai hâte de te revoir, dit-il, soulagé qu'elle n'insiste pas.

– Tu me manques, Mark. Même si tu es un crétin.

– Merci bien ! répondit-il en riant.

– On se prendra des frites au Garden Poultry et on rattrapera le temps perdu, d'accord?

– Adjugé, vendu. Prends soin de toi, Courtney.

– À plus, Pollux !

Elle coupa la communication. Mark eut un sourire. «À plus, Pollux» ? Courtney semblait aller mieux. Comme au bon vieux temps. C'était bizarre de penser qu'elle sortait avec un autre, mais il semblait avoir un bon effet sur elle. Il n'aimait pas devoir être le seul à porter le poids des journaux de Bobby, mais si cela aidait Courtney à se remettre, ça en valait la peine. Il referma le téléphone d'un coup de pouce et le remit dans sa poche. Il avait l'impression que l'avenir était un peu plus dégagé. Maintenant, s'il arrivait à finir cette fichue coupe…

Son téléphone sonna à nouveau.

Qu'est-ce qui se passait ? Pourquoi était-il si populaire, tout à coup ? Il retira son téléphone de sa poche, l'ouvrit et dit :

– Courtney ?

– Courtney ? fit une voix grave et masculine, d'un ton moqueur. J'ai l'air de m'appeler Courtney ?

– Mitchell ? fit Mark, incrédule. Comment tu as dégoté **ce** numéro ?

– Qu'est-ce **que** ça peut faire ? Par quelqu'un de Sci-Clops. On est membres tous les deux, je te rappelle.

– Ouais. Qu'est-ce que tu veux ?

– J'ai des emmerdes, Dimond. Faut que tu m'aides, et fissa.

Seconde Terre
(suite)

Mme Dimond, la mère de Mark, le conduisit jusqu'à une petite allée solitaire au beau milieu de Stony Brook. Mark connaissait bien ce bout de route: lorsqu'il livrait des journaux, elle faisait partie de sa tournée. Et là, à l'intersection entre Riversville Road et Carroll Street, ils trouvèrent ce qu'ils cherchaient. C'était un vieux break des années 1970 avec de faux panneaux de bois sur les flancs. Andy Mitchell était là, assis sur le capot à fumer une cigarette. Lorsqu'il vit arriver la voiture de Dimond, il s'empressa d'écraser son mégot.

Mme Dimond regarda Mitchell comme s'il était un pestiféré et dit à Mark:

— Tu es sûre que ça ira?

Mme Dimond était loin d'être bête, et ce type ne lui inspirait pas confiance.

— Oui, c'est un ami. Il est aussi membre de Sci-Clops.

— Cet homme des cavernes fait partie de Sci-Clops? demanda Mme Dimond, incrédule.

— Incroyable mais vrai, répondit Mark en souriant. Merci, m'man. Il me ramènera.

Mark descendit de voiture, alla ouvrir la portière arrière et en tira un jerrycan. C'était le grand problème d'Andy: il était tombé en panne d'essence.

— Merci, m'dame! lança Andy avec toute la politesse dont il était capable. Vous me sauvez la vie.

183

Mme Dimond lui sourit et lui fit un signe de la main, puis s'apprêta à s'en retourner, mais non sans décocher à Mark un ultime regard signifiant: «Tu sais vraiment ce que tu fais?» Mark lui fit un petit geste évasif. Elle n'avait pas à s'inquiéter.

– Merci, Dimond, dit Mitchell en prenant le jerrycan. C'est super.

Il avait l'air sincère. Mitchell alla à l'arrière de sa guimbarde et se mit à verser l'essence dans le réservoir.

– Comment as-tu pu tomber en panne? demanda Mark.

– La jauge est cassée. Quand j'fais le plein, je remets le compteur journalier à zéro, ça m'dit combien de kilomètres je peux faire avant le prochain plein.

– Et là, qu'est-ce qui s'est passé?

– Le compteur est tombé en panne. Tu parles d'un tas de ferraille.

Mark dut se retenir d'éclater de rire. Mitchell était vraiment un demeuré.

– On m'a appelé pour que j'livre un truc en urgence. Et vite, en plus. J'ai ramassé les fleurs, et hop! me v'là parti. Jusqu'ici. Tu me sauves la vie, mon gars.

– Qu'est-ce qu'il y a de si important? demanda Mark. Ce ne sont que des fleurs.

– Le client est une grosse légume. Un PDG ou kèk'chose comme ça. Ils ont une sorte de réunion à sept heures ce soir, et ils veulent avoir des fleurs sur leur table. À la dernière minute. Ils s'en foutent, ils ont les moyens, tu vois? Mais si j'les livre pas à temps, ils nous passeront plus jamais de commande. Ces types font pas de cadeau. Une simple erreur et t'es fini. Mon oncle est comme ça. Si j'assure pas, il me virera. Et j'ai besoin de ce taf.

– Alors pourquoi tu n'as pas appelé ton oncle? Il aurait pu t'aider.

– Ben voyons, répondit Mark, sarcastique. Pour qu'il sache que je suis un gros nul? Je suis peut-être pas très malin, mais je suis pas complètement crétin.

Mark en resta bouche bée. Mitchell ne pratiquait pas vraiment l'autocritique. Décidément, cette journée lui réservait bien des surprises. Mitchell vida le jerrycan et revissa le bouchon.

– Quelle heure il est ? demanda-t-il.

Mark consulta son téléphone.

– Six heures cinq. Tu as tout le temps.

– Allons-y ! s'écria Mitchell en sautant dans sa voiture.

« Sauta » n'était pas une clause de style, puisque la portière du côté conducteur refusait de s'ouvrir. Il dut se glisser par la fenêtre.

La conférence se tenait non loin de l'endroit où Andy était tombé en panne, dans un country-club huppé. Mitchell conduisait, Mark se tenait sur le siège passager. Deux choses le tracassaient. D'abord, il avait du mal à croire qu'il était venu aider son pire ennemi. Ensuite, il redoutait que le siège de vinyle collant soit infecté par les bactéries qu'Andy devait certainement colporter. Et l'habitacle puait comme la mort. Heureusement que l'odeur doucereuse des fleurs posées à l'arrière couvrait quelque peu ce relent putride. Il redoutait le moment où celles-ci atteindraient leur destination. Ensuite, eh bien, le trajet jusque chez lui s'annonçait bien long…

– Alors, pourquoi moi ? demanda Mark.

– Comment ça ?

– Pourquoi tu m'as appelé, *moi* ?

– On est de Sci-Clops. Faut se serrer les coudes, non ?

– En fait, non, reprit Mark. C'est un club scientifique, pas les boy-scouts. Pourquoi tu m'as appelé ? Tu ne peux pas me sentir.

Mitchell ne répondit pas tout de suite. D'abord, Mark crut que cet imbécile avait oublié la question.

– J'ai pas tant d'amis que ça, finit par dire Mitchell. Je sais, c'est dur à avaler, mais c'est vrai.

– Je te crois sur parole, répondit Dimond.

Mitchell lui jeta un regard noir, mais préféra laisser tomber. Il se contenta de hausser les épaules.

– D'accord, c'est tout ce que je mérite. Je t'ai bien pourri la vie.

– Pourri la vie ? répéta Mark, incrédule. Ça fait des années que tu m'enquiquines. Tu m'as frappé. Tu te souviens du nombre de fois où tu m'as fauché l'argent de mon déjeuner ? Pas moi. Tu m'as frappé. Tu as cambriolé ma maison. Tu m'as refrappé. Je dois continuer ?

— D'accord, d'accord, je plaide coupable. Que veux-tu que je te dise ?

— Rien. Tu es un crétin. Point final.

Mark se sentait audacieux. Depuis quelque temps, il n'avait plus peur d'Andy Mitchell. Lorsqu'il avait réalisé à quel point ce type était atrophié du cervelet, il avait cessé de le craindre. Et pourtant, lorsqu'il avait dû constater qu'il avait la bosse des maths, il s'était mis à l'envier. C'était vraiment n'importe quoi.

— Si ça peut t'aider, reprit Mitchell, tu n'es pas le seul que j'aie embêté.

— Oh, formidable, si tu savais comme je me sens mieux ! fit Mark, sarcastique.

— Hé, c'est toi qu'as abordé le sujet !

— C'est vrai. Continue.

— Au cas où tu ne l'as pas remarqué, je suis pas vraiment le nouvel Empstein.

— Oui, j'avais remarqué.

Mark leva les yeux au ciel. Il n'était même pas fichu de citer ce nom correctement.

— Mais c'est pour tout ce qui a à voir avec les mots, parler, tout ça. Ce qu'il y a, c'est que mon truc, c'est les nombres. Là, j'suis bon.

Mark n'allait pas prétendre le contraire. Il l'avait vu à l'œuvre. En effet, il était plus que bon.

— Ce n'était pas si évident quand j'étais gamin. Là, j'étais vraiment mal barré. La moitié des gosses me cassait les pieds parce que j'avais l'air d'un idiot. L'autre moitié me trouvait trop intello. J'étais trop malin pour traîner avec les durs et trop crétin pour fréquenter les cerveaux. Au bout d'un moment, ça commence à te peser. Quand y a pas de place pour toi nulle part.

Mark savait ce que c'était. Oh, que oui. Il était même un expert en la matière.

— Alors j'ai dû me faire, j'sais pas, une carapace. Je laissais personne approcher. J'évitais de m'ouvrir pour pas le

186

regretter, et j'attendais rien de personne. J'avais pas vraiment le choix. C'était ça ou me cacher sous mon lit toute ma vie. Mais j'étais dur. Et en rogne, tout le temps. J'ai dû me défouler sur pas mal de gens, toi compris.

– Surtout moi.

– Ouais, si tu le dis. Puis je suis allé traîner avec les forts **en** maths du lycée, et ils ont trouvé que j'avais des idées plutôt pas mal. Ils m'ont encouragé, tu vois? J'ai pas vraiment l'habitude. C'est comme ça que j'ai rejoint Sci-Clops et… hé, j'vais pas te faire des confidences, mais pour une fois, j'suis assez content de ce qui m'arrive. Enfin, la plupart du temps.

Mark ne dit rien. Un instant, il avait vraiment cru qu'Andy allait se mettre à pleurer. C'était bizarre. Pour la première fois de sa vie, il considérait Andy Mitchell comme un être humain et non une brute de dessin animé. Et il ne savait trop qu'en penser. Sa vie était déjà assez compliquée comme ça. Devoir mettre Andy Mitchell sur la liste des bons était vraiment surréaliste. Heureusement, leur conversation se termina là, car ils étaient arrivés au country-club de Burning Hill.

– On y est! lança Mark pour rompre la tension.

Andy arrêta sa voiture devant un grand portail de pierre.

– Ça m'a l'air bien silencieux, observa Mark.

– Et sombre, reprit Andy. Quelle heure il est?

– Six heures et demie, répondit Mark. Si la conférence est dans une demi-heure, il doit bien y avoir quelqu'un!

Mark et Andy descendirent de voiture et firent les quelques pas qui les séparaient de la porte. Mitchell tenta de tourner la poignée. C'était fermé à clé.

– Qu'est-ce qui se passe? fit Mitchell, surpris.

Mark regarda de l'autre côté de la vitre.

– Il y a un grand tableau avec le programme. Comment s'appelle cette boîte?

Mitchell tira une feuille de papier de sa poche, la déplia et lut:

– Praxis & associés.

– Je la vois. Praxis & associés. Sept heures.

– Et voilà! s'écria Mitchell. Dans une demi-heure.

Mark regarda une fois de plus le panneau.

– Euh, en fait, c'est dans douze heures et demie.

– Quoi ? brailla Mitchell.

– D'après le panneau, c'est une réunion au petit déjeuner.

Mitchell jeta un coup d'œil à sa commande, la relit et s'exclama :

– Que dalle ! C'est écrit là ! Praxis & associés, sept heures.

Mark prit à son tour la feuille et la lut.

– Ouaip, sept heures. Sept heures du matin. Pas dix-neuf heures. Le rendez-vous est pour demain matin.

Mitchell fixa la page d'un regard vide. Puis il bondit vers la porte et regarda à l'intérieur.

– Doit y avoir erreur.

– Oui, pas de doute là-dessus.

Mitchell se cogna le front contre le verre. Il venait enfin de réaliser son erreur.

– Les fleurs tiendront jusqu'à demain ? demanda Mark.

– Ouais, fit Mitchell, l'air complètement abattu. J'suis vraiment trop con. Viens, j'te ramène chez toi.

Ils ne se dirent pas grand-chose sur le chemin du retour. Mitchell était trop gêné et Mark pas assez sadique pour enfoncer le clou. Une fois chez Mark, il descendit de voiture et récupéra son jerrycan.

– Quelle journée... intéressante, remarqua-t-il.

– Écoute, Dimond, fit Mitchell, j'te remercie. Je sais ce que tu penses de moi, et du coup, c'est d'autant plus sympa d'avoir fait c'que t'as fait.

– Hé, on est de Sci-Clops ! Faut se serrer les coudes, non ?

Mitchell éclata de rire.

– Ouais, c'est vrai. Je l'oublierai pas, d'accord ? Si un jour t'as besoin d'un coup de main, t'as qu'à demander.

– D'accord, heu, Andy. Bonsoir.

– Salut.

Mitchell appuya sur le champignon. La voiture émit un rot et s'en alla, laissant Mark planté sur le trottoir devant chez lui. Drôle de conclusion pour une drôle de journée. Mark se demanda ce que l'avenir lui réservait comme surprises concernant l'étrange saga d'Andy Mitchell.

188

Courtney avait l'impression que sa journée commençait à peine. Depuis que Whitney lui avait demandé de descendre en ville, elle n'avait cessé de compter les minutes qui la séparaient de l'heure fatidique. Le temps s'étira à l'infini jusqu'à son cours de dessin. Elle resta là, à écouter leur invité disserter sur la difficulté de dessiner une main humaine. Distraite comme elle l'était, le sujet était aussi passionnant que l'algèbre-trigo. Et pourtant, elle se refusait de sécher les cours. Quoique, le résultat aurait été le même. Elle n'avait pas la tête à ça. Elle ne pensait qu'à Whitney et à ce que la nuit lui réservait.

Lorsqu'il fut enfin 19 heures, la plupart des étudiants restèrent un peu pour bombarder l'artiste de questions. L'écho de la cloche résonnait encore que Courtney était déjà sortie. Afin de gagner du temps, elle était venue en cours à vélo. Du coup, elle devrait emmener son sac à dos et ses livres à la pizzéria, mais c'était toujours mieux que de perdre du temps à aller les déposer dans sa chambre. Elle s'empressa de retirer l'antivol de son VTT, resserra les lanières de son sac et se mit à pédaler avec entrain, direction la grand-route.

L'académie de Stansfield se trouvait dans une zone rurale des Berkshires, à quelques kilomètres de la petite ville de Derby Falls. Courtney savait cela depuis la première fois où elle était venue visiter Stansfield avec ses parents. La route séparant l'école de Derby Falls était une belle départementale sinuant le long des contreforts des montagnes, traversant une dense forêt de pins pour émerger de l'autre côté vers la ville. Courtney voulait arriver le plus vite possible, mais cela ne l'empêchait pas de profiter de la beauté du paysage.

Le soleil se couchait, et l'ombre des pins s'allongeait sur la route. Les rayons ambrés brillaient entre les arbres, lui donnant l'impression de passer dans un stroboscope. Elle traversa une colline où des vaches noire et blanche paissaient paisiblement. Il y avait quelques étals de fermiers le long de la route où l'on pouvait acheter du maïs grillé ou des tomates fraîchement cueillies, et ils fermaient boutique à cette heure tardive. Les oiseaux étaient de sortie. Courtney les entendait gazouiller dans les arbres. Elle vit même quelques lucioles au milieu des taillis. Ce spectacle était vraiment idyllique. Courtney se promit de le parcourir à nouveau, un dimanche peut-être, lorsqu'elle serait moins pressée par le temps. Et peut-être pourrait-elle convaincre Whitney de venir avec elle. Décidément, elle commençait à voir la vie du bon côté.

La route montait alors pour sinuer à flanc de montagne. Courtney était en bonne forme, mais cela faisait un sacré raidillon. Elle risquait de sentir la sueur. Soudain, elle se dit que traîner avec elle tous ces bouquins n'était pas une si bonne idée. Mais il était trop tard pour retourner les déposer.

La montée se fit encore plus rude, puis vira sur la gauche. Courtney ne se souvenait pas que la pente était si raide. Bien sûr, elle ne l'avait parcourue qu'en voiture. Elle passa le virage et remarqua que la route continuait à flanc de montagne. Elle ne voyait pas le sommet, mais il devait se trouver après le prochain virage.

C'est à ce moment qu'elle entendit la voiture.

Elle respirait si fort qu'elle ne perçut pas le bruit tout de suite, mais le grondement du moteur ne cessa de croître. Pas de doute possible, une voiture s'approchait derrière elle – et vite. Elle jeta un coup d'œil derrière, mais le véhicule n'avait pas encore atteint le dernier virage. À l'allure où il devait rouler, il serait bientôt sur elle. Comme la route était assez étroite, elle pensa s'arrêter sur le bas-côté pour la laisser passer, mais elle n'avait pas envie de faire un effort supplémentaire pour se remettre en chemin, surtout sur une pente aussi raide. Le conducteur la verrait bien assez tôt pour l'éviter. Elle se mit en danseuse et pédala encore plus fort dans l'espoir d'atteindre le sommet avant la voiture.

Celle-ci venait de passer le virage dans un grand rugissement de moteur. Une pensée assez angoissante traversa l'esprit de Courtney: et si c'était cette mystérieuse limousine noire? Cela faisait des jours qu'elle lui était sortie de la tête. Son cœur, qui battait déjà la chamade suite à l'effort, s'accéléra encore. Plus que jamais, elle voulait arriver au sommet de la colline.

Le rugissement du moteur s'amplifia. Elle décida de descendre de son vélo, mais la corniche était trop étroite et s'ouvrait sur une paroi verticale. Si le conducteur avait dans l'intention de l'écraser, il avait choisi l'endroit idéal pour ça.

Quelques secondes plus tard, la voiture était sur elle. Courtney ferma les yeux en attendant l'impact. Elle serra les dents, se crispa et... l'engin la dépassa. Il dut la frôler, car elle sentit l'appel d'air de son passage. Elle ouvrit les yeux: c'était un monospace rempli de gamins, probablement conduit par leur mère. La femme tenta de s'écarter de Courtney, mais la voie était étroite, et la manœuvre était périlleuse: si un autre véhicule passait le virage, il risquait de les percuter.

Courtney leva les yeux: les gamins se massaient contre la vitre arrière et lui faisaient des signes de la main. Courtney sourit et leur rendit leur salut. Elle était épuisée, mais soulagée. Elle rit de son accès de paranoïa. La limousine noire! Ben voyons. Maintenant, il ne lui restait plus qu'à atteindre le sommet et son calvaire toucherait à sa fin. Le monospace disparut de l'autre côté du virage. Courtney baissa la tête et se prépara à l'ultime effort. Le rugissement du moteur résonna entre les parois montagneuses.

C'est pour ça qu'elle n'entendit pas la voiture venant de l'autre côté.

Courtney rabattit une vitesse, appuya sur les pédales et leva les yeux à temps pour voir la limousine noire qui fonçait droit sur elle. Ce conducteur-là se souciait peu de rester de son côté de la route: il roulait sur la bande blanche, prêt à la faucher. Elle ne pouvait rien faire, sinon tenter de l'éviter. Courtney braqua son guidon sur la droite, vers le bas-côté. Elle n'était pas encore sortie de la route que la limousine heurtait la roue de la bicyclette. Elle entendit un grincement de freins et un crissement de pneus. Le conducteur se fichait pas mal de renverser Courtney, mais ne voulait pas non plus finir dans le ravin.

La force de l'impact avait renversé Courtney avec une telle violence qu'elle ne put contrôler sa chute. Le poids des livres dans son sac à dos n'arrangeait rien. Avant de toucher le sol, elle eut une brève pensée: «Pourquoi n'ai-je pas mis mon casque?»

Son épaule percuta un arbre si brutalement que sa tête fut rejetée en arrière. Puis son autre épaule entra en contact avec le sol. La pente était si raide qu'elle continua sa chute, roulant sur elle-même comme une poupée désarticulée, se cognant contre des arbres et des rochers. Puis elle heurta un dernier tronc qui arrêta sa course folle. Quelques secondes plus tard, son vélo s'abattait sur ses jambes.

Courtney resta là, sous le choc. Elle ne savait pas si elle était blessée, si elle saignait, ou si elle allait mourir. Elle ne ressentait aucune douleur. Elle avait l'impression d'être en train de rêver, à moitié éveillée, mais incapable de bouger.

Elle ouvrit les yeux pour voir qu'elle gisait loin de la route. Même si elle arrivait à bouger, elle se sentait incapable de regrimper la pente. Pire, elle craignait que personne ne la voie, et la nuit ne tarderait pas à tomber. Elle bougea les yeux pour mieux voir l'endroit où elle se trouvait... et son cœur loupa un battement.

Là, garée au bord de la route, elle vit la limousine noire. Ses phares étaient allumés. Derrière les deux orbes lumineux, la calandre chromée lui souriait. La portière du conducteur s'ouvrit. Elle allait enfin découvrir le monstre qui l'avait fait sortir de la route. Qui pouvait-il être? Le conducteur s'avança pour se tenir dans le faisceau des phares. On aurait dit qu'il voulait que Courtney le voie. D'abord, Courtney ne comprit rien à ce que ses yeux lui transmettaient. Ça ne rimait à rien. Car, sur le talus de la route, lui apparut... Whitney.

Le jeune athlète blond se tenait là, dans la lumière des phares, les mains sur les hanches, à dévisager Courtney. Celle-ci ressentit une bouffée d'espoir. C'était Whitney! Tout ça n'était qu'un accident! La voiture devait appartenir à un de ses amis. Il s'était inquiété pour elle et lui avait emprunté la limousine pour aller la trouver. Ce n'était qu'un terrible coup de malchance, d'une ironie amère. Il le fallait. Elle était sauvée. Elle n'aurait pas à passer la nuit dans la forêt. Courtney était sûre que tout allait bien se passer – du moins jusqu'à ce que Whitney lui parle.

– Ce que je donne, je le reprends, dit-il d'un air arrogant. Vous autres gens de Seconde Terre êtes si faciles à contrôler. J'espérais que ce serait un peu plus intéressant, mais malheureusement non. Je passerai tes meilleurs sentiments à Pendragon... Corwind.

Sur ce, il éclata de rire. Un rire horrible, grinçant, qui gela jusqu'à l'âme de Courtney. Ce qu'elle vit ensuite faillit court-circuiter son cerveau. Le corps de Whitney se changea en une ombre liquide. La forme plana dans l'air, puis devint un immense oiseau noir. D'un coup d'aile, il prit de l'altitude et s'en alla, abandonnant Courtney à une mort certaine.

Son esprit chutait dans le néant. Elle ne tarderait pas à perdre conscience. Tout était fini. Elle avait perdu la partie. C'était le défi le plus important de toute son existence, et elle avait échoué.

Courtney n'aimait pas perdre. À travers toutes les épreuves qu'elle avait affrontées, c'était une constante. Quoi qu'il arrive, elle refusait de s'avouer vaincue. Ce n'était pas dans sa nature. Alors qu'elle gisait là, au milieu des arbres, blessée et à peine consciente, elle se concentra pour bouger sa main. Un centimètre. Deux. Elle savait que si elle était mal tombée et que sa main était coincée sous son corps, ses efforts seraient futiles. Mais non: elle put progresser, ses doigts rampant comme les pattes d'une araignée, jusqu'au téléphone cellulaire glissé dans sa ceinture. Par miracle, il n'avait pas souffert de la chute. Courtney ne le voyait pas, mais sentait les touches. Elle n'avait pas une chance de pouvoir composer un numéro, même celui de police secours. Elle sentait sa conscience lui échapper. Elle lutta pour ne pas sombrer. Sa seule chance était d'utiliser la mémoire. Elle palpa les touches jusqu'à ce qu'elle trouve le 1. Courtney appuya dessus, usant de toute sa volonté et sa concentration pour rester consciente.

Mark Dimond finit de dîner, fit la vaisselle et se traîna dans sa chambre. Il comptait surfer un brin sur Internet, regarder un film à la télévision et se mettre au lit. Mais à peine était-il rentré dans sa chambre qu'il comprit que sa soirée allait prendre un tour bien différent.

Son anneau se mit à tressauter.

Soudain, sa fatigue s'évapora sous l'effet de l'adrénaline. Mark s'empressa de fermer sa porte à clé et posa l'anneau sur le sol. Le son et la lumière commençaient déjà. Dans quelques instants, il recevrait le nouveau journal de Bobby. Ce soir, il se passerait de télé. Il était temps de retourner sur Zadaa.

Mark ne vit pas que sur son bureau, un autre genre de message l'attendait. Son téléphone cellulaire clignotait, mais il n'y prêtait aucune attention : personne ne l'appelait jamais sur celui-ci. Et maintenant qu'il recevait un nouveau journal, il ne risquait pas d'y penser. Il ne s'intéressait qu'à ce qui allait arriver par son anneau. S'il avait regardé son téléphone, il aurait remarqué qu'une inscription s'y affichait.

VOUS AVEZ UN MESSAGE.

Mais il ne vit rien.

Journal n° 22

ZADAA

La guerre.

C'est un petit mot innocent pour décrire quelque chose qui n'est ni petit, ni innocent. Pourquoi ? Ce devrait être un terme plus long. Toute une phrase. Qu'importe. Je suis là, au plus profond du territoire rokador, et j'attends que ça commence. Ou que ça se termine, selon le point de vue où l'on se place. Toutes nos pires craintes se sont réalisées. Les Batus sont sur le point de passer à l'attaque. L'assassinat de Pelle a Zinj l'a rendue inévitable. Tous nos espoirs de rétablir la paix entre les deux tribus sont morts avec lui. Il ne reste plus qu'à deviner quand ça va exploser.

Maintenant, on en sait bien plus sur ce qui s'est passé. On sait ce que Saint Dane manigançait sur Zadaa. Tout. Comme je m'en doutais, il a fomenté l'assassinat de Pelle a Zinj. Si Pelle avait vécu, il aurait eu des chances d'éviter la guerre. Voilà qui aurait contrarié le plan de Saint Dane. Il lui fallait se débarrasser de Pelle, et il s'est trouvé un Rokador influençable pour s'en occuper. Comme toujours. Il ne fait jamais lui-même le sale boulot. Il force toujours les gens des autres territoires à se faire du mal entre eux.

Mais ce n'était que le début de son plan pour détruire Zadaa. Au moment où je vous écris ce journal, j'ai bien peur qu'il ne l'emporte. Je ne vois pas comment je peux l'en empêcher. Les événements qui vont suivre changeront de façon irréversible l'histoire de Zadaa. Et pas pour le mieux, je vous l'assure.

Je vais vous raconter tout ce qui s'est passé depuis la mort de Pelle. Tout ce qui a mené Zaada au bord du désastre. Tandis que je suis là, loin sous la surface de la terre, je ne peux m'empêcher de me demander si je reverrai un jour la lumière du soleil. N'importe quel soleil.

Tout ça ne manque pas d'ironie. En jouant sur les événements pour entraîner la mort de Pelle, Saint Dane a poussé les tribus sur le chemin de la guerre. Néanmoins, c'est un événement qu'il ne pouvait certainement pas contrôler qui a allumé la mèche.

Il s'est mis à pleuvoir.

— Ne t'arrête pas, m'a ordonné Loor alors qu'on fendait la foule qui continuait de suivre la parade vers le palais de Zinj.

Ces gens ne savaient pas que leur joie se transformerait bientôt en malheur. Ils découvriraient vite que leur chef bien-aimé venait d'être assassiné. C'était assez déprimant de savoir que tous ces fêtards riant aux éclats sombreraient bientôt dans le désespoir.

Soudain, les gens ont arrêté d'avancer. Ils se massaient vers le palais, et la foule était si dense qu'on avait du mal à se frayer un chemin. Et tout à coup, le flot s'est interrompu. Curieusement, un par un, leurs regards se sont tournés vers le ciel. La musique tonitruante et les rires se sont tus. Un silence presque surnaturel est retombé sur la foule. Loor et moi ne pensions qu'à regagner son appartement et n'avions pas fait attention à ce qui se passait. Ce qui a changé quand on a entendu quelqu'un crier :

— Regardez !

On s'est arrêtés net, on s'est regardés, puis on a levé les yeux. Le plus surprenant n'a pas été ce qu'on a vu, mais ce qu'on n'a *pas* vu.

Il n'y avait pas une seule étoile.

— C'est impossible, ai-je dit, stupéfait.

Loor m'a chuchoté :

— Des nuages.

Un peu plus tard, le ciel s'est déversé sur nous. Ça n'a pas été qu'une petite pluie, mais une vraie tempête. Un déluge. Pendant un moment de flottement, personne n'a réagi. Je pense qu'ils n'arrivaient pas à y croire. Mais ça n'a pas duré. Il y a eu un cri de joie, puis un autre, et un autre encore. En quelques secondes, toute la foule a explosé. La parade n'était qu'un échauffement. Des éclairs ont strié le ciel, suivis par un grondement de tonnerre à faire trembler le sol. Et la foule s'en est régalée. Ils se sont étreints, ils ont hurlé de joie. Visiblement, ils étaient tous amis. Je me suis fait cramponner et embrasser par plusieurs femmes batus. Ces gens faisaient la fête comme si leur terrible cauchemar était enfin terminé.

– Alors, c'est tout ? ai-je hurlé à Loor par-dessus le fracas de la foule. Ça peut vraiment se finir comme ça, si facilement ?

Loor a tenté de répondre, mais il était impossible de s'entendre. Elle m'a fait signe de la suivre, et on s'est éloignés de la foule pour trouver un coin tranquille.

– Je ne sais pas, a répondu Loor. J'imagine que ça dépend de la quantité de pluie qui tombe.

Je suis sorti du porche où on s'était abrités pour sentir dégouliner cette pluie miraculeuse sur mon visage.

– C'est incroyable ! ai-je dit. Ce serait formidable si un simple changement de météo suffisait à déjouer les plans de Saint Dane.

Loor ne partageait pas mon optimisme.

– N'oublie pas que Pelle a Zinj vient d'être assassiné. Par un Rokador. Même si la sécheresse touche à sa fin, ça n'améliorera pas les relations entre les tribus.

– C'est vrai, ai-je répondu. Saint Dane peut avoir commandité cet assassinat pour s'assurer que la guerre ait lieu même au cas où la sécheresse se termine.

– Il reste encore bien des points en suspens, a dit Loor. Je vais aller au poste de commandement des Ghees voir ce qu'ils pensent de tout ça.

– J'imagine qu'il vaut mieux que je ne t'accompagne pas.

– Tout juste. Va auprès d'Alder. Je reviendrai dès que j'en saurai davantage.

Avant qu'on se sépare, je l'ai longuement regardée. Même trempée, elle restait superbe. Plus encore, car la pluie faisait luire ses cheveux et briller ses yeux. Voilà une vision que je voulais enregistrer dans ma mémoire.

– Qu'est-ce qu'il y a ? a demandé Loor.

J'ai failli lui dire : « Je te trouve si belle ! » Mais je me suis abstenu. Ce n'était pas le bon moment. Ce moment viendrait-il un jour ?

— Rien, ai-je répondu. Fais attention.

— Toi aussi.

Elle a jailli du porche et a couru sous la pluie. Elle faisait de grandes enjambées, pataugeant dans les flaques naissantes, et n'a pas tardé à disparaître dans le lointain. Soudain, je me suis dit que je n'étais pas sûr de pouvoir retrouver le chemin de l'hôpital. Ce n'était pas le moment de me perdre ! En fait, après quelques erreurs, j'ai fini par y arriver. J'ai aussi pu m'aventurer dans les profondeurs du bâtiment et n'ai eu aucun mal à retrouver la salle où Alder se remettait de sa blessure. Il dormait déjà. Saangi était à son chevet. Lorsqu'elle m'a vu, son visage s'est illuminé.

— C'est vrai ? a-t-elle dit. Il pleut ?

— À ton avis ? ai-je répondu en tendant mes bras mouillés.

Saangi a touché ma manche humide comme si elle était en or massif. Elle a essoré le tissu pour en presser quelques gouttes qu'elle a portées à ses lèvres. Et alors elle a eu un sourire radieux, celui d'une jeune fille heureuse. C'était le premier que je voyais depuis que je la connaissais.

— Alors la guerre n'aura pas lieu ? a-t-elle demandé.

C'était bien la grande question. Ça ne m'enchantait pas de devoir lui dire ce qui était arrivé à Pelle, mais je n'avais pas le choix. Son sourire s'est vite fané. Son bref moment d'insouciance n'avait pas duré.

— La pluie n'a plus d'importance, a-t-elle dit froidement. Elle ne peut pas laver la haine. Je crains que la guerre n'éclate tout de même.

— C'est ce que Loor tente de découvrir, ai-je acquiescé.

J'ai jeté un coup d'œil à Alder. Il dormait paisiblement.

— Le docteur Nazsha pense qu'il va se remettre, a dit Saangi. Et maintenant, que fait-on ?

Je me suis assis sur l'une des chaises de pierre dure.

— On attend Loor.

J'ai fermé les yeux. Je n'avais plus envie de parler. Si nous devions attendre, autant en profiter pour dormir un peu. S'il y a une chose que j'aie apprise depuis que je suis Voyageur, c'est bien de ne jamais rater une occasion de faire un somme. Peu importe le moment de la journée ou le temps dont je disposais. Même quelques minutes suffisaient. J'ai fermé les yeux et tenté de faire le vide dans mon esprit. Ç'a marché. Je ne pourrais dire combien de temps j'ai dormi. Mais mon repos a immédiatement été interrompu quand j'ai ouvert les yeux. Là, dans l'entrée, se tenait la réponse à la grande question, à savoir s'il y aurait oui ou non une guerre. C'était Loor. Elle n'a rien dit ; c'était inutile. Rien qu'en la voyant, j'ai su ce qu'il en était.

Elle avait remis son armure.

Disparus la robe rouge, les bijoux et les bracelets. Elle avait rattaché ses cheveux et son casse-tête de bois était à nouveau accroché dans son dos. Elle était redevenue une guerrière.

– Habille-toi, m'a-t-elle dit.

Elle m'a tendu une pile de vêtements noirs. Mon armure ghee. La fête était officiellement terminée. Je l'ai endossée rapidement pendant que nous parlions.

– Qu'as-tu découvert ? a demandé Saangi.

Loor semblait perturbée.

– La pluie est venue du nord. Les éclaireurs la pistent depuis des heures. C'est une tempête assez importante, assez pour mettre fin à la sécheresse.

– À t'entendre, ai-je remarqué, on dirait que c'est une mauvaise nouvelle.

– Parce que l'eau disparaît, a répondu Loor. Certes, les bassins de la ville en récoltent une petite partie, mais ça ne durera pas. Les rivières d'en bas sont toujours à sec. Avec toute l'eau qui est tombée dans le nord, elles devraient se remettre à couler, mais non. Elles sont aussi sèches qu'hier.

– Donc, tu en conclus que les Rokadors la gardent pour eux ?

– Peu importe ce que je crois, a répondu Loor. C'est ce que disent les chefs ghees. Ils attendaient une bonne raison et ils l'ont trouvée. Maintenant que Pelle a Zinj est mort, il n'y a plus personne pour se mettre en travers de leur chemin.

– Hé, minute ! me suis-je écrié. Ce n'est qu'une tempête, non ? Ça ne prouve rien.

– Mais ce n'est pas tout, a repris Loor. L'ambassadeur rokador à Xhaxhu a disparu. On l'a vu se diriger vers les cavernes avec tout son personnel. Pourquoi s'en irait-il comme ça? Surtout maintenant que les Batus voient dans l'assassinat le fruit d'un complot rokador. Son devoir serait de contester ces accusations.

– À moins qu'il n'ait rien à dire pour sa défense, a remarqué Saangi.

– Bon, ai-je concédé, c'est vrai, ce n'est pas très engageant. Mais les Ghees doivent se calmer. La pluie peut continuer et…

– Ce n'est pas moi que tu dois convaincre, Pendragon, a interrompu Loor. Ce n'est pas moi qui m'apprête à descendre dans les souterrains.

Ma bouche s'est desséchée. Saangi lui a jeté un regard.

– Pardon? ai-je demandé.

– Les rebelles ont pris le commandement. Les Ghees qui restaient loyaux à Pelle pensent désormais que la guerre est inévitable. Ils se préparent à attaquer.

Le silence est retombé, le temps d'assimiler cette sinistre pensée. À présent, ceux qui accusaient les Rokadors de provoquer la sécheresse avaient un prétexte pour attaquer. Ceux qui restaient fidèles à la famille royale étaient assoiffés de vengeance. Les deux clans étaient désormais d'accord. La guerre était inévitable.

– Combien de temps reste-t-il? ai-je demandé.

– Je ne sais pas, a dit Loor. Quelques soleils peut-être. Ils sont loin d'être bêtes. Ils ne passeront à l'assaut que lorsqu'ils seront prêts.

– Et toi? ai-je demandé. Tu n'es pas censée être avec les Ghees?

– J'ai déserté, a-t-elle répondu sans la moindre trace d'émotion. S'ils me capturent, ils me pendront.

La tête me tournait. Tout se passait un peu trop vite.

– Tu penses toujours qu'on doit se rendre à Kidik? ai-je demandé.

– Plus que jamais. Il faut qu'on sache ce que Bokka y a trouvé.

– Crois-tu qu'il a découvert que les Rokadors provoquent bel et bien la sécheresse?

Loor y réfléchit un moment avant de répondre :

— Depuis le début, je me cramponnais à l'espoir que les Rokadors ne feraient rien pour nuire délibérément aux Batus. Et je continue de croire qu'ils n'agiraient pas de façon aussi stupide, à moins qu'il n'y ait d'autres influences en jeu.

— D'autres influences… comme celle de Saint Dane ?

Loor a hoché la tête.

— S'il est vrai que les Rokadors ont bel et bien provoqué cette sécheresse, c'est certainement parce que Saint Dane les a convaincus de le faire.

C'était si simple. Si les Rokadors avaient le pouvoir de rationner les eaux, il était logique que, d'une façon ou d'une autre, Saint Dane ait cherché à gagner leur confiance pour les pousser à agir ainsi. C'était typique de sa façon d'opérer. Il manipulait les gens des territoires pour qu'ils prennent des décisions aux conséquences désastreuses. Et à moins que les dernières paroles de Bokka ne se réfèrent à un autre Saint Dane, ce démon était bien là en bas. Pas de doutes, si nous avions encore une chance d'empêcher cette guerre, nous la trouverions à Kidik.

— Où est mon bâton ? ai-je demandé.

Loor a récupéré l'arme usagée derrière la porte. L'ancien casse-tête d'Osa. Elle ne l'avait pas oublié. Je l'ai soupesé et l'ai glissé dans son harnais. J'étais prêt.

— Ça ne sera pas une partie de plaisir, ai-je dit. Les Rokadors ne risquent pas de nous accueillir à bras ouverts.

— On arrivera à Kidik, a affirmé Loor. Aie confiance. Tu as eu les meilleurs instructeurs.

Je n'ai pu m'empêcher de sourire. L'assurance de Loor était contagieuse. Elle commençait à déteindre sur moi.

— Je le répète une fois de plus, dit Saangi, je devrais venir avec vous.

Loor s'est radoucie pour lui répondre :

— Saangi, j'aimerais sincèrement que ce soit possible. Mais tant qu'il sera ici, Alder restera en danger. Dès qu'il pourra marcher, tu devras le ramener au flume. Notre combat ne concerne pas que Zadaa, mais l'ensemble de Halla. Alder doit être là pour le mener.

Saangi a acquiescé. Ça ne la mettait pas en joie, mais elle comprenait.

– Ç'a été un honneur de te servir, a-t-elle dit à Loor.

– Je t'en serai éternellement reconnaissante.

– Hé, un instant ! ai-je coupé. À vous entendre, on dirait que c'est la dernière fois que vous vous voyez. Mais ce n'est pas le cas. On reviendra.

J'ai cru voir une larme se former dans l'œil de Saangi. En vérité, il était possible qu'elle ne revoie jamais Loor. Pas si on se retrouvait au beau milieu d'une guerre. Mes mots n'ont rien fait pour la réconforter. Même moi, je les trouvais peu convaincants.

– Pendragon, a-t-elle dit, je suis parfois un peu brusque, mais je tiens à te dire que je crois en toi. S'il y a une chance d'empêcher cette guerre, vous la trouverez, Loor et toi.

– Merci, Saangi. Pour tout.

J'ai donné à Alder une toute petite tape sur l'épaule. Je ne voulais pas le réveiller. Il avait besoin de repos. J'aurais bien voulu l'avoir à mes côtés.

– Allons-y, ai-je dit.

Peu après, nous courions le long des rues pluvieuses de Xhaxhu, en route vers le bâtiment qui nous conduirait au cœur du complexe souterrain des Rokadors. Le chemin m'était désormais familier. Loor n'a pas eu à me guider. On a trouvé le bâtiment, descendu l'escalier en spirale qui menait à ce monde souterrain. Une fois en bas, j'ai perdu toute notion de nuit ou de jour. L'éclairage était toujours le même. Les dômes sertis dans le mur diffusaient toujours la même lumière jaune pâle, qu'il soit midi ou minuit. On ne s'est pas arrêtés jusqu'à la station de contrôle des eaux abandonnée pour ressortir dans la vaste chambre des cascades désormais asséchées. Même avec toute cette pluie, seul un mince filet s'écoulait sur le lit des rivières. À vrai dire, ça ne parlait guère en faveur des Rokadors. J'étais désormais sûr qu'ils contrôlaient le débit des eaux.

– Quel est le plan ? ai-je demandé à Loor.

Elle a tiré la carte que Bokka lui avait donnée. J'ai jeté un œil au réseau complexe de souterrains et au chemin souligné en rouge.

– Qu'est-ce que c'est ? ai-je demandé, désignant les quelques dessins éparpillés le long de la piste.

Ils étaient tous différents. Certains n'étaient que des traits barrant les tunnels, d'autres ressemblaient plus à de petites structures sur le côté.

– Je ne sais pas, a répondu Loor. On verra bien.

– Par où va-t-on ?

– Le chemin de Bokka commence au carrefour ; notre voyage commence de l'autre côté de ces grandes portes.

– Ce qui veut dire qu'en guise de hors-d'œuvre, on doit passer devant un groupe de gardes tiggens dont la mission est précisément d'empêcher qui que ce soit de passer et de découvrir la grande machine de transfert des eaux qui se trouve de l'autre côté ?

– Oui.

– C'était juste pour savoir.

On a refait une partie de la route que nous avions faite avec Bokka lorsqu'il nous avait emmenés au carrefour. Je n'ai pas tardé à être complètement paumé. Mais Loor savait où elle allait. Je l'ai suivie.

– Si on nous résiste, a dit Loor, obéis à mes ordres.

– Entendu. C'est toi la pro.

En fait, j'avais plutôt confiance. La dernière fois que les gardes tiggens nous avaient attaqués, je ne m'en étais pas si mal tiré. Je commençais à me faire à ce casse-tête, et je m'en sortirais certainement mieux la prochaine fois. Quoique, si on tombait sur ce tireur meurtrier et qu'il nous balançait ses flèches de métal, on ne pourrait pas faire grand-chose. Quelques minutes plus tard, on est arrivés au dernier tunnel avant cette immense caverne qu'on appelait le carrefour. À mon grand désespoir, il y avait trois gardes tiggens devant la porte. Ils s'interposaient devant le chemin qui nous mènerait à Kidik. La seule bonne nouvelle, c'est que le tueur à l'arbalète n'était pas là.

– Ils n'ont pas l'air sur le pied de guerre, a remarqué Loor en murmurant.

– Comment le sais-tu ? ai-je demandé sur le même ton.

– À voir comment ils se tiennent. Soit ils sont de garde depuis un bon bout de temps, soit ils ne pensent pas être attaqués. Ou les deux.

– Que faut-il faire ?

– Se battre, a-t-elle répondu.

Et elle s'est précipitée vers les gardes. Comme ça, sans crier gare. Pas d'approche silencieuse, pas de coordination, pas de signal. On attaquait bille en tête. J'ai tiré mon casse-tête et l'ai suivie.

Je n'aurais jamais dû douter de Loor. Elle avait bien un plan, et c'était le pire qu'on puisse imaginer. Le carrefour était une grande caverne où il n'y avait rien, sinon les deux grandes portes de bois que les Tiggens gardaient et l'embouchure d'autres couloirs. Celui dont nous sortions se trouvait juste face aux portes. Il n'y avait pas l'ombre d'une cachette. Pas moyen de s'approcher en douce. Loor avait fait le seul choix possible. Elle courut vers les gardes, rapide et silencieuse. Si elle avait raison et s'ils n'étaient pas sur la défensive, on pourrait gagner pas mal de terrain avant qu'ils ne comprennent ce qui se passait. Si elle se trompait, ça risquait de faire mal.

Loor avait raison. Elle était presque sur le premier garde lorsque celui-ci s'est aperçu de sa présence. Mais il n'a même pas eu l'occasion de tirer son arme : Loor l'a envoyé à terre d'un coup magistral. Les autres gardes n'ont guère été plus rapides. Elle a pris le deuxième pour cible et moi le troisième. Ces deux-là n'ont même pas réagi. Le mien devait attendre que je sois assez près pour tirer sa matraque de métal et me filer un coup de jus. Mais je ne lui en ai pas laissé l'occasion. Au moment où j'arrivais sur lui, je me suis laissé glisser au sol et lui ai fauché les chevilles. Bien joué ! J'avais à peine fini mon mouvement qu'il s'abattait sur le dos. J'ai relevé mon casse-tête, prêt à l'achever, quand j'ai entendu crier :

– Non, Pendragon !

C'était Loor. Je me suis figé, mais sans quitter des yeux le garde. Pas question de me laisser prendre par surprise. J'avais appris la leçon : ne jamais quitter son adversaire des yeux. Mais j'ai néanmoins vu quelque chose de bizarre. Le garde tiggen n'avait toujours pas bougé. Il gisait là, sur le dos, et ne s'était même pas tourné vers moi. Peut-être s'était-il cogné la tête, ce qui l'avait mis K.-O. ?

— Pas de panique, Pendragon, a dit Loor très calme. Ils ne nous empêcheront pas de passer.

J'ai jeté un coup d'œil à mon adversaire. Son visage semblait figé… mort? Mon cœur s'est emballé. L'avais-je tué? Impossible. Je l'avais juste fait tomber. Loor est allée retirer la capuche blanche qui recouvrait sa tête.

— Des mannequins! me suis-je écrié.

Son visage était un masque de tissu. Tous les gardes étaient des trompe-l'œil. On les avait disposés pour faire croire qu'ils gardaient les portes. De loin, on s'y laissait facilement prendre. Maintenant, je comprenais pourquoi ils n'avaient pas réagi. Un mot m'est venu à l'esprit: «épouvantail».

— Je ne comprends pas, a dit Loor. Pourquoi auraient-ils retiré les gardes protégeant des machines aussi précieuses? Bokka n'a-t-il pas dit qu'ils craignaient que ce soit la première cible?

— Je n'en sais rien, ai-je répondu. Mais on peut le découvrir.

Je me suis avancé vers les deux grandes portes. Il y avait un gros cadenas, mais rien qui puisse résister au bâton d'Osa. En deux coups secs, je l'ai cassé.

— Voyons ce qu'il y a de si important là-derrière, ai-je dit en tirant sur les poignées.

Les portes étaient lourdes. Normal: elles faisaient bien six mètres de haut et le bois était épais. Mais ses gonds étaient bien huilés. J'allais jeter un œil à l'intérieur quand Loor m'a tiré en arrière.

— Fais attention, a-t-elle dit.

Elle est passée en premier. Je ne m'en suis pas offusqué. Quoi qu'il puisse y avoir de l'autre côté, elle était mieux à même de l'affronter. Je me suis cramponné à mon casse-tête, j'ai expiré et fait mon premier pas sur le chemin de la carte. Dans la gueule du loup.

Journal n° 22
(suite)

ZADAA

Ce qu'on a découvert derrière cette porte était incompréhensible. Comme l'avait dit Bokka, c'était une autre de ces machines à contrôler le régime des eaux. Mais elle était bien quatre fois plus grande que celle qui régissait les cascades asséchées. Les tuyaux traversant ce monstre devaient faire deux mètres de large. C'était une mécanique formidable.

Mais elle était à l'arrêt. Et la caverne où elle était installée était déserte. Pas un seul Rokador en vue.

— Bizarre, ai-je dit. Je croyais qu'ils avaient peur que les Batus prennent le contrôle de ce truc.

Je suis allé étudier de plus près le monstrueux mécanisme. Toutes les valves étaient à zéro. Il ne faisait pas le moindre bruit. Je l'ai touché : pas une vibration. Plus étrange encore, toutes les manettes étaient cassées, ne laissant que leur base. J'ai passé mes doigts sur les valves et les cadrans, dérangeant une épaisse couche de poussière.

— Il y a bien longtemps que ce mécanisme n'a pas fonctionné, ai-je dit.

— Ça fait longtemps qu'il n'y a plus d'eau, a commenté Loor.

— Alors pourquoi le gardaient-ils encore pas plus tard qu'hier ? Et pourquoi Bokka t'a-t-il dit que cette machine était si importante ?

Loor n'en savait pas plus que moi. J'ai jeté un œil derrière la machine pour voir que la caverne se rétrécissait pour former un petit couloir qui s'enfonçait encore plus profondément dans le sol.

— Ce doit être l'entrée du terrier d'Alice, ai-je dit.

– Le quoi? a demandé Loor.

– Le chemin de Kidik.

Il faudrait que je me retienne de faire le malin avec mes références de Seconde Terre.

Loor a regardé la carte.

– Là. C'est le premier de ces drôles de symboles.

Elle m'a montré le dessin. J'ai repéré la caverne où on se trouvait. Il pouvait aussi bien y avoir une flèche avec la mention « VOUS ÊTES ICI ». Je voyais aussi l'endroit de l'embouchure du couloir tout comme elle s'étendait là, devant nous. Sauf que, sur la carte, il y avait trois X devant cette même entrée.

– Tu as une idée de ce que ça signifie? ai-je demandé.

Loor a secoué la tête. On a commencé notre voyage vers Kidik, capitale du territoire des Rokadors, mais en gardant nos armes à portée de la main. Une fois de l'autre côté de la caverne, nous nous sommes arrêtés devant l'entrée du tunnel plus petit. J'ai jeté un coup d'œil autour de moi.

– Je ne vois pas le moindre X.

J'ai fait un pas en avant. À peine ai-je franchi l'entrée que j'ai entendu un grondement sourd. Mon intrusion avait déclenché quelque chose.

– Suis-moi! ai-je crié en faisant un bond en avant.

Loor n'a pas hésité un instant. La rapidité de sa réaction lui a sauvé la vie. Une série de pointes d'acier semblables à des lances sont tombées du plafond pour se ficher dans le sol, bloquant l'entrée. Si Loor n'avait pas eu de si bons réflexes, elle aurait été empalée. On est restés là, serrés l'un contre l'autre, hors d'haleine. Inutile de compter revenir en arrière: les pointes étaient aussi efficaces que des barreaux de prison.

– Il y a de bonnes et de mauvaises nouvelles, ai-je dit. Le chemin de Kidik est peut-être piégé.

– Piégé? a demandé Loor.

– Plein de petites surprises comme celle-ci. Le moindre faux pas peut nous coûter cher.

– Et la bonne nouvelle?

– La carte de Bokka nous permettra de les éviter. Je suis sûr que ces drôles de symboles désignent l'emplacement des pièges.

On a tous les deux jeté un coup d'œil à la carte. Ces marquages prenaient désormais une importance nouvelle... et il y en avait pas mal sur le chemin.

— Ça nous donne leur emplacement, mais ça ne nous dit pas à quoi s'attendre, a remarqué Loor.

— Oui. Ça risque de devenir intéressant.

Comme rester plantés là ne nous avancerait guère, on s'est remis à marcher. La carte nous a guidés dans des cavernes et des couloirs de différente taille. Plus on progressait, plus je m'émerveillais de voir que les Rokadors avaient réussi à créer toute une civilisation sous la terre.

— Ces couloirs sont-ils naturels, ai-je demandé, ou les Rokadors les ont-ils creusés ?

— Les deux. Je crois que les grandes cavernes sont naturelles, mais que les couloirs qui les relient sont artificiels.

— Mais comment ont-ils fait ? C'est de la roche solide.

— Il faudrait un Rokador pour te raconter leur histoire. Mais je sais qu'ils ont utilisé les dygos.

— Les quoi ?

— Les dygos, a-t-elle répété. Des excavateurs mécaniques. Nous les verrons en cours de route.

J'ai décidé de ne plus poser de questions avant d'avoir un support visuel. De plus, je pensais surtout à ne pas tomber dans un autre piège. La peur est toujours plus forte que la curiosité. C'était bizarre, mais en marchant dans ces tunnels, je n'avais même pas de sentiment de claustrophobie. Certains étaient assez étroits, bien sûr, mais s'ouvraient souvent sur des cavernes aussi vastes que des cathédrales. Et il y avait de la lumière partout. Difficile de croire qu'on s'enfonçait de plus en plus profondément sous la surface du sol. Pour être franc, je préférais ne pas y penser. Je ne voyais pas comment on pouvait choisir de vivre sous des tonnes et des tonnes de pierre, à moins d'être une fourmi.

Ce que nous n'avons pas vu, par contre, c'est le moindre signe de vie. Il n'y avait pas un chat. On est passés dans des centaines de pièces différentes, toutes remplies d'équipements. Certaines ressemblaient à des quartiers d'habitation avec des couches et des meubles. D'autres débordaient de caisses et d'outils. Un jour, il n'y a pas si longtemps, il y avait eu des gens là en bas. L'endroit semblait… abandonné.

De temps en temps, la carte nous orientait vers une zone moins développée, et un symbole indiquait la présence d'un piège. Une fois, Loor a fait un pas en avant et le sol s'est mis à gronder. Elle a bondi juste à temps : le sol s'est effondré d'un coup, laissant apparaître une cavité apparemment sans fond. On s'est retrouvés de chaque côté d'un gouffre béant s'étendant d'une paroi à l'autre. Malheureusement, je me trouvais du mauvais côté, sans le moindre moyen de traverser.

— Par là, a dit Loor.

J'ai regardé ce qu'elle me désignait. Il restait encore une mince bande de sol qui ne s'était pas effondrée. La corniche n'était pas plus large qu'une brique.

— Tu veux que je m'engage là-dessus ? ai-je demandé, horrifié.

— À moins que tu ne préfères sauter, a répondu Loor.

Impossible. Le gouffre faisait presque dix mètres de large. Je n'avais pas le choix. Bon, quand faut y aller… Je me suis collé contre le mur et j'ai posé mon pied sur la corniche pour tester sa solidité. Elle n'a pas flanché. Mais ça ne serait pas plus facile pour autant. Elle ne faisait que quelques centimètres de large. Je devais presser ma poitrine contre la paroi, sans la moindre prise, et progresser tant bien que mal. Ça me rappelait vaguement mon entraînement à Mooraj. Sauf que là, si je tombais, j'étais mort. J'ai d'abord balancé mon pied droit, puis le gauche. Inutile de vouloir les croiser sous peine de perdre l'équilibre. Je gardais mes paumes plaquées contre la pierre, cherchant la moindre aspérité à laquelle me raccrocher. Ma joue gauche était aplatie contre la paroi et j'ai commencé à avancer sur la pointe des pieds – tout pour que mon centre de gravité reste là où il le devait.

J'ai tenté de ne pas penser à l'abîme qui s'ouvrait derrière moi. Tout mon être se concentrait sur mon équilibre. Et j'ai progressé ainsi, centimètre par centimètre. La corniche n'a pas cédé. Je me rapprochais peu à peu de l'autre bord. J'étais presque arrivé quand ma chance a tourné. Le mur était bombé. Pas de beaucoup, mais assez pour que je doive recalculer mon équilibre pour le contourner. Sauf que je me suis rapproché dangereusement du vide. J'ai tenté de me cramponner au mur, mais mes doigts n'ont pas trouvé le moindre point d'appui. Sa surface était désespérément lisse. J'étais fichu.

Je ne suis pas allé bien loin. Quelque chose m'a heurté le dos. Violemment. J'ai jeté un coup d'œil sur la droite – j'étais si près de l'autre côté que Loor avait réussi à me clouer au mur avec son bâton.

— Aïe, ai-je dit.

Je ne voulais pas dire ça. Elle m'avait sauvé la vie. Une fois de plus.

— Continue, a-t-elle ordonné.

Le fait qu'elle soit là pour m'encourager m'a redonné confiance. Quelques secondes plus tard, j'étais de l'autre côté, sain et sauf.

— Merci, ai-je dit.

Ce n'était rien, mais que pouvais-je dire d'autre? Sauver la vie d'un autre Voyageur devenait une routine. Et Loor se passait bien de remerciements. Elle ne pensait qu'à continuer son chemin. Bizarre, non? J'aurais pu y rester. Mais je m'en étais tiré, et on devait continuer comme si de rien n'était. Voilà ce qu'était devenue ma vie. Mais je ne peux pas me plaindre. Au moins, je suis encore là pour la raconter.

— On dirait que les Rokadors ont abandonné ces tunnels et posé tous ces pièges pour ceux qui viendront après eux, a remarqué Loor.

— Nous, par exemple.

— Ou les Batus, s'ils passent à l'attaque. Les Rokadors ne sont pas des guerriers. S'ils doivent se battre, les Ghees les tailleront en pièces.

— Et les gardes tiggens? ai-je demandé.

— Bokka ne l'aurait jamais admis, mais ils ne font pas le poids face aux Ghees. Et même s'ils étaient aussi bien entraînés, ils sont largement moins nombreux que nous. S'ils veulent gagner une guerre contre les Batus, ce sera par la ruse, pas par la force.

J'étais d'accord. D'après ce que j'avais vu, les gardes tiggens étaient largement moins bons combattants que les Ghees. Hé, même moi, j'étais arrivé à m'en sortir face à eux. C'est dire!

— Ces pièges nous rendent la vie difficile, ai-je dit, mais ils ne suffiront pas à stopper une armée.

— Non, à en juger par ce qu'on a vu jusque-là, a-t-elle convenu. Continuons.

J'avais raison à propos de la carte. Elle montrait bien l'emplacement de chaque piège. Sans elle, on ne s'en serait jamais sortis en un seul morceau. Mais si on savait où ils étaient, ça ne les empêchait pas de nous péter au nez. On a bien failli se faire hacher menu une bonne douzaine de fois. Des rochers nous sont tombés dessus. Une fois, le sol s'est mis à trembler et à s'effriter, révélant des rouages qui ne demandaient qu'à nous transformer en hamburgers. C'était comme un jeu vidéo médiéval, sauf qu'il était impossible de recommencer au premier niveau.

Il y a autre chose que nous avons remarqué en cours de route et qui mérite d'être cité. À chaque fois qu'on atteignait une de ces vastes cavernes, de chaque côté, on pouvait voir de grands cercles de métal d'une dizaine de mètres de diamètre enchâssés dans la pierre. La première fois que j'en ai vu un, je me suis arrêté pour l'examiner.

— Je ne sais ce que c'est, a dit Loor avant que je n'aie pu lui demander. Je ne suis jamais allé aussi loin en territoire rokador.

Je n'ai pas pu m'empêcher de me demander ce qu'ils étaient et s'ils allaient nous faire des misères. Ils n'étaient pas notés sur la carte comme les autres pièges, ils ne devaient donc pas être dangereux. Après être passé devant des centaines de ces disques géants, je n'en savais toujours pas plus. Ma curiosité restait éveillée, mais comme ils n'avaient toujours rien fait, mieux valait les ignorer.

On a continué de marcher prudemment pendant deux heures. Impossible de dire quelle distance nous avions parcourue, puisqu'on devait s'arrêter de temps en temps pour éviter les pièges. La carte était vraiment précise. Elle montrait chaque intersection, chaque tunnel, chaque caverne avec une précision photographique. À un moment donné, on a tourné un angle pour être confrontés à une autre vision bizarre. C'était là, dans une caverne plus vaste. Une immense boule d'argent. Elle m'a tellement surpris que j'ai fait un pas en arrière. Loor, par contre, ne s'est pas laissé démonter.

— Voilà un dygo, a-t-elle dit.

Un dygo ? Ah oui, l'excavatrice. Cool. J'ai regardé d'un peu plus près ce drôle d'engin pour voir que la sphère renfermait une cabine. En fait, elle n'était guère plus grosse qu'un chariot de golf. Il y avait deux places avec une vitre en demi-lune. La boule reposait sur des chenilles, comme un tracteur. Cet engin pouvait aller en avant, en arrière ou tourner sur place. Mais le plus étonnant se trouvait à l'extérieur. C'était une grande foreuse de deux mètres ressemblant à un vieux mégaphone en forme de cône. Sur toute sa surface, il y avait des dizaines d'anneaux pourvus de divers instruments tranchants assez pointus. Le sommet se terminait sur des dents qui semblaient capables de traverser à peu près n'importe quoi.

— C'est avec ça qu'ils creusent les tunnels ? ai-je demandé.

— Oui, même si celui-ci est un des plus petits.

J'ai fait un pas en avant pour admirer ce tracteur argenté, cette excavatrice, cet avaleur de roche, peu importe.

— Je me doutais bien qu'ils n'avaient pas creusé ces souterrains à coups de pioche, mais cet engin est... incroyable.

— Bokka et moi nous amusions à faire la course dans les cavernes, a dit Loor.

— Ils vous laissaient faire ça ?

— Non.

Oh. Les sales gosses.

— Donc, tu sais conduire ce machin ? ai-je demandé.

Loor a eu un sourire malicieux, comme si elle revivait leurs escapades interdites.

— Ils sont plutôt rapides.

— Alors montons dedans et filons vers Kidik. S'il peut creuser la roche, il nous protégera des pièges.

— À moins de tomber sur un autre puits sans fond, a remarqué Loor.

— Ah. C'est vrai.

J'avais oublié ce détail.

Jusque-là, on avait réussi à éviter tous les pièges. Autant ne pas changer une équipe qui gagne. On a donc abandonné ce drôle de véhicule pour continuer notre chemin. En cours de route, j'ai remarqué d'autres dygos. Certains étaient garés dans des caves sombres à l'écart, d'autres alignés dans des grottes plus vastes en attendant le prochain grand chantier. Les Rokadors m'intriguaient de plus en plus. Par bien des aspects, leur civilisation était extrêmement avancée. Et pourtant, ils avaient choisi de vivre comme des taupes. J'espérais en apprendre davantage sur eux un jour – de préférence avant que l'armée des Ghees ne les extermine.

– On se rapproche, a dit Loor.

J'ai consulté le parchemin pour constater qu'on n'était plus qu'à quelques virages de notre destination. Le dernier couloir menait à une zone sans le moindre dessin. Ce devait être Kidik. Soudain, je me suis senti surexcité. Non seulement notre dangereux voyage touchait à sa fin, mais je mourais d'envie de voir à quoi ressemblait une cité souterraine sur Zadaa. Je préférais ne pas penser au fait que ça revenait à passer de Charybde en Scylla. On était des Batus. Du moins Loor l'était. Moi, je n'étais qu'une sorte de Batu honoraire. Quoi qu'il en soit, on était l'ennemi. Et comme tel, il était possible que les Rokadors nous capturent et nous jettent en prison. Voire pire.

– Reposons-nous un instant, ai-je suggéré.

On a scruté la carte pour vérifier qu'il n'y avait pas de mines dans les parages et on s'est assis.

– Il faut qu'on parle de quelque chose, ai-je dit à Loor.

– Quoi ?

Depuis notre départ pour Kidik, quelque chose n'avait pas arrêté de me turlupiner, et je ne savais pas quoi faire à ce sujet. Maintenant que nous étions presque arrivés à destination, il était temps de lui faire part de mes inquiétudes.

– On n'a toujours pas la moindre preuve que Saint Dane contrôle ce qui se passe là en bas, ai-je dit.

– Mais il était là quand Pelle a Zinj s'est fait assassiner, a-t-elle contré. Et Bokka a dit qu'il…

– Oui, mais on ne sait toujours pas ce qu'il mijote. On n'a rien, que des conjectures. Peut-être qu'il se contente de rôder dans le coin et d'observer ce qui se passe.

– Que veux-tu dire, Pendragon ?

— On est venus jusqu'ici avec la certitude qu'il faut empêcher cette guerre. Je ne sais pas comment on pourra y arriver, mais c'est notre but. Et que ferons-nous si on s'aperçoit que Saint Dane n'a pas influé sur les événements et que la guerre était écrite ?

C'était le vrai dilemme. Si Saint Dane n'était pas derrière tout ça, les Voyageurs n'avaient rien à faire ici. On n'est pas censés modifier le cours naturel des choses. Ce n'est pas notre travail. On a déjà fait bien assez de mal en mettant Pelle a Zinj en position de se faire tuer.

— Pour moi, a répondu Loor, la vraie question est de savoir si j'agis en tant que Batu ou Voyageuse ? En tant que Voyageuse, je dois faire de mon mieux pour arrêter Saint Dane. Mais en tant que Batu, je me dois de défendre ma tribu.

— C'est ça, ce qui veut dire que soit tu dois empêcher cette guerre à tout prix, soit tu devras combattre en première ligne !

Loor a regardé le sol, le temps de réfléchir. On n'était qu'à quelques mètres de Kidik, et on ne savait toujours pas si Loor était là en tant que pacificatrice ou envahisseuse. Et ne me demandez pas si ces mots ont bien un féminin, parce que c'est bien le cadet de mes soucis.

— Voilà notre première épreuve, a-t-elle fini par dire. Il faut qu'on sache ce que Saint Dane a manigancé jusque-là. Ensuite, on pourra décider de notre conduite. J'ai inspiré profondément :

— Parfois, j'aimerais que ce boulot soit un peu plus facile.

— Ça n'arrivera pas de sitôt, a-t-elle répondu.

On a franchi la dernière partie du couloir. Au bout, j'ai vu un tournant sur la droite, exactement comme sur la carte. Mon cœur s'est accéléré. Là, au-delà de ce virage, se trouvait notre destination : Kidik. J'étais à la fois impatient et terrifié.

— Tu es prêt ? ai-je demandé.

— Quelle question ! a répondu Loor.

Je lui ai souri, et on a continué notre chemin. On a pris le virage pour tomber sur… un cul-de-sac.

Il n'y avait pas de Kidik.

Journal n° 22
(suite)

ZADAA

Loor et moi sommes restés plantés devant le grand mur de pierre où devait se tenir une cité.

– Que dalle, ai-je dit.

C'était le bout du chemin. Littéralement. Le tunnel donnait sur une vaste caverne où, au lieu d'une ville, il n'y avait qu'une immense paroi rocheuse. Pas de portes. Pas de tunnels. Pas de passages secrets. On était arrivés au bout de la carte, mais toujours pas de Kidik.

– Ce n'est pas logique, ai-je dit en regardant la carte. Bokka nous aurait-il envoyés dans une quête absurde ?

– Non ! rétorqua Loor, sur la défensive. Pourquoi aurait-il fait ça ?

– Je ne sais pas. Peut-être, peut-être… (Soudain, une idée m'a traversé l'esprit.) Peut-être qu'en définitive, ce n'est pas Bokka qui nous a donné cette carte.

– Tu étais là, Pendragon, a rétorqué Loor, impatiente. Tu l'as tirée de sa botte.

– Oui, mais était-ce vraiment Bokka ? Et si Saint Dane avait pris son apparence pour qu'on récupère la carte ?

– Dans ce cas, a répondu Loor avec dérision, les cendres de Saint Dane sont désormais éparpillées aux quatre coins du désert.

Oh. C'est vrai. Bokka était mort. Peut-être commençais-je à voir Saint Dane partout.

– Bon, d'accord, c'était bien Bokka. Mais alors, pourquoi nous envoyer tout droit dans une impasse ?

Loor a scruté le mur lisse comme si elle pouvait y lire la réponse à ces mystères.

Et elle l'y a trouvée.

— Regarde! a-t-elle dit en désignant la jonction entre le toit et le plafond.

J'ai suivi son doigt.

— Je ne vois rien.

— Regarde à l'endroit où le mur, devant nous, atteint le toit de la caverne.

— Ben, oui, et alors?

— Regarde la couleur de la pierre, a-t-elle expliqué. Celle du mur est différente de celle du plafond et des côtés. Ce n'est pas naturel.

Un examen plus poussé m'a démontré qu'elle avait raison. Le plafond et les côtés étaient d'une autre teinte de brun que le mur. Celui-ci était un peu plus sombre.

— Et alors?

— Pendragon, je pense que ce mur est artificiel. Bâti par les Rokadors.

— On ne peut pas bâtir une cloison de pierre! ai-je rétorqué.

— Les Rokadors en sont capables, a répondu Loor, confiante. Comment peux-tu en douter après avoir vu le monde qu'ils se sont construit? Je crois que c'est une autre ruse pour éviter que les Batus ne donnent l'assaut.

J'ai fait un pas en arrière et j'ai tenté d'imaginer que ce mur n'était pas là. Sous cet angle, c'est vrai que la jonction entre la paroi et le plafond, et même le sol, était un peu trop lisse et parfaite.

— Bon, d'accord, ai-je convenu, ils ont peut-être scellé la caverne. Mais ça reste un mur de pierre et on est toujours coincés derrière.

Loor a souri.

— Pas forcément.

— C'est de la roche, Loor, ai-je dit, agacé. Que les Rokadors aient ou non bâti ce mur ne veut pas dire qu'on peut le...

À peine avais-je dit ça que la proverbiale ampoule s'est allumée dans mon esprit. J'ai compris ce qu'elle voulait dire.

– C'est vrai? Tu sais vraiment te servir de ces engins?

En guise de réponse, elle est repartie en courant par le chemin d'où on était arrivés. Faute de mieux, je l'ai suivie. Loor a traversé la salle où on s'était arrêtés, traversé un couloir et été jusqu'à la grande caverne comportant deux passages de chaque côté. Quand j'ai regardé dans un de ces couloirs, j'ai vu un éclair argenté. La coque d'un dygo.

– Attends-moi, a-t-elle dit avant de courir vers l'excavatrice.

Un peu plus tard, j'ai entendu un bruit de moteur. Mais il ne ressemblait à aucun de ceux que je connaissais. C'était plutôt une sorte de bourdonnement caverneux. L'instant d'après, l'énorme sphère est sortie de l'ombre, roulant sur ses chenilles. Elle est allée se poster au centre de la caverne, sa foreuse pointée vers l'arrière. Elle s'est immobilisée, Loor a ouvert une trappe et m'a crié :

– Tu montes?

– Oh, je sens qu'on va s'amuser! ai-je répondu.

Elle s'est effacée pour me laisser entrer. J'ai grimpé sur la chenille et me suis glissé dans l'habitacle. Je n'étais jamais entré dans une capsule spatiale, mais ça devait y ressembler. C'était plutôt étroit. Il y avait deux sièges durs côte à côte. Devant, un pare-brise d'une trentaine de centimètres de haut tout au plus, mais qui faisait le tour de l'habitacle pour qu'on puisse y voir sur les côtés. Par contre, pas moyen de distinguer ce qui se passait à l'arrière. Le tableau de bord se trouvait face au siège gauche, celui de Loor. Il n'y avait guère que quelques manettes et une boule ronde ressemblant à ces espèces de boussoles que les gens mettent à l'avant de leur voiture. Il y avait aussi deux grands leviers. Ça n'avait pas l'air bien sorcier, mais je préférais savoir que Loor en avait déjà conduit un. Elle s'est assise à sa place et a refermé la trappe, qui a émis un clong sonore.

– La coque est épaisse, a-t-elle dit. Elle peut supporter une pression de plusieurs tonnes.

– Bon à savoir, mais je n'ai pas envie de la mettre à l'épreuve. Et pour l'aération?

– Il y a des conduits de ventilation à l'arrière, a-t-elle expliqué en abattant une manette. On peut les ouvrir ou les refermer selon le genre de matériau qu'on traverse. Quand on les referme, il y a assez d'air dans l'habitacle pour tenir plusieurs minutes.

— Autant les laisser ouverts.

Loor s'est emparée des deux leviers et m'a fait une démonstration. La sphère a répondu instantanément, virant sans un heurt vers la droite, puis la gauche, en haut, en bas. Nos sièges accompagnaient le mouvement, si bien qu'on restait toujours dans la même orientation. Elle a tiré un levier, poussé l'autre et nous a fait virer à cent quatre-vingts degrés. J'ai remarqué que la boule de verre sur le tableau de bord restait toujours dans la même position. Sans doute pour permettre de distinguer le bas du haut.

— Cette sphère peut manœuvrer dans toutes les directions, a précisé Loor, et la foreuse aussi.

Elle a tordu la poignée d'un des leviers. La foreuse a pivoté, descendant du toit pour se tenir droit devant l'habitacle. Comme elle était creuse, il était possible de voir où on allait. Loor l'a fait pivoter dans tous les sens pour démontrer sa maniabilité.

— Donc, ce machin peut creuser dans tous les sens, sauf vers le bas?

— Oh, si, a répondu Loor. Les chenilles coulissent et élèvent le véhicule pour permettre à la foreuse de pointer vers le bas. C'est assez ingénieux.

— Ces Rokadors sont plutôt intelligents, ai-je remarqué.

— Pour ce qui est de la mécanique, aucun doute, a répondu Loor d'un ton légèrement offusqué. Mais il y bien des choses dont ils sont incapables.

Tiens donc! Loor montrait sa nature compétitive. Mais ce n'était pas le moment de lancer un débat sur les mérites respectifs des deux tribus. Loor a positionné la foreuse pour qu'elle pointe droit devant nous, a appuyé sur une pédale qui devait servir de champignon, et nous sommes partis. J'imagine que les chenilles devaient absorber les aspérités, car il n'y avait pas le moindre heurt dans la cabine. Loor conduisait cet engin comme une pro. Heureusement que ce dygo n'était pas très grand, parce qu'on a dû emprunter des couloirs assez étroits avant d'arriver au cul-de-sac. On n'a pas tardé à se retrouver face au mur de roche où se terminait notre carte.

– Et si je me trompais ? ai-je dit. Et s'il n'y a rien derrière, que de la pierre ?

– Ça voudra dire que Bokka m'a trahie, a-t-elle répondu. Mais je n'y crois pas.

– Allons-y.

Loor a abaissé une manette. L'énorme foreuse s'est mise en marche dans un grand gémissement et les anneaux se sont mis à tourner. Une autre manette, et le dygo s'est ébranlé. La pointe de la vrille a touché la paroi et l'a traversée comme du papier.

– Eh bien ! ai-je dit, vraiment impressionné. Pas de problème.

C'était incroyable. Les anneaux tournoyants de cette vrille étaient conçus pour creuser la roche, mais aussi la pulvériser pour la rejeter en arrière. Ils ont déchiré la cloison comme du carton pour en faire des confettis. Le dygo vibrait un peu, mais étant donné qu'on traversait de la pierre, ce n'était pas grand-chose. Et il ne faisait pas de bruit, en plus. La sphère servant d'habitacle devait être insonorisée.

– Les volets d'aération sont ouverts ? ai-je demandé.

– Oui, a répondu Loor sans cesser de regarder droit devant elle.

– D'après toi, quelle peut être l'épaisseur de ce mur ?

Loor n'a pas eu à répondre. Quelques secondes à peine après qu'on a attaqué la roche, de la lumière a jailli au bout de la foreuse. La cloison ne devait pas faire plus d'un mètre d'épaisseur. Mais la vrille a continué de tourner. Il fallait que le trou soit plus important pour permettre au dygo de passer. Un peu plus tard, la cabine s'est immobilisée. Plus une seule vibration. On était passés. Loor a arrêté la foreuse, s'est tournée vers moi et a dit :

– *Maintenant*, on va voir à quoi ressemble Kidik.

Journal n° 22
(suite)

ZADAA

Loor a coupé le moteur du dygo et a ouvert la lourde trappe. La première chose que j'ai remarquée, c'est le bruit. Ça faisait des heures qu'on crapahutait dans des couloirs confinés où seul nous revenait l'écho de nos pas. Là, de l'autre côté, j'ai entendu un bruit qui, tout d'abord, m'a semblé incongru, puisqu'on était sous terre. Mais pas d'erreur possible : c'était le gémissement du vent. Où qu'on soit, c'était grand. Ce son suffisait à le prouver. J'ai suivi Loor et j'ai jeté un œil par le cercle parfait qu'on avait creusé dans le mur.

— Wow ! ai-je réussi à dire. C'est dément !

— Par ici, Pendragon !

J'ai suivi son conseil. Elle regardait un bâtiment. On aurait dit un de ces pueblos comme on en voit à flanc de colline en Amérique du Sud. Cette structure devait faire quatre étages, avec des fenêtres, des portes et même des balcons. Et pourtant, on était sous terre ! À quelques mètres de là, il y avait un autre bâtiment, également creusé dans la pierre. Ils restaient plantés là comme des sentinelles gardant un passage. Au-delà, les parois de pierre formaient un canyon qui se frayait un passage vers l'inconnu. C'était l'entrée de Kidik, je n'en doutais pas un seul instant. Et nous savions tous les deux qu'on allait affronter un nouveau danger.

— Tu as dit que si les Rokadors avaient une chance de vaincre les Batus, ce serait par leur astuce, ai-je dit.

— Oui.

– Ils ont abandonné les tunnels, ai-je continué. Les Rokadors ont battu en retraite, mais ils doivent bien être quelque part. Est-il possible qu'ils soient tous à Kidik, à attendre que la guerre éclate?

Loor a regardé les deux bâtiments gardant l'entrée de la ville. J'ai reconnu son air sombre. Elle n'avait pas à répondre. Je savais qu'elle pensait la même chose que moi. Était-il prudent de s'engager dans une ville prête à soutenir un siège, alors que nous représentions l'ennemi? Loor a tiré son casse-tête de son harnais. J'ai fait de même.

– Fais bien attention, a dit Loor.

– C'est possible? ai-je demandé.

Elle a couru vers le bâtiment sur notre gauche. Elle n'y est pas rentrée, mais a rampé le long du mur en direction de la ville. Bien vu. On devait se montrer prudents. Marcher au beau milieu de la rue aurait été du suicide. J'ai suivi son exemple et me suis plaqué contre la paroi. Je me suis souvenu des leçons apprises lors de mon entraînement au camp, lorsque je me faisais taper dessus dans le noir. Mes sens étaient à l'affût de tout ce qui pouvait présager une agression. Si une flèche de métal fondait sur nous, je voulais l'entendre siffler. Si un groupe de gardes tiggens nous attaquait, je voulais sentir approcher le relent de leur sueur. J'ignorais si j'en étais capable, mais je devais au moins essayer.

On a progressé silencieusement le long des deux bâtiments, puis contre la paroi rocheuse. L'étroit couloir s'incurvait vers la gauche. Loor a courageusement continué son chemin, moi sur ses talons. En cours de route, j'ai entendu le même drôle de bruit que lorsqu'on avait traversé le mur. Comme le sifflement du vent – ou plus inquiétant encore, comme un grand soupir. J'ai essayé de l'identifier. C'est alors que j'ai compris qu'il manquait quelque chose. À part ce son étrange, je n'entendais rien; pourtant, les bruits de toute une cité auraient dû nous parvenir. Je commençais à croire que Kidik était encore bien loin lorsqu'on a passé le coin du couloir.

J'ai retenu mon souffle. On était arrivés.

En dessous de nous s'étendait une incroyable ville creusée à même ma roche. L'étroit couloir qu'on avait emprunté donnait sur une gigantesque caverne dont les parois s'étiraient de tous côtés. Il n'y avait pas de ciel, uniquement un plafond de pierre. Des milliers de structures étaient bâties les unes sur les autres. La cité n'occupait pas une superficie immense, mais les immeubles s'élevaient de chaque côté de nous, tous reliés par des passerelles et des escaliers sinuant le long de centaines de niveaux. Chaque bâtiment individuel n'était pas très grand en soi – pas plus de quatre étages. Mais il y en avait des milliers, serrés les uns contre les autres, empilés et amassés. Comme les deux premiers qu'on avait vus, ils m'évoquaient des pueblos mexicains. Il y avait des fenêtres, mais pas de vitres. Les portes étaient tout aussi béantes. J'ai vu des escaliers gravés partant des rues pour s'enfoncer dans cette ruche de bâtiments. Cette vision était si vaste, si complexe, si impossible… Un instant, j'en ai oublié qu'on entrait en territoire ennemi.

– C'est désert, a remarqué Loor.

J'étais si impressionné que ça ne m'avait même pas frappé. Et elle avait raison. Pas un seul Rokador en vue, nulle part.

– C'est impossible, ai-je dit. On ne peut pas abandonner une ville entière !

– Et pourtant, regarde !

J'ai observé, écouté et dit :

– Bon, c'est peut-être possible.

On a continué notre chemin, toujours aussi prudemment. Il y avait des millions de cachettes possibles, des millions de recoins où des guerriers pouvaient attendre l'arrivée des premiers Batus. On a rasé les murs, au cas où.

– Où est tout le monde ? ai-je demandé. De toute évidence, ils ne sont pas en embuscade en attendant l'assaut des Batus.

– D'après moi, quand on aura trouvé la réponse à cette question, on connaîtra cette vérité dont parlait Bokka.

– Il a dit qu'elle se trouvait tout au bout de la ville, vers son centre.

– Il l'a aussi qualifiée de cauchemar, a remarqué Loor.

– Ouais, super. Continuons. J'ai hâte de voir ce cauchemar.

En cours de route, je n'ai pas pu m'empêcher de me demander ce que mijotaient les Rokadors. De toute évidence, ils étaient technologiquement avancés, et pourtant, non seulement ils avaient choisi de vivre comme des taupes, mais ils s'étaient bâti des habitations à peine un cran au-dessus de celles de vulgaires troglodytes. Drôle de contraste. Leurs fenêtres n'avaient pas de vitres, et pourtant, il y avait des réverbères partout dans la cité. Ils avaient concocté d'ingénieuses machines pour creuser la roche, mais il fallait grimper des escaliers à l'ancienne pour passer d'un niveau à l'autre. Ils avaient trouvé un moyen de se fournir en énergie, mais n'avaient pas cherché à se doter d'un confort moderne, du moins pas plus qu'il n'était nécessaire. En fait, ils avaient tout pour progresser encore plus loin, mais on aurait dit qu'ils avaient choisi consciemment d'en rester là. Drôles de gens.

J'ai tenté de me mettre à la place de Saint Danc. Comment pouvait-il manipuler ces gens ? Comment les convaincre qu'ils avaient intérêt à combattre les Batus ? D'après Bokka, leur population croissait et ils commençaient à manquer de place. Mais c'était difficile à croire après un tel voyage. Nous n'avions croisé personne, strictement personne. Pas un chat. Plus j'en savais sur les Rokadors, plus ils me semblaient mystérieux. Et il n'y avait rien de plus étrange que cette immense cité déserte.

Loor et moi avons continué de marcher, attentifs au moindre bruit, attendant toujours une attaque. Mais à part l'écho de nos pas, il n'y avait pas un bruit, juste ce grondement surnaturel qui n'arrêtait pas de croître au fur et à mesure qu'on s'enfonçait dans la ville. On aurait dit que cet endroit était hanté. Le gémissement ne cessait de s'amplifier. On s'approchait de ce qui ressemblait fort à un cul-de-sac. Ça faisait dix minutes qu'on marchait : la ville devait donc faire un peu moins d'un kilomètre. En regardant droit devant, je n'ai vu que de la roche. On aurait dit que la principale avenue de Kidik se terminait sur un mur aveugle qui s'étendait jusqu'au plafond de la caverne.

Grave erreur.

Le chemin s'élevait légèrement. Une fois au sommet de la colline, on a constaté qu'il y avait bien un mur au bout de la rue. Mais de là haut, on a aussi distingué un grand tunnel s'ouvrant à sa base. En se rapprochant, on a vu que cette ouverture donnait sur un grand escalier s'enfonçant plus profondément encore sous

223

terre. Tous deux étaient larges d'une bonne cinquantaine de mètres au moins. À présent, le gémissement était particulièrement sonore. Quoi qui puisse le provoquer, c'était au fond de ce trou.

— Il faut continuer, ai-je dit.

On a descendu les marches, longues et étroites. En regardant de chaque côté, j'ai vu que tous les dix mètres environ, une rampe de trois mètres était creusée dans les degrés. Ce devait être par là que passaient les dygos, pour éviter qu'ils ne défoncent l'escalier.

— C'est quoi, ce bruit? ai-je demandé. Il me tape sur les nerfs.

Loor a haussé les épaules. Elle n'en savait pas plus que moi. Plus on descendait, plus il faisait froid. Bientôt, une brise glaciale nous a caressé le visage. Ce qui la provoquait devait aussi être à l'origine du gémissement. Mais qu'était-ce?

Loor l'a vue en premier. Elle était quelques degrés plus bas que moi, non loin de la fin de l'escalier. Comme le plafond suivait la même inclinaison de l'escalier, il était impossible de voir droit devant jusqu'à ce qu'on soit quasiment au bas des marches. Loor a donc pu voir en premier ce qui s'étendait là. C'était une grande caverne vide au sol de pierre. Rien d'extraordinaire, du moins dans l'univers souterrain des Rokadors. Elle a posé le pied dessus et regardé sur sa droite. C'est alors qu'il s'est passé ce que je n'aurais jamais cru possible. Dans cette aventure pleine de surprises, celle-ci les surclassait toutes.

Loor s'est figée… et a laissé tomber son bâton.

Oh oh. Ce qu'elle venait de voir l'avait tellement secouée qu'elle avait lâché son arme. Je répète: Loor avait lâché son arme. Loor. Inutile de vous faire un dessin. C'était à peine concevable. J'ai hésité un instant. Je n'étais pas sûr de vouloir contempler ce qui avait pu provoquer une telle réaction. Et pourtant, bien sûr, il le fallait. J'ai serré ma propre arme au cas où ça provoquerait chez moi la même réaction et j'ai lentement continué mon chemin. À vrai dire, j'ai plissé les yeux. Ça me donnait l'impression de mieux me contrôler. C'est ce que je faisais pendant un film d'horreur. Comme ça, si quelque chose d'horrible jaillissait sur l'écran, je pouvais fermer les yeux plus vite.

Mais rien ne pouvait me préparer à ce qui m'attendait. Une fois au pied des escaliers, j'ai découvert ce qui faisait ce drôle de bruit. C'était bien le vent. Premier mystère résolu, pour laisser place à un autre bien plus important. Ce que j'ai vu semblait impossible et pourtant réel – autant que le désert à la surface, à des kilomètres de là. Devant nous, aussi loin que je puisse voir, s'étendait un océan. Oui, un véritable océan. Le vent balayait sa surface, soulevant des vagues couronnées d'écume. J'ai senti son souffle humide contre mon visage. C'était un spectacle si invraisemblable que j'ai bien fallu lâcher mon arme, moi aussi.

Sans quitter des yeux les flots, je me suis dirigé vers Loor et j'ai dit :

– Pas de doute, on ne voit pas ça tous les jours.

Loor en est restée muette. On aurait dit que son cerveau n'arrivait pas à accepter ce que ses yeux lui transmettaient. Il y avait une bonne douzaine de mètres entre nous et les flots. Je suis passé sous une arche et me suis dirigé vers le rivage. Il fallait que je vérifie quelque chose. Je me suis allongé sur le ventre, j'ai ramassé un peu d'eau au creux de ma main et l'ai portée à ma bouche. J'ai aussitôt compris que quelqu'un, quelque part, aurait pas mal de questions auxquelles il devrait répondre. C'était de l'eau fraîche. Tout à fait potable. J'ignorais quelle pouvait être la profondeur de cet océan, mais il était immense. Il y avait certainement de quoi alimenter les rivières de Zadaa et mettre fin à la sécheresse.

Loor s'est approchée derrière moi.

– Quelqu'un va le payer cher. Mon peuple meurt de soif, et il y a là assez d'eau pour…

Elle n'a pas fini sa phrase. Elle était trop furieuse pour ça. Elle a tendu le doigt.

– Là !

Elle montrait un point sur notre droite. Attaché au quai de pierre, il y avait un petit bateau.

– Bokka a dit qu'un véhicule nous attendrait pour nous mener au centre, ai-je dit. Tu crois que…

En guise de réponse, Loor s'est dirigée d'un pas vif vers le canot. Sans un mot de plus, on est montés à bord. Il était de la taille d'une petite barque et fait du même acier que les dygos. Mais il n'avait rien de bien moderne. On aurait dit qu'on l'avait forgé à coups de masse. Il y avait une barre d'un côté, ce qui en

225

faisait la poupe. Loor n'a pas perdu de temps. Elle s'est installée face à un petit tableau de bord qui m'a rappelé celui du dygo, puis a abaissé une manette. Un moteur a démarré avec un grondement sourd.

— Tu sais conduire ce machin ? ai-je demandé.

D'un geste sec, elle a rejeté son amarre sur le quai et a fait vrombir le moteur. Ça devait signifier que oui. Je me suis vite assis à la poupe, juste à temps. Si j'étais resté debout, je me serais cassé la figure. Loor a mis les gaz à fond, et on est partis à toute allure. Rien à voir avec les skimmers de Cloral. On se serait plutôt crus sur une coque de noix. Et il faisait noir, en plus. Une fois loin de Kidik, il n'y eut pas la moindre lumière pour nous guider. Inutile de dire qu'il n'y avait ni lune, ni étoile, juste un plafond de pierre. En jetant un coup d'œil vers Kidik, je n'ai rien vu, qu'une cloison de pierre. À la base, l'ouverture menant à la caverne dont nous venions. Le quai et la caverne étaient éclairés, mais pas assez pour qu'on puisse y voir au loin sur l'océan. J'ai tenté de mémoriser l'endroit où se trouvait l'ouverture, vu que ce serait notre porte de sortie. Enfin, si on en revenait.

Loor était entièrement concentrée sur sa tâche. Ces dernières heures, elle avait pas mal encaissé. Je ne savais pas si elle était prête à craquer ou pas. Il valait mieux tenter de détourner sa colère.

— Cette histoire est nulle, ai-je dit. Bokka est mort, et on dirait que les Rokadors ont assoiffé les Batus. Mais il ne faut pas perdre de vue notre but. Ce n'est pas fini, loin de là. Tu es toujours avec moi ?

C'était assez brutal de ma part. En gros, je venais de lui dire que je craignais qu'elle se laisse emporter par ses émotions au point de faire une bêtise. Spader l'avait fait plus d'une fois, et cela nous avait coûté cher. Je ne pouvais pas laisser Loor faire la même erreur.

— Maintenant, Pendragon, c'est une affaire personnelle, a-t-elle répondu. Mon meilleur ami est mort et mon peuple meurt de soif. Si Saint Dane en est responsable, il va le payer cher.

J'ai senti la colère vibrer dans sa voix. On était à la croisée des chemins. Pas question de prendre la tangente. C'était à moi de m'en assurer.

— Tu n'es pas la seule à avoir perdu des amis et des membres de ta famille, ai-je dit tout aussi fermement. Ton territoire n'est pas le seul qui soit menacé. On est allés trop loin pour laisser Saint Dane nous pousser à faire une bêtise. Nous avons tous commis des erreurs, et pas des moindres, et on en a payé le prix. Je ne te laisserai pas en faire autant. Pas ici. Alors respire profondément et reviens au présent !

Je lui ai jeté un long regard en soutenant le sien. Pas question de ciller. Loor démontrait toujours une inébranlable confiance en elle-même. C'était dans sa nature. Mais elle était loin d'être bête. Elle a hoché la tête. J'avais frappé juste. J'ai senti la tension se dissiper.

— Ne t'inquiète pas, Pendragon. Je sais toujours où je vais.

Sa voix s'était radoucie. Il y avait toujours la même intensité, mais elle avait repris le contrôle d'elle-même. Elle était à nouveau avec moi.

— Bien. Alors, où va-t-on ?

Loor a tendu le doigt droit devant. Je me suis retourné pour voir une lumière solitaire dans le lointain.

— Ça ou autre chose, ai-je dit.

Loor s'est dirigée vers ce fanal. On a dû continuer pendant environ une demi-heure. Ce qui donne une idée de la taille de cet océan souterrain. En se rapprochant, on a vu que ce n'était pas qu'une seule lumière, mais plusieurs. C'étaient des torches. Six, très exactement. Leur clarté chancelante éclairait juste assez alentour pour nous dévoiler un bout de rivage. Encore plus près, j'ai vu que l'une d'entre elles ne brûlait pas.

— Six torches embrasées qui en entourent une éteinte, ai-je dit. Serait-ce un symbole quelconque ?

— Celle du milieu n'est pas une torche, a répondu Loor.

J'ai plissé les yeux pour mieux voir. En effet, ce n'était pas une torche, mais une personne. C'était assez angoissant. Il ou elle se tenait là, sans bouger, dans la lumière fauve des torches. Était-ce une espèce de cérémonie ? L'être ne semblait pas porter les robes blanches classiques des Rokadors. Il était tout de noir vêtu.

— Doit-on aborder près de lui ? a demandé Loor.

— Je pense que oui, ai-je répondu. Ce ne peut être un piège, puisque personne ne sait que... Zut.

Une sueur froide a coulé le long de mon dos.

– Quoi? a demandé Loor.

Je n'ai pas répondu tout de suite. Je voulais être sûr de ce que j'avançais. Au fur et à mesure qu'on s'approchait, j'ai compris que j'avais raison. Mais je n'ai toujours pas pu répondre. Mon cerveau n'était plus relié à ma langue.

– Pendragon? a demandé Loor. Est-ce possible?

Inutile de répondre : elle savait déjà. Là, sur le sable, entouré de torches, se tenait un grand homme vêtu d'un costume noir. Il était complètement chauve. On était encore trop loin pour voir les veines rouges sillonnant son crâne du front à la nuque comme des éclairs sanglants. Mais même à cette distance, on pouvait distinguer ses yeux. Ses yeux d'un bleu glacial. Les flammes des torches s'y reflétaient, dansant comme une lueur interne et maléfique. Et c'est ce qu'il était. Le Mal incarné. Alors qu'on se rapprochait du rivage, il a levé la main pour nous saluer.

Droit devant, venu nous accueillir, se tenait Saint Dane.

Journal n° 22
(suite)

ZADAA

Loor tenait la barre d'une main. De l'autre, elle a cherché son arme.

— Non, l'ai-je averti.

— Toute cette histoire peut se terminer ici et maintenant, a dit Loor entre des dents serrées.

— Oh, non, ai-je répondu d'une voix qui se voulait calme, ce qui n'était pas facile, vu que l'adrénaline coulait dans mes veines. On doit savoir ce qui se passe.

Le regard de Loor restait vrillé sur celui de Saint Dane. Ce type était responsable de la mort de sa mère et peut-être du meurtre de son meilleur ami, sans oublier tout le mal qu'il avait pu provoquer dans sa quête démentielle pour dominer Halla. Loor n'était pas du genre à négocier avec ses ennemis. Elle était plutôt du genre à cogner d'abord et à discuter ensuite.

— S'il se montre sous sa véritable identité, ai-je dit, c'est qu'il veut nous parler. Il faut qu'on l'écoute. C'est le seul moyen de savoir ce qui se passe.

Je savais que Saint Dane avait la main. L'enjeu était trop important, notamment l'avenir de Halla. Il était inutile de chercher l'affrontement à ce stade. Ce qui veut dire que j'en étais à protéger ce démon des foudres de Loor. Celle-ci a réussi a détacher les yeux de Saint Dane pour se tourner vers moi.

— Je veux bien écouter ce qu'il a à dire, Pendragon.

Apparemment, ça lui faisait mal de l'accepter. Pourvu qu'elle dise vrai. Elle a échoué le bateau sur le rivage de sable. J'ai sauté à terre et l'ai sorti de l'eau. Au cas où vous vous posiez la question, Saint Dane n'a rien fait pour m'aider. Il est resté planté au centre du cercle de torches, à nous regarder. Manifestement, c'était à nous de venir à lui. Bon. Peu importe.

– Garde ton calme, ai-je murmuré à Loor.

On est allés se placer en bordure du cercle, à quelques mètres à peine du démon. Pendant un long moment, personne n'a rien dit. Peut-être parce que personne ne voulait être le premier à passer à l'action. Il paraît qu'il vaut mieux éviter ça.

– Je suis heureux de voir que tu vas mieux, Pendragon, a fini par dire Saint Dane.

– Vraiment? ai-je rétorqué en mettant un maximum d'ironie dans ce simple mot. Alors pourquoi m'avoir envoyé à l'hôpital?

Saint Dane a eu un petit rire. Je l'amusais. Parfait.

– Et maintenant, a-t-il repris avec un rictus satisfait, tu te fais passer pour un guerrier ghee. Comment dit-on chez vous? C'est carnaval?

Il cherchait à me faire sortir de mes gonds. Mais je ne tomberais pas dans le panneau.

– En parlant de mascarade, ai-je repris, vous m'avez étonné. Bokka connaissait votre nom. Votre *vrai* nom. Ça ne vous ressemble pas. En général, un lâche comme vous se cache derrière d'autres identités.

Saint Dane m'a regardé de ses yeux brûlants et m'a décoché un sourire sans joie. C'était parti.

– Ahhh, oui. Bokka. Le brave petit garde tiggen. J'ai cru comprendre que c'était un ami à toi, Loor? Dommage qu'il ait fini par trahir son peuple. J'espère qu'il est mort dans d'horribles souffrances.

Avant que j'aie pu réagir, Loor a bondi vers Saint Dane tout en tirant son arme de son harnais. Saint Dane n'a pas réagi; c'était inutile. À peine Loor était-elle entrée dans le cercle de lumière que deux gardes tiggens ont jailli de nulle part pour la plaquer au sol. Deux autres se sont précipités sur moi et m'ont maintenu les bras. Un dernier est entré dans le cercle, muni d'une arbalète bourrée de flèches métalliques, prêt à tirer. Je l'ai reconnu. C'était l'assassin de Bokka. Saint Dane l'a regardé.

– Mon ami ici présent est un tireur d'élite. Je suis sûr qu'il ne lui a fallu qu'une flèche pour envoyer Bokka *ad patres*. Bien qu'il en ait certainement tiré d'autres par mesure de précaution.

Loor s'est tortillée de rage, luttant pour se relever, mais les gardes la maintenaient face contre terre. Saint Dane est allé s'agenouiller à ses côtés d'un pas détendu.

Tu voudrais bien me tuer, hein ? a-t-il dit, très calme. Et moi qui vous prenais pour des parangons de vertu, toi et tes amis. Mais vous êtes capables de faire le mal, comme tout le monde. Peut-être même plus encore. Et pourtant, vous croyez avoir le bon droit pour vous, du moment que vos actes servent vos desseins dévoyés.

Loor a lutté pour se libérer.

– Pourquoi fallait-il qu'il meure ? a-t-elle grondé entre ses dents serrées. Il n'a rien à voir avec tout ça.

– Tu te trompes, ma chère, a susurré Saint Dane. Bokka s'est profondément impliqué dans cette histoire. Quand les gardes tiggens ont découvert qu'il allait donner la carte menant à Kidik à un Ghee, il avait signé son arrêt de mort. (Il s'est approché de l'assassin tiggen et a posé une main sur son épaule.) Mais ça ne m'a pas vraiment étonné. Je savais que Bokka allait se précipiter pour vous rejoindre. C'est pour ça que je lui ai donné cette carte.

Loor a hurlé et s'est débattue, mais les gardes la tenaient bien. J'aurais bien voulu la rejoindre, mais j'étais prisonnier, moi aussi. J'ai regardé l'un des gardes droit dans les yeux et j'ai dit fermement :

– Lâchez-... moi.

Il m'a rendu mon regard, et alors, il s'est passé quelque chose de bizarre. Il m'a lâché. Je me suis tourné vers l'autre garde et j'ai dégagé mon autre bras. Tous deux sont restés là, à me dévisager comme des crétins.

– Bien joué, Pendragon ! m'a lancé Saint Dane. Tu commences à apprendre !

Je me suis agenouillé auprès de Loor et j'ai posé doucement une main sur son dos afin de la calmer. J'ai baissé mon visage près du sien et lui ai chuchoté :

– Laisse-moi faire ça à ma façon.

Ses yeux brûlaient de haine et de colère. Nos regards se sont croisés. Je l'ai vue reprendre peu à peu le contrôle d'elle-même.

Elle a hoché la tête. J'ai caressé ses cheveux, puis me suis levé et tourné vers Saint Dane.

– Libérez-la, ai-je demandé calmement.

– Ton chien de garde est en laisse ?

– Libérez-la, ai-je répété sans changer de ton.

Les gardes tiggens ont regardé Saint Dane. Il a opiné, et ils se sont écartés de Loor le plus vite possible, comme s'ils libéraient une bête sauvage. Mais ils étaient prêts à lui sauter dessus au premier geste déplacé. Le tireur d'élite gardait son arbalète braquée sur elle. Loor ne s'est pas relevée d'un bond, contrairement à son habitude. Je crois qu'elle essayait encore de reprendre ses esprits. Je l'ai aidée à se redresser. Quand on s'est retrouvés face à face, je lui ai fait un sourire et un clin d'œil rassurants. Elle a hoché la tête. Elle était de nouveau avec moi.

Je me suis tourné vers Saint Dane.

– Bon, donc, vous avez donné la carte à Bokka pour qu'il nous envoie dans un piège… Bravo. C'était bien vu. Mais pourquoi ?

Saint Dane a eu un petit rire.

– Pour sauver vos vies, bien sûr.

Je ne m'attendais pas à ça. Je n'ai pas su quoi répondre. Saint Dane a plongé une main dans sa poche et en a tiré une petite coiffe sans rebord. Il l'a posée sur sa tête pour cacher ses cicatrices rougeoyantes.

– Mon séjour chez les Rokadors a été si reposant ! Pas de triche, pas de faux-semblants. Je me suis présenté tel que j'étais et les ai aidés à façonner leur propre avenir. Ç'a été une démonstration parfaite.

– De quoi ?

– De ma capacité à contrôler Halla, bien sûr, a t-il répondu comme si c'était une évidence.

– Qu'est-ce qui va se passer maintenant ? ai-je demandé en tentant de cacher mon désespoir.

– Mon garçon, a répondu Saint Dane, lorsque tout commencera, seuls ceux qui ont la chance de se trouver sur cette île souterraine survivront. Je vous ai épargnés pour que vous puissiez voir l'avenir de Zadaa. Et pourquoi pas ? Après tout, vous avez contribué à sa création. (Il s'est tourné vers les gardes tiggens.) Veuillez montrer leurs chambres à nos invités.

Sur ce, il m'a souri, a tourné les talons et s'en est allé.

– Que va-t-il se passer ? lui ai-je crié.

– Patience ! a-t-il répondu. Tu le sauras bien assez tôt. (Il s'est arrêté et s'est tourné pour ajouter) : Oh, j'ai failli oublier. Si tu te sens coupable de passer tant de temps avec Loor, ne prends pas cette peine. Courtney Chetwynde s'est trouvé un nouveau soupirant.

Il m'a décoché un petit sourire satisfait avant de repartir. Sa remarque était si inattendue que je n'ai su comment y répondre. Il venait de m'arracher à Zadaa pour me renvoyer en Seconde Terre.

– Comment savez-vous ça ? lui ai-je crié.

– Voyons, Pendragon ! a raillé Saint Dane. Ne me dis pas que tu es jaloux !

– Ne vous approchez pas de Courtney ! ai-je hurlé.

J'ai fait un pas pour le suivre, mais Loor a posé la main sur mon épaule pour m'en empêcher. C'était à son tour de calmer le jeu.

Saint Dane a fait un signe au tireur à l'arbalète et a marché vers un amas de gros rochers alignés en bordure de la plage. Le tueur lui a emboîté le pas. Saint Dane n'a pas changé d'apparence. Il est parti tout naturellement. Aussi bizarre que ça puisse paraître, ça m'a flanqué les boules. Que Saint Dane agisse comme un humain normal était dérangeant au possible. Peut-être parce qu'il était plus facile de voir en lui un être incroyable, surnaturel. Il était plus dur d'admettre qu'une créature aussi maléfique puisse être un humain comme les autres. Ça m'a donné un frisson.

– Calme-toi, Pendragon, a dit Loor d'une voix douce.

– Il est allé en Seconde Terre, ai-je répondu, pris de panique.

– Peut-être, a-t-elle repris. Ou il veut juste te chambouler l'esprit.

– Dans ce cas, il a réussi !

Avant qu'on ait pu faire quoi que ce soit, les gardes tiggens se sont emparés de nous et de nos armes. Ils nous ont entraînés dans la direction qu'avait prise Saint Dane. Loor m'a jeté un regard qui disait : « Tu crois qu'on doit leur régler leur compte ? » Elle avait besoin d'action, et je commençais à la comprendre. J'avais du mal à garder le contrôle de mes émotions. Mais Saint Dane voulait nous faire perdre la tête. Et on ne devait pas rentrer dans son jeu.

— Non, ai-je dit en secouant la tête. Pas encore. Il faut en apprendre davantage.

À contrecœur, Loor a laissé les gardes nous emmener. Au-delà des rochers marquant le bout de la plage, on a emprunté un sentier de graviers. J'ai eu l'impression d'aborder un grand champ jonché de caillasses, mais il faisait trop noir pour que je puisse en juger. J'ai eu la pensée idiote que j'aurais bien voulu voir cet endroit à la lumière du jour. Ben voyons. Du jour. Là en bas, il n'y avait jamais de soleil. Déprimant, hein ? Je n'avais même pas idée de l'heure qu'il était.

Le chemin a continué à flanc de colline. Une fois au sommet, on a eu une meilleure vue des alentours. Saint Dane a dit que c'était une île. Il nous fallait le croire sur parole, parce que dans l'obscurité il était impossible de savoir où commençait la mer et où se terminait la terre. Par contre, ce qu'on a pu voir, c'est un groupe de bâtiments. Ils devaient être à moins d'un kilomètre du sentier. C'était un amas complexe de pierre et d'acier. Il y avait une structure centrale particulièrement imposante, de la taille d'un hangar à avions. Tout autour, il y avait des immeubles de taille et de hauteur différentes. Ils étaient faciles à distinguer car, dans la plupart d'entre eux, il y avait de la lumière aux fenêtres. C'était le premier signe de vie depuis qu'on avait quitté la surface. On avait enfin retrouvé les Rokadors.

— C'est une forteresse ! a dit Loor, admirative.

Elle avait dû lire mes pensées. Les bâtiments intérieurs étaient entourés d'autres décrivant un cercle, comme dans un fort. Si les Batus voulaient attaquer, ils devraient d'abord traverser cet océan, à découvert, puis envahir ce complexe. Jusque-là, on s'était trompés du tout au tout. Les Rokadors ne tiendraient pas le siège à Kidik, mais affronteraient les Ghees ici, sur cette île. C'était là le champ où se déroulerait la bataille pour Zadaa.

Les gardes tiggens nous ont poussés sur le chemin et nous ont amenés à un des bâtiments de ceinture. On a traversé un long couloir de pierre aux murs constellés de lumières. Il y avait plusieurs portes de chaque côté, espacées de quelques mètres. Des portes munies de barreaux. C'était une prison. Ils nous ont fait entrer dans une des cellules et se sont empressés de boucler la porte. Loor et moi nous sommes retournés pour voir un drôle de spectacle.

Les gardes tiggens avaient retiré leurs capuches. Vu qu'on était sous terre, ils ne portaient pas de lunettes. Comme les autres Rokadors, ces types avaient la peau blême et des yeux d'un vert éblouissant. Et ils étaient tous blonds. Mais ce qu'il y avait d'étonnant, c'était la façon dont ils nous regardaient. On représentait l'ennemi, une tribu qui cherchait à les annihiler. On aurait pu croire qu'ils nous jetteraient des regards pleins de haine, et pourtant non. C'est assez difficile à décrire, mais on aurait dit que leurs regards étaient empreints de tristesse. Je suis sûr qu'ils auraient voulu nous dire quelque chose, mais n'y arrivaient pas. Tous les cinq, ils restaient là, dans l'entrée, avec ce même air douloureux. J'ai tenté ma chance et demandé :

– Qu'est-ce qui se passe ?

Les gardes se sont regardés d'un air nerveux et sont partis en vitesse, comme s'ils s'étaient déjà trop attardés. L'un d'entre eux s'est posté devant notre cellule pour nous garder.

– C'est… bizarre, ai-je dit à Loor.

Elle n'avait pas l'air contente.

– Je t'ai fait confiance, Pendragon, a-t-elle dit. Et maintenant, nous voilà en cage. Je ne peux rester là pendant que les Batus attaquent.

– Je croyais qu'on voulait les empêcher de passer à l'assaut, lui ai-je rappelé.

– Comment ? a demandé Loor. On n'a plus le temps. Quand on est partis de Xhaxhu, les Ghees se rassemblaient. Ils faisaient venir des milliers d'autres Batus en prévision de l'assaut. Et ils n'avaient aucun mal à trouver des volontaires. Ils sont assoiffés et furieux. Lorsqu'ils découvriront cette mer souterraine, ils ne feront pas de quartier.

– Mais Saint Dane mijote quelque chose, lui ai-je rappelé. Il a dit que les gens de cette île seraient les seuls survivants. Je doute qu'il espère que les Rokadors affrontent les Batus à la loyale. Il est trop malin pour ça.

– Raison de plus de quitter cette prison, a conclu Loor.

Elle a examiné notre cellule. C'était une pièce assez vaste avec deux lits de pierre. Il n'y avait même pas de toilettes ou d'évier.

Une fenêtre munie de barreaux s'ouvrait sur... rien. Loor a empoigné les barreaux de fer et les a secoués violemment. Ils n'ont pas bougé. Elle a abandonné et a fait de même avec les barreaux de la porte. Elle n'a récolté qu'un cliquetis de verrou et un regard noir du garde tiggen posté à l'extérieur.

– Saint Dane veut juste nous impressionner, ai-je dit. Il n'a pas l'intention de nous garder ici. Il veut qu'on soit aux premières loges pour assister à la réussite de son plan, quel qu'il soit.

– Et s'il y parvient, nous aurons échoué.

Loor s'est assise sur un des lits de pierre, l'air penaud.

Je commençais à croire que j'avais commis une erreur. Nous n'avions rien à faire ici. On devait découvrir ce que mijotait Saint Dane. Que complotait-il ? Il n'allait pas faire la guerre à lui tout seul. Comme toujours, il jouait sur les deux tableaux. Il avait fait assassiner la seule personne susceptible d'empêcher les Batus de passer à l'attaque. Et là, il faisait ami-ami avec les Rokadors. Il voulait la guerre, c'était clair, mais ce n'était pas tout. Il y avait toujours un but caché. Et il fallait le découvrir.

– Teek, a soudain dit Loor.

– Pardon ?

– Teek, l'ami de Bokka. Tu l'as croisé à la ferme. Je le connais depuis aussi longtemps que Bokka.

– Oui, ce type qui avait peur des insectes. Eh bien ?

– S'il est là, il va nous aider.

Je ne connaissais ce Teek ni d'Ève ni d'Adam, mais je n'allais pas discuter. Je n'avais pas d'autre solution à proposer. Je suis allé à la porte et j'ai regardé le garde tiggen posté devant. Il restait là, le regard dans le vide. Il ne se passait rien de spécial, mais il avait l'air hors d'haleine. Pas de doute, quelque chose le travaillait.

– Salut, ai-je dit.

Il m'a jeté un coup d'œil, puis s'est empressé de détourner le regard. Ouais, il avait la frousse.

– Tu sais ce qui va arriver, hein ? ai-je demandé calmement. Ça ne sera pas beau à voir.

Il n'a même pas voulu me regarder.

J'étais un Voyageur. L'oncle Press m'a dit que nous avions des pouvoirs de suggestion. Je ne savais pourquoi ni d'où venait cette faculté, mais je l'avais vue à l'œuvre. Gunny était plutôt doué, tout comme l'oncle Press. Malheureusement, je n'avais pas leurs capacités. Avec moi, ça ne semblait fonctionner que lorsque j'essayais d'influencer quelqu'un déjà sous pression. Ou en colère. C'était le cas de ce garde tiggen. Si j'avais une chance d'exercer ma magie, c'était bien sur ce type. J'ai fait de mon mieux pour me vider l'esprit, effacer toute émotion, tout doute, et me concentrer sur ce garde.

— Nous avons un ami chez les Tiggens, ai-je énoncé. Il s'appelle Teek.

Voilà qui l'a fait réagir. Il m'a jeté un bref regard surpris. Il connaissait Teek.

— Teek est un ami à nous, ai-je répété. Il voudra sûrement savoir qu'on est là. Savez-vous où il se trouve ?

Le type s'est tortillé nerveusement. Impossible de dire s'il me suivait ou pas.

— Pouvez-vous aller trouver Teek et lui dire que nous sommes là ? lui ai-je demandé avec un maximum de sincérité.

Il avait l'air tiraillé. Il m'a regardé plusieurs fois comme s'il voulait dire quelque chose. Je n'ai pas insisté. J'avais l'impression qu'un poisson venait de mordre à l'hameçon, mais que je risquais de le perdre si je cherchais à le sortir de force.

— Ce que vous me demandez, a-t-il dit d'une voix qui se brisait, pourrait me valoir le peloton d'exécution.

— Je ne vous demande rien d'extraordinaire, juste de prévenir Teek de notre présence.

Il a fermé les yeux. Il était vraiment déchiré. Était-ce à cause de mes pouvoirs de persuasion ou parce qu'il me cachait quelque chose ? Finalement, il s'est tourné vers moi. Son angoisse était presque palpable. Il était au bord des larmes.

— Quoi qu'il arrive, dit-il, vous devez savoir que la plupart d'entre nous n'ont pas eu leur mot à dire. On est des victimes. J'ai encore du mal à le croire.

— Croire quoi ? ai-je demandé. Que s'est-il passé ?

Il a tourné les talons et il est parti en courant.

— Attendez ! ai-je crié.

Trop tard. Mon poisson m'avait échappé. Je craignais d'avoir tiré trop fort. Je me suis retourné. Loor se tenait là, derrière moi.

— Que veut-il dire ? ai-je demandé.

— Cet homme meurt de peur, a-t-elle répondu. Mais je ne crois pas que ce soient les Batus qui l'effraient. Il est vraiment secoué. Il se passe quelque chose d'autre.

— Tu crois qu'il va trouver Teek ?

— Je ne sais pas, mais c'est notre seule chance de sortir d'ici.

Pour l'instant, on ne pouvait rien faire. Comme j'avais besoin de faire le point, je me suis assis, j'ai tiré le papier et le crayon qui ne quittent jamais ma sacoche de cuir et me suis mis à rédiger ce journal. J'espérais qu'en couchant toute l'histoire sur le papier, je découvrirais ce qu'on avait raté. J'ai donc tout décrit dans les moindres détails afin de percer à jour le plan de Saint Dane. Et j'en revenais toujours à un même élément : Bokka. Il savait ce qui se tramait. « Un cauchemar », avait-il dit. J'imagine que lorsque lui et les autres gardes tiggens étaient retournés à Kidik, ils avaient découvert quelque chose de si terrible qu'il a jugé bon de revenir nous mettre dans la confidence, même au péril de sa vie. Et quoi que ce soit, ça mettait sur les nerfs jusqu'aux gardes tiggens. Alors qu'était-ce ?

Ça faisait une demi-heure que j'écrivais et j'allais rouler ce journal pour vous l'envoyer lorsque j'ai entendu une petite voix venant du couloir.

— Loor ?

On a levé tous les deux les yeux. Le Tiggen nommé Teek était là, de l'autre côté des barreaux.

— Teek ! s'est écriée Loor en courant vers lui, avec votre serviteur sur les talons.

Il n'était pas beau à voir. On aurait dit qu'il n'avait pas dormi depuis une semaine. Apparemment, quel que soit ce grand secret, il était au courant.

— Bokka ? a-t-il demandé.

Loor a froncé les sourcils.

— Il a été tué. Par l'archer aux flèches de métal. Désolée.

Teek a baissé la tête. J'ai vu des larmes couler le long de ses joues.

— Il était allé te chercher, a-t-il dit d'une voix étranglée. Pour t'avertir.

— De quoi ?

Il nous a regardés tous les deux de ses yeux rougis et larmoyants.

– Qui est Saint Dane? a-t-il demandé. Il dit qu'il est d'une tribu de l'autre bout du désert. S'agirait-il d'un de tes ennemis, Pendragon? Ces Red Sox?

Dans d'autres circonstances, ç'aurait été plutôt drôle.

Ce n'est pas un allié, ai-je dit. Ni des Batus, ni des Rokadors.

Teek a hoché la tête. Comme si je ne faisais que confirmer ce qu'il soupçonnait déjà.

– Alors que fait-il là? a-t-il demandé.

– C'est une très longue histoire, ai-je répondu.

– Je vous en prie, vous devez me croire! a repris Bokka. On ne savait pas. La plupart des gardes tiggens sont disséminés aux quatre coins des souterrains. On nous a menti. On a cru tout ce que l'élite nous a raconté.

– Que les Rokadors détournent les rivières? ai-je demandé.

– Ce n'est qu'un début! s'est écrié Teek. C'est un cauchemar.

– Dis-nous tout, Teek, a dit Loor d'une voix douce. On peut peut-être servir à quelque chose.

– Il est trop tard! Plus personne ne peut rien faire.

– On peut toujours empêcher que la situation empire, ai-je ajouté.

Teek a essuyé ses yeux brillants de larmes et a inspiré profondément. Il a acquiescé comme s'il avait pris sa décision et a déverrouillé la porte de la cellule.

– Je vais tout vous dire, mais vous devez le voir de vos yeux, a-t-il dit. Je vous y mènerai. Sans ça, vous ne pourrez pas vraiment comprendre.

– Où allons-nous? a demandé Loor.

– D'abord, voir l'élite des Rokadors, a répondu Teek. Ils prennent un dernier repas en compagnie de celui qui se fait appeler Saint Dane.

Journal n° 22
(suite)

ZADAA

Lorsqu'on est sortis de notre cellule, j'ai vu que Teek avait apporté nos armes. Bonne idée, sauf que deux bâtons ne serviraient pas à grand-chose face à la tribu des Rokadors au grand complet. Néanmoins, ça faisait plaisir de les retrouver. Je suis sûr que Loor pensait de même. Teek nous a guidés le long d'un trajet court et sinueux à travers les couloirs du bâtiment. J'imagine qu'on était au sous-sol, car les chambres ressemblaient aux tunnels du réseau souterrain. Il n'y avait pas grand-chose à voir, uniquement des murs de pierre et des portes closes. Teek avait l'air de savoir où il allait, ce qui était étonnant, car ces couloirs se ressemblaient tous. Après quelques virages, on s'est retrouvés devant une porte close.

— Ne faites pas de bruit, a dit Teek. Nous sommes juste en dessous des salles de repas de l'élite. Cette porte mène à un tunnel qui sert à l'aération.

— Qui est cette élite ? ai-je demandé.

— Nos dirigeants, a répondu Teek. Ils gouvernent les Rokadors, édictent les lois et servent de juges.

— Ça fait bien du pouvoir, ai-je remarqué. Sont-ils élus ?

— Ils sont les descendants des premiers Rokadors… ceux qui ont découvert ces souterrains il y a bien des générations.

Teek s'est tu et a fermé les yeux. On aurait dit qu'il était soudain bouleversé.

— Ça va ? a demandé Loor.

— Ça va, a répondu Teek après avoir inspiré profondément. On peut entendre ce qu'ils se disent, mais si jamais on se fait prendre…

Il n'a pas fini sa phrase. Ce qui était assez éloquent en soi. Autant éviter ça.

Il a ouvert silencieusement la porte et l'a franchie. Loor et moi l'avons suivi. On s'est retrouvés dans un espace au plafond si bas qu'on a dû se courber pour pouvoir marcher. Il semblait y avoir deux puits qui disparaissaient dans les ténèbres. Teek nous avait déjà expliqué qu'ils servaient de conduits d'aération. En effet, j'ai senti une vague brise, comme si l'air se déplaçait. Mais on n'était pas là pour s'inquiéter de ventilation. Au plafond, de la lumière filtrait à travers plusieurs petites fentes d'une trentaine de centimètres de long et un de large. Teek s'est approché de cette source de clarté et nous a fait signe de regarder. Ces fentes donnaient sur la pièce qu'elles étaient censées ventiler. Et surtout, en regardant à travers, on pouvait distinguer à l'intérieur. D'après l'angle de vision, je dirais qu'elles se trouvaient à la base du mur. L'endroit rêvé pour espionner ce qui s'y passait.

La salle elle-même ne ressemblait à rien de ce qu'on avait vu dans ce monde souterrain. Elle était assez vaste pour contenir une grande table. Il y avait des tableaux aux murs et des meubles qui semblaient confortables. Partout, des bougies allumées. La table elle-même débordait d'un véritable festin. Des bols d'argent étaient bourrés de fruits bizarroïdes. À un bout de la table, il y avait un animal rôti, de l'autre côté, ce qui ressemblait à une dinde, et partout des gobelets remplis de boissons diverses. C'était un sacré repas – assez inattendu dans un endroit où l'on manquait cruellement d'eau et de provisions.

Loor et moi avons échangé un regard. Je savais qu'elle pensait la même chose que moi. Où étaient les horreurs que nous promettait Teek ? Ce n'était certainement pas dans cette pièce plutôt accueillante. J'ai compté dix Rokadors. L'élite régnante. Je présume que je m'attendais à voir des vieillards croulants avec plusieurs siècles d'expérience à eux dix pour prendre les meilleures décisions concernant l'avenir de leur peuple.

Eh bien… pas du tout.

Deux d'entre eux étaient âgés. Un des types était si vieux qu'il semblait à peine capable de sortir de son fauteuil. Je crois qu'il dormait… en bavant. Je vous assure, un filet de salive coulait de sa bouche jusqu'à sa poitrine. La classe. Mais c'était un groupe assez disparate. Trois d'entre eux, deux hommes et une femme, étaient adultes. Un gars et une fille avaient l'air plus proches de mon âge. Et il y avait deux petits enfants. Je vous assure, c'était presque des bébés. Tous avaient la peau blême, le teint cireux et les yeux verts des Rokadors et portaient ces habituelles robes blanches. C'était bien un jour de fête, car elles arboraient des broderies dorées comme celles que je portais au festival d'Azhra.

Tout le monde dînait rapidement, s'empiffrant comme si c'était leur dernier repas. Et je n'exagérais pas. Ils fourraient de gros bouts de viande dans leurs bouches avant même d'avoir fini de mâcher et faisaient passer tout ça avec de grands gobelets d'eau. Ce qui m'a d'abord étonné avant que je me souvienne que, là en bas, il n'y avait pas de pénurie.

Oh, j'oubliais, il y avait encore un convive parmi cette assemblée : Saint Dane. Il était assis en bout de table et regardait l'élite se goinfrer. Lui ne mangeait pas. Il se contentait d'une gorgée d'eau de temps en temps. Ce spectacle semblait beaucoup l'amuser. Il les toisait avec un mince sourire, comme une araignée qui sait ne pas avoir à se donner le moindre mal, puisque toutes les mouches sont engluées dans sa toile. Toute cette débauche a fini par me soulever l'estomac. Je ne sais pas si c'est parce que j'étais dégoûté, si j'avais peur ou, plus prosaïquement, parce que j'étais affamé. Les trois, sans doute.

Finalement, une des adultes s'est levée et s'est adressée au groupe :

— Portons un toast, a-t-elle dit en tendant son gobelet, à notre ami du fin fond du désert. Lorsqu'il est venu à nous, il était un étranger, mais il a gagné notre confiance et notre amitié. Il a su nous conseiller et restera dans l'histoire comme l'artisan de la résurrection des Rokadors. À Saint Dane !

— À Saint Dane ! ont-ils repris en levant leurs verres.

Saint Dane a souri et levé les mains d'un air modeste, comme pour dire : « Allons, ce n'est rien ! » Révoltant. Quoi qu'il ait pu raconter à ces gens, ils étaient persuadés qu'il était venu les aider. Ça m'a donné une drôle d'impression. Ceux qui étaient présents dans cette salle l'aimaient. Je l'ai lu dans leurs yeux. Ils buvaient à sa santé, ils lui offraient un festin de roi, ils le remerciaient de ce qu'il avait fait pour eux. Ils devaient sans doute penser à lui faire édifier une statue. Ils ignoraient que le chemin qu'il leur avait tracé les mènerait à leur perte. C'était angoissant. Et quelle était cette horrible vérité dont Bokka avait tenté de nous parler?

Saint Dane s'est essuyé la bouche et s'est levé.

– Mes amis, a t il déclaré. Et je suis honoré de vous appeler mes amis. Aujourd'hui marque un nouveau début. Votre sage décision nous permettra d'enterrer le passé récent et d'embrasser des lendemains qui chantent. Enfin, les Rokadors vont pouvoir croître et prospérer d'une façon qui, il n'y a pas si longtemps, aurait paru impossible. À partir d'aujourd'hui, tout vous est possible. J'applaudis votre courage et votre lucidité.

Sous leurs acclamations, il a levé son verre. L'adoration a continué jusqu'à ce qu'un des hommes plus âgés se mette debout et lève la main pour demander la parole.

– Je partage votre gratitude envers Saint Dane, qui nous a été d'un grand secours. Nous sommes à l'orée d'un nouvel avenir. Un avenir sans risques. Mais j'avoue que la façon dont nous devons l'assurer me dérange. C'est maintenant que nous sommes là, à profiter de ce repas, que nous devons nous poser la question : avons-nous raison de prendre des mesures aussi radicales?

Il y a eu quelques murmures soucieux. Certains ont acquiescé pour montrer qu'ils approuvaient le vieux bonhomme, d'autres ont secoué négativement la tête. Les deux gamins ont continué de manger; je crois qu'ils se moquaient de toute cette histoire. Je m'attendais presque à ce qu'ils se lancent des fruits au visage.

Saint Dane s'est levé une fois de plus et a repris le contrôle de la situation.

– Vous êtes un sage, a-t-il dit au vieil homme. Votre prudence est une preuve de votre sagesse. En guise d'assurance, je n'ai à vous offrir que ma propre expérience. Ma tribu a connu la même situation. Le choix a été tout aussi difficile, mais après avoir examiné toutes les possibilités, la conclusion s'est imposée d'elle-même. Au final, nous avions deux possibilités : vivre ou mourir. Nous avons choisi de survivre, et le simple fait que je sois là aujourd'hui prouve que nous avons fait le bon choix. Aujourd'hui, vous, l'élite gouvernante des Rokadors, vous retrouvez face à un choix semblable. Le chemin que vous suivez n'est pas des plus agréables, je ne prétendrai pas le contraire. Mais avez-vous vraiment le choix ? Ce n'est pas à moi de vous rappeler que vous êtes passés à deux doigts de l'extinction. Le processus est enclenché. Si vous ne voulez pas sentir l'ombre noire de la mort planer sur vos têtes, je vous suggère de vous libérer… et de vivre !

– À Saint Dane ! a crié le vieillard endormi qui venait de se réveiller.

Il a sauté de sa chaise en tendant son gobelet. Je n'aurais jamais cru qu'il puisse se déplacer si vite. Ou bouger, tout court.

– À Saint Dane ! se sont écriés les autres en se levant d'un bond.

Même le vieil homme qui venait de remettre en question leurs plans a pris son verre et l'a levé avec les autres. Quoi qu'ils préparent, il était trop tard pour l'arrêter.

Teek m'a touché l'épaule et nous a fait sortir du conduit de ventilation. Une fois la porte refermée, j'ai demandé :

– De quoi parlaient-ils ? Que va-t-il se passer ?

– Suivez-moi, a répondu Teek, et il s'est enfoncé dans le bâtiment.

– Cette troupe de clowns est l'élite des Rokadors ? ai-je demandé. Comment sont-ils choisis, par tirage au sort ?

– Comme je l'ai dit, a repris Teek, ce sont des descendants des Rokadors originels, ceux qui ont découvert ces souterrains.

– Donc, ils font ce boulot à cause de leurs ancêtres, pas parce qu'ils sont compétents pour le faire ?

– C'est une façon de voir.

– C'est la seule façon de voir, ai-je rétorqué. Il y avait deux gamins là-bas ! Je suis sûr que Saint Dane a eu bien du mal à les convaincre de… ce dont il voulait les convaincre !

Il fallait que je me calme. C'était leur problème. Je n'avais pas à juger de la façon dont les Rokadors menaient leurs affaires, même si elle me semblait stupide. Je m'inquiétais davantage de cette grande décision qu'ils avaient prise. Ou plutôt la décision que, en les manipulant comme des pions, Saint Dane leur avait fait prendre.

Teek nous a menés jusqu'au bout d'un long couloir, où se trouvait une porte bien différente des autres : elle était faite de métal. Il s'est arrêté et s'est tourné vers nous.

– Faites très attention. Il y a des gardes tiggens là-dedans.

– Et quoi d'autre ? ai-je demandé.

Teek n'a pas répondu, mais il a ouvert la porte et est entré. J'ai jeté un regard nerveux à Loor. Allions-nous enfin voir ce cauchemar dont Bokka nous avait parlé ? On a suivi Teek pour se retrouver sur une étroite passerelle d'acier dominant une salle immense. Ce qui était surprenant, parce que je croyais qu'on était déjà au sous-sol du bâtiment. Or cette salle faisait bien plusieurs étages. Ça n'aurait pas dû m'étonner : ces gens-là savaient creuser. J'ai retrouvé mes esprits et compris ce que j'avais sous les yeux.

C'était une sorte de salle des machines. Il y avait des douzaines de grands cylindres argentés alignés contre les murs, tous reliés par d'énormes tuyaux. Le centre de la salle était occupé par un seul de ces mêmes tuyaux, bien plus grand que les autres, et qui s'étendait sur toute la longueur de la caverne. Elle devait bien faire sept mètres avec d'épaisses sections maintenues par des milliers de gros rivets. La moitié inférieure du tuyau était sous le plancher, si bien qu'on n'en voyait que la partie supérieure. Au sommet, il y avait une longue plate-forme. Et là s'étendait le panneau de contrôle complexe dirigeant la machinerie. Il y avait d'innombrables témoins clignotants, des petits cadrans et des jauges. Trois Rokadors se tenaient sur la plate-forme, surveillant les jauges et effectuant des ajustements mineurs sur les petits volants argentés contrôlant… Dieu sait quoi. Sous nos yeux, deux autres Rokadors ont grimpé les échelles menant à la plate-forme pour prendre leurs propres postes. Cet endroit vibrait d'énergie. On pouvait la sentir. Il y avait un bourdonnement sourd et continu. Il donnait une impression de… puissance.

– Voilà le centre de notre monde, a dit Teek. C'est la station de contrôle principale des rivières de Zadaa. De là, nous pouvons diriger les flots et puiser notre énergie.

L'hydroénergie. Bien sûr ! C'est comme ça que les Rokadors pouvaient s'éclairer. Ils utilisaient la puissance des rivières pour produire de l'électricité.

— Donc, c'est d'ici qu'on contrôle le débit et la distribution des eaux ?

Teek a acquiescé et nous a fait signe de le suivre à l'autre bout de la salle. On a traversé la passerelle pour emprunter la porte de fer située à l'autre extrémité. Teek l'a refermée derrière lui et s'est tourné vers nous.

— Quand les gardes tiggens sont retournés à Kidik, on a appris pourquoi les ingénieurs avaient fermé les stations secondaires dans tout le réseau. On nous a dit que c'était à cause de la sécheresse. En vérité, ils voulaient pouvoir tout contrôler d'ici. C'est comme ça qu'ils comptent vaincre les Batus.

On n'a pas eu à lui demander ce qu'il voulait dire par là. Il n'avait pas fini. Je crois qu'il avait besoin de parler. Tant mieux, car on ne demandait qu'à l'écouter. Teek avait l'air las, et triste. Il a inspiré profondément et a repris :

— Voilà le plan que Saint Dane nous a concocté. Lorsque les Batus attaqueront, nous attendrons qu'ils soient à nos portes pour être sûrs que l'essentiel de leurs troupes sont dans les souterrains. Lorsque la première vague atteindra les rivages de l'océan de Kidik, nous libérerons les eaux.

Loor et moi avons échangé un regard troublé.

— Tu peux t'expliquer ? s'est empressée de demander Loor.

— Ça veut dire qu'ils vont inonder les souterrains, a-t-il repris d'une voix tremblante. Tout ce qui se trouvera au-delà de cette île sera piégé et condamné à mort.

Stupéfaite, Loor s'est adossée au mur. J'ai eu l'impression d'étouffer. Nous savions enfin le dessein maléfique de Saint Dane pour Zadaa. Il avait trouvé le moyen de pousser l'une des tribus à détruire l'autre. Ça ne serait pas une guerre, mais un massacre.

— Tous les Ghees qui se trouveront dans les souterrains seront tués, a dit Loor d'une voix atone. Ils périront par milliers.

— Xhaxhu appartiendra aux Rokadors, ai-je repris. C'est le cauchemar dont parlait Bokka.

— Et pourtant non, a repris Teek.

— Bien sûr que si ! a crié Loor. Sinon, pourquoi les Rokadors voudraient-ils exterminer tant de Batus ? Vous voulez vous emparer de notre ville. Comment avez-vous pu prendre une telle décision ? Il n'y a pas si longtemps, les Batus étaient vos amis.

– Ce n'est pas tout, a répondu Teek en larmes.

– Quoi, il y a plus grave ? ai-je crié. Qu'y a-t-il de pire qu'un génocide ?

– Il y a pire. Je vous jure, personne ne nous a prévenus. Bokka, moi et la plupart des gardes tiggens. On nous a gardés dans l'ignorance. On n'était pas là. On n'a rien vu. On savait que l'élite préparait la guerre, mais on ne savait pas pourquoi. Ce n'est qu'à notre retour qu'on a découvert la vérité.

– La vérité, a répété Loor. Bokka aussi a utilisé ce terme. Quelle est cette vérité ?

Teek a essuyé ses yeux.

– Je vais vous montrer.

On l'a suivi le long de plusieurs autres couloirs jusqu'à l'autre côté de l'immense bâtiment. Teek s'est arrêté devant une porte et nous a dit :

– La vérité est derrière cette porte. Ainsi que la véritable horreur.

Il a inspiré profondément pour se préparer, puis a passé la porte. Je ne savais si je voulais vraiment voir ce qu'il y avait de l'autre côté, mais je n'avais pas le choix.

On l'a suivi sur un balcon qui donnait sur un immense champ plat. Il devait s'étendre sur deux kilomètres devant nous et autant de large. Il était entièrement recouvert de petites pierres rondes et blanches. Il y en avait des milliers, de la taille d'un ballon de foot. Aussi loin que je puisse voir, elles étaient alignées à intervalles réguliers. Sur chacune d'entre elles, il y avait une petite lumière. Je ne savais à quoi m'attendre, mais certainement pas à ça. Je ne voyais rien d'horrible là-dedans.

Je me trompais.

– Ç'a commencé peu à peu, a dit Teek. Il n'y a pas eu de signes avant-coureurs. Avant que quelqu'un s'en inquiète, il était déjà trop tard. Nous ne sommes pas comme vous. Nous ne vivons pas exposés aux éléments. Nous n'avons pas votre résistance aux maladies.

– Que s'est-il passé ? ai-je demandé.

Teek a regardé la mer de pierres.

– Nous avons été frappés par un virus qui a provoqué une épidémie. Une épidémie mortelle.

J'ai regardé Loor. Elle ouvrait de grands yeux incrédules. On a contemplé la mer de pierres. Soudain, ces milliers de lumières ont pris un nouveau sens.

– C'est un cimetière, a dit Loor.

C'en était trop. Il devait y avoir une erreur quelque part. Il y en avait tant !

– Tu veux dire que chacune de ces pierres représente un Rokador victime de cette épidémie ?

– Non, a répondu Teek.

On a ressenti un moment de soulagement. Très bref.

– Chacune représente *cent* victimes de la maladie. Leurs cendres gisent sous les pierres.

Voilà qui m'a secoué. Mes genoux ont failli me lâcher. L'étendue de la tragédie était invraisemblable. On était là devant des centaines de milliers de morts.

– Ma famille a été éradiquée, a continué Teek. Celle de Bokka aussi. Mais nous n'en avons rien su, pas avant notre retour. On était partis depuis si longtemps et c'est arrivé si rapidement ! Voilà pourquoi tout était tenu secret. Ce n'est pas qu'une question de rivalité entre deux tribus. La survie de notre espèce est en jeu. On ne manque pas de place, on manque de population !

– Combien ont survécu ? ai-je demandé, sonné.

– Quelques centaines peut-être, a répondu Teek, qui pouvait à peine parler. Un millier, au grand maximum. L'élite et ses familles ont été protégées. Les gardes tiggens ont été épargnés parce qu'ils n'étaient pas là. La plupart des ingénieurs qui opèrent dans la centrale ont survécu. Tout comme nos ambassadeurs à Xhaxhu.

– Le virus est-il toujours virulent ? a demandé Loor.

– Non. Les docteurs ont enfin réussi à le contrôler. C'est déjà arrivé une fois dans notre histoire. Des milliers des nôtres sont morts avant qu'on puisse trouver un antidote. Je ne sais pourquoi on a mis si longtemps à l'identifier cette fois-ci. L'épidémie aurait dû être contenue bien plus tôt, mais on ne l'a pas fait.

Mon petit doigt m'a dit que Saint Dane avait probablement quelque chose à voir là-dedans.

— On nous a dit que si les Batus découvraient à quel point nous sommes affaiblis, ils nous envahiraient. L'élite a décidé que nous frapperions les premiers. Nous ne voulons pas vivre à Xhaxhu. Tout ce qu'on désire, c'est survivre.

— Et qui a proposé ça, en admettant que je ne le sache pas déjà? ai-je demandé.

— Saint Dane, a répondu Teek. Il a servi de conseiller auprès de l'élite.

— C'est clair, ai-je dit. Il a profité d'une catastrophe naturelle pour rendre les Rokadors paranos. Puis il a manipulé l'autre côté et a poussé les Batus à attaquer, ce qui est exactement ce que redoutaient les Rokadors. Incroyable.

— Pourquoi ferait-il ça? a demandé Teek.

Comment répondre à ça?

— Parce qu'il est méchant.

Ce n'était rien de le dire, cette déclaration était même ridicule, mais je n'allais pas expliquer que Saint Dane était un démon venu d'un autre territoire qui faisait tout pour détruire le passé, le présent et l'avenir de tout ce qui avait jamais existé. Je n'avais pas besoin de noircir encore le tableau.

— La plupart des gardes tiggens sont opposés à ce plan, a dit Teek. Mais si la seule alternative est l'extinction…

Il n'a pas fini sa phrase; maintenant, je comprenais pourquoi nos gardes nous regardaient d'un air si triste. Ils tentaient encore de se remettre de ce qu'ils avaient découvert à leur retour à Kidik. Ils avaient perdu des amis, des membres de leur famille, et leur existence même était menacée. Bokka avait raison. C'était un cauchemar.

— Il y a quelque chose que je ne comprends pas, ai-je dit à Loor. Une terrible épidémie a bien failli éradiquer les Rokadors. Comme ils ont peur que les Batus ne finissent le boulot, ils veulent se défendre en attaquant les premiers. Si ça marche, des milliers de Batus périront noyés. Ce sera un second désastre de proportions épiques, pas de doute là-dessus. Mais est-ce assez pour plonger tout un territoire dans le chaos? Je veux dire, où cela mènera-t-il?

Loor s'est appuyée à la rambarde du balcon donnant sur le cimetière. Son esprit était ailleurs, calculant diverses possibilités. Finalement, elle est revenue à nous pour dire :

– Zadaa est un territoire assez violent. Bien des tribus se battent à mort pour défendre leur petit bout de terre.

– Les primitifs, ai-je dit. Les cannibales.

– Oui, a renchéri Loor, les cannibales. C'est une des raisons pour lesquelles les Rokadors ont investi les souterrains. Ils y étaient plus en sécurité. Les Ghees ont été créés afin de protéger Xhaxhu. Jadis, les Rokadors étaient nos alliés, et donc bénéficiaient également de notre protection.

– Je sais tout ça, ai-je dit.

– L'équilibre de Zadaa est fragile. Xhaxhu est une des rares zones civilisées du territoire. Si les Ghees sont éradiqués, et la plupart des Batus avec eux, cet équilibre sera bouleversé. Tôt ou tard, une tribu de nomades du désert attaquera Xhaxhu. Peut-être plus tôt que prévu. Ce sont des barbares. Il n'y aura plus personne pour protéger la ville. Des générations de progrès et de savoir accumulés disparaîtront d'un coup. Zadaa serait bouleversée.

J'ai avalé ma salive avant d'ajouter :

– Et ces tribus nomades sont…

– Oui, a répondu Loor. Des cannibales. (Elle m'a jeté un regard empreint de terreur.) Saint Dane est à deux doigts de remporter son second territoire.

J'ai terminé ce journal au plus profond du monde des Rokadors – ou de ce qu'il en reste. Est-ce encore un monde s'il n'y a plus personne pour l'habiter ? Teek nous a trouvé un abri. De là, on doit décider du moyen d'arrêter les Rokadors. Autant dire arrêter les Batus. Donc Saint Dane. Ce qui veut dire qu'on est mal barrés.

J'ai bien peur que ce soit allé trop loin, qu'on ne puisse rien faire. Tout ça est trop important. Il ne s'agit pas de convaincre quelqu'un, ou d'intercepter une fusée, ou même de détruire une mine à coups d'explosifs. Il s'agit d'arrêter deux armées. Ce qui nous dépasse complètement.

Je sais que je vais vous surprendre, mais je commence à croire qu'il vaut mieux qu'on quitte Zadaa. Comme je l'ai dit bien des fois, il n'y a pas qu'un seul territoire. Il s'agit de Halla tout entier. Si Loor et moi restons ici, il est possible qu'on y laisse la vie. Saint Dane ne veut pas forcément notre mort, mais je ne peux en dire autant des autres Rokadors. S'ils sont prêts à noyer des milliers de Batus, ils nous tueraient sans sourciller.

On a déjà perdu Kasha. Spader et Gunny sont coincés sur Eelong. Si Loor et moi restions prisonniers ici, voire pire, les Voyageurs seraient tellement affaiblis qu'on n'aurait plus aucune chance d'arrêter Saint Dane. Au moment où j'écris ces mots, je ne sais toujours pas ce que je dois faire.

Avant de terminer ce journal, j'ai encore une chose à vous dire. Je vous ai répété ce que Saint Dane m'a dit à propos de Courtney. Je ne sais pas si c'est vrai ou s'il voulait juste me faire bisquer. Plus j'y pense, plus ça m'inquiète. Dans tout ce qu'il dit, il y a toujours un fond de vérité. Peu importe si Courtney s'est vraiment trouvé quelqu'un d'autre. Ce qui compte, c'est qu'il connaisse votre existence. Je ne crois pas que vous soyez en danger. Ma plus grande crainte, c'est qu'il soit venu en Seconde Terre pour préparer un assaut contre notre monde.

Tout ce que je peux vous conseiller, c'est d'ouvrir l'œil, et le bon, et de protéger vos arrières.

Vous me manquez, les amis.

Et nous voilà repartis.

Fin du journal n° 22

SECONDE TERRE

Mark sauta de son lit, où il s'était allongé pour lire le journal, et se mit à tourner comme un lion en cage. En avant, en arrière, du lit au bureau, du bureau au lit. Cela ne servait à rien, mais il n'avait pas d'alternative. Ses paumes transpiraient si abondamment qu'il dut reposer le journal de peur de tacher ses pages. Mille pensées aléatoires se bousculaient dans son esprit, et pas une n'était agréable. Mais une seule comptait vraiment.

Saint Dane était en Seconde Terre.

Ce démon ne s'était pas contenté de jouer avec les nerfs de Bobby. Mark en était certain. Saint Dane savait que Courtney avait rencontré quelqu'un. Comment s'appelait ce type déjà ? Wimpley ? Whipple ? Wittle ? Qu'importe. En tout cas, pour être au courant de son existence, il fallait bien que Saint Dane soit là. Était-ce le début d'un complot visant à détruire la Seconde Terre ? Jusque-là, Mark s'était cramponné à l'espoir qu'en sauvant la Première Terre, les Voyageurs avaient préservé les trois territoires terrestres[1]. Il s'était trompé. Si Saint Dane était là, ce n'était pas pour faire du tourisme et espionner Courtney. Il avait quelque chose en tête. Ce qui ne présageait rien de bon. Et Mark était le seul à savoir de quoi il retournait. Courtney ignorait tout, Bobby et Loor étaient coincés à des kilomètres sous terre sur une île des morts qui serait bientôt prise d'assaut et où les Batus seraient exter-

---

1. Voir Pendragon n° 3, *La guerre qui n'existait pas.*

252

minés – la tribu qui protégeait les civilisés de Zadaa des assauts de nomades barbares et cannibales. Saint Dane était sur le point de remporter un nouveau territoire et commençait déjà à lorgner la Seconde Terre.

Mark n'avait plus envie de regarder la télévision. Il n'était pas sûr de pouvoir se détendre un jour. Il fallait qu'il fasse quelque chose, mais quoi? Il consulta sa montre. Il était presque minuit. Devait-il appeler Courtney? Et pour lui dire quoi? «Salut, comment ça va? Et ton rendez-vous? Au fait, tu n'aurais pas vu Saint Dane traîner sur le campus, par hasard? Bobby et Loor vont y passer, et il a dit t'avoir vue avec ton nouveau copain. Bonne nuit! »

Mark devait se reprendre. Lorsqu'il était énervé, il n'arrivait plus à réfléchir correctement. Pour s'éclaircir l'esprit, il sortit de chez lui et fit le tour du quartier. Une douzaine de fois. Deux douzaines. En cours de route, il avait pris quelques carottes et les mâchait nerveusement. Ce soir, il n'y avait personne dans les rues, pas même quelqu'un promenant son chien. Tant mieux. Il ne voulait parler à personne. Sa balade l'aida à se calmer et à prendre une décision. Il devait appeler Courtney. Au téléphone, elle semblait assez remise pour pouvoir supporter la vérité. Mais pouvait-il vraiment tout lui dire sur Bobby? Il ne pouvait plus lui mentir à propos des journaux. Sinon, comment saurait-il pour Saint Dane? La conversation s'annonçait complexe.

Mark mit plusieurs heures à définir avec précision quoi lui dire. Il préféra ne pas lui expliquer avec précision ce qui se passait sur Zadaa. Comme ils ne pouvaient rien y faire, il était inutile de l'inquiéter inutilement. Il le faisait pour deux. Il concocta donc un récit qui ne lui cacherait pas le fait qu'ils rencontraient quelques difficultés sur Zadaa, mais sans rentrer dans les détails sordides. Il décida même de lui parler des sentiments de Bobby pour Loor. Enfin, un peu. Elle avait le droit de savoir. Après tout, Bobby croyait toujours qu'elle lisait ses journaux! De plus, si Courtney lui posait des questions à propos des Batus et des Rokadors, il évoquerait Loor, ce qui lui ferait probablement changer de sujet. C'était assez tordu, mais il se dit que c'était le mieux qu'il puisse faire pour lui éviter d'angoisser et, en même temps, qu'elle reste aux aguets.

Lorsque Mark retourna chez lui, tout était préparé dans sa tête. Il retourna dans sa chambre, tira son téléphone cellulaire et... son regard accrocha quelque chose. Hein ? Non, c'était impossible. Et pourtant, c'était là, sous ses yeux.

Son horloge marquait 2:05.

Il n'allait certainement pas appeler Courtney à une heure pareille. Il préféra attendre le lendemain matin. Tôt. Il reposa son téléphone sur son bureau sans le regarder et régla son réveil sur 6 heures. Courtney n'apprécierait pas qu'il l'appelle si tôt, mais lui pardonnerait en apprenant ce qui se passait. 6 heures, oui, c'était bien. Plus tôt serait encore trop tôt.

Mark s'empara à nouveau de son téléphone. Il voulait le mettre sur sa table de nuit afin de pouvoir l'appeler dès que le réveil aurait sonné. Il le posa à côté de son réveil. Il était prêt. Il se mit au lit, tout habillé, et tenta de s'endormir. Pas moyen. Son esprit refusait de ralentir. Il ne cessait de s'imaginer ce que pouvaient bien devenir Bobby et Loor. Le temps parut s'étirer. Il ne put s'empêcher de regarder son réveil.

2:44... 2:45... 2:46...

Le temps. Il était difficile d'assimiler qu'il existe des territoires qui suivent un autre horaire. Zadaa existait-il dans l'avenir de la Seconde Terre ? Ou dans un passé lointain ? La guerre entre tribus était-elle sur le point de survenir ou était-elle finie depuis des siècles ? Ou alors tout se déroulait-il simultanément ? C'était à la fois le plus étrange et le plus probable. D'après ce qu'on lui avait dit, Halla était tout – tout ce qui existait, passé, présent et avenir. Et qui coexistait sur le même plan d'existence. Plus ou moins. Quelle que soit la puissance supérieure qui contrôlait tout cela, elle savait manipuler le temps. Ou plus précisément, elle savait contrôler le voyage dans le temps. C'est comme ça que Courtney et lui avaient pu passer un mois sur Eelong et revenir en Seconde Terre quelques minutes après leur départ. Et c'est aussi comme cela que Saint Dane pouvait passer d'un territoire à l'autre, pousser l'un vers la catastrophe tout en rôdant dans un autre. On aurait dit que le temps était comme une mer que l'on pouvait sillonner dans tous les sens. Et plus il réfléchissait à ces étranges concepts, plus ses chances de trouver le sommeil s'amenuisaient.

3:58… 3:59… 4:00…

Il aurait bien voulu se propulser vers 6 heures en quelques brasses dans l'océan du temps. Lorsque l'écran afficha 5:00, Mark n'y tint plus. Il se leva et décida de tuer le temps sur son ordinateur. Il fit une recherche par Internet sur Stansfield, dans les monts Berkshire du Massachusetts. Il tomba aussitôt sur leur site et effectua une visite virtuelle. L'endroit lui plut assez. En effet, c'était une excellente façon de passer son été. Il se demanda si Saint Dane pensait de même.

Finalement, lorsque le réveil atteignit 5:30, Mark en eut assez d'attendre. Il avait répété mille fois ce qu'il allait dire à Courtney. Il alla se rasseoir sur son lit. Maintenant que le moment était venu, il avait des doutes.

Il prit son téléphone cellulaire… et le reposa.

Il devait se convaincre qu'il avait raison d'agir ainsi. Il reprit le téléphone. Le reposa. Le reprit. C'était maintenant ou jamais. Le numéro de Courtney était enregistré : #1. Il finit par regarder son appareil pour s'assurer qu'il était allumé et…

– Un message ? dit-il à voix haute.

Il n'avait encore jamais reçu de message sur son mobile. Qui pouvait bien l'avoir appelé ? Et quand ça ? Comment pouvait-il avoir raté le coup de fil alors qu'il avait constamment cet appareil dans sa poche ? Il regarda l'écran clignotant. Il ne savait même pas comment écouter un message ! Il dut partir à la recherche du manuel d'instructions. Lorsqu'il l'eut retrouvé, et après avoir fouillé dans les sections en français, en espagnol et en japonais à la recherche de celle en anglais pour voir enfin sur quels boutons il fallait appuyer, il était presque 6 heures. Mark ne put s'empêcher d'en rire. Il avait bien tenu jusque-là.

La voix préenregistrée de l'appareil lui dit: « Message reçu hier à dix-neuf heures quarante-cinq ».

À cette heure, il était en bas, en train de dîner. C'est pour ça qu'il n'avait pas entendu la sonnerie. Il y eut un bip, suivi du message. Et Mark faillit tomber de son lit.

C'était Courtney. Sa voix était faible, mais c'était bien elle. Elle hoqueta :

– Mark, il est ici.

Et voilà. Tout aussi brutalement, il y eut un autre bip, et la voix enregistrée dit : « Fin du message ». Mark fixa son appareil, le cœur battant. Il se repassa plusieurs fois le message. Pas de doutes, Courtney avait des ennuis, et il craignait de savoir pourquoi. Il composa son numéro, mais n'obtint qu'une autre voix préenregistrée disant : « Le numéro que vous avez demandé n'est pas disponible ». Mark eut envie de jeter cet engin de malheur à l'autre bout de la chambre. Le téléphone de Courtney était constamment allumé, sauf lorsqu'elle était en cours. Mais il était 6 heures du matin ! Il n'y avait pas d'école si tôt. Quelque chose ne collait pas.

La police ! Voilà, il devait appeler la police !

Non ! Pour leur dire quoi ? Qu'il pensait que son amie avait des ennuis ? C'est ça ! Il allait leur expliquer qu'un démon interdimensionnel capable de voyager dans le temps et de détruire le monde la menaçait ? Ben voyons. Il pouvait la déclarer au service des disparitions, mais comment saurait-il qu'elle avait disparu ? Et d'ailleurs, avait-elle vraiment disparu ? Il n'en savait rien. Les policiers lui riraient au nez. Ou l'ignoreraient. Ses parents pourraient peut-être l'aider. Il allait partir les trouver lorsqu'il s'aperçut qu'il ne savait pas non plus ce qu'il pouvait leur demander.

Il ne lui restait plus qu'une possibilité rationnelle : se rendre à Stansfield. Il devait trouver Courtney afin de tirer tout ça au clair. Personne d'autre ne pouvait les aider. Personne ne savait ce qu'ils savaient. Ils devaient être ensemble.

Maintenant qu'il avait un plan d'action, Mark se sentit mieux. Il retourna sur le net pour chercher des horaires de bus et de trains de Stony Brook, Connecticut, à Derby Falls, Massachusetts. À ses parents, il dirait que Courtney l'avait invité à passer quelques jours avec elle. Et s'ils refusaient de le laisser partir, il irait tout de même. Il n'aimait pas leur désobéir, mais les enjeux étaient autrement plus importants. Il subirait les conséquences plus tard. C'était toujours mieux que de se colleter avec Saint Dane.

Selon ses calculs, le chemin le plus rapide passait par une combinaison entre bus et train, mais il n'arriverait pas à Derby Falls avant la nuit. Douze heures de trajet ! Selon Mapquest, par la route, il ne mettrait que trois heures ! Mark se demandait comment il pourrait convaincre sa mère de l'y conduire lorsqu'une autre idée lui vint. Une idée qui le fit frissonner, mais il n'avait pas le choix. Il prit son téléphone cellulaire et parcourut la liste des numéros d'appel. Il n'y en avait pas tant que ça. Il n'eut aucun mal à trouver celui qu'il cherchait. Avant qu'il ait une chance de changer d'avis, il ferma les yeux et composa le numéro.

Deux heures plus tard, Mark se faisait conduire à l'académie de Stansfield.
Par Andy Mitchell.

SECONDE TERRE
(suite)

— Bon, faisons un peu de calcul, dit Andy Mitchell. Et ça, je suis doué pour, tu le sais. Je t'ai appelé à l'aide et j'ai pris au moins une heure sur ton précieux temps. Par contre, toi, tu m'appelles à six heures du mat' et tu me demandes de te conduire au bout du monde pour que tu puisses voir une nana que je peux pas sentir et qui en a autant à mon service. C'est bien ça?

— Heu, ben, oui, c'est à peu près ça, répondit Mark d'un ton penaud. Mais tu m'as dit que si j'avais besoin de toi...

— Ouais, pas de blème.

Mitchell se racla la gorge et balança un mollard par la vitre ouverte. Mark en eut la nausée.

— C'que j'veux dire, reprit Mitchell, c'est qu'on n'est pas quittes pour autant. Là, j'suis parti pour six ou sept heures. Après ça, c'est toi qui auras une dette envers moi.

C'était le pire. Devoir dépendre d'Andy Mitchell. Et avoir une dette envers cette espèce de néandertalien! De plus, depuis qu'il avait aidé Mitchell à livrer ses fleurs, il n'y avait plus rien pour couvrir l'odeur putride qui planait dans sa voiture. Lorsque Mitchell avait fini ses livraisons, à quoi s'en servait-il? À cacher des cadavres pour la mafia? Tout ce qui empêchait Mark de faire marche arrière, c'était de savoir que ce voyage était important pour Courtney.

— Tu as toute ma reconnaissance, dit Mark.

— Ouais, ben, on verra ça.

Mark ferma les yeux et fit semblant de dormir.

– Pourquoi tu dois absolument la voir ? reprit Mitchell. J'croyais qu'elle craquait pour Pendragon ?

– Tu veux savoir la vérité ?

– Non, dis-moi des mensonges, railla Mitchell. Non, mais j'vous jure !

Mark n'avait aucune intention de lui révéler toute la vérité, mais ça ne serait pas facile. Il devrait bien lui en donner un bout.

– Je m'inquiète pour elle.

– Chetwynde ? C'est bien la dernière nana pour laquelle je m'en ferais.

– Oui, ben, je pense que quelqu'un lui fait des misères et je veux m'assurer que tout va bien.

– Et tu as soudain eu cette idée à six heures du mat' ?

Mark haussa les épaules.

– Je n'arrivais pas à dormir.

Mitchell secoua la tête d'un air dégoûté.

– Un type fait des misères à Courtney et tu veux débarquer comme ça pour la protéger, façon Batman ?

– Je préfère Superman.

– T'es cinglé, ouais, fit Mitchell en riant. C'est peut-être une bonne chose que tu m'aies appelé, moi.

Bizarrement, Mark pensait la même chose. Il ne voulait pas agir seul. Il se demanda quelle tête ferait Courtney en le voyant débarquer avec Andy Mitchell. Pourvu qu'elle en rigole un bon coup. Il avait envie de l'entendre rire.

Le trajet n'eut en fin de compte rien de désagréable. Une fois qu'ils eurent défini qui avait une dette envers qui, la conversation se tourna vers Sci-Clops. C'était bien le seul point qu'ils avaient en commun. Mitchell raconta à Mark la façon dont il avait conçu ce métal élastique dont il avait fait la démonstration à cette première réunion. Fasciné, Mark l'écouta décrire comment il s'était mis en tête de créer un matériau qui ait la solidité du métal et l'élasticité du plastique. Le secret était de trouver les éléments capables de lier leurs atomes pour créer un composant entièrement nouveau. Bien sûr, il procéda surtout par empirisme, apprenant de ses erreurs en cours de route, et il admit qu'il était encore bien loin de la réussite, mais les professeurs de l'université trouvaient ses résultats assez impressionnants.

C'était le mot. Mark ne cessait de s'étonner en écoutant Andy parler de sa passion pour les maths et la science. Cela ne collait pas avec la personnalité de cette brute épaisse qui conduisait d'une main tout en repoussant ses cheveux blonds graisseux de l'autre. Ce type était dégueu… et génial.

Pour ne pas se laisser surclasser, Mark parla à Andy du robot tueur qu'il avait fabriqué, et qui avait remporté toutes ces compétitions. Il lui confia que le secret n'était pas dans les matériaux, mais les logiciels. Mark n'en avait encore parlé à personne, mais après avoir entendu Mitchell parler de son composé, il sentait le besoin de se faire mousser un peu. Il révéla qu'il travaillait sur un nouveau programme informatique permettant de régir le flot de langage binaire contrôlant le robot. Du coup, l'horloge du microprocesseur standard se voyait considérablement accélérée, lui permettant de transmettre beaucoup plus rapidement aux mécanismes. Le robot pouvait donc réagir et attaquer largement plus vite que ses adversaires, et avec plus de mouvements dans sa programmation. Mark admit qu'à ce stade, ses progrès restaient rudimentaires, mais qu'il souhaitait continuer de le développer et espérait qu'à un moment ou à un autre, il attirerait l'attention d'une grande boîte quelconque.

Lorsqu'il eut terminé, Mitchell se contenta de le regarder sans rien dire.

– Quoi, qu'est-ce qu'il y a ? fit nerveusement Mark.

– C'est incroyable, répondit Mitchell. Tout simplement incroyable.

Et il avait l'air sincère. Pour la première fois, Mark eut l'impression que Mitchell le respectait. Quoique, ce n'était pas vraiment sa plus grande ambition dans la vie. Et pourtant, ce moment ne manquait pas de sel. Mark sentait soudain qu'un lien s'était forgé entre lui et ce type. Était-ce possible ? Pouvaient-ils devenir amis ?

Il n'eut pas à y réfléchir plus longtemps, car soudain, son anneau se mit à tressauter.

Ce n'était vraiment pas le moment, mais Mark n'avait pas le temps de s'en plaindre. Il passa sa main dans sa poche et dit:

– Je suis mort. Je vais m'allonger à l'arrière.

Avant que Mitchell puisse réagir, il dégrafa sa ceinture de sécurité et bondit à l'arrière du break antique.

– Hé, fais gaffe! cria Mitchell. Ce bahut est pas assuré!

Son anneau grandissait déjà. Il le retira et se mit en position fœtale pour le cacher des émissions de lumière. Il remarqua une vieille bâche souillée à l'arrière. Sans réfléchir, il s'en empara et en couvrit l'anneau, qui continuait de croître. Elle cacha les jeux de lumière, mais ne pouvait occulter la musique. Bien qu'étouffées par le tissu, les notes musicales restaient audibles.

– Qu'est-ce que tu fous? cria Mitchell. T'as un Game Boy là-derrière?

– C-c-c'est le réveil de ma montre, répondit Mark, réfléchissant à toute allure. Je sais, c'est une drôle de mélodie. Elle doit être cassée.

Andy Mitchell consulta sa propre montre.

– Pourquoi t'as réglé ton réveil sur huit heures quarante-cinq?

– Heu, c'est l'heure à laquelle je me réveille, enfin, d'habitude.

Les notes se firent plus sonores.

– Bon sang, tu peux pas arrêter ce truc? râla Mitchell. Ça me tape sur les nerfs.

– Oui, oui, j'essaie, mais j'arrive pas à trouver le bouton.

Pourvu que cela s'arrête! Une seconde plus tard, l'anneau reprit sa taille normale et les notes se turent brutalement.

– Merci, fit Mitchell. Bon sang!

Mark tâtonna sous la bâche jusqu'à ce qu'il trouve le rouleau de papier que l'anneau avait déposé. Le nouveau journal de Bobby. Il devait certainement relater le résultat de la guerre sur Zadaa. Mais il ne pouvait le lire. Pas maintenant. Aussi frustrant que cela puisse être, il devrait attendre d'avoir retrouvé Courtney.

– Ça va là-derrière ? lança Mitchell.

– Ouais, ça va. B-b-bon, je vais dormir un peu, ça te va ? Réveille-moi quand on sera arrivés.

– Bien, chef !

Sans regarder le journal, il le glissa dans son sac à dos. Bien qu'il n'ait pas dormi de la nuit, il n'était pas fatigué. Mais il devait faire comme si. Il resta donc allongé là, bien éveillé, à fixer le plafond taché du break. Il tenta de ne pas penser au journal qui était là, à quelques centimètres de lui. Chaque chose en son temps. D'abord, il devait trouver Courtney.

Le trajet dura un peu plus de trois heures. Andy Mitchell ne dépassa jamais la vitesse limite, ce qui n'était pas si difficile, étant donné que son tas de ferraille vibrait comme s'il allait se désagréger dès qu'il accélérait un peu. Mitchell suivit l'itinéraire que Mark avait imprimé sur Mapquest. Celui-ci les fit arriver aux portes de l'académie de Stansfield vers 10 heures du matin.

– Pas mal, remarqua Mitchell. Je m'étais toujours dit que Courtney devait avoir du pognon.

– Ouais, convint Mark, c'est plutôt sympa.

– Alors ? Comment on va la trouver ?

Mark y avait déjà réfléchi. Il tira la carte de l'école qu'il avait imprimée depuis leur site Internet. Ils se garèrent dans le parking des visiteurs et se dirigèrent vers le bureau des inscriptions. Avec un luxe de politesse, Mark se présenta à la secrétaire comme le frère de Courtney Chetwynde. Il dit qu'il venait la voir et voulait savoir le numéro de son dortoir. Il se montra si convaincant que la femme le renseigna aussitôt. Heureusement qu'Andy l'attendait dans le couloir. Sinon, elle les aurait peut-être virés tous les deux. Ils s'empressèrent de traverser le campus pour gagner le dortoir de Courtney. Quelques minutes plus tard, ils se retrouvaient face au vieux bâtiment de briques recouvert de lierre.

– L'ennui, dit Mark, c'est que c'est un dortoir pour filles uniquement. On ne laisse pas entrer les garçons comme…

– Ah, ouais, tu parles d'un problème ! répondit Mitchell en passant la porte.

C'est vrai qu'il se moquait pas mal des règlements.

C'était un bâtiment ancien, avec des panneaux de bois partout et un immense escalier menant au second étage. Courtney occupait la 219. Ils montèrent l'escalier quatre à quatre. Sa chambre se trouvait tout au bout d'un long couloir dont l'épais tapis dégageait une vague odeur de moisi. Mark frappa doucement à la porte.

– Courtney, c'est Mark.

Pas de réponse. Il frappa à nouveau.

– Courtney, tu es là?

Toujours rien. Andy écarta Mark et tambourina sur le panneau en braillant:

– Hé! Debout là-dedans!

Silence.

– Et maintenant? demanda Mark.

– Pas de blème, se rengorgea Mitchell. J'ai développé une technique personnelle spécialement adaptée à ce genre d'occasions. Ça m'a pris longtemps, mais j'ai fini de la parfaire. C'est très précis. Regarde.

Mitchell fit un pas en arrière... et enfonça la porte d'un grand coup de pied.

– Andy! s'écria Mark.

– Hé, t'as dit qu'elle pouvait être en danger. C'est pas une porte qui va nous arrêter, non?

Il avait sans doute raison. Quelle importance, du moment qu'ils ne se faisaient pas arrêter? Ils entrèrent dans la chambre et refermèrent la porte derrière eux.

Courtney n'était pas là. Son lit était fait, ses livres de cours étaient bien rangés sur son bureau. Mark jeta un bref coup d'œil. Tous traitaient de littérature anglaise.

– Les manuels d'algèbre-trigo ne sont pas là, dit-il. Elle doit être en cours.

– Bien vu, Sherlock. Allons la retrouver.

En sortant de la chambre, ils tombèrent sur une fille qui poussait son vélo dans le couloir. Elle les dévisagea d'un air soupçonneux.

– Salut, dit Mark, je m'appelle Mark Dimond. Je suis un ami de Courtney.

– Ah, oui, répondit-elle en se détendant. Elle m'a parlé de toi.

– Moi, c'est Andy Mitchell, renchérit ce dernier d'un ton qui se voulait enjôleur. J'suis son ami aussi.

– Ah, oui? Elle n'a jamais parlé de toi.

Le sourire charmeur d'Andy s'évanouit.

– Elle est malade? demanda la fille.

– Je ne sais pas, pourquoi? répondit Mark.

– Elle n'est pas venue en cours de littérature ce matin.

L'esprit de Mark s'emballa. Ses manuels de littérature étaient encore sur sa table. Il dut se forcer au calme.

– Je ne sais pas. On vient d'arriver. Elle est peut-être avec ce type avec lequel elle sort. Comment s'appelle-t-il? Wimpy?

La fille eut un petit rire.

– Whitney. Whitney Wilcox. Possible. Ils sont inséparables.

– Où habite-t-il? demanda Mark.

– Je ne sais pas. Va demander aux appariteurs. Et quand tu auras retrouvé Courtney, dis-lui que j'ai pris son cours.

– Merci. Je n'y manquerai pas.

Il prit Andy par le bras et ils s'en allèrent en vitesse.

– C'est qui, ce Wimpster? demanda Mitchell. Celui à qui on doit faire sa fête?

– Non. Il y a quelqu'un d'autre.

– Deux types? fit Mitchell surpris. Courtney ne s'ennuie pas.

– Écoute, Andy, je ne veux pas faire des mystères, mais c'est l'affaire de Courtney et d'elle seule.

– Peut-être, mais comme tu m'as fait venir ici, c'est devenu la nôtre.

Mark redoutait d'en arriver là. Il savait que Mitchell poserait des questions auxquelles il ne voudrait pas répondre, même s'il le pouvait. Et pourtant, il devait bien lui dire quelque chose.

– Tout ce que je sais, c'est qu'elle sort avec un type, mais qu'il y a quelqu'un d'autre qui essaie de lui faire des ennuis. Je voulais venir la soutenir. C'est tout.

Et c'était la vérité – en version simplifiée. Pourvu qu'Andy Mitchell veuille bien s'en contenter.

– Ouais, d'accord, répondit-il. Faisons ce qu'on a à faire et rentrons chez nous.

Ils retournèrent au bureau pour voir s'ils pouvaient trouver Whitney Wilcox. Après avoir longuement fouillé les archives informatiques de l'école, elle répondit qu'il n'y avait personne du nom de Whitney Wilcox d'inscrit à Stansfield. Le radar de Mark donna aussitôt des signaux d'alarme. Il sentit l'angoisse lui mordre les tripes. Courtney connaissait ce type, sa voisine aussi, et pourtant, il n'était pas inscrit à l'école. Il était bien réel, et pourtant… Était-ce possible? Le cœur de Mark s'accéléra. Il en eut le vertige. Il dut quitter précipitamment le bureau. Cette histoire sentait mauvais. Andy le suivit et l'arrêta sur l'escalier de l'entrée.

— Qu'est-ce qui se passe? demanda-t-il.

Mark était devant un double dilemme. Il devait rassembler ses esprits et répondre à Andy sans lui dire toute la vérité.

— J-j-je ne sais pas vraiment, répondit Mark hors d'haleine. Je c-c-commence à croire que le gars avec qui sort Courtney est celui qui lui fait des ennuis.

— Comment veux-tu qu'un type nommé Wimpley puisse lui faire quoi que ce soit?

— Crois-moi, il n'y a pas de quoi rire.

Andy y réfléchit un instant, puis dit:

— C'est assez sérieux pour qu'on aille trouver les flics?

Bonne question. Si Courtney avait disparu, ils devaient absolument prévenir la police.

— Je ne sais p-p-pas. P-p-peut-être. Il faut que j'y réfléchisssse. Courtney m'a appelé hier. Elle a dit qu'elle avait rendez-vous hier soir avec ce Whitney. Ils… allaient en ville manger une pizza. Elle a dit qu'elle irait le rejoindre à vélo.

— À vélo? Pas en voiture?

— Oui, j'en suis sûr.

— Son vélo n'était pas dans sa chambre.

— Exact, reprit Mark. Et elle avait cours de littérature ce matin, et pourtant ses manuels sont toujours sur son bureau.

— Tu crois qu'elle est partie rejoindre ce type hier soir et qu'elle n'est pas revenue?

— Je ne sais pas, répéta Mark. Ce n'est pas tout. Plus tard, hier soir, Courtney m'a laissé un message sur mon téléphone. Il était environ sept heures et demie, l'heure à laquelle elle devait retrouver ce Whitney. Sa voix tremblait, comme si elle avait mal. Mais je ne l'ai entendu que ce matin. C'est à ce moment-là que je t'ai appelé.

– Qu'est-ce qu'elle a dit ?

Là, Mark était bien obligé de mentir. Mitchell ne comprendrait rien au vrai message.

– Je n'en sais rien. Il était trop embrouillé. Mais c'était bien elle, et sa voix… On aurait dit qu'elle était blessée.

– Tu rigoles ? rugit Mitchell, sincèrement furax. Pourquoi tu me l'as pas dit plus tôt ? Oh, et puis, peu importe. Ça n'est pas dans mes habitudes, mais je pense qu'on doit aller tout raconter aux flics.

– Tu crois ?

– Si elle était partie à vélo pour retrouver un mystérieux inconnu et qu'elle t'a appelé à l'heure du rendez-vous d'une voix qui te donne à penser qu'il lui était arrivé malheur, je dirais que ce n'était pas juste un rencard.

Mark fut bien forcé d'admettre qu'il avait raison. Pour l'instant, Courtney était dans une mauvaise passe ici, sur Terre. Cela n'avait rien à voir avec Saint Dane et Halla.

– C'est bon, dit-il. Prenons la voiture et allons en ville chercher le commissariat.

Ils montèrent dans le break d'Andy et quittèrent le campus pour se diriger vers la ville. Mark était content qu'Andy ait pris la direction des opérations. Son esprit était confus, et il avait tant de soucis qu'il ne pouvait plus voir ce qui était sous ses yeux. En effet, il était grand temps de prévenir les autorités. Maintenant, personne ne lui rirait au nez.

Ils sillonnèrent les départementales paisibles qui traversaient ce territoire rural des Berkshires. Mark regardait par la fenêtre, comme en transe. Le soir d'avant, Courtney avait dû emprunter la même route. Il ne remarquait même pas la beauté du paysage. Il était trop occupé à penser à Courtney. Et à Saint Dane. Et à la fin du monde. La route quitta les prairies pour grimper le flanc d'une petite montagne. À droite s'étendait une dense forêt de pins. Mark se tourna vers la route qui sinuait devant eux. Il y avait quelques virages en aveugle. Il se mit à transpirer. Si une voiture venait de l'autre côté et prenait son tournant un peu trop large, ils risquaient de la percuter. Machinalement, il se cramponna à l'accoudoir de la voiture.

C'est alors qu'il vit quelque chose.

– Arrête-toi ! cria Mark.

Andy freina à fond dans un crissement de pneus.

– Quoi ? Qu'est-ce qu'il y a ?

– Regarde ! fit Mark en tendant le doigt.

Andy se pencha en avant.

– Regarder quoi ?

– La route. Il y a des traces de pneus. Il s'est passé quelque chose.

En effet, les traces noires commençaient sur la voie opposée, traversaient la ligne blanche et s'arrêtaient juste devant le fossé donnant sur la forêt de pins.

– Hé ! Et elles sont pas vieilles, fit Andy en regardant les marques.

Andy s'approcha le plus près possible du bord. Tous deux descendirent pour examiner les alentours.

– On dirait qu'une voiture qui venait de l'autre côté a freiné à fond, a traversé la route et s'est arrêtée juste ici, remarqua Mark.

– Et juste à temps, ajouta Mitchell. Encore un peu et il faisait le grand saut.

Mark se dirigea jusqu'au rebord et scruta la forêt en contrebas. Il y avait une petite section dégagée juste devant les premiers arbres. Mark remarqua que plusieurs arbres étaient éraflés. Les indentations semblaient récentes.

– À quoi tu penses ? demanda Mitchell.

– À rien. On ferait mieux d'y aller avant que quelqu'un ne nous rentre dedans.

Andy repartit vers son break. Mark hésita un instant. Quelque chose le retenait. Impossible de dire quoi. Il allait tourner les talons lorsqu'il remarqua un détail incongru. C'était là, à quelques mètres en contrebas, coincé dans un buisson. S'il l'avait repéré, c'est parce que son rouge vif se

267

détachait sur le vert des feuilles. Il était prêt à l'ignorer, mais quelque chose le taraudait. En regardant autour de lui, il constata que c'était le seul point discordant dans ce paysage. Il n'y avait ni ordures, ni papiers gras sur le bord de la route. Vivant en ville, Mark n'était pas habitué à une telle propreté. C'était la triste vérité. Et là, tout ce sous-bois était impeccable. À l'exception de cette tache rouge.

– Qu'est-ce que tu fais ? cria Andy. On y va !

– Un instant, répondit Mark.

Il descendit lentement la corniche pour prendre pied sur la colline escarpée. Il se dirigea vers le buisson, trébuchant sur des pierres et égratignant son jean sur des épines. Il récupéra la tache rouge. Ce n'était pas un papier gras, mais un livre. Un livre de cours.

Un manuel d'algèbre et de trigonométrie.

Mark ouvrit de grands yeux. Il sentit l'adrénaline couler dans ses veines. Il parcourut des yeux la forêt et se mit à crier :

– Courtney ! Courtney !

– Non, mais t'es dingue ? demanda Mitchell.

Mark jeta le manuel à Andy.

– Elle est là ! cria-t-il. Elle a eu un accident. Elle est quelque part par là !

Mark dégringola la pente rocailleuse vers les arbres égratignés. Andy Mitchell haussa les épaules et le suivit. Mark faillit se casser la figure, mais continua sa course folle. Il arriva à l'arbre. Pas de doute, la marque était toute fraîche.

– Courtney ! hurla-t-il.

Il scruta la forêt silencieuse, à l'affût du moindre indice. Et il fut récompensé. À quelques mètres de là gisait un vélo. C'était lui qui avait laissé sa marque sur le tronc. Le guidon était tout tordu.

– C'est le sien ? demanda Mitchell en courant pour rejoindre Mark.

– Oui, répondit Mark, pris de panique. Si elle était dessus quand elle a fait ce plongeon…

Les mots s'étranglèrent dans sa gorge. À quelques mètres sur sa gauche, il entrevit quelque chose de vert sombre.

Comme le sac à dos de Courtney. Mark bondit, le ramassa... et tomba sur le corps de son amie Courtney Chetwynde.

– C'est elle ! cria-t-il. Appelle police secours !

– Bon Dieu ! répondit Mitchell, stupéfait.

Il tira tant bien que mal son téléphone de sa poche. Il faillit le lâcher. Deux fois.

– C'est quoi le numéro ? balbutia-t-il.

Mark lui jeta un regard noir. Andy acquiesça d'un air égaré et composa les deux chiffres.

Mark se pencha sur Courtney. Ses longs cheveux bruns étaient emmêlés. Son bras gauche était tordu selon un angle bizarre. Il vit que sa main droite était crispée sur son téléphone. Maintenant, il savait comment elle l'avait appelé. Il repoussa les cheveux qui recouvraient son visage.

– Elle est...

Andy ne put terminer sa phrase. Mark prit son courage à deux mains et posa deux doigts sur son cou pour prendre son pouls.

– Allez, Courtney, je sais que tu m'entends.

Il ne sentait pas la moindre pulsation. Sa peau était froide. Mark sentit descendre son moral dans ses chaussettes. Si seulement il avait eu son message plus tôt ! Il se mit à pleurer.

– Courtney, je suis désolé...

– Oui, c'est une urgence, fit Andy dans son téléphone. On est sur la route, entre l'école de rupins de Stansfield et la ville de Derby Falls. Y a eu un accident. Une fille est sortie de la route. C'est moche. Vous pouvez pas rater ma caisse, elle est garée au bord de la route. On est dans la forêt. Faites vite, d'accord ?

Il coupa la communication et regarda Mark.

– Qu'est-ce que t'en dis ?

– Je n'en sais rien, cria Mark en larmes. Je ne trouve pas son pouls !

Andy Mitchell se pencha sur Courtney et prit doucement sa main.

– Doucement ! s'écria Mark. Si elle s'est fait mal au dos...

– Je sais, je sais, répondit Mitchell.

Il prit sa main entre les siennes. La douceur de ses gestes étonna Mark; mais ces derniers temps, Andy Mitchell ne cessait de le surprendre. Il serra sa main pendant plusieurs secondes tout en regardant Courtney. Puis il déplaça ses doigts vers l'intérieur de son coude. Il en posa deux sur sa veine et attendit.

Mark n'en pouvait plus.

– Je l'ai, annonça Mitchell. Son pouls est faible, mais je le sens.

Mark en resta stupéfait. Il y avait encore de l'espoir !

– Faut la réchauffer ! s'écria-t-il en retirant son pull pour le poser sur la jeune fille. On est là, Courtney. Les secours vont arriver. Tout ira bien.

Quelques minutes plus tard, un camion de pompiers et une ambulance arrivèrent de Derby Falls. Les infirmiers investirent les taillis et se mirent aussitôt au travail. Ils constatèrent que Courtney était indéniablement en vie. Ils immobilisèrent d'une main experte son membre fracturé. Avec l'aide de Mark et Andy, ils l'amenèrent dans l'ambulance. Quinze minutes après le coup de fil d'Andy, Courtney était sur le chemin de l'hôpital.

Pour Mark, les heures suivantes passèrent comme dans le brouillard. Andy et lui durent répondre aux questions de la police et prévenir les parents de Courtney. Peu après, M. et Mme Courtney débarquaient à Derby Falls. Mark parla à la police du mystérieux Whitney Wilcox avec qui Courtney avait rendez-vous. Il savait qu'ils mèneraient l'enquête au sein de l'école. Là, ils trouveraient des témoins sachant que Courtney sortait avec ce type. Il savait aussi que tout cela ne débouche-rait sur rien. Ils ne le retrouveraient jamais, parce que ce type n'existait pas. Du moins pas au sens ordinaire. Il n'était pas inscrit à Stansfield. Et pourtant, il était bien réel.

Et il était là, quelque part.

Tout au long de cette épreuve, la question resta posée. Il était impossible de dire avec certitude si Courtney allait s'en sortir. Tout ce qu'on daigna dire à Mark et Andy, c'est qu'elle avait plusieurs fractures, mais que ses blessures internes étaient nettement plus sérieuses. Elle avait perdu beaucoup de sang. Elle était en soins intensifs, et il faudrait attendre plusieurs jours avant de savoir si elle y survivrait. Tout ce qu'ils pouvaient faire, c'était attendre et espérer.

Andy Mitchell voulut trouver quelque chose à manger. Comme Mark préférait ne pas quitter l'hôpital, Andy proposa de lui apporter un casse-croûte. Mark se dit alors que, tout au long de cette épreuve, Andy avait été super. En fait, il se comportait comme un véritable ami. Qui l'aurait cru ? Lorsqu'il fut parti, Mark se retrouva seul face à sa longue attente jusqu'à ce que Courtney sorte de l'unité des soins intensifs. Il s'installa dans le salon, sans rien à faire, sinon…

Sinon lire le nouveau journal de Bobby Pendragon. Il jeta un bref coup d'œil autour de lui pour s'assurer que personne ne le regardait, puis tira le journal de son sac à dos. Il s'attendait à tomber sur les parchemins bruns friables qu'étaient les autres journaux de Zadaa. Il se trompait. Ces papiers étaient jaune citron et reliés par un ruban mauve. On aurait dit une invitation à l'anniversaire d'un gamin. Lorsque Mark le déroula, il vit que l'écriture était en encre d'un violet brillant. Il ne savait pas ce que cela signifiait, mais ne perdit pas de temps à s'interroger.

Il était temps de lire enfin.

Journal n° 23

ZADAA

Jusque-là, je vous ai écrit vingt-deux journaux en tout. J'ai retranscrit toutes les scènes incroyables auxquelles j'ai assisté et toutes les vérités improbables que j'ai apprises. Celui-là ne sera pas différent. Je vais vous raconter l'invasion du monde souterrain. Car c'est arrivé. On n'a pas pu l'empêcher. Zadaa a changé du tout au tout.

De toute évidence, j'y ai survécu. Alors que j'écris ce journal, j'ai les mains qui tremblent. C'est sans doute les nerfs. Peut-être ai-je du mal à assimiler ce que j'ai appris depuis la dernière fois. Je ne sais plus quoi penser. Tout est si compliqué ! La bataille est terminée, et pourtant, j'ai toujours aussi peur. Parce que je redoute de me retrouver face à ce que je suis devenu. Aussi terrifiant que ça puisse être, je ne suis pas le même que le gamin qui est parti avec l'oncle Press. Ça doit aller sans dire. Tout le monde doit évoluer, surtout quand il a vu ce que j'ai vu. Mais le comprendre et l'accepter sont deux choses bien différentes.

Ce qui me gêne encore plus, c'est qu'en réalité, je n'ai peut-être pas tant changé que ça. Je sais, je me contredis. Laissez-moi m'expliquer. J'ai toujours pensé que j'étais juste un ado tout à fait normal qui, pour des raisons qui restent à définir, a été choisi pour devenir le Voyageur de Seconde Terre. Personne ne m'a dit pourquoi, mais la décision a été prise et me voilà.

Eh bien, je commence à croire que ce n'est pas si simple. Depuis mon dernier journal, j'ai appris des choses que je ne peux expliquer. Sur moi-même. Je me suis découvert la capacité de faire des choses qui n'ont rien de normal. Du moins pas pour un ado de Stony Brook, Connecticut. Et je ne parle pas de ce fameux don de persuasion. Comparé à ce que je viens de faire, ce n'est qu'un tour de passe-passe. Il y a bien plus que ça. Voilà pourquoi ma main tremble.

Je suis toujours aussi paumé, mais aussi profondément troublé. C'est dérangeant de découvrir qu'on n'est pas celui qu'on croit être. Durant tout ce temps, j'ai tenu le coup en pensant à mon univers d'avant. Ma maison, Stony Brook, vous autres. J'ai toujours gardé en moi l'espoir qu'un jour, je retrouverais ma famille et que tout serait comme avant. Maintenant, je commence à me demander si je suis vraiment originaire de Seconde Terre. Si c'est vraiment chez moi. Et le pire, c'est que si j'ai raison, je n'ai pas la moindre idée d'où je viens vraiment.

Je ne veux pas avoir l'air de m'apitoyer sur mon sort. Vous savez qu'écrire tout ça m'aide à faire le point. Si seulement ça m'aidait à trouver les vraies réponses. Jusque-là, elles ne se sont pas bousculées au portillon. Tout ce que je peux faire, c'est aller de l'avant et continuer ma quête.

Je vais vous dire comment j'en suis arrivé là. Je devrais arrêter de gémir et me réjouir d'être encore en vie. Je dois revenir dans un passé pas si lointain pour tout vous raconter. À la fin de mon dernier journal, Loor et moi nous cachions avec Teek, le garde tiggen. On attendait l'invasion dont dépendrait l'avenir de Kidik, des Batus, des Rokadors... et de tout le territoire de Zadaa.

On était en sécurité dans une chambre enfouie au plus profond du bâtiment central de l'île de Kidik. Personne ne viendrait nous y chercher, et si les Batus attaquaient et que les Rokadors libéraient les eaux, nous survivrions à l'inondation. L'espoir fait vivre. Teek cherchait à en savoir davantage sur les desseins des élites. À Loor et moi, il nous restait à prévoir un plan d'action.

— Il nous reste deux possibilités, ai-je dit. On peut chercher à prévenir les Batus du piège qui les attend et espérer qu'ils reculent...

— C'est trop tard, a coupé Loor. Quand on est partis de Xhaxhu, ils avaient déjà prévu d'attaquer.

— D'accord. En ce cas, on peut convaincre les élites rokadors qu'en exterminant les Batus, elles condamneraient ce qui reste de leur tribu, parce que tuer les Ghees les laisseraient à la merci des tribus cannibales de Zadaa.

— Ce n'est pas évident non plus, a repris Loor. Leur peur et leur haine des Rokadors est trop forte.

— Je suis d'accord, ai-je acquiescé. Ce qui nous mène à la troisième option.

— Qui est ?

Je ne voulais pas répondre. Ce que j'allais proposer allait à l'encontre de tout ce qu'on avait fait pour vaincre Saint Dane et de ma nature même. Sans compter celle de Loor. Et pourtant, ça semblait la seule solution.

— Partir d'ici.

Loor m'a décoché un regard surpris.

— Partir ? Je ne comprends pas.

— Je pense que Saint Dane a déjà gagné, ai-je dit. Je ne vois pas comment on peut arrêter ce qui se trame.

— Tu suggères d'abandonner Zadaa et de laisser s'effondrer le territoire tout entier ?

Je n'ai pas répondu tout de suite, parce que c'était exactement ça – et ça me déplaisait souverainement. C'était une sacrée décision. Et elle concernait le territoire de Loor.

— Je suis désolé, Loor, mais il faut voir les choses sur une plus grande échelle. On a déjà perdu Kasha. Spader et Gunny sont coincés sur Eelong. La bataille pour Zadaa est imminente...

— Ça ne sera pas une bataille, mais une exécution en masse, a froidement remarqué Loor.

— C'est vrai. Mais quoi qu'il arrive sur Zadaa, toi et moi devons survivre pour continuer la lutte contre Saint Dane. On doit penser à Halla dans son ensemble, pas qu'à un de ses territoires.

Loor est restée impassible. Elle m'a regardé droit dans les yeux. J'aurais bien voulu pouvoir lire ses pensées. Ou peut-être pas. À ce moment, elle n'avait probablement pas très haute opinion de moi.

— Je comprends, Pendragon, a-t-elle dit calmement. Protéger Halla dans son ensemble est plus important que de sauver un seul territoire. Ta décision est pleine de sagesse. Je vais t'accompagner au flume.

— Parfait, ai-je dit, bien que ça ne me réjouisse pas plus que ça. Je sais ce que tu dois ressentir…

— Oh, je n'en doute pas. C'est pourquoi je sais que tu comprendras si je te dis que je ne peux pas quitter Zadaa.

— Pourquoi ? ai-je demandé, surpris. Tu ne peux pas empêcher ce qui va se passer.

— Peut-être pas, en effet, a-t-elle repris. Mais je dois au moins essayer. Sinon, je m'en voudrais toute ma vie. Je suis d'accord avec toi : si tu perdais la vie sur Zadaa, nos chances de vaincre Saint Dane seraient réduites à zéro. Mais quant à moi, personne ne me regrettera.

— Tu te trompes du tout au…

— Je t'en prie, Pendragon. Ma décision est prise. Je peux toujours convaincre un certain nombre de Batus de ne pas descendre dans les souterrains. Même si je n'en sauve qu'une poignée, le jeu en vaut la chandelle. Les survivants suffiront à défendre Xhaxhu contre les pillards.

Je savais qu'il serait inutile de discuter.

— Viens, a dit Loor. Il n'y a pas de temps à perdre.

J'avais l'impression d'être un lâche. Mon cerveau me disait que c'était la seule solution, mais mon cœur n'était pas d'accord. Jusque-là, je n'avais pas encore dû jeter l'éponge. Et Loor ne l'avait certainement jamais fait. Jamais — hier comme aujourd'hui. Je n'avais pas le choix. Je devais penser à Halla. Perdre une bataille n'était pas perdre la guerre. J'ai cherché à me convaincre que je ne m'enfuyais pas, mais que je partais vers le prochain affrontement. J'espérais que d'ici à ce qu'on arrive au flume, si on y arrivait, j'aurais convaincu Loor de m'accompagner.

On a traversé d'un pas vif le labyrinthe de tunnels souterrains, à la recherche de la surface. On n'avait plus peur de tomber sur un garde tiggen, maintenant qu'on savait qu'il n'en restait qu'une poignée. Nous comptions retourner sur la plage, prendre le bateau pour regagner la ville de Kidik, puis le dygo nous mènerait au flume. Je craignais surtout de tomber sur la première vague de guerriers ghees. Ce serait la fin des haricots.

On a fini par jaillir du souterrain dans un endroit agréablement familier. On était au rez-de-chaussée de l'immense cimetière où était enterrée la majeure partie de la population rokador. Toutes ces stèles blanches et ces lumières allumées me brisaient le cœur. Difficile de concevoir que tant de gens aient pu y rester – et qu'ils n'étaient certainement pas les derniers. On est restés plantés là, à contempler l'océan des morts, soudain bien tristes.

– Pourquoi ? a demandé Loor. Pourquoi tout ça ?

Elle n'attendait pas de réponse. Elle savait que je n'en avais pas à lui proposer. Une seule personne détenait la vérité. Et en fait, il se tenait là, derrière nous.

– Je plaide non coupable, a dit Saint Dane.

Loor et moi nous sommes retournés d'un bond en tirant nos armes.

Saint Dane était seul. Il était là, les bras tendus pour montrer qu'il n'était pas armé et n'avait nullement l'intention de se battre.

– Je vous en prie, a-t-il dit, toute violence est inutile.

Il a tourné autour de nous en restant en bordure du cimetière. Il a regardé les stèles avec un petit sourire aux lèvres. Comme je déteste ce type.

– Une vraie tragédie, a-t-il dit.

– Oui, comme si ça pouvait vous faire quelque chose, ai-je rétorqué.

– C'est vrai, a repris Saint Dane. Je m'en moque. Ce qui est tragique, c'est que je n'ai rien à voir avec ça.

Furieuse, Loor a fait un pas dans sa direction. Je l'ai retenue.

– Vous voulez dire que vous n'avez pas empêché ces gens d'utiliser leur remède avant qu'il ne soit trop tard ? ai-je demandé. Je ne vous crois pas.

– C'est pourtant vrai. Ce virus est un phénomène naturel. Je me suis contenté de m'en servir à mon avantage. C'était le moment de vérité de Zadaa… Ça et la mort de Pelle a Zinj. Au fait, merci de l'avoir livré à mon assassin. Sans votre aide, les Batus ne se seraient peut-être jamais décidés à attaquer. C'était un gentil coup de main.

La colère irradiait de Loor comme la chaleur d'un radiateur. J'ai laissé ma main sur son épaule pour la calmer.

– On connaît votre plan, ai-je dit. On a entendu votre petite présentation à…

— Au banquet de l'élite, oui, je sais. J'ai senti tes petits yeux fouineurs posés sur moi. Vous regardiez par des trous dans le sol, comme des rats. C'était assez remarquable, non ?

Son arrogance commençait à me taper sur le système, mais pas question de le lui montrer.

— Je ne comprends pas, ai-je dit. Qu'y a-t-il de différent cette fois ci ? Pourquoi avoir gardé votre véritable apparence ?

— Parce que je n'avais nullement besoin de me déguiser, a-t-il répondu d'un ton badin. (Il s'est tourné vers nous, et son visage s'est assombri.) Et parce que je voulais te démontrer comme il est facile de tromper ces créatures. Pour moi, Zadaa n'est rien d'autre, Pendragon. Une démonstration. Je voulais que tu constates de tes yeux la faiblesse et la bêtise de tous ces gens. Que tu vois comme ils se laissent guider par leurs émotions. Tu crois qu'ils ont de nobles aspirations ? Qu'ils sont prêts à se sacrifier pour le bien de tous ? Qu'ils se soucient d'autre chose que de leur petite sphère égoïste ? Ils ne valent pas mieux que de vulgaires animaux. Agite un bout de viande devant un rongeur affamé et il tuera ses frères pour s'en emparer. Voilà qui tu t'efforces de défendre, mon ami. Tu es entouré de colère, d'envie, de rapacité. Les Batus, les Rokadors – tous. Les Milagos et les Bedoowans de Denduron. Ces agronomes arrogants de Cloral, ces criminels en Première Terre, les klees et les gars d'Eelong et les démissionnaires de Veelox. Personne ne cherche la vérité. Aucun d'entre eux n'est prêt à se sacrifier pour les autres. Tous redoutent que quelqu'un n'obtienne plus de biens qu'eux, ou de souffrir, ou de recevoir de l'existence moins que ce qu'ils pensent leur revenir. Tu crois que tu me combats, moi, Pendragon ? Grave erreur. Tu affrontes la nature même de ceux que tu prétends aider. Je ne fais que leur donner ce qu'ils désirent.

— Non, ai-je répondu, ce n'est pas ça. Bien sûr, des gens menacés chercheront à se défendre, mais il y a du bien en…

— Du bien ? a fait Saint Dane d'un ton dédaigneux. Qu'est-ce que le bien ? Il est facile de faire le bien lorsqu'on est nourri et logé. Mais ce n'est pas ce qui fait une vie, Pendragon. Ce sont les défis qu'on surmonte, ou pas. Maintenant, Zadaa va tomber, et je te l'aurai prouvé une fois de plus.

– Non !

Loor ne tenait plus. Elle m'a dépassé pour attaquer Saint Dane. À vrai dire, je voulais qu'elle le fasse. Cette fois, ce n'était pas moi qu'il affrontait, mais une pro. Dur pour lui. Je voulais que Loor le démolisse. Elle s'est ruée sur lui en brandissant son bâton, mais elle commettait là la plus grave des erreurs. Elle portait le premier coup. Saint Dane a paré sans peine, a passé la main sous sa veste et en a tiré une arme de métal de Tiggen. Avant que j'aie une chance de réagir, il a décoché à Loor une décharge en pleine poitrine qui l'a envoyée à terre, frissonnante de douleur. Je suis resté figé sur place. Je ne sais pas si c'est à cause de la brusquerie de cette explosion de violence ou de la stupéfaction de voir Loor se faire vaincre.

– Tu voulais qu'elle me tue, n'est-ce pas ? a-t-il dit. Ne mens pas. Tu voulais me voir massacrer impitoyablement, comme je l'ai fait avec toi. Tu ne vaux pas mieux que ces larves que tu as juré de défendre.

Je ne pouvais pas bouger. Son discours m'avait blessé. Il avait raison. Je voulais voir Saint Dane souffrir comme j'avais souffert. Lui avais-je donné raison ? N'étais-je pas mieux qu'un animal qui ne savait qu'attaquer ce qui le menaçait ?

– Que ressens-tu, Pendragon ? a ragé Saint Dane. Et que ressentiras-tu quand je lui fracasserai le crâne ?

Saint Dane a abaissé sa matraque vers Loor. J'étais trop loin pour l'en empêcher. Ses yeux de glace m'avaient cloué sur place. Loor allait mourir, et je ne pouvais rien y faire. Du coin de l'œil, j'ai vu un éclair argenté. Puis Saint Dane a poussé un cri de douleur et a lâché son arme. Une flèche métallique s'était fichée dans son bras. Je me suis retourné d'un bond. Il y avait quelqu'un sur le balcon au-dessus de nous, quelqu'un qui tenait une arbalète.

– Salut, Mallos, a-t-il dit. C'est comme ça que tu te faisais appeler sur Denduron, non ?

C'était Alder ! Et à côté de lui, Saangi et Teek.

Saint Dane a serré son bras en hurlant de douleur. Ça n'a pas duré. Le démon s'est transformé en une ombre liquide. La flèche s'est détachée du nuage pour s'abattre au sol. L'ombre a repris forme, celle de cet oiseau noir que j'avais vu s'élever du Manhattan Tower Hotel, en Première Terre. Saint Dane allait s'échapper, une fois de plus. L'oiseau a battu des ailes et s'est envolé. On l'a regardé disparaître dans les ténèbres entourant l'île de Kidik.

— Ahhhhh !

Un cri de terreur s'est élevé du balcon. C'était Teek. Il faut croire qu'il n'avait encore jamais vu un homme se transformer en corbeau géant. Ben voyons. Il a chancelé, épouvanté. Alder et Saangi ont tenté de le calmer. Bonne chance. Je n'avais pas la moindre idée de ce qu'ils allaient lui dire. Mais ce n'était pas mon problème. J'ai couru vers Loor. Elle ne tremblait plus, mais avait l'air sous le choc. Je me suis agenouillé à côté d'elle et j'ai posé la main sur son épaule.

— Pas de panique. Tu n'as rien. Ce n'était qu'une secousse.

— Facile… à… dire, a-t-elle répondu en claquant des dents.

Elle s'en sortirait. J'ai laissé ma main sur son épaule, plus pour la rassurer qu'autre chose. On a vite été rejoints par Alder, Saangi et un Teek aussi mal en point que Loor. J'ai serré Alder dans mes bras.

— Je n'arrive pas à croire que tu sois vraiment là, lui ai-je dit. Tu vas bien ? Quand on t'a laissé, tu respirais à peine.

— Ce doit être ces remèdes qui m'ont fait dormir. Je me sens bien mieux. (Il a fait jouer son épaule raide et a ajouté) : J'ai encore des douleurs, mais ça ne m'a pas empêché de prendre son arme à un garde tiggen. (Il a brandi l'arbalète à plusieurs coups.) Assez intéressante d'ailleurs.

Loor a fait mine de se relever. Elle reprenait rapidement ses esprits. Saangi l'a aidée à s'asseoir.

— Tu devais emmener Alder au flume, a fait Loor d'un ton de reproche.

— Ne la blâme pas, a repris Alder. J'ai refusé de partir. Pas tant qu'il y avait encore à faire.

Bonjour la culpabilité. C'est exactement ce que je m'apprêtais à faire : partir.

— Comment nous as-tu retrouvés ? ai-je demandé.

— Aider Loor est mon devoir, a répondu Saangi. Pour cela, j'ai fait quelque chose qui ne va pas te plaire. Avant que tu t'en ailles, j'ai recopié la carte de Kidik. Je te prie de m'excuser.

Loor lui a jeté un regard incrédule.

— Une fois sous terre, a continué Saangi en baissant les yeux, on a pris un dygo et suivi le chemin.

Cette fille ne s'avoue jamais vaincue, il faut lui accorder ça.

— Heureusement qu'on a actionné tous ces pièges, ai-je remarqué.

— Je ne m'attendais pas à tomber sur une mer souterraine, a dit Alder.

— Sans blague, ai-je répondu. Comment as-tu su qu'il fallait la traverser?

— La ville était déserte. Vous n'étiez nulle part et on a vu des lumières sur l'eau. On a trouvé un bateau, suivi ces lumières et on est allés jusqu'à ce bâtiment.

— C'est alors qu'on a trouvé Teek, a enchaîné Saangi. Il nous a amenés ici. Je sais que ce n'est pas ce que tu voulais, Loor, mais si on n'était pas venus...

Elle ne termina pas sa phrase. C'était inutile. On savait tous ce qu'il en était. S'ils n'étaient pas venus, Saint Dane aurait tué Loor.

— Je ne suis pas en colère, Saangi, a dit Loor. Je te suis reconnaissante. Tu devrais peut-être me désobéir plus souvent.

Saangi eut un sourire béat. Une fois de plus, elle avait joué son rôle d'ange gardien.

— Je ne le pense pas vraiment, a ajouté Loor. Mais merci.

— Un esprit! Un esprit maléfique! a crié une voix.

On a tous regardé Teek. Il se tenait à l'écart du groupe. On aurait vraiment dit qu'il avait vu un fantôme.

— Ça va, Teek? ai-je demandé.

— C'est le mal! Un esprit maléfique! répétait-il nerveusement.

Teek n'allait pas bien du tout. Je devais dire quelque chose pour l'empêcher de devenir fou.

— Ce n'est pas un esprit, ai-je dit. C'était un tour de magie. Il s'y entend pour tromper son monde.

— Il... s'est transformé! Et s'est envolé!

— Simple tour de passe-passe, ai-je menti. Mais tu as raison sur un point: c'est le mal incarné.

Loor s'est relevée. Ses jambes n'étaient pas très assurées. Saangi a dû l'assister.

— Il faut conduire Pendragon au flume, a-t-elle dit. Il doit s'en aller.

— Non, ai-je répondu (J'ai regardé Loor, puis Alder et Saangi.) Saint Dane veut faire une démonstration sur Zadaa ? Je peux en faire autant. On ira jusqu'au bout. Tous ensemble.

— Tu en es sûr ? a demandé Loor.

J'ai acquiescé. Son soulagement était presque palpable.

— La fin est peut-être plus proche que tu ne le crois, a remarqué Saangi.

— Pourquoi ?

— J'avais une autre raison de venir vous trouver. Les Batus sont passés à l'attaque. Ils ont investi les souterrains.

Journal n° 23
(suite)

ZADAA

Loor connaissait les plans d'attaque, tout comme Saangi. Ça faisait longtemps que les Ghees se préparaient à ce moment. L'invasion serait foudroyante.

— Ils vont commencer par les dygos, a expliqué Loor. Des espions ghees en ont volé des dizaines, de toutes les tailles. Ils les ont cachés dans le désert. Ils veulent les faire descendre là en bas et s'en servir comme boucliers contre les défenses des gardes tiggens. Chacun sera suivi de centaines de guerriers. Les dygos annihileront toute résistance, que ce soit de la pierre ou des Tiggens, et fraieront un chemin aux Ghees.

— Comment savent-ils quelle direction prendre ? ai-je demandé. Ces souterrains sont un vrai labyrinthe.

— En effet, mais ils ont envoyé des éclaireurs. Ils connaissent la direction de Kidik. Ils savent que c'est le siège du pouvoir. C'est leur cible prioritaire. Ils prendront les tunnels qui les mèneront dans la bonne direction. S'il n'y a plus de couloirs, ils en creuseront un. Rien ne les arrêtera.

— Oui, jusqu'à ce qu'ils atteignent l'océan, ai-je remarqué.

— Et alors ? a demandé Alder.

— C'est un piège. Les Rokadors vont inonder les souterrains et noyer les Batus qui s'y seront aventurés.

Saangi m'a jeté un regard surpris. Alder semblait tout aussi choqué. Je n'aimais pas leur annoncer la nouvelle aussi brutalement, mais ce n'était pas le moment de finasser.

— Les Batus mourront par milliers ! a dit Saangi d'une voix de petite fille terrifiée.

— Ils peuvent vraiment faire ça ? a demandé Alder.

J'ai regardé Teek. Il était toujours ébranlé, mais commençait à reprendre ses esprits.

— Qu'est-ce que tu as découvert ? ai-je demandé. Comment vont-il faire ça ?

Teek a répondu d'une voix dépourvue de toute émotion, comme s'il était en transe. Son monde s'écroulait autour de lui.

— L'océan de Kidik n'est qu'un vaste réservoir. Il est alimenté par des rivières venant du nord. Grâce à leurs grandes écluses, les ingénieurs contrôlent le niveau en permanence. Au sud, près de la ville, il y a des écluses plus petites qui contrôlent le flot des rivières sous Xhaxhu. Ce sont celles qu'ils ont fermées pour assécher ces mêmes rivières. Ils comptent ouvrir en grand les écluses du nord pour faire monter le niveau de l'océan. Les ingénieurs ont déjà commencé. Je vois que le niveau de l'océan est déjà bien supérieur à la normale.

— Ce n'est pas dangereux ? ai-je demandé. Je veux dire, s'ils laissent entrer trop d'eau ?

— Non, a continué Teek. Le stade suivant sera d'ouvrir les écluses du sud. Les rivières de Zadaa s'écouleront à nouveau, plus fortes et plus abondantes que jamais.

J'ai repensé aux lits asséchés des rivières près du flume. La première fois que je les ai vues, un flot puissant s'y écoulait, alimenté par une immense cascade. Maintenant, elles étaient à sec, mais je pouvais imaginer un immense tsunami déferlant dans cette vaste salle. L'eau remplirait les canaux et jaillirait des fontaines de Xhaxhu. Certains à la surface se réjouiraient de voir la fin de la sécheresse. Et ils auraient raison, du moins sur ce point. Ceux des souterrains penseraient autrement.

J'ai regardé Loor.

— Quand les Ghees verront que les eaux sont revenues, que feront-ils ?

Avant que Loor ait pu répondre, Teek s'en est chargé :

— Ils mourront. Même s'ils décident d'annuler l'invasion, ils n'auront pas le temps de s'échapper. C'est alors que les Rokadors passeront au stade suivant. Dans les tunnels, il y a d'immenses écluses de dégagement menant à des tunnels annexes. Ils sont conçus pour éliminer le trop-plein en cas d'inondation ou de panne des écluses principales.

– Je les ai vus, ai-je dit. Ce sont ces immenses disques argentés insérés dans les murs des tunnels ?

– Oui. Mais aujourd'hui, ils auront un autre usage. Lorsque les écluses du sud seront ouvertes, les ouvertures menant aux tunnels annexes le seront aussi. Ils se rempliront très vite.

– Il y a assez d'eau pour tout ça ? a demandé Loor.

– C'est ce qu'on dit, a répondu Teek. Les écluses du nord seront bientôt ouvertes en grand. Des milliers de sources différentes alimenteront l'océan. Quelques minutes suffiront pour remplir les tunnels du trop-plein. C'est là qu'ils ouvriront les écluses et inonderont tout le réseau souterrain.

– Noyant les Batus au passage, ai-je ajouté.

– Et laissant Xhaxhu vulnérable à toutes les tribus hostiles de Zadaa, a renchéri Loor.

– C'est un plan abominable, a dit Teek. Mais l'élite est certaine qu'il constitue notre seule chance de survie.

– Ils ont tort ! a crié Loor. Tuer les Batus est un vrai suicide !

– Saint Dane les a convaincus du contraire, a repris Teek. Pour moi, c'est une terrible erreur. Bokka pense comme moi. Il est mort en tentant de vous avertir. J'aurais tout fait pour les arrêter, mais il est trop tard.

– Ce n'est pas sûr, ai-je dit.

Tout le monde m'a regardé d'un air surpris. Alors que Teek nous expliquait le plan des Rokadors, une idée m'est venue. Un peu tirée par les cheveux, mais c'était mieux que rien.

– On ne peut pas arrêter les Batus, a fait Saangi. Il est trop tard pour ça.

– Elle a raison, Pendragon, a renchéri Alder. Saangi m'a montré ces machines se rassembler dans le désert non loin de Xhaxhu. Il y en avait des centaines. On les a vues se dresser sur leurs chenilles et se mettre à creuser le sol. Ils sont en route. Si nous sommes arrivés avant eux, c'est uniquement parce qu'on avait une carte. Ça ne m'étonnerait pas qu'en ce moment même, ils soient aux portes de Kidik.

– Nous n'avons pas le temps de convaincre l'élite de son erreur. Les écluses du nord sont ouvertes. L'océan monte.

– Je sais, ai-je répondu. On ne peut pas empêcher l'assaut et on ne peut pas arrêter les Rokadors. Notre seul espoir, c'est de contrôler le contrôleur.

– Je ne comprends pas, a dit Loor.

– Tout dépend des instruments de contrôle des eaux qui se trouvent au cœur de ce bâtiment. Si on ne peut pas pousser l'élite à empêcher l'inondation, on peut le faire nous-mêmes.

Le visage de Loor s'est illuminé.

– Tu veux dire qu'on va prendre le contrôle de la salle des machines ?

– Exactement. Tout couper. Inverser le courant. Ou quelque chose comme ça. (Je me suis tourné vers Teek.) Y a-t-il d'autres gardes tiggens qui pensent comme toi ? Qui pensent que tout ça n'est qu'une monstrueuse erreur ?

– Oui, beaucoup.

– Va les trouver, ai-je ordonné. Conduis-les à la salle des machines.

– Mais…

– Vas-y, file !

Teek est parti en courant. Mon esprit s'emballait. C'était notre seul espoir. On n'avait pas le temps de discuter. Il fallait agir.

– Un instant, Teek !

Il s'est arrêté aussi sec.

– Y a-t-il des dygos ici, sur l'île ?

– Oui, il y en a deux garés de l'autre côté de ce bâtiment.

– Bien. Tu peux y aller.

– Que veux-tu faire d'un dygo ? a demandé Loor. Attaquer la salle des machines ?

– Non, mais nous évacuer d'ici quand ça commencera à sentir le roussi. On doit faire tout notre possible pour sauver Zadaa, mais quoi qu'il arrive, si on reste coincés ici, Saint Dane aura gagné. Le gros lot. Halla. Avant de faire quoi que ce soit, il faut que tu me promettes quelque chose. Quoi qu'il arrive, il y aura forcément un moment où on ne pourra rien faire de plus. Tu dois me jurer que lorsque ce moment viendra, on partira d'ici tous ensemble.

— Je suis d'accord, a acquiescé Alder. C'est la sagesse même.

J'ai regardé Loor. Elle n'a pas répondu tout de suite. Ce devait être sacrément difficile pour elle. Finalement, elle a dit :

— Je comprends. Tu as raison, Pendragon. Quand tu nous diras de partir, on s'en ira.

J'ai regardé Saangi, qui a acquiescé.

— Bien. Saangi, tu peux conduire un dygo ?

— C'est comme ça que je suis venue jusqu'ici, non ? a-t-elle répondu.

— Parfait. Tu as entendu ce qu'a dit Teek. Va en chercher un et amène-le ici.

Saangi s'est tournée vers Loor, qui lui a adressé un hochement de tête rassurant.

— Tout de suite ! a répondu gaiement Saangi, heureuse d'avoir son rôle dans notre plan.

Nous n'étions plus que trois : Loor, Alder et moi. On a échangé des regards nerveux. Ce bref moment de calme nous permettait de reprendre notre souffle.

— Comme au bon vieux temps, hein ? ai-je dit.

Les deux autres ont acquiescé d'un air pensif. On était déjà passés par là, tous les trois. Mais on était désormais bien différents des trois gamins qui avaient sauvé Denduron. Ce n'était pas si éloigné, quelques années tout au plus, mais chacun d'entre nous avait assez d'expérience pour toute une vie. Je ne pouvais qu'espérer qu'on connaisse le même succès — et la même chance.

Alors que nous étions là, en bordure de cet immense cimetière, je n'avais qu'une seule certitude. Ce serait le seul moment de calme avant bien, bien longtemps.

Journal n° 23
(suite)

ZADAA

Malgré mon discours tonitruant, je n'avais pas la moindre idée de la façon dont on allait investir la salle des machines ni de ce qu'on ferait si on y parvenait. Je n'avais pas le temps de concocter un plan. Pas le temps de considérer toutes les possibilités pour décider en connaissance de cause. Il fallait y aller, pas à pas, et improviser en cours de route. Ma seule consolation était d'avoir Loor et Alder à mes côtés. C'était le meilleur choix possible. On avait déjà sauvé un territoire ensemble, il était temps de le faire à nouveau.

On a sillonné les couloirs jusqu'à la salle des machines. La mémoire et l'instinct de Loor étaient stupéfiants. Elle n'a pas fait une seule erreur et nous a conduits droit à la porte menant à la passerelle surplombant toutes ces machineries.

Loor nous a jeté un regard d'avertissement en posant un doigt sur ses lèvres. On a acquiescé. Elle a ouvert la porte, et on a couru silencieusement sur la passerelle. En contrebas, il y avait plus d'activité que la dernière fois. Même de là-haut, j'ai lu la tension sur les visages et dans leurs gestes. Pas étonnant. Préparer un génocide doit vous coller les nerfs. Je me suis demandé à quoi ils pensaient. Comprenaient-ils vraiment qu'ils orchestraient la mort de milliers d'êtres humains ? Étaient-ils convaincus que c'était le seul moyen de sauver leur propre peau ? Ou est-ce que cette réalité leur pesait ? Mais qu'importe. Il fallait les arrêter.

Et pour nous en empêcher, il n'y avait qu'une poignée de gardes tiggens. Ils étaient là, chacun au bout des escaliers de métal menant à la plate-forme de contrôle. Ils avaient l'air plutôt détendus. Ils ne s'attendaient pas à un assaut. Tant mieux pour nous.

Je me doutais qu'il y aurait des gardes. Et des ingénieurs. Mais je ne m'attendais pas à ce qu'il y ait aussi un troisième groupe. Là, assis sur des chaises installées pour l'occasion, se tenaient les dix membres de l'élite rokador. J'imagine qu'ils s'étaient rassemblés pour assister à l'événement. La plupart étaient attentifs et nerveux en même temps. C'étaient les ingénieurs qui actionnaient les machines, mais la décision venait de ce groupe disparate. Le plus âgé était affalé sur sa chaise. Il dormait et bavait toujours. Les deux gamins ne tenaient pas en place et se donnaient des coups de coude. Incroyable… Je me suis demandé s'ils avaient une voix chacun, comme les autres. Et aussi s'ils s'inquiétaient de voir que Saint Dane n'était pas là au moment fatidique. S'ils trouvaient ça étrange, moi, je savais que c'était tout à fait normal. Leur grand ami, celui qui avait planifié cette abomination, avait déjà probablement pris le flume pour gagner un autre territoire. Il avait rempli son office.

J'ai aussi remarqué une autre différence : le bruit. Comme je vous l'ai dit, il y avait un bourdonnement continu, comme si la salle vibrait d'énergie. À présent, il s'était encore intensifié. La passerelle en tremblait. Je pouvais même le sentir au plus profond de mon estomac. J'étais sûr que toutes ces machines n'avaient jamais été poussées aussi loin. Dire qu'elles étaient assez puissantes pour déplacer les portes massives contrôlant le niveau d'un océan ! Un instant, j'ai espéré qu'elles tomberaient en panne, nous évitant bien des efforts. Mais on ne pouvait pas compter là-dessus. Il fallait agir.

On a entendu un petit grincement sur notre gauche. La porte donnant sur la passerelle s'ouvrait. Loor, Alder et moi nous sommes tournés vers elle. On était découverts. L'instant suivant, deux gardes tiggens sont entrés. Loor et moi avons tiré nos bâtons et Alder son arbalète. Un troisième est entré et Alder a ouvert le feu – mais j'ai dévié son tir d'un coup de coude. La flèche s'est plantée dans l'appui de la porte. Alder avait raté sa cible. C'était Teek.

J'ai aussitôt reconnu les deux autres gardes. Ils accompagnaient Bokka lorsqu'on l'avait rencontré au carrefour. Ils étaient amis. Les trois Tiggens ont lorgné la flèche plantée au-dessus d'eux, puis se sont tournés vers nous. Leurs grands yeux disaient très nettement : « Bon sang, à quoi vous jouez ? »

Alder a haussé les épaules en guise d'excuses. Je lui ai donné un petit coup de coude, à lui et à Loor. Ils m'ont suivi alors que j'allais rejoindre Teek. On a tous quitté la passerelle en refermant la porte derrière nous.

– Le niveau de l'eau monte, a dit Teek nerveusement. Et j'ai entendu des bruits. Ils courent sur les flots. Je crois que les Ghees ne sont plus très loin.

J'ai regardé les trois Tiggens.

– Vous voulez vraiment nous aider à empêcher ce massacre ?

Teek a répondu au nom du groupe :

– Depuis toujours, on faisait confiance à Bokka. Pourquoi changer maintenant ? Il savait que c'était mal. Il faut l'empêcher. Mais comment ?

– Quelqu'un sait comment fonctionne ce tableau de commandes ? ai-je demandé.

Les gardes se sont regardés. Personne ne semblait prêt à nous faire part de son expertise. Finalement, Teek a pris la tête.

– Venez, dit-il en ouvrant la porte de métal.

– Attendez-nous là, ai-je ordonné aux autres. »

J'ai suivi Teek sur la passerelle d'où on surplombait le tableau de contrôle. Comme je l'ai déjà écrit, la plate-forme était bâtie sur un immense tuyau horizontal à demi enterré dans le sol. Il était à environ sept mètres du sol et accessible par des échelles de métal. Le tableau de commandes lui-même était au centre de la plate-forme pour que les ingénieurs puissent circuler tout autour. Il avait deux côtés avec un sommet pointu comme le toit d'une maison et toute une série de poignées de métal qu'on pouvait tourner d'un côté ou de l'autre. Sur chacune, il y avait une petite plaque portant une inscription, sans doute ce à quoi elle servait. Et au-dessus, il y avait des cadrans pour mesurer... Dieu sait quoi. Il y avait aussi trois lumières blanches au-dessus de chaque poignée. Dans certains cas, elles étaient allumées toutes les trois.

Dans d'autres, il n'y en avait que deux, ou rien qu'une, ou elles étaient toutes éteintes. Les deux côtés étaient identiques, à part que les poignées étaient plus grandes. Il semblait y avoir deux fois plus de petites poignées que de grosses. Il y avait deux ingénieurs de chaque côté, tous tendus comme des cordes de violon.

— D'après ce que j'ai cru comprendre, a murmuré Teek, les plus grosses contrôlent les immenses écluses du nord. Maintenant, elles sont toutes ouvertes, ce qui fait monter le niveau de l'océan. Les petites régulent celles du sud, plus petites et plus nombreuses. Elles sont fermées, du moins jusqu'au moment où les Batus arriveront sur le rivage.

— Donc, ils n'ont pas encore envoyé l'eau dans les rivières asséchées ? ai-je demandé.

— Non. Ils attendent le signal. Il y a tout un réseau de gardes tiggens avec des bateaux sur l'océan, prêts à revenir ici. Ce sont eux qui préviendront lorsque les Batus seront en vue.

J'ai acquiescé et suis retourné à la porte. Teek et moi avons rejoint les autres.

— On a notre chance, ai-je dit. Ils n'ont pas encore lancé l'inondation. Si on doit agir, il faut que ce soit maintenant.

J'ai regardé Loor. C'était elle la pro. Je comptais sur elle pour tirer un plan d'attaque.

— Notre meilleure chance, a-t-elle dit, c'est de profiter de l'effet de surprise. Mais cet avantage ne durera pas. Dès qu'on passera à l'attaque, quelqu'un donnera certainement l'alerte. Les gardes tiggens nous tomberont dessus. Même si on réussit à s'emparer des commandes, ce ne sera pas pour longtemps.

Tout d'un coup, mon plan n'avait plus l'air si génial.

— Et si on bouclait la porte ? a suggéré Alder.

— Tu veux dire nous enfermer là-dedans ? ai-je demandé.

— Ça pourrait donner aux Ghees le temps d'arriver sur l'île et de capturer les gardes, a proposé Loor.

On a tous regardé Teek et les Tiggens. Ils étaient pâles comme la mort. Depuis leur retour à Kidik, ils n'avaient cessé d'encaisser. Et cette nouvelle perspective n'était pas plus engageante. Ils avaient dit vouloir nous aider, mais ça signifiait affronter les leurs. Je craignais qu'ils ne commencent à avoir de sérieux doutes.

— Tu nous demandes de combattre nos frères et de contribuer à la défaite de notre propre tribu, a demandé Teek d'un ton solennel.

— C'est vrai, ai-je répondu. Avec notre aide, les Batus prendront les souterrains. Mais si nous ne faisons rien, ils mourront tous. Ce qui veut dire que les tribus barbares de Zadaa pourront investir Xhaxhu.

— Et peu après, elles descendront chez vous, a continué Loor.

— Pas si les tunnels restent inondés, a repris Teek, plein d'espoir. Sur l'île de Kidik, on ne risquera rien.

— Oui, mais pour combien de temps ? a insisté Loor. Vous mourrez de faim. Toutes vos provisions viennent de la surface. Bien vite, vous devrez vidanger les tunnels et monter à la surface, où vous serez massacrés comme les Batus avant vous.

— Je sais que c'est difficile à admettre, ai-je repris, mais c'est exactement ce que veut Saint Dane. C'est pourquoi il a fait accepter son plan à l'élite. Ça marquera la fin de toute civilisation sur Zadaa.

— Pourquoi ferait-il une chose pareille ? a demandé Teek.

J'ai regardé Loor, puis Alder. C'était la question piège.

— Parce qu'il pense que lorsque Zadaa sera tombée, il pourra prendre le pouvoir et bâtir son propre monde sur les ruines du vôtre.

C'était l'explication la plus simpliste que je puisse imaginer. Pourvu qu'ils s'en contentent.

— Jadis, ai-je repris, les Batus et les Rokadors vivaient en paix. Les choses peuvent redevenir ainsi. Les Rokadors peuvent reconstruire leur monde et croître, mais uniquement avec l'aide et la protection des Batus.

— Laissez-nous un moment, a dit Teek.

Il s'est écarté avec ses deux collègues pour discuter avec eux. Loor, Alder et moi n'avions plus qu'à en faire autant.

— Est-ce qu'ils vont nous aider ? a demandé Alder.

— Sinon, ai-je dit en remettant mon bâton dans son étui, ça voudra dire qu'ils sont contre nous. La bataille pour la salle des machines pourrait commencer dès maintenant.

C'était un moment assez pénible. On a entendu les trois Tiggens échanger des murmures passionnés. Puis Teek est revenu vers nous.

— Nous vous aiderons à prendre la salle des machines, a-t-il dit, mais nous ne nous laisserons pas enfermer là-dedans. Quoi qui puisse attendre notre tribu, nous l'affronterons avec les nôtres.

Loor a acquiescé.

— C'est à la fois sage et noble. C'est la meilleure décision.

— Très bien, ai-je dit. Comment va-t-on faire?

Le plan de Loor était assez simple. Il était inutile de se soucier des ingénieurs ou de l'élite. On devait prendre pour cible les gardes tiggens et les faire sortir de la salle des machines. Si quelqu'un d'autre voulait les suivre, grand bien lui fasse. L'idée était de faire vite, de prendre le contrôle et de nous enfermer avant qu'ils aient pu comprendre ce qui se passait. Et surtout, avant qu'ils aient pu inonder les souterrains. Teek nous a expliqué qu'il n'y avait qu'un seul accès au dernier niveau. C'est par là qu'on entrerait. On a décidé de laisser un de ses collègues sur la passerelle afin qu'il surveille la porte d'en haut. Après ça, à nous de nous débrouiller.

On a souhaité bonne chance au garde tiggen qui restait, puis on a suivi Teek hors du bâtiment. On a dû traverser une zone à découvert, s'éloignant de l'immense complexe, pour gagner l'entrée de la salle des commandes. Teek nous a expliqué que la porte de la passerelle et l'autre étaient séparées, en cas d'urgence. Je ne sais pas quelle urgence ils prévoyaient, mais certainement pas quelque chose comme ça.

L'entrée n'était qu'un petit bâtiment pas plus gros qu'un garage. On avait parcouru la moitié du chemin lorsqu'on a entendu un drôle de bruit. Bon, moi, tout me paraissait étrange, mais Teek s'est arrêté net. D'où que vienne ce bruit, de toute évidence, il ne s'attendait pas à l'entendre. Et les autres non plus. Ils se sont figés sur place et ont regardé le ciel. Enfin, si on peut appeler ainsi le toit de cette immense caverne.

— Qu'est-ce que c'est? a demandé Alder.

Ce bruit me rappelait quelque chose, mais pas moyen de le situer. Ni de dire d'où il venait. Comme Teek et les autres regardaient en l'air, il devait provenir de là-haut, mais comment était-ce possible? Il n'y avait rien, que de la pierre. Cet espèce de grondement sourd semblait venir de partout à la fois. En fait, il était comme étouffé.

– Est-ce possible ? a demandé Loor.

– Qu'est-ce qui est possible ? ai-je repris.

Elle n'a pas eu à répondre. Le bruit s'est soudain enflé comme si on avait déconnecté ce qui l'étouffait. Il a monté dans les aigus. J'ai alors réalisé où je l'avais déjà entendu.

– C'est un dygo ! ai-je crié.

Si le bruit n'était plus étouffé, c'est parce qu'il venait de traverser la roche qu'il creusait. Un instant, j'ai cru que Saangi avait trouvé cet engin et venait nous rejoindre. Je me trompais. Tout là-haut, un dygo venait de percer le plafond de la caverne.

– Non ! s'est écrié Alder. Ils ne savent pas qu'ils vont tomber sur une caverne !

– Comment un Rokador pourrait-il ignorer ça ? ai-je demandé.

– Parce que ce ne sont pas des Rokadors, a déclaré Loor d'un ton solennel. Les Batus sont arrivés.

Mon estomac s'est serré. C'était vrai. Les creuseurs s'attendaient à tomber sur un autre tunnel. Sauf qu'ils venaient de déboucher sur le vide. La foreuse est apparue en premier, suivie de la forme sphérique du dygo. Peu après, la gravité a repris ses droits, et le véhicule a fait une chute d'une centaine de mètres. Au moins, il ne se trouvait pas juste au-dessus de l'île de Kidik. Il a chuté vers l'océan, sa foreuse tournant dans le vide. Ce n'était pas beau à voir. Quelques secondes plus tard, il s'est écrasé comme une capsule spatiale en plein amerrissage.

J'ai tressailli. Je préférais ne pas imaginer ce qu'avaient dû ressentir les passagers.

– Ont-ils une chance de survivre ? ai-je demandé.

– Possible, s'ils étaient bien attachés, a répondu Teek.

– Mais ils vont se noyer ! s'est écrié Alder.

– Non. Le dygo va couler à pic. S'ils sont en vie et conscients, ils pourront rouler sur le fond. Ils ont assez d'air pour un moment.

On tentait encore de digérer ce qui venait de se passer lorsque la situation a encore empiré.

– Regardez ! a crié un des gardes tiggens.

On a levé les yeux. Six autres foreuses venaient d'apparaître, traversant le toit. Les Batus débarquaient en force – pour connaître le même sort que le premier arrivé.

– C'est horrible! me suis-je écrié. Toutes leurs forces d'invasion vont s'écraser?

– Non, a répondu Loor. D'après leurs plans, ils vont attaquer de plusieurs directions différentes. Mais ces Ghees n'ont pas eu de chance.

Un par un, les dygos ont traversé le plafond pour s'écraser dans l'océan. Je ne pouvais rien faire, sinon espérer que leurs habitants survivraient. C'est alors qu'une idée tout aussi horrible m'a traversé l'esprit.

– Si les Ghees sont arrivés, ai-je dit, c'est qu'il est déjà trop tard.

Journal n° 23
(suite)

ZADAA

Teek nous a menés à l'entrée de la salle de commandes. Là, un ascenseur nous a conduits en bas.

— Les portes donneront directement sur le plancher de la pièce, a expliqué Teek.

— Dès qu'elles s'ouvriront, a ajouté Loor, nous aurons perdu l'avantage de la surprise. Il faut agir vite et sans tergiverser.

J'ai tiré mon bâton de bois. C'était le moment. Cette fois, je passerais à l'action, moi aussi. Pourvu que je sois prêt... Loor nous a donné une cible à chacun. Depuis la passerelle, on avait compté cinq gardes : deux d'un côté, trois de l'autre. S'ils étaient toujours à la même place, on commencerait par les trois. Je devais me charger du premier, à la droite de la plate-forme de commandes. C'était le plus facile. Si on était assez rapides, le garde n'aurait pas le temps de réagir. Pour les autres, tout serait différent. Ils verraient venir Loor et Teek et auraient quelques secondes de plus pour se préparer. Mais Alder et les autres Tiggens étaient encore plus mal lotis. Ils devraient courir jusqu'à l'autre bout de la salle pour se charger des deux derniers, et d'ici là, ceux-ci les attendraient de pied ferme. D'une façon ou d'une autre, une seconde pouvait faire la différence entre le succès et l'échec.

Mes mains étaient toutes moites. Soudain, je me suis dit que si je transpirais trop, je risquais de lâcher mon arme. Si seulement j'avais eu des gants ! Mais ce n'était pas le moment de craquer. La cabine s'est arrêtée brutalement et les portes ont coulissé.

Sans une seconde d'hésitation, on a jailli dans la salle. On n'a pas poussé de cri de guerre ou un truc de ce genre. Chaque seconde comptait.

Ma cible nous tournait le dos. Il ne savait pas ce qui l'attendait. J'ai couru jusqu'à me retrouver derrière lui… et j'ai eu une hésitation. C'était précisément ce qu'il ne fallait pas faire, mais je n'ai pu m'en empêcher. Ce n'était pas parce qu'il ne fallait jamais porter le premier coup, parce que dans ce cas de figure, ce serait aussi le dernier. Mais je n'y suis pas arrivé. Pas moyen d'assommer un type sans défense.

Grave erreur. Il n'a pas tardé à comprendre. À peine a-t-il vu Loor et Teek fondre sur les autres gardes qu'il a aussitôt réagi. Et il était loin d'être bête. Il a pigé que si les autres l'ignoraient, c'est sans doute qu'il y avait déjà quelqu'un pour s'occuper de son cas. Sans même regarder, il a tiré sa matraque de métal et a frappé. Il était si rapide qu'il a éraflé le plastron de mon armure de cuir. Un peu plus et je me prenais un coup de jus. La décharge d'adrénaline m'a poussé à agir. J'ai frappé son bras qui tenait la matraque, puis j'ai virevolté pour attaquer par-derrière et lui ai donné un coup sur le crâne avec l'autre extrémité de mon bâton, l'envoyant à terre. Il ne s'est pas relevé.

Je suis resté figé sur place, tiraillé par des émotions contradictoires. J'avais cogné fort. Sur Mooraj, quand j'avais affronté le tireur, je n'étais pas sûr de moi. J'avais frappé plusieurs fois, mais sans véritable résultat. Je croyais que c'était parce que j'étais encore trop habitué à mon arme de bambou, mais la vérité est que cogner un type est contraire à ma nature. Je ne suis pas une brute. Enfin, c'est ce que je pensais. Là, face au corps du garde, je me suis dit que je me berçais peut-être d'illusions. Peut-être étais-je plus violent que je ne le croyais. Ce n'était pas une idée très agréable.

– Pendragon! a crié Loor.

Sa voix m'a ramené à l'instant présent. Je me suis empressé de lever les yeux pour voir qu'ils avaient abattu les autres gardes tiggens de ce côté de la salle. Loor et Teek les traînaient déjà vers moi et l'ascenseur. L'élite rokador s'était levée pour se blottir dans un coin, terrifiée. Ils devaient nous prendre pour la première vague d'invasion des Ghees et en conclure que leur piège n'avait

296

pas marché. Les ingénieurs étaient toujours sur la plate-forme et nous regardaient d'un air épouvanté.

Alder et nos alliés tiggens nous ont vite rejoints. Eux aussi étaient victorieux. Les cinq gardes étaient K.-O. J'ai regardé en haut, vers la passerelle, là où se trouvait l'autre ami de Teek. Je lui ai fait un signe de la main, il me l'a rendu, et il s'est empressé d'aller fermer la porte. Jusque-là, tout allait bien.

— On va les amener à l'ascenseur, a dit Teek. Une fois à la surface, vous pourrez couper la cabine d'ici.

— Tu as bien agi, Teek, a repris Loor. Quoi qu'il arrive par la suite, n'en doute pas.

Teek a hoché la tête. Je pense qu'il savait qu'elle avait raison, mais ne s'en réjouissait pas pour autant.

— Bonne chance, mes amis, a-t-il dit. J'espère qu'on se retrouvera et...

Soudain, il s'est tu. Peu avant, j'avais entendu comme un sifflement sec, mais n'ai pu l'identifier. Teek a ouvert de grands yeux, puis s'est effondré d'un bloc. Une flèche de métal était plantée dans son dos. On a levé les yeux vers la passerelle...

Un autre garde tiggen se tenait là. Ce n'était pas l'ami de Teek; celui-ci était mort. Il gisait là, une flèche dans le cœur. Son assassin se dressait au-dessus de lui, une arbalète posée contre son épaule – et braquée sur nous. Il a ouvert le feu.

On s'est éparpillés pour se cacher derrière les réservoirs. Loor et moi avons sauté d'un côté, Alder et les Tiggens de l'autre.

— C'est lui! ai-je crié. C'est le tueur de Mooraj!

L'homme qui avait tué Bokka était revenu. Et il nous tenait. Si l'un d'entre nous passait sa tête par-dessus le réservoir, il décocherait une de ses flèches.

— Ouvrez les écluses du sud! a crié l'assassin.

Il s'adressait aux ingénieurs. Ceux-ci ne savaient trop que faire. Ils étaient troublés et terrifiés. Tout comme les représentants de l'élite rokador, qui restaient blottis dans leur coin.

— Alder? ai-je lancé.

Je lui ai fait un geste éloquent signifiant: «Où est ton arbalète?» Alder a haussé les épaules et désigné les gardes tiggens inconscients. Son arme gisait à côté des corps.

297

— Je m'en charge, a dit Loor.

Elle a fait mine de quitter notre abri.

— Non ! ai-je crié en la tirant en arrière.

Une fraction de seconde plus tard, une autre flèche s'est plantée dans le sol, la ratant de peu. Si je ne l'avais pas arrêtée, elle aurait transpercé Loor.

— Il faut qu'on fasse quelque chose, Pendragon, a dit Loor. Ils vont inonder les souterrains !

C'était un moment assez angoissant. D'où on était, impossible d'empêcher ces ingénieurs de passer à l'action. Mais si on sortait de notre cachette, on était morts.

— Allons-y d'un coup, ai-je suggéré. Il ne peut pas nous avoir tous.

— Pas toi, Pendragon, a répondu Loor.

Elle a regardé Alder et fait un signe indiquant qu'ils devaient y aller tous les deux. Avec un peu de chances, l'un d'entre eux réussirait à s'emparer de l'arbalète.

— On y va tous ! ai-je crié.

Je l'ai repoussée, prêt à bondir dans la ligne de tir. Je ne suis pas un héros. Je ne voulais pas mourir. C'est l'adrénaline plutôt que la bravoure qui me motivait. Je savais qu'on était au bord de la catastrophe. Je n'ai pas réfléchi. J'ai foncé.

Mais c'était inutile. À peine avais-je bondi de derrière le réservoir que j'ai vu une scène inattendue. Le tueur en tout cas ne s'y attendait pas. Il était trop occupé à nous surveiller pour voir qu'il n'avait pas achevé son travail.

Teek avait ramassé l'arbalète.

Il a roulé sur le côté, a visé et ouvert le feu. La flèche a filé vers sa cible. Un vrai tir de précision. Le tueur calait sa propre arme sur son épaule lorsque la flèche s'est plantée dans sa poitrine. La force de l'impact l'a projeté en arrière. Il a titubé, heurté la rambarde, a laissé tomber son arme et s'est effondré sur le plancher avec un bruit mou écœurant. De toute évidence, il ne nous tirerait plus dessus. L'assassin de Bokka était mort. Une fin qui lui convenait parfaitement.

On a tous couru vers Teek. Loor a été la première à s'agenouiller à ses côtés. Il gisait sur le flanc, la flèche toujours plantée dans son dos. Sa tunique blanche était détrempée de sang. On ne pouvait plus rien faire pour lui.

– Vite, a-t-il chuchoté. Il faut… empêcher l'inondation.

– Bokka serait fier de toi, mon ami, lui a dit Loor.

Teek a eu un petit sourire.

– Faites… qu'on ne soit pas morts pour rien. (Il a regardé son ami le garde et lui a chuchoté) : Aide les.

Sur ces dernières paroles, Teek a fermé les yeux pour ne jamais les rouvrir. Et on ne pouvait même pas le pleurer. Il faudrait attendre pour ça.

Loor a regardé le dernier Tiggen.

– Évacue les gardes.

Il a acquiescé et s'est mis à traîner le garde inconscient vers l'ascenseur.

– Attends, a fait Alder en prenant lui-même deux autres gardes. Allez-y, nous a-t-il dit.

Loor et moi avons pris chacun une des matraques des gardes et avons couru vers la première échelle menant à la plate-forme de contrôle. Je suis arrivé le premier, à temps pour voir que les ingénieurs étaient tous du même côté du tableau de commandes – celui où se trouvaient les petites manettes actionnant les écluses sud.

– Arrêtez ! ai-je crié.

Ils avaient l'air terrifiés, mais n'ont pas bougé pour autant. Je n'étais pas assez imposant physiquement, mais Loor si. Le fait de la voir foncer vers eux, brandissant son casse-tête d'une main et une matraque électrifiée de l'autre, a suffi à les convaincre. Ils se sont massés dans un coin comme des enfants terrifiés.

– Refermez les écluses, a ordonné Loor en brandissant ses armes.

Les ingénieurs semblaient prêts à s'évanouir, mais n'ont pas bougé d'un poil.

– Ne les écoutez pas ! a fait une voix venant d'en bas.

C'était un des plus âgés de l'élite des Rokadors, le seul assez courageux pour se séparer des autres.

– Si vous obéissez, ce sera un acte de trahison ! a-t-il continué.

Les ingénieurs ont alors fait la seule chose dont ils étaient capables à ce stade : ils se sont enfuis. Ils ont descendu les échelles pour rejoindre l'élite. L'ancêtre est resté là, les mains sur les hanches, à nous regarder d'un air satisfait. Je l'ai ignoré. Ce qu'il pensait n'avait aucune importance.

– Il faut qu'on arrête tout ça nous-mêmes, ai-je dit à Loor.

On a regardé l'ensemble de manettes contrôlant les écluses sud. Apparemment, seules quelques-unes étaient ouvertes. Il n'était pas encore trop tard. Il fallait se concentrer. Vite, je me suis emparé d'une des manettes et l'ai tournée en sens inverse. Aussitôt, le niveau du compteur est redescendu à zéro. J'ai fait de même avec les deux autres manettes. Les écluses sud étaient désormais fermées. Rien de plus facile. Du moins, c'est ce que je croyais.

– Bon, ai-je dit, je ne sais combien de temps on peut tenir. Si les autres gardes tiggens entrent avant les Ghees, ils nous tueront et laisseront ces comiques reprendre la direction des opérations.

– On n'a pas le choix! a repris Loor. Il faut les garder à distance le plus longtemps possible.

Notre victoire s'annonçait courte. J'ai alors regardé les séries de manettes et, soudain, une idée m'a traversé l'esprit.

– Ou on peut arrêter tout le bastringue une bonne fois pour toutes, ai-je dit.

– On ne peut pas arrêter un océan, a contré Loor.

– Mais on peut faire en sorte que personne ne puisse plus en prendre le contrôle.

– Tu veux dire en détruisant les instruments?

– Si une masse de gardes tiggens fait irruption dans cette salle, on est cuits. Mais si les instruments sont en morceaux, ça pourra les ralentir le temps que les guerriers ghees arrivent.

– C'est sacrément risqué, a souligné Loor. On ne sait pas comment...

C'est alors qu'on a vu quelque chose qui nous a décidés. Tout en haut de la passerelle, des gardes tiggens se sont déversés de chaque côté. Nos alliés n'avaient pas eu le temps de refermer les portes. Les gardes devaient escalader les échelles avant de nous tomber dessus, mais ils étaient en chemin. Ils étaient trop nombreux pour qu'on puisse les affronter. Ils ne tarderaient pas à reprendre possession des instruments et les ingénieurs pourraient faire leur sale boulot.

Loor a contemplé la rangée de petites poignées argentées, a pris son bâton, l'a glissé dans l'une d'entre elles... et a tiré un bon coup. La poignée a jailli comme la capsule d'une bouteille de soda. Elle m'a regardé en souriant. J'ai pris mon propre bâton et l'ai imitée. Ce n'était pas désagréable. On s'est empressés de régler leurs comptes à toutes celles du tableau. Avec un peu de chance, elles seraient inutilisables, du moins pour l'instant.

Les premiers gardes tiggens avaient descendu la moitié des échelles. D'ici qu'ils nous rejoignent, on aurait fini.

L'un des ingénieurs a dû voir ce qu'on faisait. Il s'est éloigné du groupe des élites et a couru vers nous en criant :

– Non ! Arrêtez ! Vous ne savez pas ce que vous faites !

Oh, si. En un rien de temps, les poignées actionnant les écluses sud gisaient sur le sol.

– Ça suffira ? a demandé Loor.

– Ne prenons pas de risques.

Avec mon bâton, je me suis mis à fracasser les cadrans. C'était plutôt amusant. Loor m'a suivi. On a complètement massacré les instruments.

– Arrêtez, je vous en supplie ! a crié l'ingénieur en s'emparant de l'échelle.

Les quatre autres ont suivi son exemple et ont grimpé vers la plate-forme. Ils n'avaient plus peur. Enfin, plus de nous. Mais il était trop tard : les instruments étaient en miettes.

– Et voilà, Poindexter, ai-je dit. Essaie donc d'inonder les souterrains maintenant.

– Mais vous êtes fous ! a-t-il hurlé. C'est précisément ce que vous venez de faire !

Hein ? Deux des ingénieurs ont couru vers les instruments du côté opposé, ceux qui contrôlaient les écluses nord. Ils ont tenté de soulever les plus grosses poignées, mais en vain. Ils ont examiné les cadrans et ont jeté un regard lourd de signification à l'ingénieur en chef.

– On n'a jamais ouvert toutes les écluses nord, a frénétiquement expliqué celui-ci. Mais c'était la seule façon de réaliser le plan. Maintenant, on ne peut plus les refermer.

– Pourquoi ? ai-je demandé.

Je n'aimais pas le tour que prenait cette conversation.

301

— À cause de la pression de l'eau ! Elle est immense, et la seule façon de la réduire est d'ouvrir les écluses sud. Le minutage doit être parfait. Mais à cause de vous, on ne pourra pas les ouvrir à temps.

— Tout à fait ! ai-je dit. Donc, les Batus sont sauvés.

— Au contraire ! s'est-il exclamé. Maintenant, la pression des eaux va s'accroître jusqu'à ce que l'écluse ne puisse plus la contenir. Mais avant, l'île de Kidik sera engloutie par l'océan. Vous n'avez pas sauvé les Batus, vous avez condamné les deux tribus !

Journal n° 23
(suite)

ZADAA

On a bientôt eu la preuve que l'ingénieur ne se trompait pas. Le bourdonnement qui faisait vibrer la salle s'est accru. Les témoins sur les consoles ont clignoté comme des lampions. J'ai entendu des sifflements provenant d'un peu partout. On aurait dit qu'une pression inimaginable s'accumulait dans les réservoirs verticaux. Une sirène d'alarme s'est déclenchée.

On a reculé pour laisser les ingénieurs tenter de réparer ce qui pouvait l'être.

– C'est inutile ! a dit l'un d'entre eux. Plus rien ne fonctionne.

J'ai jeté un coup d'œil aux gardes tiggens qui escaladaient les échelles. Apparemment, ils avaient changé d'avis. Ils avaient dû comprendre ce qui se passait et avaient rebroussé chemin. Maintenant, ils se bousculaient pour redescendre et filer de là.

– Qu'est-ce qui se passe ? a crié une voix venant d'en bas.

C'était le plus vieux de l'élite, celui qui avait douté du plan de Saint Dane. Les autres le rejoignirent. Ils ne voulaient plus se terrer dans leur coin.

– Évacuez ! leur a lancé l'ingénieur. On a perdu le contrôle des eaux.

Ils sont restés plantés là comme s'ils n'en croyaient pas leurs oreilles. C'était dur à avaler. Contrôler les eaux était ce que les Rokadors avaient toujours fait de mieux, mais c'était du passé. L'océan devait être la clé de leur salut, pas leur destruction. Enfin, c'est ce qu'ils croyaient. Mais la réalité n'a pas tardé à reprendre ses droits. Les joints de l'immense tuyau en contrebas étaient retenus par de gros rivets. Il y a eu un sifflement de mauvais augure, puis un claquement sec. L'un des rivets venait de céder. Il a jailli comme le bouchon d'une bouteille de champagne et a heurté l'un des réservoirs avec un clong sonore, y laissant une profonde entaille. Si quelqu'un s'était trouvé sur son chemin, il y serait resté. Le joint qu'il retenait a craché un puissant jet d'eau.

La salle se déchirait comme du papier de soie.

Les portes de l'ascenseur se sont ouvertes, et Alder en est sorti.

– L'ascenseur! a crié le vieillard, qui avait fini par se réveiller.

Pris de panique, les dix membres de l'élite ont cavalé vers la cabine. Les adultes n'ont même pas aidé les deux gamins; au contraire, ils les ont poussés du chemin pour arriver plus vite. Les ingénieurs les suivaient, tout aussi avides de partir d'ici. Apparemment, tout le monde abandonnait le navire. Les ingénieurs se sont laissés glisser le long des échelles comme des pompiers, mais il était trop tard. Les portes de la cabine se sont refermées sur l'élite, qui laissait les autres attendre le prochain voyage. Sympa jusqu'au bout.

Alder nous a rejoints aux tableaux de commandes.

– Que se passe-t-il? a-t-il demandé en ouvrant de grands yeux. L'océan monte.

– Parce qu'il n'a nulle part où aller, ai-je dit. J'espère qu'on ne va pas l'imiter.

– Les échelles! a crié Loor. Je n'ai pas confiance en cet ascenseur.

On s'est précipités vers les deux gigantesques échelles menant à la passerelle. Loor a sauté sur la première et l'a escaladée à toute allure. Je l'ai suivie de près. Alder a pris l'autre. Ce n'était pas si facile. À travers les barreaux, je pouvais voir la salle de commandes. D'autres rivets ont cédé. La pression devait être monstrueuse. L'eau a jailli de partout, rendant les barreaux glissants. J'avais l'impression d'être dans les entrailles d'un paquebot en train de couler. Pas de doute, les machines n'étaient pas conçues pour supporter une telle pression. Le monde souterrain fonctionnait à l'énergie hydraulique. Il devait y avoir des tuyaux partout. C'est dans cette salle qu'on contrôlait le flux. Si elle s'effondrait, plus rien ne pourrait retenir les eaux. Le monde des Rokadors allait littéralement imploser.

Je me suis concentré sur l'échelle. Inutile de penser qu'une fois sortis de là, on serait toujours à des kilomètres sous terre, au centre du maelström. Il fallait y aller progressivement. On est arrivés sur la passerelle, où on a pu constater que notre allié tiggen était bien mort. J'ai courbé la tête en signe de respect.

– On doit continuer, Pendragon, a dit Loor.

– Oui, bien sûr. Mais pour aller où ?

– Le cimetière, a lancé Alder. C'est là que Saangi nous attend avec le dygo.

Mais oui ! J'avais oublié qu'elle avait pour mission de nous sortir de là. Mon moral a remonté d'un cran. S'il y avait une chose pour laquelle Saangi était douée, c'était bien nous tirer d'affaire. Pourvu qu'il en soit de même cette fois-ci. On a couru le long de la passerelle, continué dans les tunnels pour nous retrouver dans le cimetière.

Saangi n'y était pas.

– Elle viendra, a fait Loor avec une confiance inébranlable.

– Elle essaiera, c'est sûr, ai-je repris. Mais si tout s'écroule, Dieu sait ce qui peut lui être arrivé.

– J'ai foi en elle. On ne doit pas l'abandonner.

– D'accord, ai-je concédé. Mais ne tardons pas trop.

On avait enfin une chance de reprendre notre souffle et de décider que faire.

– Comment en est-on arrivés là ? a demandé Alder.

– Tout est ma faute, ai-je répondu. On a bousillé les commandes pour qu'ils ne puissent pas ouvrir les écluses sud et inonder les souterrains… C'était exactement ce qu'il ne fallait pas faire. Ils comptaient sur ces écluses pour diminuer la pression des eaux, et maintenant, elle n'a nulle part où aller.

– Kidik va-t-elle être détruite ? a demandé Alder.

– Je ne sais pas, ai-je répondu. Inondée, ça, c'est sûr.

– Oui, mais combien y survivront ? a ajouté Loor.

Ce n'est qu'à ce moment que j'ai pleinement compris l'énormité de ce qu'on avait fait ; au lieu d'empêcher les Rokadors d'exterminer les Batus, on les avait tous condamnés. Je commençais à croire que grâce à moi, le plan de Saint Dane avait réussi au-delà de ses espérances. Et pour parfaire le tableau, il y avait des chances que trois Voyageurs et un Acolyte y restent avec les tribus. J'ai dû m'asseoir, comme si le poids de la vérité était trop lourd pour moi. Ce n'était pas qu'un territoire qui était en jeu ; j'avais l'impression que là, sur Zadaa, Saint Dane avait remporté la victoire finale, celle qui lui permettrait de s'emparer d'Halla.

Loor a dû sentir mon désespoir. Elle s'est dressée devant moi et a touché le haut de ma tête.

— Tant qu'on sera en vie, on ne sera pas vaincus, a-t-elle déclaré.

J'ai levé les yeux. On avait beau se tenir sur une île souterraine sur le point d'être engloutie sous les eaux, elle gardait toute sa confiance. Comme toujours, elle m'a redonné espoir. Bon sang, je l'adore.

— Loor ! a crié Saangi.

C'était bien elle, qui courait vers nous. À pied. Hors d'haleine et surexcitée. Et pas de dygo en vue.

— L'eau monte ! s'est-elle exclamée. Les Rokadors quittent l'île en bateaux, en dygos et avec tout ce qui peut bouger. Je me suis cachée pour éviter qu'ils m'attrapent, mais pour l'instant, je ne les intéresse pas. Ils s'enfuient !

— Et les Batus ? a demandé Loor.

— D'après ce que j'ai entendu, ils battent en retraite. C'est l'inondation que voulaient provoquer les Rokadors ?

— C'est pire, ai-je répondu. Tout va être englouti. Y compris les Rokadors. Et les dygos ?

— Les Rokadors les ont tous pris, a-t-elle répondu d'un ton gêné.

— Alors on est coincés.

— Non, a repris Saangi. Il nous reste le bateau avec lequel on est arrivés, Alder et moi. On l'avait caché. Je l'ai mis près d'ici.

Je n'ai pu m'empêcher de sourire.

— Où as-tu déniché cette perle rare, Loor ? Elle est incroyable.

— Je n'ai pas eu à chercher bien loin, a répondu Loor. C'est ma sœur.

— Ta sœur ? ai-je balbutié. Et tu ne me l'as jamais dit ?

— C'est vraiment le moment d'en discuter ? a demandé Loor. Assez parlé.

On a suivi Saangi de l'autre côté du bâtiment. Dès qu'on en est sortis, on s'est retrouvés face à un spectacle horrible. L'île rétrécissait. Le bord de l'eau avait rogné cinq cents bons mètres de terre depuis notre arrivée. Plus de plage, plus de sentier. Les flots ne tarderaient pas à atteindre le bâtiment central.

L'océan lui-même était étrangement calme. Pas de vagues ni de roulis. Il se contentait de monter. Et il y avait des dizaines de bateaux, tous remplis de Rokadors, sur sa surface. Sur l'un d'entre eux, j'ai vu les dix membres de l'élite rokador. Un autre était bourré d'ingénieurs, encore un autre de gardes tiggens. Apparemment, ils faisaient de leur mieux pour aider les autres Rokadors. Ils accompliraient leur devoir jusqu'au bout. La scène évoquait des canots de sauvetage s'éloignant d'un bateau en train de sombrer. Sauf que, cette fois, personne ne viendrait à notre secours. Pourvu qu'ils connaissent assez bien les souterrains pour gagner la surface sans encombre.

– C'est par là ! a dit Saangi.

On a descendu une pente rocailleuse pour voir, caché derrière un gros rocher, un autre bateau argenté comme celui que Loor et moi avions emprunté. À nous quatre, on l'a soulevé et amené jusqu'au bord de l'eau qui ne cessait de monter. On s'est empilés dedans, on a démarré le moteur et...

Boum !

Le toit du bâtiment central a explosé. Des fragments de métal ont été projetés dans les airs au milieu des geysers d'eau issus des tuyaux, désormais complètement disloqués. Des morceaux ont volé si haut qu'ils ont ricoché contre le toit de la caverne.

– Attention ! ai-je crié.

Je me suis jeté sur la barre et j'ai fait virer le bateau pour éviter un énorme bout de métal. Il s'est abîmé dans l'eau à quelques mètres de nous. Avant qu'il ait totalement disparu, j'ai vu que c'était un morceau du tableau de contrôle. Plusieurs minutes durant, il a plu de l'eau et du métal tout autour de nous. C'est un miracle qu'on n'ait pas été touchés. Lorsque la tempête s'est calmée, on a pu penser à la suite des opérations.

– On n'a pas beaucoup de solutions, ai-je dit. Je crois que notre seule chance est de passer par la ville. Au moins, on connaît le chemin.

Comme tout le monde était d'accord, j'ai dirigé le bateau vers la cité abandonnée. Personne ne disait rien, mais je savais qu'ils se posaient la même question : où en était le niveau de l'eau ? Les écluses sud se situaient sous la ville. Si les ingénieurs rokadors disaient vrai, la pression deviendrait telle que celles-ci s'effondreraient, envoyant des millions de tonnes d'eau dans les souterrains. Et après avoir vu s'effondrer la salle de contrôle, je ne doutais pas de leurs estimations. La question était : combien de temps nous restait-il ?

Si les écluses avaient déjà cédé, on était morts. Les souterrains seraient inondés et on n'aurait plus de porte de sortie. Sinon, il ne nous restait plus qu'à espérer pouvoir retrouver l'entrée de Kidik et les escaliers menant à la grande rue. Si on avait la chance d'arriver jusque-là, on n'aurait plus qu'à foncer. Enfin, s'ils n'étaient pas inondés.

On s'est vite approchés des grandes falaises derrière lesquelles se trouvait Kidik. La dernière fois que Loor et moi étions passés par là, on pouvait voir les lumières du débarcadère à la base de la falaise. J'ai retenu mon souffle. L'eau avait-elle monté au point d'inonder le passage ? Quelques minutes d'angoisse plus tard, Saangi a tendu le bras :

– Là !

Il y avait une mince bande argentée à la base de la falaise. L'ouverture n'était pas encore submergée, et les lumières brillaient toujours. Mais elle était bien plus mince que la dernière fois. Indéniablement, l'eau avait monté. J'ai mis pleins gaz. Maintenant, tout était une question de rapidité. Une fois face au mur de pierre, j'ai vu que l'ouverture était juste assez grande pour que notre bateau puisse passer sans qu'on doive se baisser. Et pourtant, la dernière fois, elle faisait une dizaine de mètres. Mais on avait encore une chance. Si on pouvait passer à l'intérieur et trouver les escaliers, on pourrait accéder à Kidik et commencer notre grande course vers la surface.

Sauf que la chance ne nous a pas souri jusqu'au bout.

À peine avait-on franchi l'entrée de ce qui était désormais une cave inondée que les lumières ont clignoté. Peu après, elles se sont éteintes. Il n'y avait plus d'énergie. On s'est retrouvés dans le noir, à des kilomètres sous terre, alors que le niveau de l'eau continuait de monter.

Journal n° 23
(suite)

ZADAA

— Pas de panique, ai-je dit. On pourra se frayer un chemin.

Je ne savais pas si c'était vrai ou pas, mais c'était ce qu'il convenait de dire à ce stade. Ce n'est pas comme si on avait le choix. J'ai tenté de garder une image mentale de notre position lorsque les lumières se sont éteintes. Je l'ai comparée avec mes souvenirs du quai par où on était passés, Loor et moi. Sauf que c'était impossible. En quelques secondes, j'avais perdu tout sens de l'orientation. Je ne pouvais plus discerner le haut du bas, la gauche de la droite.

— Attention ! a crié Saangi.

Bong ! La proue du bateau a heurté la paroi rocheuse, nous projetant tous en avant.

— C'est bon ! ai-je crié. Posez vos mains contre la paroi. On va trouver notre chemin à tâtons. On finira bien par atteindre l'ouverture qui mène aux escaliers.

Alder et Saangi se sont tenus sur la gauche – à bâbord – du petit bateau en palpant les parois. J'ai navigué lentement afin qu'ils puissent rester en contact avec la paroi rocheuse. D'après mes souvenirs, on ne tarderait pas à arriver à l'entrée de la caverne. Personne n'a rien dit. Alors qu'on progressait dans le noir absolu, je me suis posé une autre question. J'ai tenté de visualiser à quoi ressemblait l'arche de pierre. Les escaliers étaient larges, ce qui voulait dire que leur ouverture devait l'être aussi. Mais on n'avait pas besoin de largeur, juste de hauteur. Si l'eau avait dépassé le niveau de l'ouverture, on pouvait se trouver juste devant sans le savoir. Il suffisait de quelques centimètres. Au bout de quelques minutes, mes inquiétudes se sont transformées en frousse. On aurait déjà du trouver l'entrée.

Ma peur n'a pas duré. C'est parce qu'elle laissait la place à la panique.

— Aïe ! a crié Alder.

— Qu'est-ce qu'il y a ?

— Je... me suis cogné la tête, a-t-il répondu. On manque de place.

Le niveau de l'eau avait monté si vite qu'elle remplissait déjà presque le quai. On ne pourrait jamais trouver l'entrée des escaliers. Les flots ne tarderaient pas à atteindre le plafond – et on finirait tous noyés comme des rats.

— Je vais tenter de nous ramener en pleine mer, ai-je dit.

Je n'avais aucune idée de ce que je ferais une fois que j'y serais, mais si on restait ici, on était morts.

— Continuez à palper le mur, ai-je ordonné. Il devrait nous ramener à l'entrée.

Ce que je craignais, c'est que la salle soit si grande qu'on n'ait plus le temps d'en faire le tour. Mais on avait plus de chances ainsi qu'en tentant de déterminer où était l'entrée et de foncer dans l'espoir de ne pas la rater. On pouvait toujours prendre la mauvaise direction et se perdre. Il était possible qu'on soit obligés de le faire, mais autant ne pas prendre ce risque.

— On n'a plus beaucoup de place, Pendragon, a averti Alder.

C'était le plus grand d'entre nous, et il devait se pencher pour ne pas se cogner le crâne au plafond. Sauf que bientôt, nous avons tous dû en faire autant. Il n'y avait plus une seconde à perdre. Je devais jouer notre va-tout.

— Ça va prendre trop longtemps, ai-je dit. Autant y aller au jugé et foncer.

Personne n'a rien dit. Je suis sûr qu'ils devaient partager mon inquiétude. Finalement, Loor a dit d'une voix douce, mais insistante :

— Fais vite.

— Les mains sur le bateau, ai-je dit. Restez courbés.

J'ai tenté de repérer l'entrée. Qu'est-ce que je raconte ? Je n'en avais pas la moindre idée. J'ai fait pivoter le bateau et j'ai mis les gaz. Soit on sortait sur l'océan, soit on s'écrasait.

Ç'a été la seconde solution.

Quelques secondes après que j'ai pris de la vitesse, on a heurté quelque chose. Violemment. La proue a pris l'impact sur le côté et le bateau s'est retourné, nous projetant tous à la flotte. Ma première pensée a été : *Loor ne sait pas nager.*

J'ai coulé sans savoir de quel côté était la surface. Je n'avais que le bourdonnement du moteur pour me guider. D'un coup de jambes, je suis remonté et j'ai crié :

– Loor !

Mon cri m'est revenu en un étrange écho. J'ai vite compris que j'avais émergé sous le bateau retourné.

– Y a quelqu'un ? ai-je fait.

– Moi, a répondu Saangi d'un ton vibrant de frayeur. Loor ne sait pas nager.

– Je sais. Elle est là-dessous ?

Pas de réponse. Ça voulait probablement dire non.

– Je vais la chercher.

Je n'ai pas attendu son assentiment. Gardant une main sur le bateau, j'ai plongé sous la surface et suis sorti de sous la coque. Quand j'ai refait surface, j'ai entendu des bruits. Quelqu'un qui se débattait.

– Loor !

– Je suis là ! a répondu une voix familière.

Elle tremblait légèrement, ce qui, pour elle, était l'équivalent d'une crise de panique. Je me suis dirigé vers les bruits. Une seconde plus tard, je la touchais. J'ai passé le bras autour de sa poitrine et l'ai retournée sur le dos. Elle s'est détendue. Elle avait confiance en moi.

– Alder ! ai-je crié.

– Je suis là ! a répondu le chevalier. Avec Saangi, sous le bateau !

Je me suis dirigé vers lui et j'ai tendu ma main libre. J'ai senti la coque de métal du bateau retourné. J'ai passé Loor dessous et me suis assuré qu'elle tenait bon.

– Ça va, a-t-elle dit.

On n'avait pas le temps de reprendre notre souffle ou de discuter de ce qui s'était passé.

– Il va falloir y aller à la nage, ai-je dit.

– C'est par où ? a demandé Alder.

Quel mur avait-on heurté ? Je ne voulais pas aller par là. J'ai regardé autour de moi, ce qui était inutile, puisqu'il faisait noir comme dans un four. Il n'y avait rien à voir. Mais j'ai vite changé d'avis. Là, à quelques mètres, juste au-dessus du niveau de l'eau, il y avait une lumière. Saangi l'a vue aussi.

– Qu'est-ce que c'est ? a-t-elle demandé.

– Je ne sais pas, ai-je répondu. Peut-être ce qu'on a heurté.

Cette lumière m'a aidé à reprendre mes esprits. J'ai lâché le bateau et suis parti dans cette direction. La bande de lumière semblait flotter à quelques centimètres à peine au-dessus de la surface. En me rapprochant, j'ai vu qu'elle était rattachée à quelque chose de plus important. Il faisait si noir que je ne pouvais distinguer sa forme, à part ce qui était éclairé par la loupiote. Mes doigts ont touché sa surface. La lumière était enchâssée dans quelque chose de solide et de bien plus gros. Je me suis rapproché pour voir qu'elle se trouvait derrière une sorte de fenêtre de verre. Elle s'élevait au-dessus de la surface, bien que sa source soit dessous. Je me suis rapproché de cette fenêtre… pour me retrouver face à face avec un guerrier ghee !

Correction : le cadavre d'un guerrier ghee.

– Ahhh ! ai-je crié avec un mouvement de recul.

– Qu'est-ce qu'il y a ? a demandé Alder.

Pris de panique, je suis retourné au bateau. Je m'y suis cramponné en tentant de me calmer et reprendre mon souffle. J'ai vite identifié ce que j'avais vu.

– C'est un dygo, ai-je dit. Il y a un Ghee dedans, je… je crois qu'il est mort.

– Ce doit être un de ceux qui ont traversé le plafond de la caverne, a dit Alder. Les flots ont dû le ramener ici.

On est restés silencieux un long moment. Je crois qu'on essayait tous de digérer l'information. C'est Loor qui a formulé la première ce qu'on pensait tous.

– C'est notre dernier espoir.

– On peut l'ouvrir de l'extérieur sans le couler ? ai-je demandé.

– Il va bien falloir essayer, a répondu Loor. J'ai besoin d'aide pour y arriver.

312

Aussitôt, j'ai passé mon bras autour de Loor et suis parti vers le dygo. Saangi et Alder nous ont suivis à la nage. On s'est retrouvés cramponnés tous les quatre à la sphère.

– La trappe est de l'autre côté, a dit Loor.

On a soigneusement contourné le véhicule, tâtonnant le long de sa surface, jusqu'à ce que Loor nous dise :

– La trappe est de l'autre côté.

– Il va falloir le retourner, ai-je déclaré.

Plus facile à dire qu'à faire. Le dygo flottait sur l'eau, mais était lourd et encombrant. Il a fallu qu'Alder se positionne de l'autre côté et pèse dessus de tout son poids pendant qu'on poussait pour que la trappe apparaisse. Loor a passé ses mains sur la coque, ce qui n'était pas facile à la seule lueur de la fenêtre. Après quelques secondes d'angoisse, j'ai entendu le bruit d'une trappe qui s'ouvre. Elle avait réussi !

– Attention ! ai-je dit. Il ne faut pas l'inonder.

On a fait à nouveau pivoter le dygo pour positionner la trappe vers le haut. Alder est revenu pour l'ouvrir en grand. Elle a cogné le plafond. On n'avait que quelques dizaines de centimètres pour manœuvrer.

– Saangi en premier, a dit Loor.

Celle-ci n'a pas hésité. Elle s'est hissée sur la coque pour se glisser dans l'ouverture la tête la première. Loor est passée en second. J'allais faire de même quand elle s'est écriée :

– Un instant !

– Qu'est-ce qu'il y a ?

Je me tenais face à la trappe grande ouverte. Une main froide a caressé la mienne. Celle du guerrier ghee mort. Loor et Saangi le poussaient hors du dygo.

– Il faut faire de la place, a dit Loor.

– Tu en es sûre ?

– C'était un Ghee. Il est mort au combat. C'est comme ça.

J'ai tiré le cadavre hors du véhicule. Ça n'a pas été facile, pour toutes sortes de raisons. Il était lourd et il était mort. J'ai tenté de ne pas penser à ce que je faisais. J'étais au-delà du dégoût. On a fini par le tirer de la trappe. Je l'ai balancé à l'eau et le cadavre s'est éloigné en flottant sans savoir que son sacrifice nous avait peut-être sauvé la vie.

– Vite, Pendragon ! a pressé Alder. On va manquer de place !

Alder tenait la trappe, mais on était si près qu'elle n'était qu'à moitié ouverte. Et le niveau de l'eau montait toujours. Dans quelques secondes, on n'aurait même plus la place de passer. J'ai plongé les pieds en avant pour atterrir sur les genoux de Saangi.

– À toi ! ai-je pressé Alder.

Il a fait le tour de la trappe, se contorsionnant dans l'espace réduit, pour se laisser tomber à l'intérieur. On n'a pas eu à refermer la trappe : le plafond s'en est chargé. Saangi est allée actionner le mécanisme de fermeture.

– C'est fait ! a-t-elle crié.

Loor s'est assise devant les instruments et a abaissé une manette. Aussitôt, la cabine s'est illuminée. On y voyait à nouveau ! On n'était qu'un amas de bras et de jambes enchevêtrés cherchant désespérément à retrouver leur équilibre. Heureusement, le dygo était plus grand que celui que Loor et moi avions déjà emprunté. L'habitacle n'était pas vraiment spacieux, mais il comportait quatre sièges, deux devant et deux derrière. Quoique, à ce moment, il était sur le flanc.

Loor a pris la direction des opérations.

– Saangi, à côté de moi, a-t-elle ordonné. Pendragon, Alder, à l'arrière.

Elle se frayait déjà un chemin vers le siège du conducteur, ce qui n'était pas si facile. On a eu du mal à gagner nos sièges respectifs, mais on y est parvenus, même si on était toujours sur le flanc. Loor s'est empressée de démarrer le véhicule.

– Ce machin fonctionne comme un sous-marin ? ai-je demandé.

– Non, a répondu Loor. On doit descendre jusqu'au fond.

Ça ne me plaisait pas des masses, mais Loor avait l'air de savoir ce qu'elle faisait. Elle a actionné quelques commandes, et j'ai entendu ce qui ressemblait à un jet de bulles qu'on libérait. J'ai senti qu'on coulait à pic. Loor devait avoir rempli les ballasts ou quelque chose comme ça. Gloups. En cours de route, la sphère s'est redressée. On était à la verticale !

– J'éteins les lumières intérieures, a dit Loor.

On s'est à nouveau retrouvés dans le noir. Ça n'a pas duré, car Loor a allumé les phares. J'avais l'impression d'être revenu dans le sous-marin de Cloral. Mais il n'y avait pas grand-chose à voir de l'autre côté du pare-brise. L'eau était trop trouble. À peine m'étais-je fait à la sensation de flotter dans cette grosse sphère qu'on a touché le fond.

– On va descendre, non ? ai-je demandé.

Loor m'a jeté un regard signifiant clairement : « Oh, arrête ! »

Elle a appuyé sur le champignon, ou son équivalent, et le dygo est parti en avant. Il ne roulait pas si différemment qu'au sec. On avait une vue imprenable sur l'avant, ce qui signifiait que la foreuse se trouvait à l'arrière.

– Je ne sais pas où aller, a dit Loor.

– On doit retrouver les escaliers, ai-je répondu. Continue jusqu'à ce qu'on trouve un mur, puis on le suivra comme on le ferait à la surface.

Loor est repartie en avant à allure réduite. Ça ne serait pas malin de s'écraser contre un mur. Un peu plus tard, les phares se sont reflétés sur une surface rocheuse droit devant nous. On avait trouvé la paroi.

– Parfait, ai-je dit. Partons sur la droite. Ne quittons pas le mur des yeux. On finira tôt ou tard par tomber sur les escaliers.

Loor a manœuvré le dygo avec soin, faisant en sorte que le pare-brise donne sur le mur tandis que les chenilles nous faisaient avancer sur le côté. Oui, on marchait en crabe. Pour la première fois, je me suis dit qu'on avait peut-être vraiment une chance de s'en sortir. On progressait à cette allure d'escargot depuis quelques minutes quand, soudain, le mur a disparu, ne laissant que de l'eau.

– C'est là ! s'est exclamée Saangi.

Loor a fait pivoter le dygo pour que les chenilles soient dans la direction du pare-brise. Elle allait nous faire passer l'ouverture lorsque j'ai réalisé quelque chose.

– Arrête ! ai-je crié.

– Quoi ? a demandé Loor.

– On peut regarder vers le bas ?

Loor a de nouveau fait pivoter la cabine pour éclairer le fond de l'ouverture. Ce qu'on a vu a fait s'accélérer nos quatre cœurs.

– On a bien failli faire une grosse bêtise, a dit Alder.

315

En effet. Devant nous s'étendait… rien. Le vide. Le sol de pierre se terminait là. On n'était pas face aux escaliers, au contraire. On se trouvait au bord du quai d'où on avait lancé le canot qui nous avait menés à Kidik. Si on avait continué, on aurait basculé pour finir au fond de l'océan. On a tous laissé échapper un soupir nerveux et soulagé à la fois.

— Au moins, ai-je dit, on sait où on est. On n'a plus qu'à aller dans la direction opposée.

Loor a fait virer la sphère du dygo à cent quatre-vingts degrés, a aligné les chenilles et a suivi la boussole pour partir dans l'autre direction. Mais on devait toujours cheminer lentement, vu que la visibilité était mauvaise.

— Notre réserve d'oxygène dure combien de temps? ai-je demandé.

— Il n'y a pas de réserve, a répondu Loor. Les entrées d'air sont closes pour éviter que l'eau nous inonde. Quand on sera à bout d'oxygène, on étouffera.

— Oh. Je disais ça comme ça.

Soudain, j'avais vraiment hâte de trouver les escaliers.

Pendant que Loor conduisait, Saangi manipulait les phares. Elle pouvait les orienter dans toutes les directions. Après quelques instants, elle s'est écriée :

— Là !

En effet, droit devant, on a vu le sommet d'une ouverture. On allait sortir du quai et, avec un peu de chance, on entrerait dans la caverne donnant sur le bas des escaliers. Loor a continué. Alder et moi nous sommes penchés en avant pour voir ce qu'il en était.

— Regarde sur la gauche, ai-je dit à Saangi. C'est là que devraient se trouver les escaliers si… voilà !

À travers les particules en suspension, on a pu voir la base d'un escalier géant. On avait réussi ! Mais on n'a pas pris le temps de fêter ça. On était loin d'être tirés d'affaire. Loor a fait pivoter le dygo. Saangi a manipulé les phares pour examiner les marches jusqu'à ce qu'on trouve l'une des rampes lisses au milieu des degrés. Loor a pris ce chemin, et on a escaladé la pente. Celle-ci était raide, mais Loor a réglé la cabine pour qu'on reste à l'horizontale. J'avais l'impression de grimper un escalator.

C'est vrai, j'étais sacrément soulagé. Mais on n'avait fait que passer au stade suivant. Il y avait encore de quoi s'inquiéter, ne serait-ce qu'à cause de la bombe à retardement qui cliquetait derrière nous. Les écluses avaient-elles cédé? Allions-nous découvrir la cité de Kidik déjà inondée? J'ignorais s'il nous restait beaucoup d'air dans le dygo, mais il n'y avait certainement pas de quoi remonter à la surface. Je sentais déjà les effets de la raréfaction de l'oxygène. J'avais du mal à respirer. Tout ce qu'on pouvait faire, c'est continuer et espérer.

Et en effet, on a continué. Encore et encore. J'ai cherché à calculer à quelle distance on était sous l'eau, ce qui serait une bonne indication du moment où on arriverait à la surface. Si toutefois il y en avait encore une.

Une minute plus tard, le pare-brise du dygo s'est éclairci. On était au sec. Kidik n'était pas inondé, ce qui voulait dire que les écluses tenaient toujours bon. Aussitôt, Loor a ouvert les prises d'air et Saangi a entrouvert la trappe. C'était bon d'avoir un peu d'air frais. J'en ai inspiré une bonne goulée. Peu importe s'il sentait le renfermé. Alder et moi avons échangé un sourire. On avait frôlé la catastrophe, mais on s'en était sortis. Comme disait Loor, tant qu'on était en vie, on était dans la course.

Une fois au sommet des marches, on a vu un autre signe encourageant. Kidik était toujours éclairé. Seules les lumières au pied de l'escalier s'étaient éteintes, sans doute parce qu'elles étaient sous l'eau. Là-haut, on pouvait y voir. Du moins pour l'instant. Loor a arrêté le dygo au bord de l'avenue principale. Personne ne l'a exprimé à voix haute, mais il fallait vraiment qu'on sorte de là. Ne serait-ce que pour reprendre nos esprits. Saangi a ouvert la trappe, et on a tous abandonné le véhicule qui nous avait sauvé la vie. C'était bon de se retrouver sur la terre ferme, même dans une cité souterraine à des kilomètres sous la surface. J'ai étiré mes jambes, heureux de me retrouver sur mes deux pieds.

— Ils sont passés par là, a dit Loor.

— Qui ça?

Elle regardait le sol. La fine couche de sable était constellée de traces de pas qui n'étaient pas là lorsqu'on y était passés la première fois. Il y en avait des milliers.

— Les Batus sont arrivés à Kidik, a déclaré Loor.

— Et où sont-ils maintenant ? a demandé Alder.

— Ils doivent fuir vers la surface, je suppose, a dit Loor. S'ils ont vu monter le niveau de l'eau, ils ont probablement réalisé le danger.

— Alors ils ont une chance de s'en tirer ? a demandé Saangi.

Tout d'abord, je me suis dit qu'elle avait raison. Les milliers de Batus qui avaient envahi ce monde souterrain avaient évité la catastrophe. Tout dépendait d'où ils se trouvaient en ce moment et de combien de temps les écluses tiendraient. S'ils survivaient, Saint Dane aurait perdu la partie.

C'était ma première idée.

Ma seconde a été que *nous*, on était toujours là face à cette bombe à retardement. J'allais le rappeler aux autres lorsqu'on a entendu un grondement. Le sol a tremblé. On s'est regardés. Notre sentiment de victoire s'était évaporé.

— Est-ce possible ? a demandé Alder.

Un autre tremblement de terre a secoué le sol avec une telle violence que j'ai failli m'affaler au sol.

— Au dygo ! a crié Loor.

On a tous couru vers notre véhicule. On allait y monter quand, à une dizaine de mètres, un bâtiment a explosé. On aurait dit qu'une bombe à eau venait d'éclater dans ses fondations. Une immense vague d'eau a jailli, comme lorsque le centre de Kidik avait été détruit.

— L'inondation ! ai-je crié.

Deux autres bâtiments ont explosé, projetant du sable, de l'eau et des pierres. Une pluie de débris s'est abattue sur nous. Pour le monde souterrain, c'était le commencement de la fin. Les écluses sud avaient cédé. L'eau avait jailli avec une force bien supérieure à ce que les couloirs pouvaient supporter. Comme il y en avait plus qu'ils ne pouvaient en contenir, cette eau a suivi la seule voie possible.

Kidik allait être rayé de la carte.

Journal n° 23
(suite)

ZADAA

Le monde se désagrégeait tout autour de nous.

On s'est empilés dans le dygo. Loor a démarré le moteur pendant que Saangi refermait la trappe.

– Allez ! a-t-elle crié.

Loor a mis pleins gaz, et le dygo a bondi. Elle m'avait dit que ces engins étaient rapides, et c'était la stricte vérité. On a foncé dans les rues de Kidik pendant que des immeubles volaient en éclats tout autour de nous. C'était bien l'équivalent d'un tremblement de terre. La puissance des eaux labourait le sol. Inutile de vouloir l'arrêter, car tout un océan était en train de se déverser dans les souterrains. En voyant les bâtiments s'effondrer, j'ai pensé à un immense château de sable détruit par la marée.

Droit devant nous, la rue a explosé, projetant un puissant jet d'eau vers le plafond. Loor a réussi à le contourner. Si l'un de ces geysers entrait en éruption juste en dessous de nous, il nous projetterait dans les airs comme des jouets. Qu'est-ce qui se passerait si nos chenilles étaient endommagées ? Mieux valait ne pas y penser.

Sur notre gauche, un immeuble a été comme soulevé de terre. Il s'est lentement affaissé tel un arbre abattu – pour s'effondrer sur la rue qu'on empruntait. Il n'y avait pas moyen de l'éviter.

– Cramponnez-vous ! a crié Loor.

On a heurté le bâtiment abattu. Le choc nous a fait faire un bond, mais au moins, le dygo a tenu.

319

— On ne peut pas continuer comme ça, ai-je dit ; tôt ou tard, la vague nous rattrapera.

— Il n'y a plus qu'une chose à faire, a déclaré Loor.

J'étais heureux d'apprendre qu'il restait une solution, parce que moi, je séchais.

— Quoi que ce soit, vas-y !

— On creuse ? a demandé Saangi.

— On creuse.

Loor a arrêté le dygo. Elle a actionné une manette sur le tableau de contrôle. J'ai entendu un bruit aigu, et la foreuse est venue se positionner à l'avant.

— Creuser quoi ? ai-je demandé.

— Une sortie.

Elle a actionné une autre manette, et la foreuse s'est mise en marche. Elle a fait pivoter le dygo pour le mettre en travers de la rue. En face de nous, il y avait une maison de pierre encore debout. Elle ne le resterait pas longtemps.

— Tu sais ce que tu fais ? ai-je demandé nerveusement.

— Cramponnez-vous, a ordonné Loor.

Elle a mis les gaz et a foncé tout droit sur la maison. La foreuse a transpercé les murs comme s'ils étaient en papier mâché. On s'est retrouvés dans le salon de quelqu'un. Heureusement qu'il n'était pas chez lui. On a continué, écrasant des meubles, des instruments de cuisine et même des vêtements sur leurs cintres. Drôle d'expérience. On a traversé les murs l'un après l'autre, les plafonds se sont écroulés, mais rien ne semblait ralentir le dygo. J'ai compris que les façades que l'on voyait depuis la rue n'étaient que ça : des façades. Comme tout ce monde souterrain, Kidik était une vraie ruche. On a foncé à travers des places ouvertes ressemblant à des marchés et un vaste amphithéâtre qui ne verrait plus jamais de spectacle. Loor ne s'est pas arrêtée pour regarder le paysage. On a traversé d'autres maisons. J'ai ressenti une pointe de culpabilité, mais je savais que les eaux ne tarderaient pas à causer bien plus de dégâts que nous.

— Tu as un plan quelconque ? ai-je demandé.

— Il faut qu'on regagne la surface le plus vite possible, a-t-elle répondu. Suivre le chemin qu'on a pris au départ de Xhaxhu serait un suicide. On ne peut pas aller plus vite que cette vague.

– Et que cherche-t-on exactement ?

– Rien.

– Pardon ?

– Rien, a répété Loor. On retourne à la roche sur laquelle Kidik est construit. Ensuite, il faudra creuser notre propre chemin.

Le plan de Loor était incroyable, et incroyable de simplicité. Peu importe où on arrivait à la surface du moment qu'on y arrivait. Donc, autant nous frayer un chemin. D'après ce que je savais de ce dygo, c'était jouable. Tout ce qui pouvait nous arrêter, c'est le temps. Il fallait prendre la vague de vitesse.

J'ai regardé droit devant pour constater qu'on avait atteint le plateau rocheux, et qu'on continuait à creuser. Il n'y avait pas grand-chose à voir, uniquement de la pierre. Avec un peu de chance, la prochaine chose qu'on apercevrait serait le ciel.

Je me suis senti repoussé contre mon siège. D'après l'espèce de boussole de navigation, on montait. C'était comme de voler dans un nuage. Impossible de prédire dans combien de temps on arriverait à la surface. On le saurait quand on y serait. On est parfois tombés sur des poches de vide. Impossible de dire s'il s'agissait de tunnels ou de cavernes naturelles. Mais peu importe : le dygo les traversait et se remettait à creuser de l'autre côté. Je ne pourrais pas dire à quelle vitesse on allait, faute de points de référence, mais ça ne devait pas être énorme. L'énorme foreuse creusait la roche comme si c'était du carton, mais même traverser du carton prend du temps.

J'ai cherché à déterminer depuis combien de temps on était enfermés dans le dygo. Dix minutes ? Quinze ? Saangi, Alder et moi sommes restés ostensiblement silencieux. On ne voulait pas troubler la concentration de Loor. Elle conduisait de façon décontractée, comme si on roulait sur une nationale. Si elle était nerveuse, ça ne se voyait pas. Cela dit, elle n'avait jamais l'air nerveuse.

Toutes ces vibrations me faisaient claquer des dents. Pourvu que mes plombages tiennent le coup. Je ne savais où trouver un dentiste sur Zadaa. Peu après, j'ai eu d'autres préoccupations plus pressantes. J'ai senti quelque chose chatouiller mon pied. J'ai baissé les yeux…

— L'eau !

Le plancher du dygo était mouillé. Le flot nous avait rattrapés.

— Ferme les entrées d'air ! a crié Saangi.

Loor s'est empressée d'obéir, ce qui a interrompu les infiltrations. J'ai remarqué un filet d'eau coulant le long du pare-brise. Plus loin, il y en avait un autre.

— Tu as vu ? ai-je demandé à Loor.

— L'eau s'engouffre dans le tunnel derrière nous, a-t-elle répondu.

— C'est inquiétant ?

— Je ne sais pas, Pendragon. Je n'ai jamais rien fait de tel.

Bien vu. Pour nous tous, c'était une expérience inédite. Tout ce qu'on pouvait espérer, c'est que la pression ne soit pas forte au point d'écraser notre engin comme une coquille de noix. J'ai repoussé cette idée peu engageante pour m'apercevoir qu'il y avait une autre raison de s'inquiéter. Si les entrées d'air devaient rester fermées, il fallait arriver à la surface avant qu'on manque d'oxygène. Désormais, c'était une course contre la montre.

Loor a mis le dygo presque à la verticale et a accéléré. La foreuse a gémi en guise de protestation. J'ai vu de la fumée jaillir du rocher devant nous. Loor jouait le tout pour le tout. C'était la dernière ligne droite. Il fallait qu'on arrive à la surface, et vite. On s'est vu repoussés dans nos fauteuils. J'avais l'impression d'être un astronaute au moment du décollage. Je suais comme un cochon. Et il était de plus en plus difficile de respirer. Impossible de dire combien d'oxygène il nous restait, mais probablement pas des masses. On était mal barrés. Si on n'atteignait pas la surface, on allait étouffer. On est restés immobiles afin de ne pas gaspiller la moindre parcelle d'énergie pouvant augmenter notre consommation en oxygène.

La tête me tournait. J'allais tomber dans les pommes. J'ai fermé les yeux et j'ai tenté de penser à autre chose que ma fin prochaine. Je suis retourné en Seconde Terre. Chez moi. Je ne le faisais pas souvent : c'était trop déprimant. Mais là, j'ai pris cette liberté. Pourquoi pas ? Si ce devait être mes dernières pensées, autant qu'elles soient agréables. J'ai revu ma famille et mon chien Marley. Comme ils me manquaient. J'ai pensé à vous autres. Aux moments qu'on avait passés à la plage, par une belle journée d'été. Le soleil était si brillant que j'ai dû me protéger les yeux. J'ai senti sa chaleur sur mon visage. C'était une dernière pensée bien agréable. Je me suis alors demandé si c'est ce que les gens sont censés vivre lorsque la fin est proche. Était-ce cette fameuse lumière au bout du tunnel ?

Je peux vous dire que non, heureusement. J'ai ouvert les yeux pour voir les rayons du soleil illuminer le pare-brise. Pour de vrai. C'était la source de cette chaleur. On était sortis ! Mais on n'était pas tirés d'affaire pour autant, loin de là. Le dygo avait cessé de forer, mais on a continué de monter, propulsés par un geyser qui nous poussait. On n'est certainement pas montés bien haut, mais assez pour retourner le véhicule. On s'est écrasés sur le sol. Heureusement qu'on avait des ceintures de sécurité, ou on serait tous morts. Le dygo a rebondi... et s'est retourné à nouveau pour retomber sur ses chenilles. C'était un atterrissage sans douceur, mais au moins, on était bien vivants.

– Ouvre les entrées d'air ! ai-je crié à Loor.

Elle a actionné ses commandes, laissant entrer de l'air frais. Du vrai. Un délice. On a tous inspiré profondément.

– Où est-on ? a demandé Alder.

À travers le pare-brise, on pouvait voir qu'on se trouvait au beau milieu du désert. À quelques mètres à peine jaillissait le geyser qui nous avait éjectés du tunnel. Le sol a tremblé. Non loin de nous, un autre geyser a jailli du sol pour s'élever dans les airs comme un monstrueux canon à eau.

– C'est dangereux de rester ici, a dit Loor.

Ce n'était rien de le dire. On était loin d'être en sécurité. Partout, des geysers ont jailli du sol. Apparemment, les souterrains ne pouvaient pas supporter la pression de l'eau. Il fallait bien qu'elle aille quelque part, donc elle crevait la surface – tout autour de nous. On n'avait nulle part où aller, nulle part où nous cacher. Pour autant qu'on sache, on pouvait être à l'emplacement du prochain geyser. Loor ne pouvait rien faire.

Et on n'était pas seuls. Tout autour de nous, des dygos se sont extirpés du sol. Ça m'a rappelé le moment où Bokka, Teek et les autres étaient apparus comme par magie à la ferme. Je ne savais pas si les pilotes de ces autres dygos étaient batus ou rokadors, et ça n'avait aucune importance. Ça signifiait que nous n'étions pas les seuls survivants. Il ne nous restait plus qu'à espérer que tous réchappent au raz-de-marée qui nous avait poursuivis.

Le sol tremblait toujours. Loor s'est arrêtée brutalement, évitant de peu un éboulement juste devant nous. Un autre dygo n'a pas eu cette chance. Il a chancelé au bord du gouffre et tenté de partir en marche arrière. Le sable a cédé sous son poids et il a basculé pour tomber dans ce gouffre surgi de nulle part.

Loor a positionné la foreuse vers le haut, ce qui nous a permis de mieux voir ce qui se passait. C'est-à-dire l'Armageddon. Le sable jaillissait dans toutes les directions comme si des serpents géants se déplaçaient sous la surface. Les dygos étaient secoués comme des pruniers. On a bien failli être renversés plusieurs fois, mais Loor a réussi à nous maintenir sur nos chenilles, Dieu sait comment. Tout autour de nous, les geysers continuaient d'entrer en éruption sans crier gare. L'un d'entre eux a jailli si près qu'il a soulevé l'une de nos chenilles. Loor a réussi à nous remettre sur le bon chemin.

Le plus effrayant, c'est qu'on ne savait pas combien de temps ça allait durer. Chaque seconde semblait une éternité. Si ça se prolonge, me suis-je dit, tous les dygos qui ont échappé à cet enfer souterrain seront détruits ici, à la surface. Ce serait ironique d'être allés si loin pour se faire tuer dans le véhicule même qui nous avait tirés d'affaire. Mais cette tempête n'a pas duré.

Elle a laissé la place à plus grave encore.

On avait rejoint une douzaine de dygos. Le sol avait cessé de trembler. Il n'y avait plus de geysers.

– C'est fini ? a demandé Saangi.

Personne n'a répondu. On n'osait pas croire qu'on s'en était tirés. Puis vint un grondement différent de tout ce qu'on avait connu jusqu'à présent. Il était sourd, profond et venait indéniablement d'en bas.

– Quelqu'un a senti ça ? ai-je demandé.

– Je l'ai même entendu, a répondu Loor.

On aurait dit qu'un train de marchandises se rapprochait. On a regardé autour de nous sans rien voir d'inhabituel. À part des dizaines de geysers crachant des tonnes d'eau, bien sûr.

C'est Saangi qui l'a vu en premier. Elle n'a rien dit, elle s'est contentée de tendre le doigt. On a distingué quelque chose dans le lointain. Comme une ligne discontinue – et qui se dirigeait vers nous. Elle se déplaçait rapidement. On a vite compris que c'était une crevasse. Elle se creusait, de plus en plus large, telle une immense fermeture Éclair démoniaque.

– Le désert se déchire, a fait Loor, stupéfaite.

– Continue! ai-je crié.

Tous les dygos ont réagi en même temps. Certains sont partis vers la droite, d'autre vers la gauche. Tous voulaient s'éloigner le plus vite possible de ce gouffre qui ne cessait de s'agrandir. Impossible de dire où il allait s'arrêter. Loor a fait pivoter le dygo et mis pleins gaz. En regardant en arrière, j'ai vu que certains n'avaient pas été assez rapides. Le gouffre les a rattrapés, et ils ont sombré dans… quoi? On ignorait ce qu'il y avait là-dessous.

Je n'ai dit que deux mots à Loor, sur un ton très calme, mais j'avais l'impression qu'elle désirait les entendre:

– Plus vite.

Loor a écrasé le champignon, au risque de perdre le contrôle de son véhicule. Si on heurtait une dune un peu trop escarpée, on se renverserait et le gouffre nous rattraperait. Mais on devait courir ce risque. La pointe de la fissure est passée derrière nous et a continué. J'ai regardé en arrière pour voir si elle continuait de déchirer le désert comme du papier de soie. On n'a pas osé s'arrêter. Si le gouffre continuait de s'élargir, il nous engloutirait. On a continué notre chemin dans le sable au milieu des autres dygos rescapés. De toute évidence, beaucoup de monde avait survécu à l'inondation. Il restait à savoir combien échapperaient à la catastrophe qui les attendait à la surface.

Je ne sais plus combien de temps on a foncé dans le désert. Cinq minutes? Dix? J'avais perdu toute notion du temps, tout contact avec la réalité. À un moment donné, j'ai risqué un œil en arrière pour constater qu'on laissait le gouffre derrière nous.

– Regardez ! me suis-je écrié. Je crois qu'il a arrêté de grandir.

Tous se sont retournés, mais personne ne voulait qu'on s'arrête.

– On va continuer encore un peu, histoire de ne pas courir de risques.

Quelques minutes se sont écoulées. Peu à peu, Loor a ralenti. Les autres dygos en ont fait autant. Cette fois, on était sûrs que la crevasse était inerte. Finalement, Loor s'est arrêtée. La course était finie. On avait gagné. On est restés là tous les quatre, silencieux, à l'affût du moindre son, du moindre mouvement, ou d'une nouvelle catastrophe.

Il ne s'est rien passé.

Les minutes ont défilé. On est restés immobiles. S'il se passait quelque chose, on devait agir vite. Saangi a entrouvert la trappe pour aérer le véhicule. Personne n'osait bouger un cil, et on a encore attendu. Au bout de ce qui m'a semblé une éternité, j'en ai eu ma claque.

– Je vais voir, ai-je dit.

Avant que quiconque ait pu m'en dissuader, j'ai dégrafé ma ceinture de sécurité et j'ai grimpé sur Alder pour atteindre la sortie. Je n'ai même pas attendu Saangi : j'ai poussé la trappe moi-même. La première chose que j'ai vue, c'est les dygos garés tout autour de nous. Il y en avait des centaines ! La plupart avaient eux aussi ouvert leurs trappes pour risquer un coup d'œil prudent. J'ai vu de nombreux guerriers ghees. Et beaucoup de Rokadors aussi. Personne ne semblait s'inquiéter de se retrouver entouré d'ennemis. Pour l'instant, ils avaient autre chose à penser que s'entretuer. C'était une vision assez surréaliste, tous ces dygos éparpillés dans le désert, au beau milieu de nulle part.

Je suis sorti de la sphère, ai sauté sur la chenille et me suis retourné vers le gouffre. Ce que j'ai vu m'a semblé impossible. Et le plus bizarre, c'est que des centaines de Batus et de Rokadors regardaient le même spectacle, et qu'ils devaient tous penser comme moi.

Ce qu'on contemplait était un océan.

Il s'étendait dans toutes les directions pour se perdre à l'horizon. Impossible de déterminer ses dimensions, mais le rivage se trouvait à une centaine de mètres de nous. Et, plus surréaliste encore, les dizaines de geysers continuaient de projeter de l'eau avec une puissance incroyable. On aurait dit une sorte de féerie aquatique naturelle.

— C'est l'océan de Kidik, a dit Loor.

Elle se tenait derrière moi, avec à ses côtés Alder et Saangi.

— Le plafond de la caverne a dû s'effondrer, a fait Alder.

— Ou être fracassé, ai-je ajouté.

Alors qu'on restait là, époustouflés, les geysers se sont affaiblis. Un par un, ils ont diminué jusqu'à disparaître.

— C'est fini, ai-je dit.

— Vraiment? a demandé Loor. Ou ce n'est peut-être que le commencement.

Journal n° 23
(suite)

ZADAA

Vous connaissez le mot «cataclysmique», n'est-ce pas? Je crois que je ne l'utiliserai plus jamais. Rien ne pourrait être plus cataclysmique que ce spectacle. En tout cas, c'était formidable. Le royaume souterrain des Rokadors avait été détruit, et de cette destruction était né un monde nouveau. Je vais faire de mon mieux pour vous le décrire, même si je ne peux vous en donner qu'un aperçu.

Avec le dygo, on a parcouru le rivage de ce nouvel océan pour regagner Xhaxhu. Du moins, on pensait être dans la bonne direction. On pouvait tout juste calculer où elle se trouvait en se basant sur le soleil et la route qu'on avait prise pour aller à Kidik. Une chose était sûre: on s'en était tirés. Ce n'était pas le cas de tout le monde. Et on n'avait pas la moindre idée de ce qu'on allait trouver à Xhaxhu. L'inondation et les éboulements avaient-ils aussi détruit la capitale des Batus? Plus important encore, combien de Batus étaient morts dans les souterrains? Et combien de Rokadors? Cette histoire était loin d'être terminée.

Ce nouvel océan s'étirait sur des kilomètres. Il n'a pas tarder à rétrécir pour finir en cours d'eau. Oui, il y avait une nouvelle rivière sur Zadaa, une rivière à ciel ouvert. En scrutant le pare-brise éclaboussé, j'ai vu que cette nouvelle voie d'eau se continuait aussi loin que mon regard portait, mais contournait ce qui ressemblait à d'immenses pyramides dans le lointain.

– Xhaxhu! s'est exclamée Saangi.

Oui, Xhaxhu. La ville ne s'était pas écroulée. On a échangé des regards soulagés. L'avenir s'annonçait mieux.

– Si cette rivière est alimentée par les sources du nord, a dit Loor, Xhaxhu n'est plus une cité au milieu du désert.

– J'aimerais la voir dans quelques années, ai-je ajouté. Je suis sûr qu'il y aura des fermes, des arbres, des pâturages…

Est-ce possible ? a demandé Saangi, émerveillée.

– Possible ? ai-je répété. C'est même probable.

Ce qu'on a alors vu a corroboré ce que je disais. On a abandonné le dygo aux portes de la ville pour continuer à pied. Aussitôt, Loor s'est arrêtée net. Comme nous tous. La vision qui s'offrait à nous était tout simplement incroyable.

Xhaxhu était redevenue normale. Les rigoles jouxtant les rues débordaient d'eau pure. Les fontaines autour des statues s'étaient ranimées, lançant leurs jets complexes dans les airs. Mais le peuple de Xhaxhu n'était pas en train de célébrer ce retour à la normale. Je crois qu'ils étaient encore sous le choc. Ils se massaient autour des fontaines et buvaient tout leur soûl. Les enfants pataugeaient et jouaient dans l'eau. J'ai vu plus d'un Batu pleurer de joie. Leur cauchemar était terminé. On aurait dit qu'ils n'arrivaient pas à y croire. Je me suis demandé comment ils réagiraient en constatant qu'une rivière d'eau pure coulait désormais à leur porte.

Voir les Batus fêter leur bonne fortune avait aussi une autre signification. La tribu avait survécu. Dans les rues, il y avait autant de citoyens ordinaires que de Ghees – détail qui avait son importance. Quoi qui ait pu se passer durant l'invasion, au moins, certains Ghees s'en étaient retournés avant qu'il ne soit trop tard. La tribu des Batus avait survécu et survivrait. Les Ghees étaient là pour protéger la ville des nomades cannibales. La civilisation de Zadaa était sauvée.

Saint Dane avait échoué.

– Tout ça ne manque pas d'ironie, a dit Loor.

– Pardon ? ai-je demandé.

– Xhaxhu renaît de ses cendres, et grâce à Saint Dane, elle est encore plus vivable qu'avant.

C'était vrai. Il avait voulu détruire les deux tribus et avait fini par offrir une nouvelle chance, un nouvel espoir au territoire

– Il était logique que ça se produise durant le festival d'Azhra ! a ajouté Saangi.

La jeune Acolyte nous a décoché un grand sourire. Je n'ai pu m'empêcher de rire. Alder en a fait autant. Même Loor a gloussé en secouant la tête.

Bien sûr, Saint Dane n'avait pas agi seul. Les Rokadors avaient joué un rôle important et l'avaient payé cher. Durant les semaines qui suivraient, nous devrions découvrir à quel point.

Leur civilisation souterraine n'existait plus. Et plus terribles encore ont été les pertes humaines – des milliers de Rokadors étaient morts des suites du virus. La tribu avait frôlé l'extinction. Mais tout n'était pas si noir. La plupart de ceux qui avaient survécu au virus avaient échappé à la destruction du monde souterrain. Ils avaient utilisé les milliers de voies que les générations précédentes avaient creusées.

Plus ironique encore, on s'est aperçus que c'était ces couloirs mêmes qui avaient provoqué l'effondrement général. Ces kilomètres de roche étaient devenus un vrai gruyère. À force de forages, le plateau était devenu instable. Le monde des Rokadors était au bord de la catastrophe. La pression de l'océan a été, si j'ose dire, la goutte d'eau qui a fait déborder le vase. Kidik, la zone la plus développée, s'était effondré. Ses ruines gisaient désormais au fond du nouvel océan.

L'élite des Rokadors avait survécu. Ils sont passés devant un tribunal, accusés de tentative de génocide, et ont été condamnés à de lourdes peines de prison. Je me suis demandé comment les deux gamins s'en tireraient une fois derrière les barreaux. Ils n'y resteraient probablement pas longtemps. Ils n'avaient pas vraiment eu leur mot à dire dans tout ça. Les ingénieurs aussi sont passés en procès. Ils se sont défendus en disant qu'ils n'avaient fait que suivre les ordres. Ça n'a pas marché. Eux aussi ont fini derrière les barreaux.

Pour moi, ce n'était pas vraiment équitable. Après tout, c'est Saint Dane qui leur avait implanté cette idée dans la tête. Il aurait dû être traduit en justice, lui aussi. Ben voyons. Comme si c'était possible. Mais j'imagine qu'au final, c'est bien l'élite et les ingénieurs qui avaient choisi de mettre en œuvre ce plan diabolique.

Ils devaient être châtiés. Le fait que l'épidémie les ait mis dans un état d'extrême détresse a été pris en compte. Les sentences auraient pu être plus sévères. Beaucoup plus sévères. Les Batus n'auraient pas hésité à appliquer la peine de mort. Ces types ont eu de la chance. Un jour, on finirait par les libérer et par les laisser regagner leur tribu.

La famille royale de Zinj a présidé le procès. Tout au long, ils n'ont cessé de répéter les préceptes de leur héros de fils, Pelle, qui prêchait la paix et la tolérance. C'est ainsi qu'on a proposé aux Rokadors survivants l'aide et la protection des Batus afin qu'ils puissent reconstruire leur civilisation – de l'autre côté de la nouvelle rivière. Fini les tunnels. La famille de Zinj a évoqué l'incroyable avance technologique des Rokadors et l'aide précieuse que les tribus pouvaient s'apporter. Ils espéraient sincèrement que cette tragédie déboucherait sur une nouvelle ère de coopération.

Tous les Rokadors n'ont pas été punis. Bien des gardes tiggens se sont vus traités en héros. La plupart ignoraient tout du complot pour détruire les Batus et ne l'ont appris que lorsqu'il était déjà trop tard. Quand la catastrophe s'est produite, ce sont eux qui ont sauvé les Rokadors rescapés, tous jusqu'au dernier.

Mais ce n'est pas tout. À notre grande surprise, on a appris que ces mêmes gardes tiggens avaient aussi sauvé les envahisseurs batus. Des témoignages de Ghees comme de Tiggens ont confirmé que les Ghees étaient bien arrivés jusqu'à Kidik. Ils s'apprêtaient à traverser l'océan pour attaquer l'île lorsqu'ils ont croisé un groupe de gardes tiggens. Teek leur avait dit ce qui allait se passer. Lorsque ce dernier était revenu pour nous aider à prendre le poste de commandes, plusieurs Tiggens avaient traversé l'océan au péril de leur vie pour avertir les Ghees du danger. D'abord, ceux-ci avaient cru à une ruse – jusqu'à ce que le niveau de l'eau se mette à monter. On a alors donné l'ordre de battre en retraite et les Batus se sont empressés de regagner la surface. Les gardes tiggens ne les ont pas suivis. Une fois de plus, ils ont risqué leurs vies pour aider les autres Rokadors à s'échapper.

Bokka et Teek auraient été fiers d'eux. Lorsque j'ai entendu ce récit, j'ai repensé au discours de Saint Dane condamnant les populations de tous les territoires. D'après lui, elles étaient faibles et égoïstes. J'aurais bien voulu qu'il entende le récit de l'héroïsme des Tiggens. Quoique, rien ne me dit qu'il n'était pas au courant.

J'ai appris tout ça durant les procès. Alder et moi sommes restés avec Loor en tant que spectateurs. Il fallait qu'on connaisse les conséquences du conflit. Après tout, ce n'était pas qu'une guerre entre tribus, mais aussi un épisode de notre lutte contre Saint Dane. Heureusement, personne n'a évoqué le rôle qu'on avait joué dans cette histoire. Certains ingénieurs ont témoigné que quelques personnes étaient arrivées jusqu'au poste de commandes, mais comme on ne s'est pas dénoncés, personne n'est allé chercher plus loin.

Circuler en ville en ressemblant à un Rokador restait dangereux. On nous a lancé quelques regards noirs, mais personne ne nous a cherché noise. Les Batus avaient eu leur dose de soucis. Heureusement, Loor était toujours à nos côtés. Et le retour des eaux avait calmé les esprits. Au pire, on ressemblait à un ennemi vaincu. Au mieux, on était de nouveaux amis potentiels. D'une façon comme une autre, on s'en tirait bien.

C'est étonnant de voir comme Xhaxhu s'est vite remise de la sécheresse. Les palmiers morts qui longeaient les rues ont vu pousser de nouvelles feuilles. Les immenses bâtiments de pierre, les statues et les rues recouvertes de sable du désert ont été lavés.

Xhaxhu était revenue à la vie.

Les vastes fermes à l'extérieur de la ville ont fleuri à nouveau. L'eau coulait à flots, irriguant les cultures qui ne tarderaient pas à donner de quoi nourrir les deux tribus. On a arpenté les rives de la nouvelle rivière, où de petites plantes vertes poussaient déjà. On est même retourné au camp de Mooraj. Je m'attendais que ça évoque de mauvais souvenirs, mais même pas. Le camp avait été nettoyé et débordait d'enfants, tant batus que rokadors, très heureux de jouer ensemble.

J'avais vraiment l'impression d'assister à l'émergence d'une nouvelle civilisation, qui s'annonçait encore plus florissante que la précédente.

Ça voulait aussi dire qu'on avait vaincu Saint Dane. Ce n'était pas la première fois, mais là, tout était différent. Il avait témoigné son mépris envers tous les peuples des territoires. Pour lui, Zadaa devait prouver qu'ils étaient tous faibles et faciles à contrôler par la peur, l'envie et l'avidité. Il était tellement sûr de sa victoire qu'il s'était montré aux Rokadors sous son vrai visage. Bien sûr, il ne leur avait pas dit toute la vérité. Il n'avait pas précisé qu'il était un Voyageur démoniaque cherchant à détruire leur monde. Plus j'y pensais, plus j'en concluais que pour lui, une victoire sur Zadaa signifiait bien plus que de remporter un autre territoire. Il voulait nous donner une leçon, à nous autres Voyageurs. Et à moi personnellement. Il voulait nous démoraliser et nous montrer que notre combat était vain, que ceux que nous défendions ne méritaient pas d'être sauvés.

Il se trompait. Pour s'en convaincre, il suffisait de regarder Bokka, Teek et leurs amis tiggens. Ils avaient conscience que ce qui se passait était mal. Bokka et Teek s'étaient sacrifiés pour le bien de tous. Bien d'autres gardes tiggens avaient risqué leurs vies. Pour moi, leur conduite était la preuve que Saint Dane se trompait. Au lieu de démontrer son invincibilité, les événements de Zadaa me redonnaient espoir. Pour la première fois, je crois vraiment qu'on peut vaincre ce type. Mieux encore : qu'on va le vaincre pour de bon. J'espère bien que, où qu'il soit, il a appris qu'il se trompait sur les habitants des territoires. Ils déjoueront ses plans maléfiques, et nous serons là pour les y aider.

Il ne me restait plus qu'une pensée troublante. Saint Dane m'avait dit qu'il s'était engagé à détruire les territoires en faisant souffrir leurs habitants.

À qui avait-il fait cette promesse ?

J'aurais bien voulu considérer Zadaa comme la bataille qui nous permettrait de gagner la guerre, mais ses paroles me dérangeaient. On avait encore bien des choses à apprendre. Encore bien du chemin à faire.

Maintenant qu'on était sûrs que Zadaa était tirée d'affaire, il était temps de penser à partir. Alder a été le premier. À notre grand soulagement, on a constaté que les tunnels situés directement sous Xhaxhu étaient intacts. La cascade et les rivières souterraines étaient à nouveau alimentées, ce qui avait son importance :

ça signifiait qu'il ne faudrait pas reconstruire les voies d'eau de Xhaxhu et, pour nous, qu'on pouvait toujours accéder au flume. Si ces couloirs avaient été inondés, on serait restés coincés sur Zadaa. Trouver le flume intact a été notre ultime victoire.

– Merci, ai-je dit à Alder.

On se trouvait devant l'entrée du flume en compagnie de Loor et Saangi.

– Inutile de me remercier, Pendragon, a répondu Alder. Je suis un Voyageur. (Il m'a pris dans ses bras et a ajouté) : Tu sais bien que je serai toujours là pour toi.

Je lui ai rendu son étreinte. Il me manquerait.

– Je devrais peut-être rester avec vous, a-t-il dit. Ce n'est pas fini, loin de là.

– Merci, mais je ne sais pas ce qui nous attend. Crois-moi, si j'ai besoin de toi...

– Tu sais où me trouver. Quand toute cette histoire sera terminée, je voudrais que tu reviennes sur Denduron. Tu seras étonné de voir comme les Bedoowans et les Milagos s'entendent bien. Je ne peux qu'espérer que les Batus et les Rokadors feront de même.

À son tour, Loor l'a serré dans ses bras.

– Ils y arriveront, grâce à toi.

Oh. Quelle surprise ! Loor finissait peut-être par s'adoucir. Un effet secondaire de la victoire ?

Même Saangi a eu droit aux attentions d'Alder.

– Prends bien soin d'elle, a-t-il dit.

Il parlait de Loor, bien sûr.

– Toujours.

Alder est entré dans le tunnel. Il a inspiré profondément et a crié :

– Denduron !

Le tunnel s'est animé. Alder s'est tourné vers nous et a agité la main.

– À la prochaine fois, mes amis. Je vous attendrai.

L'instant d'après, il était parti.

Je ne l'ai pas suivi. J'avais pris une décision. Je ne quitterais pas Zadaa avant d'avoir parlé à Loor. Il y a beaucoup de choses que j'avais gardées pour moi. Avant, ce n'était pas le bon moment. Mais à présent je n'avais plus cette excuse. Malgré ma trouille, je devais dire à Loor ce que je ressentais. C'était maintenant ou jamais. On est retournés chez Loor, tous les trois. À notre arrivée, j'ai demandé à Saangi si je pouvais avoir un moment d'intimité avec Loor. Ça ne semblait guère lui plaire, mais elle a obéi.

— Alors on doit se faire nos adieux, a-t-elle dit.

J'ai tendu la main et j'ai dit :

— Tu sais, tu es une vraie championne.

Saangi m'a étreint dans ses bras.

— Loor m'a dit de te faire confiance, de croire en toi. Tout d'abord, je n'ai pas compris pourquoi. Maintenant si. Tu vaincras Saint Dane, je n'en doute pas.

Je me suis écarté d'elle.

— Vraiment ? ai-je dit d'un ton offensé. Au départ, tu ne croyais pas en moi ?

Elle a froncé les sourcils et a baissé les yeux, gênée.

— Je te reverrai ? a-t-elle demandé.

— Je l'espère bien.

Elle s'est approchée de moi, m'a donné un petit baiser sur la joue, puis a tourné les talons pour partir en courant. Je crois qu'elle ne voulait pas que je la voie pleurer. Loor et moi l'avons regardée filer.

— C'est vraiment ta sœur ?

— Pas par le sang, a répondu Loor. Elle était orpheline, comme moi. Osa l'a adoptée quand elle était toute petite. Elle a toujours été ma conscience et mon ange gardien.

Marrant. C'est exactement ce que je pensais de Loor.

On est retournés à l'intérieur. Mon cœur battait la chamade. J'allais jouer un sacré va-tout, et j'étais mort de trouille. Avec tout ce que j'avais vécu, tout ce que j'avais appris, rien ne m'avait préparé au plus grand des défis : dire ce que j'avais sur le cœur.

Journal n° 23
(suite)

ZADAA

Loor nous a préparé un repas délicieux composé de pain, de fruits et de légumes évoquant des patates. Bien que les fermes n'aient pas recommencé à produire, les restrictions avaient été levées. Les Batus ne redoutaient plus la famine. Tout en mangeant, on a parlé de l'avenir de Zadaa, de la reconstruction du monde des Rokadors, de la façon dont il serait gouverné, et comment les guerriers ghees les protégeraient des nomades cannibales. On a parlé de tout à cœur ouvert. Une fois le repas achevé, eh bien, c'était le moment de me jeter à l'eau.

— Je partirai demain, ai-je annoncé.

— Tu veux que je vienne avec toi ?

Cette question ! Bien sûr que je le voulais ! Mais la triste vérité était qu'il valait mieux que j'apprenne à quoi ressemblerait notre prochain combat avant de décider quel Voyageur ou Voyageuse serait le plus à même de m'aider.

— Bien sûr, ai-je dit, mais pas tout de suite. Je pense qu'il vaut mieux que tu restes ici pour suivre l'évolution de la situation.

Loor a acquiescé. Elle savait que je viendrais la chercher si j'avais besoin d'elle. Je l'avais déjà fait et n'hésiterais pas à recommencer.

— Où vas-tu aller ? a-t-elle demandé.

— Chez moi. Ce que Saint Dane a dit à propos de Courtney m'a inquiété.

— Tu penses que la Seconde Terre pourrait être sa prochaine cible ?

— Je ne sais pas. C'est ce que je vais essayer de découvrir... et je veux m'assurer que Courtney n'a rien.

— Ah, oui, Courtney, a repris Loor. Tu l'aimes ?

Hou là ! Elle ne prenait pas de gants. Alors que j'en étais encore à me demander comment aborder le sujet, Loor avait pris les devants. Ce qui ne m'étonnait guère venant d'elle.

— Oui, ai-je répondu. Courtney est une fille extra. J'ai confiance en elle comme toi en Saangi.

— Mais Saangi est ma sœur. Est-ce le même sentiment que tu éprouves envers Courtney ?

Oh, misère, elle me mettait vraiment sur le gril. Non seulement je devais avouer ce que je ressentais pour elle, mais je devais aussi analyser mes sentiments envers toi, Courtney. Je suis désolé d'en parler par écrit. C'est le genre de choses dont il vaut mieux discuter face à face. Mais comme toujours, je dois relater tout ce qui m'arrive. Et pas de doute, il se passait quelque chose d'important.

— C'est difficile à dire, ai-je répondu. Je ne vois pas Courtney comme une sœur. Mais on est trop éloignés pour pouvoir entretenir une vraie liaison. Si je n'étais jamais parti de chez moi, on serait certainement ensemble. Mais avec tout ce qui s'est passé, j'ai changé, plus que si j'étais resté en Seconde Terre. Je suis bien différent d'un Bobby Pendragon qui aurait passé deux années tranquilles chez lui. Et je n'ai pas la moindre idée de ce que l'avenir me réserve. Pour toutes ces raisons, je ne vois pas comment Courtney et moi pourrions être ensemble, et ça m'attriste.

— C'est triste, en effet, a acquiescé Loor. Mais c'est la vérité.

— Et ce n'est pas tout.

Et voilà. C'était le moment de me jeter à l'eau. J'avais répété une dizaine de façons de vider mon sac, examiné toutes les possibilités. Il fallait que je lui dise précisément ce que je ressentais. Et pourtant, maintenant, je n'arrivais pas à trouver les mots. Elle était magnifique, comme cette nuit où on s'était rendus au festival. Les chandelles posées sur la table rehaussaient sa beauté. Je l'aimais. J'aimais sa force et sa compassion. J'aimais l'intensité farouche de sa loyauté et de son honnêteté. J'aimais son physique. Elle était belle dans tous les sens du terme. Comment dire ça sans avoir l'air idiot ? Alors qu'on était là, assis par terre à la lumière des bougies, j'ai trouvé la réponse. Je pouvais exprimer tout ce que j'avais à dire par un simple geste.

Je me suis penché pour l'embrasser. C'était le baiser qu'on avait failli échanger le soir du festival. Ce n'était alors pas le bon moment. Mais là, chez elle, j'ai senti que c'était écrit. Je me suis penché…

Et Loor s'est dérobée. Un geste anodin, mais qui en disait long. J'ai aussitôt compris qu'elle ne partageait pas mes sentiments. En quelques secondes, tout a changé. Ça m'a anéanti. Je croyais pouvoir enfin avouer mon amour, qu'on se retouverait ensemble, et voilà qu'elle me repoussait. C'était l'horreur. On est restés là pendant quelques secondes sans rien dire. Puis j'ai dit :

— Hé, ça devient gênant.

Loor avait l'air aussi mal à l'aise que moi. Elle a regardé la flamme des bougies. J'avais envie de me relever et de dire : «Bon, ben, à plus !», mais ça n'aurait pas été juste. Ni pour elle, ni pour moi. Aussi mal engagée que soit la situation, je devais aller jusqu'au bout. Maintenant, la balle était dans son camp.

— Excuse-moi, Pendragon, a-t-elle fini par dire. Je t'aime beaucoup.

— Pas assez, semble-t-il.

— Ce n'est pas vrai. Tu m'as dit que tu ne pouvais pas être avec Courtney parce que vous étiez devenus trop différents. Pour moi, on ne peut pas être ensemble tous les deux parce qu'on se ressemble trop.

— Hein ? ai-je marmonné.

— Je t'aime, Pendragon, a-t-elle répondu. J'aime tout de toi. Mais l'amour est une émotion puissante qui peut obscurcir le jugement. Je sais que tu t'es demandé si j'aimais Bokka. La réponse est oui. Mais nous ne pouvions pas être ensemble. Notre nature même l'interdisait. J'ai toujours su qu'un jour ou l'autre, l'un d'entre nous pouvait se faire tuer.

J'ai vu une larme poindre dans son œil. Sa crainte était devenue réalité.

— Mais c'est son amour pour toi qui nous a aidés à sauver Zadaa, ai-je dit. Il nous a assistés. Il t'a aidée *toi*. Sans lui, Saint Dane aurait peut-être gagné.

– Et maintenant, il est mort ! s'est-elle écriée, donnant libre cours à son émotion.

Elle s'est tue quelques secondes pour reprendre ses esprits, puis m'a regardé droit dans les yeux :

– On a une mission à remplir, Pendragon. Jamais personne n'a dû porter une responsabilité aussi monumentale. On doit l'emporter. On doit arrêter Saint Dane. Telle est notre quête. On est des guerriers. On combattra de nouveau côte à côte. On ne peut pas laisser nos émotions prendre le pas sur notre raison. C'est pourquoi je ne peux pas être avec toi.

On a laissé planer cette idée pendant un bon moment. Ça semblait si… définitif.

– Je sais que si tu y réfléchis, a ajouté Loor, tu seras d'accord avec moi.

– Peut-être, ai-je dit en grimaçant un faible sourire. Ce qui ne veut pas dire que ça me plaira.

Loor m'a serré dans ses bras. Ce qui m'a laissé un sentiment doux-amer. Mais au moins, la tension était rompue.

– Il faut profiter de notre victoire, a-t-elle dit. On l'a bien mérité. Demain, tu repartiras, et on prendra un nouveau tournant dans notre long voyage. C'est ce qui est écrit.

J'aurais voulu lui demander si tout serait différent une fois qu'on aurait gagné la guerre contre Saint Dane, mais j'ai réalisé à temps à quel point ç'aurait été pathétique. Et en plus, ça l'aurait mise dans une situation difficile, ce qui n'était pas réglo. Mais surtout, je n'arrivais même pas à envisager à quoi ressembleraient nos vies lorsque tout ça serait terminé. Tout serait différent, mais de quelle façon ?

Aussi désespérante que soit la situation, je ne regrettais pas d'avoir eu cette discussion. J'avais été clair et honnête avec Loor, et c'était bien. Au lieu de m'envoyer paître, elle m'a permis de mieux comprendre mes propres sentiments. Elle n'était pas que la guerrière froide qu'elle prétendait être. Elle avait des sentiments. Envers moi. Mais elle savait mieux les réprimer que moi. Ça peut sembler bizarre, mais je me sentais encore plus proche d'elle qu'avant. Ce soir-là, je me suis endormi en pensant qu'on était liés à tout jamais. Au fil du temps, je comprendrais ce que ça signifiait exactement. J'ai fermé les yeux. J'étais triste, mais, d'une certaine façon, me sentais plus riche qu'avant.

Et j'avais la satisfaction de me dire que notre aventure sur Zadaa était terminée.

Bien sûr, je ne pouvais pas savoir que je me trompais du tout au tout.

Journal n° 23
(suite)

ZADAA

Loor m'a escorté elle-même au flume. C'était sympa de sa part. Je voulais pouvoir lui faire mes adieux sans que Saangi soit là. J'ai choisi de porter la tunique blanche des Rokadors plutôt que mon armure de Ghee. Elle était sacrément plus confortable. Et une fois en Seconde Terre, je me changerais de toute façon. Loor et moi sommes passés au-dessus des torrents furieux au fond de la cascade, à travers les tunnels rokadors abandonnés, puis par la trappe marquée d'une étoile et, finalement, dans la crevasse menant à la caverne du flume.

On est restés face à l'embouchure du flume sans trop savoir que dire. On avait gagné, une fois de plus – et dans les grandes largeurs. Malgré notre conversation pénible de la veille, on était encore plus proches. Ou peut-être était-ce à cause de cette conversation. Zadaa était sauvée, et j'avais l'impression d'avoir marqué des points dans notre lutte contre Saint Dane. Et pourtant, ce n'était pas tout. Saint Dane n'allait certainement pas abandonner la partie. D'autres batailles nous attendaient, mais à ce stade, on était plutôt confiants.

– J'aimerais revoir la Seconde Terre, a dit Loor.

– Pas de problème, ai-je répondu. Espérons que ce sera juste en touristes.

– Tu salueras Mark et Courtney pour moi. Et essaie de te reposer, d'accord?

– Ouais, y a des chances, ai-je fait avec un petit rire.

Comme je savais qu'on se reverrait, les adieux n'ont pas vraiment été déchirants. Je l'ai brièvement prise dans mes bras et j'allais entrer dans le flume lorsque le tunnel s'est animé de lui-même. Je suis resté là, aux côtés de Loor, à regarder les lumières apparaître dans le lointain, accompagnées des notes de musique.

— Bizarre, ai-je dit.

— Serait-ce Alder qui revient ? a ajouté Loor.

Je n'en savais rien. À part vous deux, Alder était le seul Voyageur à savoir que j'étais sur Zadaa. Un autre Voyageur pouvait avoir décidé de venir faire une petite visite, mais lequel ? Les parois rocheuses sont devenues transparentes et les lumières se sont accentuées. Loor et moi avons fait un pas en arrière afin de laisser la place au Voyageur. Les notes de musique ont empli la caverne. On s'est protégé les yeux. Une silhouette est apparue. Il était arrivé. Avant que la lumière ait pu retourner dans le tunnel, l'ombre a bondi vers nous. Ç'a été si rapide qu'on n'a pas eu le temps de réagir. Peu après, la lumière s'est éteinte et j'ai vu de qui il s'agissait.

Saint Dane.

Il a bondi sur nous en poussant un cri guttural hideux. Il portait une épée. Une très grosse épée. Il la brandissait au-dessus de sa tête, prêt à frapper. Loor m'a poussé hors de son chemin. Je suis tombé sur le sol de la caverne. Comme d'habitude, le premier réflexe de Loor avait été de me protéger. Comme sa mère avant elle, le prix qu'elle paierait pour vouloir sauver ma vie… serait la sienne.

Saint Dane a donné un grand coup de taille. Loor a tenté de le parer, mais n'a pas été assez rapide. Sous mes yeux horrifiés, Saint Dane a plongé sa lame dans sa poitrine. Je me suis figé. Mon cerveau refusait d'accepter ce que je voyais. Saint Dane venait de transpercer Loor de son épée. Ma Loor. La Voyageuse de Zadaa. J'ai vu la pointe ressortir de son dos, gluante de sang. La garde a heurté la poitrine de Loor. Il l'a regardé droit dans les yeux et a dit avec une colère si brutale qu'elle a résonné jusqu'au fond de mon être :

— Maintenant, *meurs !*

Et tout aussi rapidement, il a retiré son épée. Loor s'est effondrée sur le sol. Pour autant que je sache, elle était déjà morte.

Saint Dane s'est tourné vers moi en brandissant son épée sanglante. J'ai lu la rage dans ses yeux blancs. C'était mon tour.

– Tu crois que tu as gagné ? a-t-il craché. Tu te crois plus malin que moi ? Tu n'as encore rien vu !

Je crois surtout que j'étais sous le choc. Il y a moins d'une minute, Loor et moi parlions de sa prochaine visite en Seconde Terre. À présent, elle gisait à mes pieds, morte. Je n'arrivais plus à réfléchir, à peine à respirer. Tout ça semblait impossible. Et pourtant, c'était vrai ; Loor était morte et, si je ne réagissais pas, ce serait mon tour d'y passer.

Saint Dane était fou de rage. Quand je repense à ce moment, je me dis que nos victoires sur les autres territoires l'avaient poussé à bout. La perte de Zadaa était la goutte d'eau. Pour faire tomber ce territoire, il n'avait pas pris de gants. Il avait utilisé moins de tours de passe-passe. Il s'était montré sous sa véritable apparence. Il voulait nous vaincre à visage découvert afin de prouver sa force. Je crois qu'il cherchait surtout à s'en convaincre lui-même. Et il avait échoué. Il était prêt à se déclarer victorieux dans son combat pour Halla, mais il avait sous-estimé les Voyageurs. Il m'avait sous-estimé, moi. Et surtout, il avait sous-estimé le peuple de Zadaa. Il avait prétendu qu'ils étaient faibles, et c'était vrai pour certains, mais au final, sans le courage et la sagesse de ces gens, on n'aurait jamais pu sauver le territoire. Saint Dane était en train de perdre du terrain. Et après son échec sur Zadaa, il le savait. C'était une bête sauvage acculée au fond d'une impasse. En d'autres termes, il était très, très dangereux.

Il a marché vers moi en brandissant son épée ensanglantée. Je me suis levé et me suis mis en biais, prenant une pose défensive, réduisant la surface vulnérable. J'avais tiré profit des leçons de Loor. Mais alors que Saint Dane se rapprochait, son corps s'est transformé. Il est redevenu le guerrier ghee qui avait bien failli me tabasser à mort. Mes genoux sont devenus de la gelée. L'histoire se répétait. J'étais revenu au moment que je redoutais le plus. J'allais devoir affronter ce type à nouveau. Saint Dane savait lire dans mes pensées. Il savait que ce combat me donnait des cauchemars. Mais cette fois, personne ne viendrait me sauver. L'un d'entre nous ne sortirait pas de cette caverne.

J'aurais dû mettre mon armure ghee. Je n'avais même pas d'arme. Saint Dane s'en moquait. Il ne cherchait pas à se battre à la loyale. Il voulait se venger... et tuer.

Et c'est ce pour quoi je m'étais entraîné.

– Je dois avouer que tu es plus fort que le croyait Press, a dit Saint Dane. Mais pour moi, ça n'a aucune espèce d'importance. Puisque tu dois mourir, je suis ravi d'être ton bourreau.

Il s'est jeté sur moi. Je me suis baissé et j'ai plongé vers le cadavre de Loor. Je devais rester concentré. Il ne fallait pas que je pense à elle. Mais j'avais besoin de son arme. Tout en me relevant, je me suis emparé du bâton de bois. À présent, j'étais armé. J'ai virevolté pour me tenir face à Saint Dane, qui levait à nouveau son épée.

– Tu t'es entraîné, a-t-il dit. Mais peu importe. Tu restes un gamin faible. J'aurais dû te tuer sur Denduron.

Et il a attaqué. Cette fois, ses gestes étaient plus brusques, plus rapides. Il a fait tournoyer son arme. J'ai paré les coups avec le bâton de Loor. Il voulait me tuer. Et je tenais à la vie. Si je voulais le battre, je devais me servir de sa colère contre lui. Mais je devais me servir de ma cervelle. La dernière fois que j'avais essayé, ça s'était retourné contre moi et j'avais fini à l'hôpital. Cette fois-ci, j'y laisserais ma peau.

J'ai évité sa lame et j'ai reculé vers l'autre côté de la caverne.

– C'est fini, ai-je lancé. Tu ne peux plus me duper. En voici la preuve.

– Ahhh !

Il a couru vers moi et a donné un grand coup d'épée digne d'un bûcheron. Je l'ai évité, mais n'ai pas pu contre-attaquer. Il était trop bon. Ses attaques n'étaient pas terribles, mais il récupérait à temps pour bloquer les miennes.

– Retourne d'où tu viens, ai-je dit d'un ton moqueur. Tu ne pourras jamais contrôler Halla. On est trop forts. Les habitants des territoires sont trop forts. Tu es surclassé.

– Raahhh, a-t-il braillé avant de lancer une nouvelle attaque.

J'ai paré deux de ses coups, ai fait volte-face et lui ai donné un bon coup de bâton sur la nuque, lui faisant perdre l'équilibre. Ma confiance en moi s'est accrue. Je me suis forcé à ne pas penser à la vengeance. Je devais garder mon self-control. Je ne devais pas me dire qu'il avait bien failli me tuer. Ni penser à Loor. Je devais agir comme le guerrier qu'elle m'avait appris à être.

– Ta bravoure est impressionnante, mais stupide, a-t-il dit en tournant autour de moi comme un vautour. Tu n'es pas invincible. Tu subiras le même sort que Press, Kasha… et Loor.

J'ai attaqué. J'ai fait semblant de viser son estomac, puis ai feinté et fait tourner mon bâton vers sa tempe. Mais il a percé ma feinte et a paré mon second coup. Il a suivi d'un revers de son épée. J'ai pu me dérober assez rapidement pour éviter le coup, mais le plat de la lame m'a frappé le dos. J'avais commis l'erreur numéro un. Il m'avait asticoté pour que je porte le premier coup. Ç'avait bien failli me coûter la vie. Je ne recommencerais pas.

– Tu vas bientôt être à court de territoire, Saint Dane, ai-je dit. Ta campagne commence à avoir des ratés. On te suit de près. On connaît tous tes trucs. On sait comment tu penses. Et on est les bons.

Saint Dane m'a envoyé un coup droit. Je l'ai repoussé, j'ai tournoyé et abattu mon bâton sur sa tempe. Je l'ai entendu hurler de douleur. Je ne me suis pas arrêté là. J'ai laissé exploser toute la colère, toute la frustration, toute la haine que j'avais refoulées et les ai laissées s'écouler sur le bâton de Loor. C'était le moment de régler mes comptes. Pas de quartier. Je l'ai martelé sans pitié. Sur le crâne, sur les genoux, dans l'estomac. Je lui ai rendu le passage à tabac que j'avais subi, plus les intérêts. J'avais gagné, mais ce n'était pas assez. Je voulais sa peau. Voilà, c'est dit. À ce moment précis, j'avais la ferme intention de le tuer.

J'avais disjoncté. J'étais aveuglé et ne pensais qu'à cogner. Et c'était exactement ce qu'il voulait. Lorsque je me maîtrisais, c'est moi qui étais aux commandes. Dès que je me laissais dominer par mes émotions, Saint Dane en profitait. Il a encaissé tout en reculant vers le mur de la caverne. Il avait l'air sur le point de tomber dans les pommes, sauf que ce n'était pas vrai. Il m'a pris par surprise en plongeant sous mon bâton, puis a tiré de son armure un couteau court à trois lames. C'était une arme venue d'Eelong, fabriquée avec les trois griffes d'un lézard tang. Il a donné un grand coup circulaire qui a labouré mon avant-bras. J'ai hurlé et j'ai desserré ma prise sur mon casse-tête. Il a frappé à nouveau, et j'ai lâché mon arme. Le bâton est tombé sur le sol, hors de ma portée. J'étais fichu.

Instinctivement, j'ai bondi en arrière. Saint Dane a frappé à nouveau, taillant le devant de ma tunique. J'ai effectué un saut périlleux arrière. Saint Dane s'est relevé et a chargé. C'était fini. Il allait porter le coup de grâce. Il a poussé un cri sanguinaire. J'ai terminé mon saut pour atterrir sur le dos. Saint Dane a fondu sur moi, poignard levé, prêt à l'abattre. Je n'ai pas bougé. Je ne pourrais jamais me dégager assez vite. Il y mettait tout son cœur et je gisais sur le dos. Il ne me restait plus qu'une seule chance.

Sans le quitter des yeux, j'ai tendu la main et l'ai refermée sur le pommeau de l'épée tombée au sol. L'épée qui avait tué Loor. Les yeux de Saint Dane étaient fixés sur les miens. Ils brûlaient de rage. Il n'avait qu'une idée en tête : tuer Bobby Pendragon. Mes doigts se sont crispés sur le pommeau… Saint Dane a bondi sur moi… J'ai tendu la lame de l'épée en avant… et il est venu s'empaler dessus. Ses yeux n'ont toujours pas quitté les miens. La rage s'est transformée en choc. L'impensable venait de se produire.

J'avais tué Saint Dane.

Son corps de guerrier ghee a repris son apparence habituelle. Mais la douleur et la stupéfaction étaient toujours là. Sur ses tempes, les veines rouges semblaient luire. Ses yeux blancs sont devenus vitreux. C'était fini. Tout était terminé.

Du moins, c'est ce que je croyais.

Saint Dane est resté figé ainsi, puis, sous mes yeux, son corps s'est dissous en fumée noire. Le nuage s'est éloigné de moi pour se diriger vers l'entrée du flume. Là, il s'est à nouveau transformé pour redevenir solide. Saint Dane s'est dressé devant moi, apparemment indemne. Je ne lui avais rien fait. Pas une égratignure. Pire encore, il était étrangement calme. Sa colère avait disparu. Il avait même un petit sourire aux lèvres. Je suis resté allongé, à brandir l'épée ensanglantée. Mon cerveau était paralysé. Pas moyen de bouger.

— Je vois que tu peux te laisser emporter par la fureur, a-t-il dit d'un ton crâneur. Je m'en souviendrai.

— Comment… ? ai-je hoqueté.

— L'oncle Press ne t'avait-il pas dit qu'il était inutile de vouloir me tuer ? a-t-il fait avec un sourire fat.

Sans me quitter des yeux, il a crié dans le flume :

— *Quillan !*

Le flume s'est animé. Il s'en allait. Je n'avais pas le courage ou la volonté de l'en empêcher. À vrai dire, je ne savais même pas comment j'aurais pu essayer.

— Cette diversion a été assez distrayante, a dit Saint Dane avec l'assurance qui lui était coutumière. En dépit de ce que tu peux penser, Pendragon, ce n'est pas fini. Je peux lécher mes plaies et repartir à l'assaut. (Il a regardé le cadavre de Loor et a ajouté) : Mais toi, peux-tu en dire autant ?

Les lumières du flume ont enveloppé le voyageur démoniaque. Il a fait un pas en arrière et a disparu. J'ai pu entendre décroître l'écho de son rire.

J'ai jeté l'épée. Mes pensées étaient totalement confuses. Que s'était-il passé ? Saint Dane était mort. L'instant d'après, non, il ne l'était plus. Il essayait de me tuer, et en un tournemain, il était redevenu comme avant, comme si cette agression n'était qu'un de ses tours de passe-passe. C'était peut-être le cas. Il cherchait encore une fois à me faire perdre l'esprit. Dans ce cas, il avait fait du bon boulot. J'avais découvert que si les conditions étaient propices, j'étais capable de tuer. Peut-être uniquement Saint Dane. Sauf que c'était impossible. J'avais mal au crâne.

C'est alors que je me suis souvenu de Loor. Je me suis mis à genoux et j'ai rampé vers elle.

— Loor ! ai-je crié. Loor !

Elle n'a pas bougé. Le plastron de son armure dégoulinait de sang. Beaucoup de sang. J'ai soulevé sa tête. Pas le moindre signe de vie. Je ne pouvais pas l'accepter. Pas question. J'ai cherché un pouls. Il n'y en avait pas. J'ai soulevé une paupière. Son œil fixait le vide. C'était impossible, et pourtant vrai.

Loor était morte.

Ça m'a ramené au moment où j'avais senti partir Osa. Et Kasha. Et mon oncle Press. À chaque fois, j'étais là. Et maintenant, c'était au tour de Loor. Je me suis mis à sangloter. Non, pas

Loor. Jamais. Ce n'était pas juste. J'ai posé mes mains sur la blessure faite par Saint Dane. La plaie par où sa vie s'était écoulée. Elle était encore chaude.

– Non, ai-je murmuré. Ce n'est pas possible. Je ne veux pas.

Tant de souvenirs me sont revenus. Notre première rencontre sur Denduron, lorsqu'elle refusait de croire que j'étais un Voyageur. La fois où on avait failli se noyer dans cette rivière alors que j'avais voulu la sauver d'un ennemi qui s'était révélé être Alder. Ce moment où elle avait tenu la tête de sa mère mourante, et celui où elle était à mes côtés aux funérailles de mon oncle Press. Sa rencontre avec vous autres en Seconde Terre, lorsqu'elle était entrée avec moi en Utopias pour affronter les monstres imaginaires du Barbican, et qu'elle était restée avec moi sous la pluie, ici, sur Zadaa, attendant un baiser.

J'ai posé ma main sur la plaie comme si je pouvais la refermer par magie. Comme si je pouvais la faire revenir. Par la simple force de ma volonté. C'était sa plus grande victoire. Elle avait sauvé son territoire natal. Je n'arrivais pas à croire qu'elle puisse mourir à son heure de gloire. Ce n'était pas juste. Et qu'on ne me dise pas que c'était écrit, parce que je n'y croirais pas, et que rien ne pourrait m'en convaincre. Mes yeux me brûlaient, mes joues ruisselaient de larmes, mais pas question de lâcher la main de Loor le temps de les essuyer. J'étais bien décidé à chasser ce cauchemar, mais il était tenace. C'était bien vrai. Loor n'était plus. Je me retrouvais seul.

Et c'est à ce moment où je croyais que tout était terminé, qu'il n'y avait plus d'espoir…

J'ai senti un battement de cœur. Faible, mais il était bien là. J'ai vite posé ma main sur sa gorge. Il y avait un pouls. Je devais l'avoir raté. Elle était vivante ! Oui, mais pour combien de temps ? Je ne savais pas quoi faire. Il fallait l'amener voir un docteur, mais je ne pourrais jamais la porter pour remonter la crevasse. Impossible. Et pourtant, j'avais besoin d'aide. Mon esprit s'est emballé. Saangi. Je devais trouver Saangi. Mais d'abord, je devais arrêter l'hémorragie.

J'ai vite retiré ma tunique de Rokador et, avec l'épée, j'ai coupé la manche. J'ai aussi tranché l'autre et l'ai roulée en boule pour en faire une compresse. Je comptais la poser sur la plaie, puis passer l'autre manche autour de sa poitrine et faire un nœud pour maintenir la compresse en place. C'est comme ça qu'on arrête une hémorragie, par une pression directe. J'ai délacé le plastron de l'armure de Loor pour atteindre la blessure. J'ai écarté les deux pièces de cuir pour voir...

Il n'y avait pas de plaie.

Hein ? J'ai regardé sa peau, sans rien trouver. Pas la moindre égratignure. Mais c'était impossible ! Sous mes yeux, Saint Dane l'avait empalée sur sa lame. J'avais vu la pointe ressortir dans son dos. J'ai ramassé l'épée – elle était tachée de sang. Et il y en avait aussi sur l'armure. Il était bien réel. Il devait forcément venir de quelque part. Que s'était-il passé ?

– Pendragon ? a dit Loor d'une voix faible.

Elle était éveillée !

– Ne cherche pas à te lever, ai-je répondu. Tu es blessée. Saint Dane...

– Je sais. Saint Dane m'a attaquée avec son épée. Je n'ai pas réagi à temps. Il... Il m'a tuée.

Loor a posé sa main sur sa poitrine et a palpé l'endroit où aurait dû se trouver la plaie. Elle m'a regardé avec de grands yeux incrédules. J'étais tout aussi interdit qu'elle. Loor a fait mine de se relever.

– Attends, je vais t'aider.

– Non, ça va, a-t-elle répondu. Pendragon, que s'est-il passé ?

– De quoi te souviens-tu ?

Loor s'est assise au bord du flume. Elle était secouée, mais à part ça, elle n'avait rien.

– Il est sorti du flume. Je me rappelle cette épée. Ses yeux blancs plongés dans les miens. Il a dit : « Maintenant... »

– Meurs, ai-je complété. C'est ce qu'il a dit. « Maintenant, meurs ! »

– Je m'en souviens. J'avais l'impression de tomber. Ce n'était pas si effrayant. Je me sentais en sécurité. Il y avait des gens tout autour de moi. C'étaient des amis, je le savais, même si je ne reconnaissais personne. Ce n'étaient que des ombres. J'ai dit que j'étais prêt à les suivre. Une femme a murmuré qu'on saurait bientôt si mon temps était venu ou pas. Ils étaient tous contents de me voir, et moi aussi. J'aimais être en leur compagnie. J'étais heureuse. Mais je ne savais pas qui ils étaient. Et puis quelqu'un a dit : « Ce n'est pas ce qui était écrit, Loor. » C'était un homme. Je savais qui il était, sans réussir à l'identifier. La voix m'était familière, mais impossible de le voir. Et tout à coup, je me suis retrouvée là, face à toi.

— J'imagine que ton heure n'était pas venue, ai-je commenté.

Loor a acquiescé d'un air pensif.

— Pendragon, quelque chose me dérange, et depuis un certain temps déjà.

— Sans blague, ai-je répondu.

Loor a continué, ignorant mon sarcasme :

— Bien d'autres fois, je n'ai rien compris à ce qui se passait. Ne trouves-tu pas bizarre que tu te sois remis si vite après la correction que Saint Dane t'a infligée ?

— Ben, oui. Mais j'en ai conclu que je guérissais vite. Ç'a toujours été le cas.

— Mais tu étais quasiment mort ! Il était impossible que tu t'en sortes. Et Alder ? Cette flèche aurait dû le tuer. Et pourtant, en un rien de temps, il nous a rejoints. Tu ne t'es pas posé de questions ?

Sur le moment, j'avais d'autres préoccupations.

— Et maintenant, je devrais être morte. *J'étais* morte. Et pourtant, me voilà. Comment est-ce possible ?

Bonne question. J'aimerais pouvoir y répondre.

— Serait-ce parce qu'on est des Voyageurs ? ai-je demandé.

— Je ne sais pas. Aucun d'entre nous ne connaît ses vraies origines. Nous ne sommes pas du même sang que nos parents. Et nous avons encore tant à apprendre !

— Alors pourquoi Osa est-elle morte ? Et Kasha ? Et l'oncle Press ? Eux aussi étaient des Voyageurs !

Loor y a réfléchi un instant. Puis elle a dit :

— Peut-être qu'à ce moment-là, tu ne savais pas que tu pouvais les guérir.

Voilà qui m'a flanqué un sacré choc. J'y ai réfléchi, puis j'ai nié en bloc. Je me suis relevé et me suis mis à faire les cent pas.

— Non, ai-je dit. C'est impossible. Ça n'a rien à voir avec moi. Je ne peux pas ranimer les morts.

– Peut-être pas. Ou peut-être est-ce réservé aux Voyageurs.

– Tu veux dire que j'aurais pu sauver l'oncle Press ? Et les autres ?

– Non, mais seulement parce que tu n'en savais rien. Selon toi, l'oncle Press t'a dit qu'il serait inutile de vouloir tuer Saint Dane parce qu'il se contenterait de prendre une autre apparence. Saint Dane est un Voyageur. Nous aussi. On est peut-être plus semblables que tu ne le crois.

C'était une idée incroyable, invraisemblable. Sans ce qui était arrivé à Loor, je l'aurais trouvée ridicule. Elle était morte. Je le savais. Sa blessure était fatale. Son cœur avait cessé de battre. Et pourtant, elle était à nouveau là, en pleine forme, sans même une cicatrice. Je n'arrivais pas à croire pour autant que j'avais des dons de guérisseur exceptionnels, mais je n'étais pas bête au point de refuser d'admettre que notre statut de Voyageurs signifiait bien plus que nous le croyions.

J'allais suggérer de rentrer lorsque le flume s'est animé.

– C'est une blague ou quoi ? ai-je dit.

J'ai aidé Loor à se relever et on s'est éloignés du tunnel. Pas question de se laisser avoir encore une fois. Mais il était trop tard pour sortir de la caverne. Quoi qui puisse arriver, on devrait lui faire face. Par précaution, j'ai ramassé l'épée que Saint Dane avait laissée.

Le flume a émis le son et la lumière habituels. J'ai plissé des yeux pour voir qui en sortirait. Cette fois, aucune ombre n'a bondi du tunnel, prête à tuer. La lumière s'est éteinte, les notes se sont tues. Et il n'y avait toujours personne.

– Regarde ! a dit Loor.

Là, au fond du flume, près de son embouchure, gisait une boîte multicolore. On aurait dit un paquet cadeau. Elle était rayée de rouge et de jaune vif et était assez grande pour contenir une citrouille. Il y avait même un grand ruban rouge avec un nœud.

– Ça y est, j'ai des visions, ai-je dit.

Avec son courage habituel, Loor est allée inspecter le paquet. Je l'ai suivie avec beaucoup moins d'enthousiasme. Une étiquette jaune était accrochée au nœud. Loor l'a examinée, puis me l'a tendue. Un seul mot était écrit sur le rectangle de carton en lettres ouvragées : PENDRAGON.

– Super, ai-je dit d'un ton découragé. C'est mon anniversaire ou quoi?

Loor a arraché l'étiquette pour découvrir qu'elle était pliée en deux. Elle l'a ouverte et a lu ce qui était écrit à l'intérieur. Elle en est restée bouche bée.

– Qu'est-ce que c'est? ai-je demandé.

Elle l'a retournée pour que je puisse lire à mon tour. Il était écrit : «Avec mes félicitations, S.D.»

– S.D., ai-je répété. C'est-y pas mignon. Je n'ai pas vraiment envie de savoir ce qu'il y a là-dedans.

– Vraiment?

Vraiment, mais il le fallait pourtant. J'ai repensé à la fois où, en guise de cadeau, Saint Dane m'avait envoyé la main tranchée de Gunny. Ce qui se trouvait là-dedans ne devait pas être mieux. Je me suis agenouillé et j'ai tiré sur le ruban.

– C'est peut-être dangereux, ai-je dit.

– Il n'y a qu'un seul moyen de le savoir.

En faisant la grimace, j'ai soulevé le couvercle. Aussitôt, une tête de clown à ressort a jailli du paquet. Elle était assez effrayante, avec un sourire figé et un bonnet de bouffon. Elle a rebondi dans tous les sens avec un rire horripilant. J'ai cru reconnaître ce rire.

– Il y a autre chose dedans, a remarqué Loor.

En effet, il y avait une enveloppe au fond de la boîte. Elle était d'un bleu brillant et ressemblait à une carte d'anniversaire. Une fois de plus, elle était à mon nom. J'ai levé les yeux au ciel, puis j'ai ouvert l'enveloppe. Elle contenait une seule feuille de papier épais jaune vif. Dessus, on avait écrit à l'encre rouge :

Comme l'oiseau fait son nid,
Viens donc passer la nuit.
Nous jouerons toutes sortes de jeux,
Certains amusants, certains vicieux,
De venir nous voir il te suffit.

Vos hôtes sur Quillan,
Veego et LaBerge.

– Qu'est-ce que ça veut dire ? a demandé Loor.
– Que je pars pour Quillan.

Je vous écris ce journal depuis le territoire de Quillan, dans un environnement bien étrange. Mais j'y reviendrai.

C'est à contrecœur que j'ai laissé Loor dans cette caverne de Zadaa, persuadé qu'elle était en parfaite santé, même si j'ignorais pourquoi. L'avais-je vraiment ramenée d'entre les morts ? Ai-je vraiment un tel pouvoir ? Les Voyageurs l'ont-ils tous ? Loor avait posé les bonnes questions. De toute ma vie, je n'avais jamais été malade. Pas un seul jour. Si je me blessais, ça ne durait jamais bien longtemps. Mes entraîneurs de basket m'avaient surnommé Terminator, parce que, quoi qu'il m'arrive, je revenais toujours en pleine forme. Je n'y avais jamais pensé... jusqu'à ce que Loor meure. Enfin, pas pour longtemps.

Ce qui m'angoissait n'était pas ce don de guérison. C'était plutôt d'où il venait. Ça n'était pas normal. Et ranimer les morts non plus. Saint Dane est un Voyageur aux pouvoirs défiant l'imagination. On est aussi des Voyageurs, mais on n'a pas les mêmes capacités. Quoique, qu'en sait-on ? Je l'avoue, j'ai essayé de changer mon apparence physique, de me transformer comme il le fait, par la simple force de la pensée. Ça n'a pas marché. Je me suis juste senti particulièrement bête.

Et pourtant, je ne pouvais ignorer les faits. Loor avait ressuscité. J'ignore si c'était grâce à moi, ou son œuvre à elle, ou une combinaison des deux. Mais c'est arrivé. Ce qui m'amène à la plus grande question de toutes : suis-je humain ?

Non, ne riez pas. Les humains ne reviennent pas d'entre les morts. Les humains tombent malades. Les humains n'ont pas de pouvoir de persuasion. Et surtout, les humains ne sillonnent pas Halla pour lutter contre Saint Dane. (Je sais, vous l'avez fait, mais ce n'était pas prévu au programme.) Ce qui soulève encore d'autres questions. Qu'est-il arrivé à ma famille ? L'oncle Press a déclaré que mon père et ma mère n'étaient pas mes vrais parents. Alors qui étaient-ce ? D'où est-ce que je viens et comment ai-je échoué à Stony Brook ? Et comment a-t-on pu faire disparaître toute trace de leur existence ? C'est impossible, non ? Aucun des

Voyageurs ne sait d'où il vient. On nous a toujours dit que nos parents n'étaient pas nos parents biologiques, mais sans nous dire qui étaient les vrais. Et ça me prend la tête. J'avais dû refouler toutes ces questions pour ne penser qu'à Saint Dane. À présent, voilà qu'elles reviennent me hanter.

D'ailleurs, en parlant de Saint Dane, c'est lui qui m'a attiré sur le territoire de Quillan. Il m'a même envoyé une invitation en bonne et due forme. Ou bien il en a chargé quelqu'un d'autre. J'écris ce journal de ma chambre. Elle est située dans un immense château où vivent deux personnes nommées Veego et LaBerge. Le château en question sort tout droit des contes de Grimm, mais cette chambre me donne l'impression de travailler dans un cirque. Les murs sont rayés de jaune et de violet, le plafond est couvert de ballons, mon bureau ressemble à une main géante et le lit flotte dans les airs. Impossible de dire ce qui le fait tenir. Oh, et il y a des centaines de poupées dans la pièce. Des clowns. Je déteste les clowns.

Bientôt, je vais aller dîner avec mes hôtes, alors je dois conclure ce journal pour le moment. J'ignore ce qui m'attend. Sans doute un cauchemar rempli de clowns. Mais je suis sûr d'être là où je dois être. Si Saint Dane m'a fait venir ici, il doit avoir une bonne raison pour ça ; il ne me reste plus qu'à déterminer laquelle.

Comme je l'ai déjà dit, faites bien attention. Quoi qu'il puisse mijoter en Seconde Terre, si toutefois il y est bien, il n'en est qu'aux préliminaires. Je ne crois pas qu'il s'en prenne directement à vous. Ça ne lui ressemble pas. Ce n'est pas vous qu'il veut battre, mais moi.

Cette aventure sur Zadaa m'a changé de bien des façons. J'ai appris quelques petites choses sur moi-même, ce qui pose des questions désagréables. Par-dessus tout, je continue de penser qu'on est sur le point de vaincre Saint Dane. Il est sur le gril. Non, il est au bord de la panique. C'est à moi de lui mettre la pression, et c'est ce que je vais faire.

Vous me manquez, les amis. Je vous aime.

Et c'est reparti.

Fin du journal n° 23

SECONDE TERRE

– Qu'est-ce que tu bouquines ? demanda Mitchell. *Voici* ?

Mark s'empressa de rouler les feuilles jaunes du journal de Bobby. Il l'avait déjà lu trois fois.

– N-n-non. C'est quoi, *Voici* ?

Andy se laissa tomber à côté de Mark. Il portait un sac rempli de hamburgers et de frites.

– Ben, *Voici*. Un de ces canards débiles qui déballent tout sur la vie des stars.

– Heu, non, répondit Mark. C'est juste un truc sur lequel je travaille.

– Ah oui ? Encore un de ces romans sur Pendragon ?

Mark lui jeta un regard surpris.

– Tu disais ?

– Tu sais, comme cette histoire que tu as inventé sur cette planète, comment s'appelait-elle déjà ? Da-dou-ron-ron ?

Mark se détendit. Il avait oublié qu'Andy avait vu les premiers journaux de Bobby. En fait, il les lui avait volés. Mark et Courtney avaient prétendu les avoir écrits eux-mêmes afin d'éviter qu'Andy fasse courir d'étranges rumeurs sur ce qu'était devenu Bobby... Même si ce n'était pas des rumeurs.

– Denduron, a corrigé Mark. Laisse tomber. Ce n'était qu'un article.

– C'est bon, n'en fais pas tout un plat. (Andy lui tendit son sac.) Tiens, mange quelque chose. T'es pas beau à voir. Désolé que ça m'ait pris si longtemps. Il n'y a pas grand-chose d'ouvert dans le coin.

Mark prit les hamburgers, bien qu'il n'ait pas vraiment faim. Son esprit était trop dispersé. Courtney était encore en salle d'opération, aux portes de la mort, à cause d'un accident qui pouvait avoir été provoqué par Saint Dane. Les docteurs ne savaient toujours pas si elle s'en sortirait. Et aussi horrible que cela puisse sembler, il préférait encore penser à Courtney qu'à sa seconde raison de s'inquiéter.

Saint Dane était là, en Seconde Terre. Était-il venu préparer un assaut sur leur territoire? Mark voulait bien croire qu'il y avait une autre raison, mais il n'arrivait pas à définir laquelle. Sa pire crainte risquait de devenir réalité. Il y aurait bien une bataille pour la Seconde Terre. À moins que Bobby puisse l'empêcher de nuire une bonne fois pour toutes.

Ce qui ramenait Mark aux étranges nouvelles qu'il avait apprises dans le dernier journal de Bobby. Bien sûr, il était heureux de savoir que Zadaa était sauvée. Mais cela n'avait pas été sans pertes. Après tous ses échecs, Saint Dane était poussé dans ses derniers retranchements... et il devenait violent. Mû par la colère, il avait bien failli tuer Bobby. Et il avait passé Loor au fil de l'épée. Soulevant quelques possibilités assez dérangeantes.

Loor était revenue d'entre les morts.

C'était une bonne nouvelle, mais aussi assez dérangeante. Comment était-ce possible? D'autres Voyageurs étaient morts et n'étaient pas ressuscités. Mark avait lui-même vu périr Seegen, le Voyageur d'Eelong, avant que Kasha ne prenne sa place. Mais qu'y avait-il de différent lorsque Loor était morte? Était-ce Bobby? Pourtant, il était également présent lorsque son oncle Press avait été tué. Pareil pour Kasha. Et ces deux-là avaient bel et bien disparu. Mais quelle qu'en soit la raison, on ne pouvait désormais plus nier le fait que les Voyageurs n'étaient pas des gens comme les autres. Leur capacité à guérir rapidement n'avait rien de normal. Du moins selon les standards des territoires d'où ils venaient. Ce qui menait tout droit à la question que Mark redoutait le plus.

Qui était *vraiment* Bobby Pendragon? Ils étaient amis depuis aussi longtemps qu'il puisse se souvenir. Et maintenant, il y avait une forte possibilité que Bobby n'ait pas été choisi au hasard. Il était différent. Plus qu'il ne pouvait l'imaginer lui-même.

– Mark ? appela une voix féminine.

C'était Mme Chetwynde. Elle entra dans la pièce, accompagnée de son mari. Tous deux avaient l'air fatigués et angoissés. Ils avaient les yeux rouges. Ils avaient pleuré.

Mark bondit sur ses pieds pour les accueillir.

– Vous êtes venus ! s'exclama-t-il.

– Ça fait un moment qu'on est là, répondit M. Chetwynde. On était avec Courtney.

Andy se leva et rejoignit Mark.

– Comment va-t-elle ? demanda Mark, même s'il craignait d'entendre la réponse.

Les Chetwynde se regardèrent comme s'ils ne savaient pas lequel des deux devait répondre. Ce n'était pas bon signe.

– Elle est sortie de la salle d'opération, répondit M. Chetwynde. Mais il y a des complications. Elle a perdu beaucoup de sang. Les docteurs ont fait leur possible ; maintenant, il faut attendre.

– Elle a vraiment de graves blessures, continua Mme Chetwynde. Elle a des côtes cassées. Son bras souffre de fractures multiples. Elle a aussi un traumatisme crânien...

– Ben dis donc, fit Andy sans réfléchir.

– Mais ses pires blessures sont internes, reprit M. Chetwynde. Des hémorragies surtout. C'est pour ça qu'elle a passé tout ce temps sur la table d'opération. Ils pensent les avoir toutes stoppées, mais ils ne peuvent pas en être sûrs. Les prochaines vingt-quatre heures seront cruciales.

– Si vous ne l'aviez pas retrouvée..., fit Mme Chetwynde.

Elle ne finit pas sa phrase. Les mots restèrent coincés dans sa gorge.

– Que s'est-il passé, Mark ? demanda M. Chetwynde en retenant ses larmes. La police dit qu'elle s'est fait renverser par une voiture. Comment l'avez-vous retrouvée ?

Mark s'attendait à cette question et avait préparé une réponse.

– C'était surtout un coup de chance. Courtney m'a appelé hier soir pour me dire qu'elle allait en ville voir un type du nom de, heu…

– Whitney, reprit M. Chetwynde. La police nous a tout raconté. Personne ne sait où trouver ce type. Il n'est pas inscrit à l'école.

– Oui, on l'a appris aussi. Oh, au fait, je vous présente Andy Mitchell. C'est un ami à moi. Il m'a amené jusque ici.

Les Chetwynde sourirent à Andy. Celui-ci hocha la tête. Il n'avait pas l'habitude des politesses.

– Pourquoi as-tu décidé de venir jusqu'ici? a demandé M. Chetwynde.

C'était la partie la plus pénible de son histoire. Mark ne pouvait pas leur dire que Bobby Pendragon l'avait prévenu qu'un démon traquait Courtney. Cela dépasserait leur entendement. Alors, autant rester aussi vague que possible.

– J'ai eu un pressentiment. Courtney m'a dit qu'elle avait un nouveau copain, mais j'ai eu l'impression que quelque chose ne collait pas. Ne me demandez pas pourquoi. Je comptais venir la voir de toute façon. Heureusement, j'ai choisi le bon moment.

Les Chetwynde ont acquiescé. Ils acceptaient son récit. Et apparemment, Andy aussi. C'était relativement proche de la vérité. Mark s'empressa de poursuivre, histoire de passer à autre chose:

– Une fois sur place, on a découvert que Courtney n'était pas allée en cours ce matin. Elle n'était pas dans sa chambre et son vélo non plus. J'ai envisagé le pire: et si elle n'était pas revenue de son rendez-vous? C'est pour ça qu'Andy et moi sommes allés en ville. On a vu des traces de dérapage sur la route, on s'est arrêtés pour jeter un œil et j'ai vu les livres de Courtney dans les buissons. C'est comme ça qu'on l'a retrouvée.

Mme Courtney se mit à pleurer.

– Merci, Mark. Merci à tous les deux. Vous êtes des anges.

Andy eut un air confus. Mark aussi se sentait un peu gêné.

– Il se fait tard, dit Mme Chetwynde. Il vaut mieux que vous ne rentriez pas ce soir. On vous paie l'hôtel.

Mark mourait d'envie de rester. Même s'ils ne sauraient que demain si Courtney allait s'en tirer, il voulait être là. Il regarda Andy.

– Qu'est-ce que tu en dis ?

Andy haussa les épaules.

– Ben, ouais, pas d'lézard.

Mark se tourna vers les Chetwynde.

– Super, merci. Mais, euh, il faut que j'appelle mes parents pour leur dire ce qui se passe. Ils ne savent pas où je suis allé. Si vous pouviez leur parler un moment pour qu'ils sachent que vous êtes là, ce serait sympa.

– Bien sûr, répondit M. Chetwynde. Et toi, Andy ?

– J'vais appeler mes parents. Pas de blème.

– Mais d'abord, reprit Mme Chetwynde, il faut que vous voyiez Courtney. Elle veut vous parler.

– Oh ? répondit Mark. Elle est réveillée ?

– Pour l'instant. Mais je ne sais pas pour combien de temps. Ils l'ont bourrée de médicaments. Elle est en unité de soins intensifs, à l'autre bout du couloir.

– Génial ! s'écria Mark. (Il se mit à marcher, puis se tourna vers Andy) : Alors, tu viens ?

– Nan, c'est bon. C'est toi qu'elle veut voir.

Mark fit demi-tour et rejoignit Andy.

– Sans ton aide, elle ne serait pas là. Elle doit savoir le rôle que tu as joué.

Andy regarda les Chetwynde. Ils acquiescèrent pour l'encourager. Andy haussa les épaules et suivit Mark. En chemin, Andy ne cessa de se gratter nerveusement.

– Hem, je suis pas vraiment son meilleur pote. Je veux pas vous gêner, quoi.

– Elle doit savoir ce que tu as fait pour elle. Contente-toi de dire bonjour.

– Ouais, ben, j'ai encore jamais vu quelqu'un de cassé de partout. Et si je fais une connerie, j'sais pas, si je vomis partout ?

– Retiens-toi, répondit simplement Mark.

Ils trouvèrent le guichet des infirmières et demandèrent où était Courtney. Les infirmières leur firent de grands sourires et dirent qu'en général, seuls les membres de la famille étaient admis en soins intensifs, mais comme ils étaient les héros du jour et qu'ils avaient sauvé la vie de Courtney, elles feraient une exception. En outre, précisèrent-elles, Courtney avait demandé à voir Mark. L'infirmière les guida le long du couloir. Il n'y avait que quatre chambres et une seule était occupée. Mark en conclut que, dans une ville si petite, avoir un patient en soins intensifs devait être un événement. L'infirmière s'arrêta devant la dernière porte tout au bout du couloir.

– Comment s'en sort-elle ? demanda Mark.

L'infirmière fronça les sourcils, ce qui n'était jamais bon signe.

– Il faudra demander à ses parents, répondit-elle. Ne restez pas trop longtemps, d'accord ?

Mark savait que cela ne présageait rien de bon. En général, c'était les mauvaises nouvelles qu'on on était réticent à annoncer. Il devrait voir par lui-même ce qu'il en était.

SECONDE TERRE
(*suite*)

Mark entra dans la chambre de Courtney d'un pas mal assuré. Il fit signe à Andy de l'attendre un instant. Il voulait passer en premier. Lorsque Mark tira le rideau et la vit enfin, il eut un hoquet de surprise. Courtney n'était plus qu'une plaie. Son visage était couvert d'hématomes, son crâne bandé. Son bras gauche était recouvert d'un plâtre maintenu en place par une barre de fer l'écartant de son corps. Elle était reliée à toutes sortes de tubes et de fils, des sacs de liquides colorés étaient suspendus au-dessus d'elle et des moniteurs enregistraient ses fonctions vitales, crachant des données qu'il était incapable de déchiffrer. Une des machines émettait un *bip bip bip* continu qui devait être son rythme cardiaque. Heureusement, il ne pouvait voir les cicatrices laissées par toutes les opérations qu'elle avait subies. Il se serait sans doute évanoui.

Il se dirigea vers le lit. Les yeux de Courtney étaient clos. Dormait-elle ou étaient-ils juste enflés? Pas moyen de le déterminer. C'est dire comme elle était mal en point.

Mark se pencha et chuchota à son oreille:

– Courtney?

Elle battit des paupières, puis dit d'une petite voix:

– Pas la peine de chuchoter, espèce de nul. On n'est pas dans une bibliothèque.

Mark ne put s'empêcher de sourire, bien qu'il eût plutôt envie de pleurer. Même dans cet état, Courtney restait Courtney.

— Faut qu'on parle, dit-elle d'une voix rauque.

— Je sais, répondit-il. Mais d'abord, j'ai quelqu'un à te présenter. Je sais que c'est étonnant, mais sans son aide, tu serais toujours là-bas, dans la forêt.

Il fit signe à Andy de s'approcher. Celui-ci se dirigea à contrecœur vers la tête du lit et resta là, mal à l'aise.

— Salut, dit-il à Courtney. T'as l'air, heu, bien. Sans dec'. Vu ce qui t'es arrivé…

Courtney tourna légèrement la tête pour regarder Andy.

— Il m'a conduit jusqu'ici, repris Mark. C'est comme ça qu'on t'a retrouvée.

— Qu'est-ce qui t'est arrivé, Mitchell ? reprit Courtney. Un bon génie t'a transformé en être humain ?

— Très drôle, répondit Andy. Heureux de voir que t'as gardé ton sens de l'humour.

De sa bonne main, elle leva le pouce. Andy recula vers la porte.

— Je vous laisse discuter tranquilles.

— Hé, fit Courtney d'une voix toujours aussi faible, merci. Sincèrement.

Andy hocha la tête.

— De rien. Remets-toi, d'accord ?

Andy s'en alla, laissant Mark et Courtney seuls. Mark tira une chaise et s'assit près d'elle. Il posa sa tête contre la sienne. Personne ne devait entendre ce qu'ils avaient à se dire.

— Tu vas t'en sortir, dit Mark. Tu as eu des blessures internes, mais ils ont tout arrangé à temps et…

— Il est là, fit Courtney.

— Je sais, répondit Mark. Bobby a écrit que Saint Dane savait que tu sortais avec un autre.

— Cet autre type, c'est Saint Dane.

— Ouais, je m'en doutais. Il a disparu. Personne ne peut le trouver.

— Tu as le nouveau journal ? demanda Courtney.

Mark sourit. Il s'attendait aussi à cette question.

— Bobby était sur Zadaa. C'est fini. Ils ont sauvé le territoire. Tu liras les détails quand tu seras remise. Mais les perspectives sont plutôt bonnes.

– Oui. Sauf que Saint Dane rôde chez nous.

– Oh, c'est vrai, répondit Mark, soudain moins enthousiaste.

Ils restèrent un instant sans rien ajouter, avec seul le bip du moniteur pour rompre le silence.

– Mark, reprit Courtney, si je ne guéris pas…

– Ne dis pas ça ! Tu vas te remettre.

– Appelle Tom Dorney, reprit-elle. Il te secondera. Je ne veux pas que tu sois le seul Acolyte de notre territoire.

– Je ne resterai pas seul, tu seras avec moi, insista Mark en faisant de son mieux pour retenir ses larmes.

– Ouais, peut-être. (Courtney inspira péniblement.) Mais si je m'en sors…

– Tu vas t'en sortir !

– Bon, *quand* je m'en irai d'ici, sache que je n'ai plus l'intention de me planquer et de pleurnicher sur mon sort. (Elle inspira de nouveau, douloureusement, et regarda Mark droit dans les yeux) : Je veux la peau de ce salopard.

Mark plongea son regard dans celui de Courtney. Elle était blessée et affaiblie, mais ses yeux lui en dirent long. Cette étincelle qu'il connaissait bien était revenue. Elle se battrait jusqu'au bout. Mark prit sa main droite et la serra contre son cœur.

– Moi aussi.

Une heure plus tard, Mark et Andy regardaient la télé dans leur chambre à l'hôtel de Derby Falls. C'était une pièce peu reluisante à deux lits, et qui sentait le désinfectant, mais elle était confortable. Andy tripotait la télécommande, cherchant un moyen d'accéder les programmes payants à l'œil. Mark avait l'esprit ailleurs. Depuis leur départ de l'hôpital, il n'avait pas desserré les dents. Il avait trop de questions en tête, des questions qu'il ne pouvait confier à Andy. Il décida de se concentrer sur Courtney et son rétablissement. Au moins, là-dessus, tout le monde en était au même point.

Andy abandonna la partie et éteignit le poste. Il s'assit sur son lit et enfila ses baskets.

– J'vais dehors m'en griller une.

363

Mark le regarda un instant, puis déclara:

– C'est bizarre.

– Non, tu crois? railla Andy.

– Je ne parle pas de Courtney, mais de nous deux. Soyons honnêtes: on ne peut pas se sentir.

Andy lutta pour enfiler sa chaussure, puis avoua:

– C'est pas que j'aie quelque chose contre toi, Dimond. On n'est pas sur la même longueur d'ondes, c'est tout.

– Ouais, ben moi, je ne pouvais pas te sentir, ajouta Mark en souriant.

Andy lui rendit son sourire.

– Je peux pas t'en vouloir. Mais, hé, il y a forcément une bonne raison, hein?

– Je ne sais pas comment le dire autrement, mais... merci, dit Mark avec sincérité. Sans toi, Courtney serait... (Il ne put terminer sa phrase.) T'es un chic type.

– Ouais, si tu l'dis.

Andy se leva et se dirigea vers la porte.

– Tu sais, il sortira peut-être quelque chose de bon de toute cette histoire.

– Qu'est-ce qui te fait dire ça? demanda Mark.

– Parfois, les coups du sort rapprochent les gens. On est sacrément différents, toi et moi. Mais sur certains points, comme Sci-Clops, on est en phase.

– C'est vrai.

– Et on a pu faire ce voyage sans se sauter à la gorge. Enfin, pas encore.

Mark eut un petit rire.

– On devrait peut-être réfléchir à un truc qu'on pourrait faire ensemble, reprit Andy.

– Quoi, par exemple? répondit Mark, surpris.

– Je sais pas. On a chacun notre projet en cours... toi ton code, là, moi mon plastique ultra-résistant. Il y a peut-être un moyen de combiner les deux. Deux têtes valent mieux qu'une et tout ça.

Mark acquiesça d'un air pensif.

– Penses-y, conclut Andy en ouvrant la porte. Je reviens.

Et il referma la porte derrière lui. Mark eut un petit sourire. Comme s'il n'avait pas déjà assez de choses en tête. Il n'aurait jamais cru qu'Andy et lui pourraient un jour être amis. De là à travailler ensemble... Et pourtant, ce n'était pas hors de question. Andy n'était pas celui qu'il avait cru, ni celui qu'il semblait être. Mark n'était pas psychologue. Il ne savait pas comment on devenait une brute épaisse ou une victime. Andy lui en avait fait baver durant toutes ces années, et pourtant, ses petits malheurs lui semblaient bien triviaux. Maintenant, il avait des préoccupations nettement plus importantes.

Avec tout ce qu'ils avaient enduré ces dernières années, Bobby, Courtney et lui-même, Sci-Clops était la seule chose qui lui permettait de relâcher la vapeur. Le club l'aidait à penser à autre chose qu'au destin de Halla, cela le détendait, l'amusait. Il ne voulait pas l'abandonner. Il en avait besoin. L'idée de travailler sur un projet avec Andy Mitchell – le petit génie, pas la brute – lui paraissait soudain bien attirante. Mark se coucha, passa ses mains derrière sa tête et sourit de plus belle.

Décidément, la vie était pleine de surprises.

Courtney Chetwynde gisait sur son lit d'hôpital. C'était une battante, et maintenant, elle luttait pour rester en vie. Après le départ de Mark et d'Andy, ses parents lui avaient souhaité bonne nuit. Mais après la relève des infirmières, son état avait empiré. Sa pression sanguine était dangereusement basse. Son cœur s'était ralenti. Les infirmières redoutaient que ses hémorragies internes se remettent à saigner. Après un bref conciliabule, elles avaient décidé de faire venir les docteurs. S'ils voulaient sauver Courtney, il faudrait l'opérer à nouveau. Et vite. Le petit hôpital de Derby Falls n'avait jamais connu une telle agitation. Les infirmières s'empressèrent d'aller chercher les médecins, de contacter ses parents et de préparer la salle d'opération. Ils étaient en service de nuit. Il y avait moins de personnel, donc chacun devait s'occuper de plusieurs tâches à la fois. Ce n'était pas le chaos, mais on s'en rapprochait. Un patient était aux portes de la mort.

Dans la tourmente, personne ne remarqua un jeune homme qui s'était glissé dans l'aile des soins intensifs. Il marcha le long du couloir d'un air tout naturel alors que les infirmières cavalaient en faisant attention à ne pas se rentrer dedans. Elles étaient trop occupées pour lui demander ce qu'il faisait là. Nul ne s'en souciait. Une vie était en jeu. Il passa tranquillement devant le guichet des infirmières et entra dans la chambre de Courtney.

Celle-ci était seule. Elle était profondément endormie. On lui avait donné un premier anesthésique afin de la préparer à l'opération. Il alla se poster au pied du lit et regarda la fille agonisante. Il jeta un coup d'œil à ses signes vitaux. Sa vie ne tenait qu'à un fil. Il posa délicatement la main sur sa poitrine et pressa sa paume à l'emplacement de son cœur. Il ferma les yeux et se concentra. Le silence retomba, uniquement rompu par les bips du moniteur cardiaque. Dans le couloir, les infirmières s'affairaient toujours en redoutant le pire.

Le jeune homme inspira profondément, puis expira. Il était entièrement concentré sur sa tâche. Lentement, très lentement, les bips du moniteur se rapprochèrent. Le pouls de Courtney s'accéléra. Le jeune homme ne retira pas sa main posée sur le cœur de Courtney. La respiration de la jeune fille se fit plus profonde. Un flot vital d'oxygène alimenta son cœur.

Dans quelques minutes, les docteurs seraient là. Ils découvriraient que les signes vitaux de Courtney s'étaient non seulement stabilisés, mais améliorés. Il serait inutile de l'opérer. Les infirmières seraient incapables d'expliquer ce changement soudain. Elles auraient du mal à dire pourquoi elles avaient fait un tel ramdam. Les Chetwynde arriveraient, dans tous leurs états, mais se réjouiraient de constater que Courtney allait mieux.

Mais avant tout, le jeune homme devait terminer sa tâche. Il jeta à nouveau un coup d'œil au moniteur pour vérifier que la chance de Courtney était en train de tourner. Elle s'en sortirait. Avec un sourire satisfait, il retira sa main et croisa les bras.

– Comme je te l'ai dit, murmura-t-il, ce que je donne, je le reprends.

Il entendit des cris dans le couloir:

– C'est cette chambre! Vite!

Le jeune homme se tourna vers la porte. Bientôt, tout le personnel de l'hôpital se masserait dans cette pièce pour constater que l'état de leur patiente s'était miraculeusement amélioré. Le jeune homme regarda Courtney et eut un petit rire.

– Ça fait longtemps que je m'échine pour en arriver là où je suis aujourd'hui. Tu ne penses quand même pas que tu allais t'en tirer si facilement. Pas quand ça devient vraiment intéressant.

Une équipe d'infirmières et un médecin se ruèrent dans la chambre. Ils s'arrêtèrent net en voyant le jeune homme au chevet de Courtney.

– Que faites-vous là? demanda le médecin. Comment êtes-vous entré?

– Je venais voir mon amie, répondit le jeune homme d'un ton innocent. Elle va bien?

– Je l'espère, fit le docteur en allant examiner Courtney. Sortez-moi ce gamin! Vos parents savent que vous êtes là?

– C'est bon, répondit-il. Je suis un ami.

– Comment t'appelles-tu? demanda une infirmière.

Le jeune homme repoussa une mèche de cheveux blonds sales qui retombait sur ses yeux.

– Andy, dit-il. Andy Mitchell.

À suivre

À PARAÎTRE EN 2007

Bobby Pendragon n° 7
Les Jeux de Quillan

Impression réalisée sur CAMERON
par BRODARD ET TAUPIN
La Flèche

pour le compte des Éditions du Rocher
en juillet 2006

Dépôt légal : juillet 2006
N° d'impression : 36593